凝煉知識品味閱讀

轉變中的新聞學

張文強　著

五南圖書出版公司 印行

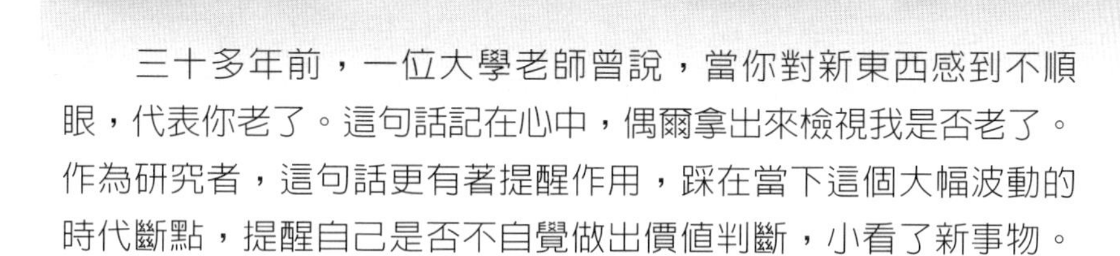

序

三十多年前，一位大學老師曾說，當你對新東西感到不順眼，代表你老了。這句話記在心中，偶爾拿出來檢視我是否老了。作為研究者，這句話更有著提醒作用，踩在當下這個大幅波動的時代斷點，提醒自己是否不自覺做出價值判斷，小看了新事物。

不過隨著變老，我在想著另外兩件事。

其一，從最早的數位技術到最新的演算法、人工智慧，從公民新聞學到資料新聞學再到計算機新聞學，的確清楚標示了新聞工作出現重大改變，甚至有人視為典範轉移。但如果時間是自然向前流動、延續的；如果某些「舊」適合稱做「古典」，而非落伍、保守，那麼，我在想，新舊不應是截然二分的，聚焦「新」的同時，也值得回頭思考「古典」於新時代的意義。無論是將古典等同守舊，或不自覺忽略古典，應該不是聰明作法。

其二，多年來，我習慣實證研究強調中立的想法，很少去思考學術研究作為一種論述究竟是何意義。然而愈是隨著研究經驗的累積與反思，這些年愈是接受某種後現代式說法：論述皆有立場，學術研究也不例外。只是終究還是因為不夠後現代，還沒能到怎麼都行、學術研究不過是一種修辭而已的程度，所以我在想，學術論述可以有立場，但關鍵在研究者要知曉、開放與挑戰自己立場，如此，才可能在論述過程中看到其他觀點，精緻化自己的論述。當然，也因為沒有那麼後現代，所以也還是認為負責的學術論述要言之有物、言之有據、要有大膽卻禁得起考驗的論證邏輯。

順著上述兩件事回到這本書，在時間長廊中，如果現今社會還沒有徹底進入到不再需要新聞的階段，除了聚焦研究資料新聞學、計算機新聞學這些流行的新東西，我們應該也有需要回到根本去理解新聞曾經是什麼？可以是什麼？新聞中的古典成分又該如何對應數位與後現代脈絡？即便這些問題不是當紅主題，更讓我顯老，但它們需要被回答。

回答與書寫這組問題得配合上演化的「時間感」，以免傳統斷代式、新舊對比的研究方式雖然看到概念間的不連續性，卻損失了彼此連續性。另外，回答與書寫問題時還有兩件事需要注意，首先，數位科技的確是當下時間斷點最明顯的特徵，也的確帶引許多值得重視的變動，但我主張，社會現象或演化本身是複雜的，至少還應該結合高度資本化，以及「後」現代兩個社會脈絡進行觀看，才能較為完整進行分析論述，不自覺的單因論有著簡化風險。其次，結構性因素帶動新聞與新聞工作的改變，在某些時代，結構因素甚至可能強大到幾乎窒息能動性，但行動者還是需要考量的角度，單從結構或行動者角度出發，亦可能產生論述偏向的風險。

前述幾項事情是本書的立場，這裡冗贅說明的原因是想請讀者見諒，雖然我已經努力於條理分明的書寫，但這些立場還是造成本書論述顯得交纏、複雜、有時跳躍。更重要地，冗贅說明立場是具體回應研究論述應該開放立場的想法，知曉立場的讀者應該可以更清晰地理解本書論述邏輯，然後理性、批判地建構自己對於新聞、新聞工作的論述。

最後，這是本論述新聞的學術書籍，我嘗試跳脫純粹技術旨趣，加入批判、辯證；加入經過精煉、屬於我的觀察與想法，而只不是理論引介而已。我企圖大膽起來，試著離開學術研究就是那樣的主流脈絡，找到一些邊緣性格，但學術書籍還是有著需要滿足的條件，同時限於能力，前述企圖終究沒有做得很好，這屬於我的問題，請讀者包涵。

張文強

2023.11.22

目錄 Contents

01

第 1 章 ▶▸▸

轉變中的新聞學：具有反思成分的新聞學研究

現在寫本新聞學的書似乎不是個好主意。類似主題書籍已經不少，而且於科技的浪潮上，要寫，也應該是資料新聞學、機器人新聞學。不過即便沒有身處勢頭，當下新聞定義默默發生根本改變，以及學術界與實務界對於新聞工作未來的焦慮卻也都是事實。基於這些事實，並且配合三項帶來改變的因素：資本主義的高度發展、以數位爲核心的科技發展，以及悄悄朝「後」現代轉向的社會氛圍，共同促成了這本在數位潮流情境中回身探討新聞學是什麼、應該是什麼的書。

第一節 現在，新聞學同樣需要反思與批判成分

資本主義與科技是最常用來理解當代新聞工作改變的兩項關鍵，不少書籍或期刊便在陳述著相關改變[1]，然而在本書

[1] *Journalism Studis* 於 2012 年 13 卷 5-6 期，以 The Future of Journalism 2011: Developments and Debates 作爲專題，討論了新聞工

書寫當下，科技眼花撩亂的發展促成一種科技浪潮，攫取了大部分人注意。

當然，科技發展本來就與新聞工作的演化密切相關，百年來，電報、廣播、電視、數位科技便依次爲新聞工作造成影響。只不過因爲我們終究對於自己身處時空更爲在意，讓這波浪潮顯得來得急，也來得兇，特別是在資本主義組成的產業結構中，當下，無論是因爲擔心傳統新聞工作將被淘汰，而想要跟上數位時代，或是出於資本主義的創新精神，想要破解與充分利用新科技的潛力，我們不難發現，實務場域像是站穩實用立場，務實且熱切地關注於如何將新科技運用在新聞工作，並且實質帶引出諸如資料新聞學、計算機新聞學、沉浸新聞學、創業新聞學等新型態新聞工作。

實務場域的巨大能量直接改變了新聞工作的外貌，同時，巨大能量也影響了研究新聞工作的學術場域。在科技經常被視爲中立，甚或迷戀科技，以及研究與教學工作同樣面對高度資本化影響的脈絡下，新聞學者似乎也同樣害怕跟不上數位環境轉變，然後促成一種「技術」研究旨趣[2]的風險。相關研究多半聚焦在描述、分析、預測等工作上，很少進行批判或回身反思科技與新聞本質間的關係。基本上，這種技術旨趣似乎與實務工作習慣的實用立場相互配對，形成理解與研究新聞工作的很好組合，並實際產生了眾多研究，不過對應本書努力從潮流中轉身，重新論述新聞可能是什麼的企圖，這裡存在一組書寫新聞學的關鍵。

首先，在承認資本主義邏輯的預設下，實務場域採取實用立場面對科技議題算是順理成章，甚至被鼓勵的事，儘管諸如翻抄改寫、以使用者偏好爲基礎的新聞推薦演算法有所爭議，但歐美重要媒體發展出來的資料新聞學、計算機新聞學等作法也證明它們的確走出新的蹊徑。不過對於學術

作的若干主題。

2 Habermas（1971）將社會科學的旨趣區分成：「經驗——分析的科學研究」的技術旨趣、「歷史——解釋學的科學研究」的實踐旨趣、「批判傾向的科學」的解放旨趣。

場域來說，站在實用立場，透過技術旨趣看問題有其必要，只是這種作法需要承擔一定風險，即，實務場域所擁有的更純熟實作能力、更多資源進行創新、更強市場敏感度，加上相當寫實的生存需求，這些事實經常殘酷地指向：實務場域硬是比學術場域更擅長在新科技上創新或尋找出路，更多實戰經驗也硬是讓他們更爲精熟各式新型態新聞工作。我們不難從社群媒體、演算法在新聞媒體的實際運用看出端倪。也就是說，除非學術工作具有更深的創新能力，看到更多運用科技的可能性，否則我們需要回頭認眞思考，當下學術場域沸沸揚揚討論的資料新聞學、資訊視覺化等現象，是否就只是一套套跟隨實務場域發明，改用學術形式進行描述、引介，賦予學術名稱的論述工作而已，整體成就一種「跟隨」的新聞學。特別就臺灣新聞場域而言，因爲本土相關實務作爲不足，還得藉由英美國家經驗才能理解資料新聞學等實際作法的現狀，致使學術場域不只是在跟隨，更像是在進行學術複製工作。

跟隨或複製的邏輯並非不行，只是在講究技術旨趣的研究脈絡之下，「跟隨」的新聞學像是一種反諷。反諷著原本應該強調探索、創新的學術研究，成爲複製工作，或者就只是與實務工作亦步亦趨，進行零星式的創新與探索。而且就實務論實務，學校從技能角度教授相關課程時也具有合法性問題，很難教得比有純熟操作經驗的資深實務工作者來得好。再或者在臺灣，諸如 360 度新聞學才剛引進，實際運用狀況不如國外成熟，因此即便實務領域師資也可能不純熟於相關技能。

其次，或許也是更重要地，「跟隨」不自覺地改變了學術與實務場域的關係，並且可能讓新聞學失去反思與批判的能量。如果藉由以往新聞學有關政治管制、資本主義的論述來看，在過去，學術場域除了透過技術旨趣與實證方式來研究新聞相關現象，在新聞專業的堅持之上，學術場域對新聞工作也像是保持一種批判與反思成分。例如對於資本主義這個「壞人」的警覺，便讓政治經濟學扮演了重要角色，更成就了一度汗牛充棟，現在不難從圖書館架上找到的眾多書籍。又例如在臺灣，解嚴前後，學術場域不時批判著威權體系如何干預新聞工作，表達對黨國媒體結構的擔憂

（林麗雲，2000；馮建三，1995；鄭瑞城等，1993）。而大約在 2000 年以後，當新聞媒體商業化壓過新聞專業，學術場域更是極爲關切與批判結構所有權、市場邏輯，以及置入行銷、每分鐘收視率等具體商業化作爲對新聞專業的影響（王毓莉，2014；林照眞，2005、2009；陳炳宏，2005；陳炳宏、鄭麗琪，2003；劉昌德、羅世宏，2005；羅文輝、劉蕙苓，2006）。

然而時至今日，相對於資本主義、政治管制這兩項標的，在科技看似無害、看似與專業無關的狀態下，「跟隨」實務場域的研究樣態，實際促成了偏向描述性、實證式研究論述的可能性。再加上或許因爲過去批判始終不見成效，學術場域失去批判資本主義的興趣與動力，甚至由於高度發展的資本主義已經被自然化，不再被認爲是個問題，種種情況都讓我們需要開始思考少了批判資本主義的新聞學研究是否也因此遺失了批判與反思這項學術工作應該具有的根本性意圖與能力。當然，批判絕非代表否定，也絕非只有政治經濟學式的批判才是批判，這裡主張的批判或反思[3]指涉的是學術研究對於研究現象進行深入思考的心態與能力，藉此穿透表象背後的深層結構，理解新聞究竟是如何運作、科技與新聞本質具有何種辯證關係，並且探詢各種新的可能性。

研究不應該只是描述、預測社會現象而已。也就是說，如果學術場域不只有 Habermas（1971）所說的技術的旨趣，也應該包含解放的旨趣，那麼新聞學要做的就不應該只是去理解沉浸式新聞要怎麼做、又該如何用

[3] 這裡的批判或反思包含傳統批判理論看穿社會現象表面，將行動者從深層結構解放出來的意義，但於此同時，也想嘗試逃脫傳統批判理論給予人陰謀論式的刻板印象。也就是說，本書主張諸如政治經濟學有助於行動者解放，卻不應該壟斷批判的話語權，因爲如此壟斷將顯得批判理論的霸道。因此，這裡的批判與反思適合用更廣義方式加以理解，說明研究應該逃脫描述、預測現象的習慣，能夠透過對本質的觀察分析看到行動者如何被解構所限，並提出更多可能性。

機器人做新聞，也需要花時間探索這些新工作方式對於科技的預設是什麼？對於新聞又有什麼樣的預設？這些預設如何框限新聞工作的想像與視野？或者，也需要去理解諸如開放資料源（open data sources）對應著什麼樣的意識型態結構？對於新聞本質的影響又是什麼？學術場域不應該只是跟隨實務現狀做研究，在科技浪潮下，同樣需要堅持學術研究的批判與反思使命。

最後，在「變」被認爲是唯一不變事物的「後」現代脈絡中，各式新型態新聞學的確值得被關切，不過，倘若我們沒有放棄古典或經典的存在意義，那麼，在忙碌探索各種新型態新聞學之際，重新從古典出發，探討新聞本質的轉變是有意義的事。僅是因爲「過去」、「舊」這樣的語藝理由就忽略它，甚至認爲應該拋棄，似乎並非明智決策。也因此，再一次地，即便不在勢頭上，我們還是需要新聞學書籍。它不應該是重申、緬懷過去新聞定義的教科書；不應該單純作爲教導如何做的操作手冊；也不應該只是奉政治經濟學爲圭臬，然後就是對照理論逐筆批判新聞工作的書籍，相對地，它需要是一本在以「新」爲信仰的「後」現代情境中[4]，帶有反思批判成分，重新定義新聞學的專書。

第二節 觀察新聞工作轉變的三項軸線

新聞並非固定不變的概念，長期來看，它處於一種隨社會情境改變的演化狀態。而資本主義、科技，加上「後」現代特徵是三項影響演化的關鍵因素，並且三者是透過互爲因果的複雜關係產生影響力。也就是說，即

4 當下應該被稱爲第二現代性、現代性後期，屬於現代性時期的延伸，或者是全新的時期，與現代性具有根本性的斷裂，西方學者有著不同看法。不過由於歷史進程並非本書重點，因此對此問題不多做著墨。但，基於行文需要，策略性地將「後」括號起來，用以代表當下這個與以往現代性不太一樣的時期。

便學術場域曾經非常擔憂資本主義，對此做了非常多的論述，當下則有許多人從數位科技角度關切發生了什麼改變，但單因論的解釋終究簡化了對於新聞工作的理解。

一、軸線I：高度發展的資本主義

資本主義對於新聞演化的影響力不難理解。特別是在資本主義高度發展的社會中，新聞媒體終究難以逃避商業化的困境，差別往往僅在於各國家各自利用了哪些制度設計來解決問題？又發揮了多少效果？或者悲觀地說，能阻延資本主義滲入新聞室到何時。也因此，在西方社會，資本主義對新聞工作的影響是討論已久的課題。

（一）資本主義作爲負面影響因素

McManus（1994）提出的市場導向新聞學像是做了簡單的統整與定調。他描述資本主義社會中，新聞產製不只考慮專業邏輯而已，投資者、廣告主、閱聽人、消息來源都會發揮影響力，然後再由市場邏輯帶來新聞商業化問題。在新聞商業化的架構下，學者們關心許多主題，例如資本主義、大型企業與媒介表現的關係（Bogart, 1995; Curran, 1977; Murdock, 1982）；管理作爲如何干預新聞室運作（Chomsky, 1999; Underwood, 1993）；編輯室如何因爲收視率與閱報率迎合閱聽人喜好，出現通俗新聞與小報化（林思平，2008；蘇蘅，2002；Birds, 2009; Otto, Glogger, & Boukes, 2017）、感官新聞（王泰俐，2015；Grabe, Zhou, & Barnett, 2001; Molek-Kozakowska, 2013; Tannenbaum & Lynch, 1960）的情形；媒介經濟學者則探討諸如投資程度、競爭態勢、發行量、廣告利潤與媒介品質間的關係（Chen, Thorson, & Lacy, 2005; Picard, 1989, 2004）。或者，這些主題也具體反映在臺灣新聞場域發生的案例中，如 1994 年自立晚報發起的新聞室社會公約運動；2008 年旺旺集團收購中國時報媒體集團；2005 年中華傳播學刊第 8 期更是對置入性行銷有所討論。

整體來說，新聞商業化由來已久、已有許多批評（McManus, 2009），也因爲各種批判擔憂，在過去，學術場域與新聞專業人士不只企圖將商業阻隔在新聞室之外，不讓廣告主、政治人物干涉新聞產製，也想要盡力避免新聞工作者在新聞室內受到老闆、主管個人喜好的干預。這些涉及外部自主與內部自主的理想，實際凸顯學術場域是以新聞專業作爲新聞學書寫標準的事實。只不過令人洩氣的是，無論新聞學如何描述，資本主義終究是強勢的，並沒有因爲學術場域的批評而式微。對學術場域來說，過去與現在，資本主義似乎總是促成用不合標準的方式做新聞、定義新聞，差別僅在於批判聲量的大小，以及會跟隨時空轉換更改形式，例如從原先爭奪發行量、收視率，轉變成數位環境中點擊率的爭奪。內外部新聞自主、小報化等問題亦是依然存在，甚至因爲網路新聞較不受法律管制，而用更誇張形式出現。

（二）資本主義作爲一種基底力量

如果借用實證主義術語，爲數眾多聚焦於資本主義的研究，像是採用一種將資本主義視爲自變項，而且是唯一自變項的方式，詳細分析了新聞工作相關問題，只是就在這種作法創造出豐富研究論述的同時，卻也需要注意兩件相互關連的事情。首先，在資本主義沛之莫然能禦的氣勢下，無論是因爲長期批判沒有得到回應，社會與學術場域因而感到疲乏、失望，不再關切相關議題；社會大眾對於重複發生事件的熱度會逐次遞減、衰竭，例如置入行銷從一度沸沸揚揚的討論變得不再引起共鳴；學術研究也有流行熱潮，當下已將焦點轉移到新科技上；再或者，愈是高度資本化的社會愈是創造 Marcuse（1964／劉繼譯，2015）描述的單向度社會，讓大眾失去了批判力與戰鬥力，我們不難發現以上各種原因共同造成當下一種資本主義依舊存在、影響愈來愈深，但檯面上討論卻愈來愈少的現象。資本主義像是從原本深受關切的焦點，轉而成爲看不見的地基，不被注意、卻深深影響新聞工作的運作，定義了新聞是什麼。

其次，回應「地基」比喻，本書主張，跟隨當代社會被標示爲資本主義高度發展社會的事實，資本主義更適合被視爲一種常數，一種導引社會轉變的基底力量，而非只是實證研究中的自變項。或者換個方法進行解釋，在數位科技同時攫取學術與實務場域關注的當下，科技的確擁有不可磨滅、主導新聞演化的潛力，但在資本主義高度發展社會中，更可能出現的狀況是，作爲社會基底因素的資本主義，用複雜的因果途徑結合科技發展，共同影響新聞的演化。資本主義可能直接影響新聞工作、可能與數位科技聯手影響新聞工作，也可能先引導了數位科技的發展方向再影響新聞工作。

例如，一直以來，對於網路媒體有著以下說法：網路具有實踐民主理想的可能性，能夠顚覆已不受信任的代議制度，讓選民重新取回權力；網路可以終結受財團控制的新聞事業，釋放傳統新聞媒體所壟斷的權力，讓專業記者、公民記者得到更多賦權，消費者也得以轉變成創用者（prosumer）。基本上，這些說法的確描述了網路之於民主、新聞工作的理想，但卻也得留心這種樂觀說法是將網路放在理想眞空情境，視爲唯一自變項推導出的結果。或者，在盡力避免掉入類似性善或性惡永無止境爭論的情形下，至少我們得承認另一種悲觀說法，在眞實世界，網路不是單因、按照理想發揮影響力，Sunstein（2009）便論述了另一種網路與民主的關係。

進一步，同時也回到資本主義作爲基底力量的命題。在資本主義高度發展的當下，我們很難否認資本主義實際引導了網路朝向更商業化方向邁進，甚至這種力量大於科技的潛能。Curran、Fenton 與 Freedman 等人（2012／馮建三譯，2015）便透過《誤解網際網路》詳細做出論述。網路的確帶來改造舊有新聞體制的機會，懷抱更民主、更賦權、更專業的理想，不過在資本主義社會中實際發生的卻是更多的新聞媒體一方面縮減編採人力，一方面又強調即時更新，賦予記者更多工作要求，然後造成翻抄改寫彼此新聞，新聞發生錯誤的狀況成爲常態。

當然，Curran 等人的政治經濟學式說法是可以被爭議討論的，這裡更沒有資本主義決定論的企圖，不過不諱言地，本書的確主張，當高度發展資本主義被標示爲當代社會特徵，或被認爲是「後」現代社會的關鍵成分，即便數位科技成爲研究舞台焦點，但資本主義仍是不可以被忽略的關鍵概念，它持續以後設、全面、作爲基底，以及與其他因素交互作用的方式發揮影響力，導引著新聞工作演化。我們不應只顧聚焦科技，而忽略資本主義的重要性。

二、軸線II：科技驅動的新型態新聞工作

近年來，無論是因爲各種數位、行動科技本身的使用機緣（affordance），或是被新聞媒體實際用來進行創新、媒體轉型，科技與其創造的各式新聞學是帶領新聞場域整體前進的重要力量，也是理解當下新聞工作的關鍵軸線，只是這條軸線需要從兩方面進行深入解讀。

（一）複雜的科技與新聞創新現象

科技的討論經常呈現一種二元式爭論，總有人站在支持或反對立場提出各自論述，例如網路究竟是解放民眾，促進民主化？或產生民粹、同溫層，傷害民主？基本上，爭論有助釐清問題，立場鮮明的論述更是容易理解與書寫，不過麻煩的是，立場鮮明、看似明快的論述往往會錯過科技發展過程中複雜的關係轉折，有著將複雜現象過度化約的風險。

以樂觀說法爲例，行動與數位科技的出現的確讓新聞工作得到所謂的解放。資料新聞學打破傳統媒體壟斷新聞產製的話語權與實作權，讓一般民眾、公民記者可以參與新聞工作，表達自己的想法。創業新聞學亦解放傳統媒體壟斷新聞工作的態勢，記者可以發展自己的小型媒體，不必再受制於勞動條件不佳或不夠專業的傳統媒體。只是在這些肯定、明快論述的背後，卻也複雜交錯著其他問題，例如無論資料新聞學或創業新聞學，都代表著新聞工作開始需要新能力，如資訊能力、行銷能力等。這些新的新聞工作彷彿對應「後」現代特質：跨界。然後既然是跨界，便不得不承認高品質的資料新聞學與創業新聞學不是說做就做，說教就教，它需要細緻分析在現有新聞工作基礎上還需要添加哪些能力、這些能力與傳統新聞能力如何搭配或如何衝突、對新聞工作者生涯發展又會有何影響等問題。更重要地，跨界意味新聞工作悄悄地被重新定義，傳統新聞專業遭受到合法性挑戰。如同新聞與業務部門之間像是從原本隔著牆到現在隔著窗簾（Coddington, 2015a），跨界是機會，但也涉及權力問題，理論上代表著新聞工作自主權的喪失，例如在創業新聞或資料新聞學團隊中，記者便很

難維持原本選擇、採訪、寫作的自主性，得加入行銷、資訊工程等考量。再舉個例子，新聞工作納入更多閱聽人考量、開放協作的作法，可以是一種對閱聽人的賦權，但更常出現的狀況是，透過「創新」、「協作」、「公民參與」這些語藝修辭作爲掩護，納入閱聽人只是促成更加商業化的新聞工作。

也就是說，新聞工作的確可能因爲科技得到解放機會，我們也可以對此積極進行論述，但需要注意的是，解放不只是簡單的字面意義而已，它與各種結構、行動者能動性具有辯證關係。簡明、單一角度、單一邏輯的論述容易理解，卻無法清楚描述科技與其創新的複雜辯證關係。或者說，政治經濟學等批判理論善於處理辯證關係，過去也曾充分展現其長處，前述 Curran、Fenton 與 Freedman 等人（2012 ／馮建三譯，2015）《誤解網際網路》便用一本書的規模描述了網路、資本主義、新聞與民主等議題的辯證關係，只是在實證主義、技術旨趣當道、期刊文章爲主流的脈絡下，原本應該理性、需要時間才能完整進行的辯證思維經常被簡單化、規格化、工具化，以致我們在思考科技與其創新問題時，習慣於二分立場，不自覺地創造出單一角度的簡單論述。當然，如果是在有意無意間省略辯證過程，則根本屬於一種語藝運用，就是基於自己支持或反對立場所提出看似結構嚴謹的論述而已。

（二）古典與創新之間

科技對應著創新，並且特別展現於國外大型新聞媒體有關資料新聞學、沉浸新聞學等嘗試之上。在臺灣，至少到目前爲止，或許基於投入資源的限制，採用的是選擇性、或可稱做廉價版複製的創新模仿，並未掌握西方媒體經驗的精髓。臺灣媒體紛紛增加數位新媒體部門、嘗試資訊視覺化等工作，但眞正細緻、甚至超越西方媒體的具體作爲並不多。相對地，學術場域似乎亦是如此，在資本主義法則同樣滲入大學場域的同時，我們不難發現，現今新聞教育致力於開設各種相關課程，把新課程當成是改革、創新的具體實踐，但同樣地，這可能只是模仿西方教育，或跟隨實務場域的作爲而已。當然，這種說法可能顯得嚴苛。

然而無論是眞正的創新，或模仿式創新，反映著新聞場域對於「新」事物的焦慮，擔心自己跟不上潮流，會落伍。簡單從演化觀點來看，這種由科技帶領新聞場域向前走的狀況無可厚非，但不可否認地，在資本主義脈絡中，創新經常帶有商業目的，不見得符合社會整體利益。又或者在投入資源不足，只是選擇性模仿國外創新成果的臺灣新聞實務情境，創新的模仿意味著缺乏創新原本應該具有的開創精神，甚至就是成就一種打了折扣的形式模仿而已。這些事實促成我們需要注意，在迷戀新科技的資本主義社會，創新是否只是一種被包裝過的政治正確？一種被標示著「進步」的語藝？各式新型態新聞工作是否又只是一種流行？

學術場域熱烈關切科技創新、關切新型態新聞學需要被鼓勵，這是學術工作本來就應該具有的開創本質，而教育工作也不應該不自覺地落入「跟隨」模式，以實務場域馬首是瞻，但就新聞學書寫來說，如果就只是流行式地關切創新相關問題，很可能會落入一種單看現在，放棄過去的思考方式。在演化過程中，我們可以將各式新型態新聞學的出現視爲一種自然選擇過程，只不過也因爲是演化，所以過去也是有意義的。例如資料新聞學具有開放資料源等基因，但也與電腦輔助報導、精確新聞報導有著一定的歷史脈絡（Coddington, 2015b; Heravi, 2019），更承襲著公共、事實這些古典新聞成分。也就是說，有關新聞學的書寫需要遊走在新與舊之間，不自覺地就語意做出切割會有一定的風險。在極端狀況下，因爲缺乏對於古典成分的關切，幾年以後，我們面對的極有可能是種演化後的新物種，名稱中有著「新聞」二字，卻缺乏新聞的實質意涵，然後，古典新聞學也因此進入瀕臨滅絕的狀態。

新聞學應該演化，古典新聞學滅絕也是一種演化選項，只是倘若我們眞誠認爲無論形式如何變，新聞學應該還是具有不變的古典本質，那麼除了關切創新、關切新型態新聞學，新聞學的書寫也得複習古典成分，檢視新聞被帶到了哪個方向，當下的新聞究竟是什麼樣子。

三、軸線III：「後」現代氛圍

除上述兩股力量，「後」現代氛圍用一種不受注意的方式參與了新聞工作的改變，也得到部分學者關注（Gade, 2011; Bogaerts & Carpentier, 2013; Wahl-Jorgensen, 2016）。社會學標定的「『後』現代」具有多樣意涵。簡單來說，它是以高度發展資本主義作為基礎，包含了消費、全球化、風險、虛擬與仿物、液態等特徵。對應新聞工作的整體討論，這裡針對「液態性」與「公關化與展演」進行說明。

（一）液態性

跟隨西方社會現代性高度發展的事實，Bauman（2000, 2003, 2004）提出的液態現代性是用來說明當下社會特徵的重要概念。對照以往具有福特主義風格，強調穩定、時間累積、龐大的沉重資本主義，Bauman 認為液態是輕盈、不穩定的，身處液態現代性，行動者經常處於一連串重新開始的狀態，擔憂自己落後、擔憂沒趕上快速移動的事件、擔憂沒注意到東西已經不再流行。再配合資本主義高度發展的消費脈絡進行觀看，液態反應的是消費者會不斷買進最新、最流行的東西，同時間又沒有太多痛苦地把過時東西拋棄。也因此，液態社會以流動、沒有負擔作為美德，不強調永恆，也不強調忠誠於某項人、事或物。

在 Bauman 利用液態概念分析許多現象（例如工作、時間空間、認同、情感等）的同時，新聞工作也整體跟隨資本主義高度發展而顯現類似特徵。這種轉變雖然不如前兩項軸線受到新聞場域重視，卻也重要。Deuze（2007, 2008a; Deuze & Witschge, 2018）便關切液態概念與新聞工作轉變的關係，Bogaerts 與 Carpentier（2013）也認為新聞業進入液態脈絡後，支撐過去新聞論述的專業性格逐漸不適用，而 Kantola（2012）、Koljonen（2013），以及 Jaakkola、Hellman、Koljonen 與 Väliverronen（2015）三組研究，則透過液態概念比較了以往與當下新聞工作的特徵。例如在過去，記者重視服務公眾，用事實、平衡的資訊滋養公眾；對娛樂化與小報化新聞有所批評；從事工作時，在意與消息來源建立關係；重視自己作爲專家、機構性的自我認同，以及記者職業生涯。當下，新聞工作明顯液態化，新聞工作者不再重視客觀中立，願意表達自己意見；喜歡從閱聽人角度思考問題，而與官方議題保持距離；與採訪對象保持臨時性關係，而非長久關係；新聞可以是好玩、隨時轉換的工作，不重視以記者作爲生涯。

或者，張文強（2015）也發現以往部分報社記者擁有一種農耕心態：願意長期耕耘自己路線與人脈，藉此累積獨家新聞與深度報導，再進而累積出作爲記者的榮光與尊嚴，但是在當下，伴隨著社會整體液態化，新聞工作也轉向不強調從一而終、沒有負擔、來去輕盈的關係。這裡主張，無論液態轉向是有意或無意的行爲，對新聞工作來說，其影響是十分深層、需要充分理解的。例如，新聞專業的崩解便可能與液態化有關。當記者不再將新聞視爲志業，隨時有轉職的意願，新聞便也成爲一種普通工作而已，太多的投入反而會讓自己想離職時無法瀟灑離去，不夠輕盈，然後這種狀態配合上忠誠不再是美德的液態特性，更進一步讓新聞工作者難以發展出新聞專業的身分認同。再或者說，大量翻抄改寫式的新聞、許多沒有充分查證的新聞，這些現象用另一種方式反應新聞正發生改變，當下不需要投入太多精力，只要做出像新聞的新聞即可，然後演繹著液態現代性的「可拋棄」（Bauman, 2004）特質。如同液態脈絡下的商品有著生產出來就等待被拋棄的命運，有些商品本身便被設計成拋棄式，或者消費者也不再期待永久使用某項商品，甚或拋棄之後才能騰出空間給新款式，這些「新聞」像是爲生產而生產出來的，不期待雋永、經世濟民，同樣在生產出來後便落入被廢棄的命運。

液態性的影響是深層、多樣的，是需要關切的重要軸線，也是這本新聞學書籍的書寫軸線之一。

（二）公關化與展演

Bauman（2000, 2003, 2004）透過多本專書論述的社會液態化特徵，是分析當代新聞特徵與工作方式的重要參考。不過除此之外，甚少被人提及的公關化與展演現象，是理解當下「後」現代新聞工作的另一項重要特徵，這部分將在第七章有詳細描述，此處先簡單加以說明。

近年流行的媒介化（mediatization）理論（Hjarvard, 2008; Strömbäck, 2008）說明媒介深入當代生活，驅使政治、宗教等領域改變原本行事方式，參照媒體邏輯做事的事實。政治媒介化理論認爲迎合媒體邏輯可以爲政治人物創造媒體曝光機會，然後再轉化成選民支持度，也因此，政治場域開始出現以下迎合媒體邏輯的特徵：景觀化、個人化、形塑議題、簡單化與片斷化、挑選引人注意與展現注意的事件（Mazzoleni, 2014）。具體來說，我們不難發現氣勢磅礡的造勢場合是現今選舉必要的要件，又例如不少政治人物開始利用媒體喜歡的民粹語言在鏡頭前說話，以取得曝光機會。

基本上，政治媒介化研究強調的是政治場域愈加重視、甚至屈服於媒介邏輯，這種主張乍看起來與新聞工作的改變沒有太大關係，不過細部分析可以發現，正因新聞媒體在當代社會具有重要位置；政治領域知道媒體重要，想藉此取得好處；再加上就在不久之前，臺灣媒體對於政治人物經常抱持嘲諷狀態，可是政治人物又很難與記者徹底翻臉，這些因素共同促成一種公關化氛圍，企圖透過迎合媒體邏輯的廣義公關操作，影響新聞產製結果。進一步，對應 Davis（2013）描述存在於英美社會的促銷文化脈絡，以及透過社群媒體進行不斷操練，公關化對應著另一種當代社會特徵，即，展演氛圍或能力。我們不難發現，政治人物，也包含一般企業、個別名人在內，這些所謂的消息來源不再只是提供訊息或作爲查證的對象而已。他們開始懂得公關化地與媒體打交道，配合展演，用媒體喜歡的方式經營自己形象、控制自己要說哪些話，設法讓新聞呈現自己想要呈現的角度，必要時將負面新聞殺傷力降至最低。而展演氛圍也影響新聞工作本身，例如引導記者用表演方式做出鏡報導（stand）、鋪陳新聞稿與畫面（張文強，2015）。這些臺灣學術場域尙未嚴肅關切的事實，深層改變了新聞工作及其定義。當政治新聞程度不一地受到公關化與展演氛圍的影響，監督、第四權等古典概念將承受很大衝擊，或者，在公關化與展演脈絡下，傳統新聞工作堅持的事實、公共性概念更是面對極大挑戰。

如同液態特徵，公關化與展演氛圍不只存在於新聞場域，更是整個社會特徵，例如，名人在展演，我們也在社群媒體展演自己（Alperstein, 2019; Herring & Kapidzic, 2015; Marshall, 2010），習慣被人看，也習慣看人。也因爲是社會氛圍，所以影響力道更爲全面與深層。另外，除了液態、公關化與展演氛圍，其他某些現今社會特質，例如嘲諷式的「酸」也默默發揮改變新聞工作的影響力。因此，本書主張除了資本主義、科技創新兩個主軸，還需要在「後」現代社會情境中討論新聞如何改變，以及新聞是什麼。因爲如果我們就是利用習慣的角度做出解釋，資本主義角度很容易讓相關討論掉入資本主義決定論，得到新聞工作「墮落」都是老闆與資本主義害的這類結果。科技創新的角度則很容易進入科技決定論，就是順著科技創新論述改變的發生，看不到其他可能性。

社會現象是複雜的。雖然我們很容易觀察到資本主義與科技創新對新聞工作的影響，兩者也的確是重要因素，而一本書、一次研究選定一項主軸進行單因論述最爲容易，也利於行文書寫，但本書主張，我們應該在能力範圍內，努力透過三者間的交互動態關係進行照看，如此一來，對於新聞的討論將更爲全面。另外，本書從這三項主軸理解新聞工作，不可避免地帶有結構式觀點，因此特別想要提醒，雖然結構如此，並不代表個別記者缺乏突破結構現狀的可能性。或者說，結構之所以牢不可破，很多時候是因爲它們深植在行動者身上，例如當現今記者本身習慣展演，便也不會覺得表演化的 stand 有什麼問題；當閱聽人習慣展演，也就不會思索表演化的 stand 是否違新聞的事實原則。然後因爲習慣，不會出聲表達異議，在習慣中，就是默默跟隨新聞演化不自覺地向前。

第三節 書寫新聞專業論述需要注意的兩件事

本書將順著前述三條軸線觀察新聞工作改變，而作爲一種學術理論式的書寫，這裡還需要說明兩件與「理論」有關的事情，一是在實務成分濃厚的新聞場域，我們該如何看待理論與實務的關係，新聞學又該如何關照與包含新聞實務工作所採用的實用邏輯。二是無論因為主動挪用或出於西方學術理論的殖民，在臺灣，我們需要注意新聞學作為一種複製西方理論的處境。

一、理論與實踐的複雜關係

作為應用學科，新聞學需要處理實務場域的各種議題，這種狀況說明了當下學術場域為何花費許多時間討論實務工作的新科技議題，但它也讓理論與實務的差距成為新聞學研究與教育的重要問題。例如 Zelizer（2004a）便描述新聞學研究者與新聞工作者往往有著不同看法，而且新聞學並未對應所有新聞工作，而是用硬性新聞來看事情。

本書主張，理解這項差距的關鍵在於，新聞學者需要留心新聞學論述的是專業、質報式的新聞工作，但現實中存在著其他新聞工作形式，也就是說，如果不加注意，我們很容易忽略新聞學所隱含著的單數預設，可是實際新聞工作的形式卻是複數，忽略這種差異很容易產生理論無法解釋實務工作的困境。

（一）單數的新聞學，複數的新聞工作形式

十九世紀中葉，美國大眾化報業興起被視為現代新聞工作的開端，隨後大致開啟了一段有新聞工作，沒有新聞學的年代。這段期間，擺脫政黨色彩的報紙朝向商業化發展，新聞工作邊摸索邊發展，然後在十九世紀末期發展出引起眾多批評的黃色新聞（Barnhurst & Nerone, 2009; Schudson, 1978）。

不過彷彿物極必反般，大致也在十九世紀末，新聞場域開始分裂，出現 Schudson（1978）描述的故事取向與資訊取向兩種新聞工作形式。故事取向新聞工作持續以商業方式經營，持續有著與現代新聞類似的羶色腥現象，另一種資訊取向新聞工作，則由《紐約時報》、《華盛頓郵報》的改變出發，配合二十世紀初期從技藝工作轉向專業工作的企圖，新聞的專業作法逐漸形成。新聞不只是在說故事，而是可以用來提供社會足夠的

資訊與知識（Park, 1940），藉此理解生活周遭，作爲民主基礎。同時，對應普立茲（J. Pulitzer）開始在大學設立新聞系所（Adam, 2001; Emery, Emery, & Roberts, 1996; Schudson, 1978），新聞學開始建制化，出現既有新聞工作，也有新聞學，實務與理論並存的情形。只不過新聞實務場域不只存在一種工作形式，至少可分成質報與量報，抑或 Schudson（1978）所述資訊取向與故事取向兩種作法。因此，準確來說，我們習慣的新聞學對應的是源自質報，再經學術場域延伸出來的專業新聞工作，相對地，實務媒體卻非都依循專業方式工作，故事取向工作方式一直存在的事實，便回應了新聞學有時不具解釋力的質疑。

換個說法，新聞學的確在提供或教導一種新聞作法，而且是專業新聞的作法；新聞學的應然面規訓成分（紀慧君，2002），則將想從事新聞工作的人變成專業新聞工作者，而非故事或其他取向的新聞工作者。基於民主、公共利益，新聞學有理由做出如此主張與堅持，可是也因如此，當新聞學以標準、範本姿態出現，寫實的實務場域總會有做不到的難處，理論與實務自然出現差距。殘忍地說，在高度資本主義的媒體情境，實務場域就是依照小報、故事取向、感官新聞等形式工作時，理論對不上實務更是自然。再殘忍一點，一旦利潤與老闆利益成爲最重要目標時，對實務場域來說，理論對不上實務根本就不是問題。

我們的知識觀，特別是有關新聞教育的知識觀，又加深新聞學的麻煩。一直以來，美國式新聞教育對應的是一種產業取向模式（Mensing, 2010），早期更以報紙爲標準教導新聞採訪、寫作等技法。不難想像，產業取向模式期待理論與實務是對應的，新聞學理論應該能夠解決實務問題，一旦兩者對應不起來，學術場域會直覺地質疑實務工作墮落，實務場域則直覺地認爲質疑學校教的東西過時、沒有用。而就過去與當下相比，差別在於過去學術工作較被尊敬，實務場域相對不敢赤裸提出質疑，當下，在高度資本主義作爲基底等原因幫襯下，因爲學校期待業界幫忙，以及就業率成爲評估辦學成果的指標，實務場域的指責便也直接起來，學校則開始致力於開設能夠增加學生就業率、業界認爲需要開設的課程，以免被指責學校教的內容沒用。

最後，還是想要一提，對其他沒有這麼多標準與範本的行業來說，似乎不會引發如此複雜的理論與實務困境。也就是說，新聞學的困境或許正意味著其本身的存在價值。如果新聞學完全對應實務場域慣用工作方式，雖然不再會有理論與實務差距的問題，但跟隨式的新聞學也可能因此失去存在價值。而這也是當下跟隨產業科技發展前進的新聞學術場域需要注意的地方。

（二）新聞學與新聞工作的實用邏輯[5]

當然，「有用」可以是一種評估新聞學的指標，只是在思索或批判當下新聞學有沒有用時，似乎得先承認單數、專業的新聞學對上複數、寫實的實務新聞工作方式，讓「新聞學要有用」這個命題有著先天難以完備的宿命。或者聚焦工具角度，實務與學術場域於運用科技時本來就有時間落差，以現今數位科技的運用爲例，一旦學術場域並非領先進行創新，而就是跟隨業界運用科技的方式，進行介紹、描述與預測工作，自然容易發生

---

5 實用邏輯是挪用 Bourdieu（1990）的說法（logic of practice）。我主張新聞學術場域習慣的新聞專業是依循專業邏輯進行論述，這套經學術分析、蒸餾的邏輯具有抽象、應然面與去情境化特徵，但相對來說，在實務場域，新聞工作者是依循實用邏輯決定工作該怎麼做，這套實用邏輯則是考量各種現實因素的結果，是務實的、依情境決定的。而實用邏輯會進一步對應著不同具體工作方式或技術，一旦這些技術在組織內經過考驗則可能常規化成爲常規。

例如數位科技促成當下新聞工作強調速度的實用邏輯，這種邏輯讓現今記者發展出某些查證技術，例如打電話而非當面查證、用網路資料查證、用事後更新取代事前查證等，或者於寫作層面發展出翻抄改寫、簡短即時新聞等技術。而經過時間篩選，同時經過反覆練習，某些查證技術會進一步成爲實務場域的工作常規，讓記者就是不問原因，或也說不出原因，就是依工作常規工作著。

專業邏輯與實用邏輯的差異，或許正是理論與實務差異的重要原因，不過需要注意，兩種邏輯並非完全互斥，例如質報記者的實用邏輯或與新聞專業邏輯便有所重疊，如同樣強調公共性等。最後，第六章還會有實用邏輯、常規的相關討論。

追不上業界的情形。再現實點，學校教育跟不上業界設備的現實狀況，更難替學校教的新聞學沒有用這種說法做出爭辯。

除了以上原因，或許另一項關鍵在於「理論」不只一種。就在學術場域運用自己的理論進行論述，完成學術業績的同時，實務工作者其實也有著屬於自己的「理論」，他們做新聞時直接感受各種現實壓力，需要依照情境拿捏當下作法，再經過經驗累積發展出屬於實務工作的實用邏輯（張文強，2015）。也就是說，如同一般人經常拿著常人理論解決問題，實務工作者是用實用邏輯這種「理論」處理工作問題。

以新聞查證爲例，在新聞必須報導事實這項最高專業原則下，新聞學極爲在意新聞事實的查證。只是深入實務情境可以發現，即便是信奉專業的記者，查證經常與自保這個現實原因有關，企圖藉此避免自己被告，或者就算被告，也不致面對嚴苛的法律責任。也就是說，這項現實原因配合上同樣重要，甚至更重要的截稿時間、獨家新聞壓力，讓記者雖然會做查證，卻不會如同專業要求的盡善盡美。專業自持的記者會盡力做到最後一刻，然後就現狀發稿，其他記者則是用「有打電話」作爲標準，即便對方沒接，也認爲盡了查證責任。另外，依新聞學標準，記者應該就查證結果寫新聞，但我們不難發現，即便查證後屬實，一旦考慮到養新聞、養人脈，或簡單的人情義理，有時候，記者最後也不會將查證到的全部事實公開。或者反過來，因爲所屬媒體要求做這則新聞，即便查證不到、當事人否認，還是用若干自保技巧將新聞做出來。

在這種狀況下，雙方像是在兩條軌道前進，學術場域關心的是專業邏輯，業界依循的是實用邏輯。而基於上述理由，本書主張一種略帶矛盾的書寫立場，一方面，本書主張新聞學不應該只從專業邏輯切入，也得注意實用邏輯，如此才能更爲貼近、理解實務場域，也才不會只是作爲應然面的樣板。另一方面，如前面所述，在「有用」之外，本書主張一種批判、反思立場書寫新聞學的態度，特別在新聞教育不自覺被化約成知識能力訓練的狀況下，如果回到研究作爲解放與批判的功能（Habermas, 1971），新聞學需要更多批判與反思，藉由所謂的學術理論，配合倫理、態度、意志等不在知識能力討論範圍內的概念，幫助實務工作者發動對於自己工作方式的反思，然後進一步完成做中學的正向循環（Schön, 1987）。也就是說，新聞學可以是專業、學術的，藉此進行新聞工作現象的批判與反思，而非只是習慣於技術旨趣，進行實務工作的描述與預測，同時間，如果學術場域真的相信自身強調的民主語境，例如主張將傳統媒體壟斷新聞產製的權力解放出來給公民記者、閱聽人，那麼，新聞學本身也應該解放，至少盡力成為包容業界對於新聞工作詮釋的文本論述。這屬於一種學術場域對於自身的批判與反思，對於以往壟斷新聞論述合法性的解放。

二、西方新聞學的殖民

新聞學是一組關於新聞工作該如何進行的觀念與規範組合，或許，也可以說是新聞學者與部分新聞工作者的一種信仰。然而無論如何，我們需要意識一個關鍵問題：新聞具有盎格魯薩克遜式特徵（Chalaby, 1998）。Schudson（1978）在重要著作《發現新聞》（*Discovering News*）中對於新聞工作發展的描述，便說明現今普遍為人接受的新聞學，最初所具有的盎格魯在地性格與淵源。只不過之後跟隨西方國家的勢力擴張，這套強調公共、客觀的新聞學概念，連同民主等其他制度大舉殖民到其他國家，逐漸成為主導新聞是什麼的霸權模式（Nerone, 2012），現今我們認知新聞工作的當然版本。

臺灣反映了這種新聞學理論的移植或殖民過程。我們不難發現臺灣新聞教育與英美新聞學間的關係，最早的政治大學新聞系便與美國密蘇里學院有著極深淵源（羅文輝，1989），然後向外開枝散葉，訓練出不少臺灣新聞改造年代的記者，以及傳遞新聞學理論的大學老師與研究者。我們經常使用、參考美國新聞學教科書，或是採取美式新聞架構進行研究、對實務現象提出評論，這些作為對於公共、客觀的強調，也不言而喻地說明美式新聞學的霸權位置。

新聞學理論的移植或殖民建立了臺灣社會對於新聞工作的想像，但也帶來某種水土不服的麻煩。蘇蘅（2018）便描述了以西方新聞自由和言論自由爲基礎的專業主義，因爲臺灣獨特的政治與經濟因素而無法在臺灣完整、穩定發展，也未能抓到自主這個核心概念。不可否認地，觀念移植本來就有橘逾淮爲枳的疑慮，想要完美移植新聞專業與新聞學都是艱鉅的事情，也因此在看待與討論移植來的新聞學時，需要注意兩個層面的特徵。

（一）移植的新聞學

首先，就英美新聞專業發展來說，是與西方民主、言論自由等概念共同經歷長時間演化而來的。在美國，十九世紀末，《紐約時報》等媒體促動的資訊取向新聞是新聞專業的濫觴，隨後再由大學系所接手發展出建制化、系統化的新聞學。也因此，雖然不是所有新聞工作者都依專業行事，歷史上也總有黃色新聞、感官新聞，但這段複雜、寫入新聞學與新聞史教科書的漫長過程，意味在不完美中，新聞專業是內生於英美實務場域，然後成爲現今理所當然的存在。

然而在臺灣，新聞專業、新聞學則是一種觀念移植，而且無論是從馬星野、董顯光時期算起（羅文輝，1989），或解嚴前後熱切改造新聞的時期，新聞學被移植到一個迥異於西方新聞自由的社會脈絡中，其間，透過學校教育的努力，學術場域扮演吃重的引介、引領或啟蒙的角色。不難發現，這種啟蒙在解嚴前後十分明顯，當時新聞發展一度見證著新聞教育的成果。只是隨後新聞工作快速市場化中斷了這段發展歷程，然後在資本主義高度發展，以及學術場域受尊重程度下降的當下社會脈絡中，沒有時間徹底生根、移植而非內生的事實，讓新聞專業、新聞學像是學術場域鼓吹的想像，理論與實踐之間更顯分裂。當下，臺灣新聞場域呈現一種兵分兩路的狀態（張文強，2018），從早期客觀新聞報導到現今流行的資料新聞學等，學界持續跟隨與引進西方路徑，持續用學術式專業作爲標準想像新聞工作，然後經常換來不食人間煙火的回應。相對地，缺乏專業基因的實務場域，就是用草根方式發展出屬於自己的實用邏輯，學術場域則只能徒呼負負，乾脆不再理睬。

也因爲這種發展狀況，臺灣新聞學的書寫比西方社會更需要關切實用邏輯成分，如此才可能貼近理解實務場域在做些什麼，也才能夠提出中肯的批判與質疑，以修補利用西方理論分析臺灣脈絡時的扞格不入。否則當實務場域根本不理睬學術新聞學，就是用自己邏輯行事時，理論與實務將徹底成為兩個世界，擁有話語權的學術場域就是依照新聞學標準進行批評，展現一種論述的暴力；實務場域則是相應不理，就是用自己方式做新聞，展現實作的暴力（張文強，2015）。

（二）允許複數新聞學的可能性

如果不刻意提醒，利用英美新聞學理解臺灣新聞工作的作法，反映一種單數新聞學的觀點：新聞學就是我們習慣的那一種，而新聞工作也應該就是那種樣貌，不符合標準的就不是好新聞。

然而如同 Nerone（2015）指出，新聞學（指英美新聞學）這種「學」（-ism）是一種治理新聞的東西，但並非所有形式的新聞都滿足這種新聞學的要求。Hallin 與 Mancini（2004）分析歐洲與北美十八個國家的媒介系統，亦實際發現即使同屬西方國家也具有三種不同新聞模式：自由模式（liberal model），盛行於英國、愛爾蘭與北美；民主統合模式（democratic corporatist model），盛行於歐洲北方國家；極化多元模式（polarized pluralist model），盛行於南歐的地中海國家，而不同模式對應不同工作細節，例如對於客觀的看法不同、評論在新聞工作中的重要性也不同等等。在這種狀況下，我們主張，雖然新聞學的單數觀點有其歷史根源，也實際架構著臺灣新聞學術場域，但事實上，新聞工作具有複數樣貌，理解與治理新聞工作的新聞學也同樣可以是複數，不能只被等同於單一的英美新聞學。再或者說，英美新聞學是《紐約時報》等菁英報紙設定的標準（Hamilton & Tworek, 2017），雖然是學術場域認知新聞的主流，但用它看待新聞工作、等同於所有新聞工作是有風險的。

在西方學術場域本身就在質疑英美新聞學霸權位置，甚至社會學也在反思「現代性」同樣帶歐洲中心主義，理應具有多元樣態（黃瑞祺，2018；Eisenstadt, 2002）的同時，複數新聞學的作法對於我們理解新聞學具有重要啟示。即，一旦我們不自覺進入單數樣態，便很容易認為新聞學與相關研究就是那樣，根本忽略不同類型的新聞工作原則上應該對襯著不同的新聞學。至少，新聞需要考慮在地成分，西方新聞學的規範性特質讓它運用在其他地區時總會有解釋上的問題（Nerone, 2012）。這點也反映當下流行的資料新聞學之上，源於西方菁英媒體的資料新聞學在非西方國家面臨著不同問題與機會（Appelgren, Lindén, & van Dalen, 2019; Mutsvairo, 2019; Wright, Zamith, & Bebawi, 2019），並不如想像中單純。直接複製是移植、單數的思維，甚至只是學術場域不自覺以西方標準爲標準的結果，成就的是一種學術殖民。

順著這種思考，我們不難主張臺灣新聞工作發展，與支撐英美新聞學的社會與媒體環境並不相同。例如美國社會對於現代性、公共場域、言論自由的理解便與臺灣不同，並且促成新聞專業在臺灣的實踐問題。再或者另一項甚少人提及，卻更爲實際的是，不同於臺灣，英美新聞工作對應一個大市場的產業環境，在其中，《紐約時報》、臉書、谷歌等菁英媒體或規模龐大公司可以透過投入大規模資本與企業家精神，在嘗試錯誤間發展出當下各種新型態的新聞工作作法，並且可以利用大市場的競爭優勢逐步等待利潤的累積，期待有機會轉虧爲盈。而這也是諸如 Schlesinger 與 Doyle（2014）會引用破壞性創新分析數位環境新聞工作的原因之一。

因此，當臺灣媒體不具有大市場、大規模資本條件，普遍缺乏企業家精神，加上近十多年產業經濟環境不佳，各種條件先是造成臺灣媒體難以追求新聞專業的現象，會爲了利潤放棄專業堅持，進行置入行銷；調查報導比例愈來愈少，感官式新聞愈來愈多。再來，相較於大市場規模的美國菁英媒體或擁有強健公共廣播系統的國家可以投入更多資源在資料新聞學等創新與實驗上（Appelgren, Lindén, & van Dalen, 2019），面對同樣的數位環境快速發展趨勢，臺灣媒體雖然也強調創新，少數媒體也努力嘗試，但很難否認，如前所述，大部分媒體採取的往往只是某種經過選擇的模仿式創新。例如，因應西方趨勢，臺灣傳統媒體紛紛成立數位新聞平台，然而至少到目前爲止，做的多半是翻抄改寫式的廉價資訊，缺乏眞正數位精神的新聞報導。或者，因爲需要投入大量人力物力資源，而對演算法、機器人新聞學、資料新聞學缺乏興趣，選擇去嘗試較容易模仿的資訊視覺化，可是即便如此，這些模仿似乎也無法做極致，最終呈現出一種有做，然而卻是廉價版本的態勢。大膽來說，同樣是至少到目前爲止，在臺灣，數位創新成爲一種論述成分高於實踐成分的語彙。

實務場域的廉價版模仿帶有許多現實無奈，然而我們也需要留心臺灣學術場域亦在進行模仿。姑且不論學術殖民問題，複製或模仿的確幫忙建構了臺灣現代新聞教育，以及新聞專業樣貌，具有重要意義。不過麻煩的是，在科技帶動美國新聞工作快速轉型，而臺灣學術場域又熱切引進與模仿的同時，往往忽略了需要大資本、大市場支撐的西方模式究竟適不適合臺灣新聞場域這個實際問題。過去，臺灣新聞場域不具完整的客觀、言論自由等傳統，自然會與學術場域引進的西方新聞學發生扞格不入的情形，現今，當臺灣實務場域無論主客觀因素使然很少從事需要大規模投資的數位創新，而學術場域依然習慣以西方新聞學發展趨勢爲依歸事實，像是弔詭展現一種由臺灣新聞學術場域，而非實務場域去對應西方新聞菁英媒體實務的樣態，然後學術與實務兩個無法對應起來的場域，更是愈行愈遠。新型態新聞學的引進也可能與其前輩一樣，同樣成爲應然面論述，缺乏實踐可能性。

再一次地，本書明確認同引入西方理論的作法有其意義，例如在改造年代，新聞專業的確起了一定作用，但如果我們就是在做理論引進與複製，學術工作很容易不自覺地成爲美式新聞學理論生產線的一部分，落入學術殖民的困境。然後再因爲學術績效壓力，讓新聞學研究成爲形式工作而已，就是拿著西方理論比對、分析臺灣現狀，於過去做出臺灣新聞工作不夠專業，現在則主張應該轉型做資料新聞學等制式化結論。

整體來說，本書並非主張與英美新聞學決裂，以建立華人式的新聞學，從原先的文化普遍主義轉移到文化相對主義脈絡描述新聞工作。不過卻也的確主張，在西方學術場域本身便在反思新聞學霸權位置的同時，我們應該接受新聞學可以是複數的概念，沒有理由還是固著於從英美新聞學看事情的習慣。這種主張呼應一種反對歐洲中心普遍主義並不代表就得要進入文化相對主義的說法（Wang & Kou, 2010）。在英美新聞學霸權已成既成事實，以及難以抵擋的全球化脈絡下，現實條件讓我們很難不依英美標準前進，但新聞學可以是複數的概念，提醒我們在主流新聞模式下用更自覺、後設的方式書寫新聞學，以求貼近臺灣新聞場域現狀再進行批判，而非就是用西方標準進行觀看然後得到臺灣不符合標準的結論，或反過來天真認定可以建立起屬於臺灣社會的新聞學。我期待這種書寫方式能夠貼近臺灣新聞實務場域，並且藉由對現狀提出描述與批判，促成學術與實務場域對話的可能性。

第 2 章▸▸▸

新聞學[1]作為一種現代性產物，以及現代性崩解下的困境

除了盎格魯撒克遜淵源外，強調公共、事實（Deuze, 2005; Gade, 2011; Hanitzsch, 2007; Kovach & Rosenstiel, 2001; McNair, 2005）的新聞工作還具有濃厚現代性特徵。一直以來，這種現代性特徵默默爲新聞專業、新聞學進行定調，但跟隨著西方現代性發展進程，同樣的現代性特徵也反過來成爲數位時代新聞學的兩難來源。

1 雖然「新聞學」應該是複數概念，但以臺灣爲例，因爲學術殖民與全球化脈絡，前者直接促成臺灣的新聞學具有濃厚英美視野，後者則對應模仿或試圖與西方新聞工作同步的現實狀況。這促成複數新聞學單數化的日常樣態，而基於這種日常樣態與語言使用習慣，除了明顯指涉地區時採用「英美新聞學」，本書於其他地方仍沿用新聞學一詞。
再者，新聞學是以新聞專業爲主軸的學術論述，也就是說，新聞學與新聞專業兩詞間有高度重疊性，本書行文過程將盡可能依照語境脈絡選擇較爲適合的名詞，但仍可能出現混用狀況。最後儘管學術場域成爲新聞專業論述的重要產製地，不過實務場域仍會產生有關新聞專業的論述。

如果允許某些簡化的風險，本書主張，新聞學所具有的現代性格，以及當下面對的「後」現代困境其實可被視為一種回應社會變遷的演化過程。Hamilton 與 Tworek（2016）便創意地利用表觀遺傳學（epigenetic）說明人們總需要知道周遭發生的事情，也總會有人扮演訴說這些事情的角色，因此新聞像是人類社會的 DNA，並且這種 DNA 與他的外層物質會隨世代演化而改變。

也就是說，在演化脈絡中，新聞與新聞學跟隨環境做出改變是正常狀態。例如現代報業出現前的很長一段時間，「新聞」可以是信使或說書人帶來的他方消息，之後，隨歐洲社會民主啟蒙與資本化，「新聞」成為政黨對各種事件的看法，以及與商業有關的資訊。然後再跟隨十九世紀中葉大眾化報業興起，才演化出盎格魯式、現代性的新聞，逐步出現記者工作與現代新聞工作方式，例如倒寶塔寫作、5W1H 等（Pettegree, 2014; Schudson, 1978）。而依循「新聞」不斷演化的道理，隨時序慢慢進入「後」現代，新聞展現不同樣貌也是可以預料的事情，這幾年各種有關新聞學未來、危機的討論（Franklin, 2012; Russial, Laufer, & Wasko, 2015），都可視為對於演化過程與結果產生的擔憂。

本章第一節將說明在西方社會追求現代性的同時，作為現代性產物的新聞學，如何對應民主、公共等現代性基本概念。第二節則透過「專業」這個同樣屬於現代性的概念作為架構，說明新聞一直以來面對的專業爭議、新聞專業的古典內容，以及「後」現代可能的轉變。第三節討論新聞教育在臺灣的基本困境，實務場域如何是藉由實用邏輯，而非新聞專業凝聚在一起，以致臺灣新聞工作未能具有現代性特徵。

第一節 新聞的現代性：新聞學的古典成分

一、現代新聞出現：新聞與民主的關聯

十七世紀，歐洲的「報紙」（press）可被視為當下新聞媒體的前身。

雖然這些「報紙」並未刊載符合現今定義的新聞，但他們可以廣為流傳某些觀點、想法的角色功能，讓當時歐洲政府採取若干管制作為，藉以避免「報紙」對於政府的批評與威脅。以英國為例，相關管制作為大致包含十六世紀的出版特許制；十七世紀的事前檢查制度；1712 年採用的印花稅，或稱知識稅。而為了迴避管制，許多「報紙」刊登的是國外政治事件資訊，國內資訊則為珍奇軼事，或者對新聞專業更為重要的是在英美發展言論自由過程中，實際出現部分報人向政府抗爭，爭取出版與言論自由的具體案例（Curran, 1977; Emery, Emery, & Roberts, 1996; Sibert, 1952）。這些寫入教科書的報人與案例，凸顯「報紙」於爭取民主與自由過程中的貢獻，也成為西方新聞與民主發展的共同記憶。

啟蒙運動之後，西方逐漸從集權走向民主社會，「報紙」爭取出版與言論自由的理想延續下來，並且隨時間與民主一同成長，成為重要民主機制，具有守望、教育、決策功能。我們不難從 1920 年 Lippman（1920/1995）有關新聞的論述，以及 1947 年芝加哥大學出版《自由而負責的報業》（*A free and responsible press*）（Commission on Freedom of the Press, 1947）到 1956 年《報業四種理論》（*Four theories of the press*）（Siebert, Peterson, & Schramm, 1956）這條軸線看到新聞與民主間的密切關係。其中，「社會責任論」的提出像是一種在資本主義社會中撥亂反正的企圖，試圖回應長期以來新聞媒體愈加集中壟斷、愈加商業化而傷害民主意見自由市場的現象。報業四種理論推崇社會責任論，而社會責任論又以規範性理論姿態長期被引用的事實，標示著學術場域將新聞與民主結合視為正統，新聞媒體需要服務民主這項基本假設。

不過得簡單提醒，十七、十八世紀以降，爭取出版自由、言論自由與新聞自由的過程是漫長的，不能單獨歸功於報業，得放在啟蒙與民主脈絡進行觀察才算周延。我們不難想像，倘若不是因為西方社會具有追求民主的整體社會氛圍，報業便可能是以其他形式出現，很難對於民主發展具有如此貢獻。

然而無論如何，這段實質經歷兩三百年的漫長過程，訴說了報紙與民主間的關係淵源。兩者分享著共同的歷史經驗，西方社會邁向民主化的過程需要報業，凸顯報業的民主成分，當然，報業也反過來具有推動西方民主進展的功能。

時至今日，新聞與民主都已經歷時間洗鍊，新聞學者更是相當自然地將它們並置在一起，進行更精緻的論述，以新聞與民主為主題的文章、書籍便經常可見。耳熟能詳地，新聞工作與第四權、第四階級、無冕王這些概念相互連接，持續在民主社會扮演著監督政府與權勢者的角色。Gans（2010）描述新聞扮演四個民主角色：政治菁英的信差、公民的信差、災難事件的告知者與看門狗。Norris 與 Odugbemi（2010）主張新聞媒體有幾種民主角色，一是看門狗，新聞媒體需要幫忙防衛公共利益，關切行政失能、貪腐等問題，藉以強化政府透明度與效能。二是議題設定者，媒體有義務激起對於某些社會問題的關注，將社會需求告知政府官員。三是守門人，媒體有義務反應與整合不同觀點，在公共審議過程中極大化議題觀點與論據的多樣性，強化公共場域。再或者，McNair（2009）則認為新聞應該作為審議民主中的資訊來源；應該作為看門狗；應該作為公民與政治人物的中介者；應該作為倡議者。

新聞與民主的密切關係，構連了學者對於新聞工作的想像，不過這裡有著兩項提醒。首先，較容易理解地，西方民主政治成熟並不表示他們不會控制新聞工作，只不過是從原先特許制度、誹謗罪則，轉變成更為懷柔的公關策略而已。這部分將在第七章進一步說明。其次，西方社會長期尊崇民主，以及西方價值觀成功向海外殖民的結果，實際賦予新聞與民主這組關係一種超越西方、看似理所當然的合法性。這種狀況讓人甚少去質疑為何新聞與民主要綁在一起？為何新聞一定要監督社會，不能有其他可能性？例如受到民主概念洗禮與殖民，臺灣社會發展過程就與西方有著某種雷同的偶然性，近代威權統治實際對應著報禁、事前檢查等新聞控制手段，解嚴前後臺灣報業也出現類似的政治與商業力量交替，以致後來有人感嘆解嚴後臺灣報業並沒有專業化，商業壓力甚至帶來更大、更普遍的壓力[2]。再後來，臺灣社會對於民主的高度期待，將民主視爲一種上帝名詞，也讓我們相信新聞工作需要監督政府與權勢、倡議弱勢者議題。

在極度尊崇民主的現實下，臺灣社會在理論層次相當習慣新聞與民主間的密切關係。不過近年來有些西方學者從西方社會內部開始挑戰這種認知習慣（Josephi, 2012; Zelizer, 2012），用不同方式提醒我們避免順著這組關係進入一種西方新聞霸權模式的思考陷阱，誤認爲新聞與民主是必然連結。也就是說，即便民主式新聞概念已成功向外殖民，促成包含臺灣在內的新聞工作者都共同相信新聞與民主間的連結，也以追求民主作爲新聞媒體的普遍價值，但我們終究得小心，這組關係所具有的西方、盎格魯撒克遜式本質。事實上，許多開發中國家的新聞環境不見得與民主相對應，或者即便是民主也有多種樣態，新聞學研究應該進入比較式的研究框架（George, 2013; Hallin & Mancini, 2004; Hanitzsch, Hanusch, Ramaprasad, & de Beer, eds., 2019）。或者，民主需要維持，我們可以主張新聞與民主間具有密切關係，卻不應該將此認定爲唯一可能性。一旦我們就是習慣如

[2] 戒嚴與解嚴初期，有關政府進行新聞控制的具體手段與實際作爲，多半未能即時且直接地成爲學術研究主題，在當時社會氛圍下，這點可以理解。而鄭瑞城等人 1993 年合著《解構廣電媒體：建立廣電新秩序》像是從較爲廣泛的媒體治理與規範角度柔性地討論了相關議題。隨後 2009 年卓越新聞獎基金會主編的《台灣傳媒再解構》，2012 年媒改社、劉昌德主編《豐盛中的匱乏》，兩書延續《解構廣電媒體：建立廣電新秩序》討論了臺灣傳媒的治理與規範，當然兩本書重點已隨時間轉移到 2010 年商業化情境。另外，戒嚴與解嚴初期的新聞控制也可參考林麗雲（2000），〈台灣威權政體下「侍從報業」的矛盾與轉型〉；陳百齡（2017），〈活在危險的年代：白色恐怖下的新聞工作者群像（1949-1975）〉；林果顯（2017），〈戰爭與新聞：臺灣的戰時新聞管制策略（1949-1960）〉等文。

而報禁解除後對於新聞工作專業化的期待，似乎跟隨新聞媒體快速商業化落空，諸如過度重視收視率等「亂象」讓部分人士感慨報禁解除後，新聞沒有專業化，而是進入一種新的混亂狀態。此部分討論可參考 2008 年卓越新聞獎基金會出版《關鍵力量的沉淪：回首報禁解除二十年》。

此認定，將會進入西方霸權設下的框架，看不到其它可能性。

二、新聞的現代性特徵：公共與事實

新聞與民主是明顯書寫在新聞學書籍中的一組關係，而新聞與現代性則是另一組相對較少被提及、卻重要的關係組合。現代新聞跟隨西方民主環境共同演化的階段，其實也正是西方現代性的發展時期。Hartley（1996）便認爲新聞與現代性都是歐洲近代社會的產品，新聞是現代性的意義實踐、現代社會的產物，也是促進現代主義的機制。也因此，時至今日回頭觀看，新聞、民主與現代性像是一組相依概念，走過共同演化的歷史階段，而當下「後」現代社會的不現代，則巧妙地對照出新聞所具有的現代性關鍵特徵。Habermas（1989）論述的公共場域便是好例子，說明新聞與公共這個現代性特徵的關聯性。

（一）新聞與公共性

與民主啟蒙的歷史時空共同前進，Habermas（1989）花費很多篇幅討論十八世紀歐洲政治公共場域的生成。這種由私人集合而成的公共領域，與資本主義興起關係密切，藉由前一歷史階段封建社會不具公共概念，以及當下強調個人性的「後」現代社會作爲一前一後比較標準，不難看到公共、公共場域等概念在現代社會所占據的關鍵位置。進一步，儘管現代性時期的公共場域有著屬於布爾喬亞階級，而非所有公民的爭議，但在不完美中，公共的確成長於現代性社會，十八世紀起，私人得以開始在沙龍、咖啡館等公共場域內就某些公共議題進行對話，嘗試對掌握權力的政府機關做出公開批評。當然，跟隨資本主義發展，Habermas 也指出資本主義最終奪走公共場域的理想成分。

政治公共場域的出現，連同溝通理性概念，被認爲與民主發展具有緊密關係，應該藉此落實審議式民主的理想，讓社會形成民主所需要的民意共識。也就是說，現代社會不是封建、威權的，也不應該是資本家的，而是在私人組成的社會中透過溝通理性摒除工具理性造成的困境，讓公民能在平等、眞誠、言之有據的基礎上進行理性對話，由公共決定公共議題走向，由公共體現民主意涵。

在這種不難理解、也普遍得到認同的說法背後可以發現，如果對於公共的強調，以及公共場域、溝通理性是 Habermas 擘畫的現代性計畫一部分，目的在於讓社會更進步、更具有現代性，那麼，作爲公共場域代表的報紙，則像是現代性計畫的一種機制，同時具備公共、理性這些現代性成分，期待將現代社會改造的更進步。或者說，如果英美新聞學明白凸顯著新聞與民主的關係，那麼 Habermas 領軍之下，公共、公共利益、公共場域則是西方社會，特別是歐洲學者論述新聞工作的重要關鍵字。相關研究論述可以說是不勝枚舉，例如 McQuil（1992）在《媒體表現》（*Media performance*）一書中，便是以公共利益作爲核心，然後擔心資本主義或威權政府等力量造成媒體無法良好服務公共的情形。在學術場域之外，公共的重要性也像是不證自明，反覆出現在各種實務版的新聞專業論述之中。諸如西歐廣電媒體便強調公共，以公共自傲，在臺灣，各種新聞專業團體亦是以公共爲大纛，批判臺灣新聞媒體只爲私利，未善盡公共責任。

（二）新聞與事實

除了公共，以及與此相關的理性、對話、審議、共識等概念，新聞的現代性特徵也充分體現在「新聞要報導事實」，或「新聞要客觀報導事實」之上。

基本上，這兩種說法的差別在對「客觀」的認知，有人接受客觀報導的可能性，有人則認爲客觀是無法達成的理想，但無論如何，兩種說法都不否認新聞應該報導「事實」的事實，它們明白記載於新聞教科書，也存在於新聞工作者的日常對話中。另外，無論是「事實」或「客觀」，對新聞學而言，這兩個平凡概念共同對應一種實證主義知識觀：事實是就在那兒的東西，只要方法對，就可以挖掘出來，並且客觀加以呈現。

新聞對於「事實」與「客觀」的重視透過「純淨新聞」具體落實出來。這種大致發展於二十世紀初期美國的文體，像是現代新聞的原型，尊崇新聞報導事實的責任，並且強調以客觀方式將採訪到的事實忠實呈現出來，整體來說，大致強調以下原則（可參考彭家發，1994；Brooks, Kennedy,

Moen, & Ranly／李利國與黃淑敏譯，1996）：

1. 事實與意見分離。新聞報導要有事實證據，因此需要確實查證、確實進行引述。相對地，記者主觀意見或評論不應該出現在新聞之中，如有必要應該以新聞評論等方式呈現。
2. 新聞應採用第三人稱報導方式，寫作時不帶情緒，少用形容詞，使用明確字句或利用數字做出描述。盡量使用具有正式頭銜的消息來源，減少使用「權威人士報導」、「據了解」、「據觀眾投訴」等模糊字眼。
3. 進行公平與平衡報導。新聞應該採訪多樣消息來源，努力平衡呈現各方意見，而非現單方意見。
4. 透過 5W1H 強調新聞事實的蒐集，並且透過導言、倒寶塔結構呈現採訪到的新聞事實。

整體來說，經過長時間薰陶，「事實」、「客觀」、「純淨新聞」、「新聞要客觀報導事實」雖然顯得再也平凡不過，沒有什麼好討論，但也正是這種理所當然促成一種就現代性看現代性的盲點，以致認爲新聞就應該這樣。因此，如果我們透過「後」現代對於客觀的徹底否定，以及對於事實採取的建構式看法，這裡不難發現「事實」、「客觀」乃至於「純淨新聞」像是現代性「限定」的東西。過去，就是憑藉這些再也平凡不過的東西，共同支撐著現代性新聞的定義，缺乏它們，新聞就不再是新聞。相對地，藉由「後」現代作爲對立觀點，更直接對比出以往新聞學鎖定的現代性知識觀（劉平君，2010）：新聞可以再現眞實，因此新聞工作者需要努力查證，盡力求取新聞正確性。

「後」現代凸顯了新聞的「現代」。溫和版的「後」現代凸顯出新聞與事實之間的現代性關係，提醒我們不應該理所當然地認爲新聞就是那樣，新聞可能還有另外的版本。激進版的「後」現代則根本否證了現代性所強調的客觀、事實。新聞是文化鬥爭的場域，或者說，作爲一種論述的新聞帶有 Foucault（1980）式的論述權力問題，新聞文本展現出有關於社會關係和權力結構的連結（Fairclough, 1995）。

最後回到本段開頭的討論：「客觀」是可以爭議的。首先，我們主張，儘管有著爭議，客觀概念有所鬆動，但在純淨新聞依然主導平日新聞產製的脈絡中，客觀報導雖然稱不上教條，卻似乎仍是主流作法，主導記者對於新聞事件的報導。其次，新聞不必然客觀的想法，加上新聞學本來就存在的第四權、監督政府傳統，其實共同保留了一種定義新聞工作的空間。也就是說，除了順著客觀報導軸線，認爲新聞應該忠實反映新聞事件，新聞工作者應該扮演中立資訊傳遞者角色，事實上在過去，新聞學便也存在著作爲倡議者的空間（Johnstone, Slawski, & Bowman, 1972; Weaver & Wilhoit, 1986），監督權勢、爲弱勢發聲。這條軸線在過去具體反映於調查報導此項傳統新聞報導形式上，不過如同調查報導可以有立場，卻需要堅守事實原則，無論如何，新聞還是被認爲要報導事實，這延續著新聞的現代性特徵。最後，改朝換代是需要經歷時間過渡的，因此雖然像是受到時間庇護，事實、客觀於當下延續下來，仍在檯面上談論，或者反過來看，於本書書寫時，數位科技正沸沸揚揚地帶領著有關新聞工作轉變的討論，例如資料新聞學、計算機新聞學等，但我們需要注意在時間默默過渡中，新聞也正默默發生更爲本質的改變，前述公關、展演化的新聞操作方式、當紅的假新聞議題，都訴說新聞、事實、客觀之間的關係正發生重組。新聞，默默發生變化。

第二節 新聞學作爲一種專業論述[3]

民主、公共、事實描繪現代新聞特徵，也描述了一種應然面、規範成

[3] 有關新聞專業的討論並非由學術場域獨攬，實務場域亦有討論。因此需要提醒的是，新聞學是新聞專業論述，也經常被等同於新聞專業論述來使用，但完整的新聞專業論述不能抹去實務場域的貢獻。或者說，新聞學是經學術場域系統化後的新聞論述，習慣上被認爲是最具代表性的新聞專業論述，但不可忽略的

分濃厚的新聞專業工作型態。而專業，以及努力成爲專業的企圖也是現代性的。

簡單來說，十九世紀末期部分新聞工作者試圖走出黃色新聞路線後，新聞實務場域便像是從商業邏輯岔出一條演化方向，配合後來學術場域的加入，共同累積出現今看到關於新聞專業的豐富論述。從此以後，儘管有著新聞是不是專業的爭議，新聞專業論述，特別是經過學術場域系統化後的新聞學，長期幫忙定義了新聞是什麼、新聞工作應該怎麼做。當然，如前所述，實務場域還是有著屬於自己的實用邏輯，另外，在「後」現代、數位情境等現今脈絡中，這套檯面上依舊爲社會認可的新聞專業論述，檯面下卻面臨瓦解或再定義的處境，而這也是本書企圖重新書寫新聞學的原因。

一、新聞專業的想像及其困境[4]

從時間順序來看，新聞工作是早於新聞專業與新聞學的。十九世紀中葉，大眾報業興起先是促成現代新聞工作成形，開始有報導一般人生活的新聞，記者這個行業、5W1H 等新聞寫作技法也逐步出現（Schudson, 1978）。然後十九世紀末，由於部分新聞工作者的反思自覺，配合各種實際改造作爲，開啟了二十世紀初期新聞工作專業化的過程，嘗試將新聞從技藝工作轉向專業工作。

只是一路走來，新聞是不是專業始終是個爭議（Aldridge & Evetts, 2003; Bromley, 1997; Dennis & Merrill, 1991; Tumber & Prentoulis, 2005）。就美國脈絡來看，1960 年代，社會學對於專業的研究是討論新聞專業議題的核心關鍵（錢玉芬，1998），其大致可以區分成結構功

是，實務場域也會產生實務版的新聞專業論述，例如《紐約時報》等媒體、新聞專業團體便經常有關於新聞專業的論述發言。

4 這小節部分內容修改自張文強（2018）。〈一次關於新聞專業、專業主義的複習〉，《傳播文化》17 期，頁 1-15。

能論（或稱特質取向）與權力兩種取向（羅文輝，1996，1998；Allison, 1986）。其中，特質取向嘗試去界定作爲專業應該具備哪些特質，這部分討論眾多，也是用來討論新聞是不是專業的重要依據。例如 Greenwood（1957）便指出專業具有五項特質：1. 具有系統性的理論；2. 在委託關係中具有權威；3. 需有社群認可；4. 具有倫理的管制規範；5. 具有專業文化。而 McLeod 與 Hawley（1964：530）在發展新聞專業性（professionalism）量表時，則主張專業需要符合八項標準：

（一）提供獨特與重要的服務；
（二）強調專門的知識技術；
（三）具有長期專業訓練，以獲得以研究爲基礎的系統知識；
（四）需要被賦予廣泛的自主權；
（五）在工作判斷和行爲上需要負起個人責任；
（六）強調服務多於個人經濟利益；
（七）需要發展全面性的專業自治組織；
（八）必須具有就由實際個案進行釐清及解釋的倫理規範。

再或者，羅文輝（1998）藉由 Wilensky（1964）等關於專業定義的研究，將專業性區分成以下四個主要構面，每個構面又包含兩個次要構面：專業知識（包含專門知識與自我充實）、專業自主（包含內在自主與外在自主）、專業承諾（包含工作承諾與大眾服務）、專業責任（包含新聞責任與倫理責任）。

基本上，特質取向研究似乎最能、也最常被用來回答新聞工作是不是專業此項爭議，或亦有助比對、釐清新聞工作於專業條件上有哪些不足，並加以改善。例如與專業標準比對之後，更致力於新聞專業知識的建立、發展專業自治組織，強化新聞專業倫理等。然而麻煩的是，即便新聞工作有建立專業的企圖，數十年發展的結果卻不盡人意，新聞終究難以完備相關研究指出的專業標準。迄今，新聞專業像是處在一個尷尬位置，學術場域習慣將新聞想像成專業，學術書寫中充滿專業、專業主義等語彙，然而實際上新聞工作卻像是處在準專業、半專業的狀態。在臺灣，許多現實因素讓問題更顯悲觀。1996 年羅文輝引用 Barber（1963／轉引自羅文輝，1996）提出「逐漸形成的專業」的看法，但隨著資本力量於解嚴後快速接手政治力量主導新聞媒體，之後愈形高度資本化，讓「逐漸形成的專業」夢碎。甚至於當下，實務場域似乎不再如同過去那麼在意自己是不是被稱為專業，有關新聞專業的討論在學術研究中也像是邊緣化，僅剩下零星的提及。再或者，新聞更被譏諷為「小時不讀書，長大做記者」的行業，就實務論實務，新聞愈加像是工作而已。

換個角度觀察，相較西方新聞專業原生於新聞實務場域，實務場域在專業發展過程中扮演關鍵角色，在臺灣，因為新聞專業是被移植的概念，所以就其具體實踐經驗而言，如第一章所述，很長一段時間，學術場域扮演著引介、甚至引領新聞專業的吃重角色。而回頭觀看歷史可以發現，解嚴前後，1980、1990 的媒體改造年代，學術與實務場域的合作或可稱做創造了專業啟蒙的想像，1994 年自立晚報的編輯室公約運動便可視為這種合作的具體展現。但大致也是從這段期間開始，新聞專業展開兩階段的困境掙扎。

第一階段主要關切的是內部新聞自主的困境。這階段落於解嚴前後，特別關心老闆、科層組織與內部新聞自主間的權力角力問題，因為受到專業啟蒙，當時不少專業自持的新聞工作者關切新聞專業理想，期待可以不受老闆、組織因素干擾工作，學術場域也是極度關切此問題，例如 1996 年，《新聞學研究》52 集便以內部新聞自由為專題。第二階段，則因為資本主義迅速補位威權政治退出的空缺，新聞專業開始面對外部新聞自主的困境，例如第一章所述的置入行銷、收視率等問題，當然，這也回頭影響內部新聞自主。不過在這大致起於 2000 年中段期間，生存理由讓實務場域終究走出以往新聞專業這個緊箍咒，敢於使用屬於自己的實用邏輯進行新聞判斷，與學術場域愈離愈遠（張文強，2015）。也因此，在臺灣，來不及生根的新聞專業愈來愈像是應然面、規範性文字，專業的想像與專業的實踐之間也更顯分裂。

二、新聞專業的構面

新聞專業是我們認知新聞是什麼的關鍵，不過有關新聞專業的勾勒需要注意兩個相關聯的問題。首先，新聞工作不等同於新聞專業，前者發生在實務場域，是實務、寫實的，是指實際產製出新聞的過程與方式。後者則是理想成分居多的，可視爲對於新聞的一種特殊想像，對應第一章說法，實務場域的新聞工作方式是複數，有多種形式，而儘管新聞專業工作方式受到推崇也只是其中之一。其次，一直以來想要成爲正統專業的企圖，加上新聞專業內生於西方新聞實務場域的特質，促成西方新聞學者以此爲基礎逐步完備了新聞學。然後這種應然、規範性格的新聞學凝聚出一種想像中的專業社群，在其中，學者默識般地集體採用新聞學標準想像、評估與批判新聞工作，另外，這專業社群也包含部分認同專業的新聞工作者，他們則努力依專業邏輯行事。只不過也正因如此，前述兩個問題共同促成一種概念混淆的風險：新聞學、新聞專業與新聞工作既有重疊，也有差異。新聞學與新聞專業的重複性高，但這兩者卻與實作的新聞工作有不少差異，特別是在新聞專業並非內生的現實下，差異造成臺灣新聞場域中理論與實務的巨大鴻溝。

無論如何，在指出並且承受上述概念混淆風險下，我們可以透過以下幾位學者的論述去理解新聞，特別是新聞專業是什麼。首先，Deuze（2005）認爲新聞工作具有五個核心價值：公共服務、客觀性、工作自主、即時性、倫理。我們可以發現，前兩者對應前面提及的公共與事實概念；即時性強調新聞工作的時間特徵；工作自主與倫理則呼應作爲正統專業的條件，期待新聞工作者可以獨立工作，依照倫理標準檢視工作行爲。這五個核心價值簡明易瞭地描述了新聞工作，爲許多學者引用。

相較於 Deuze，McQuail（1992）透過專書，同樣在公共利益的主張下，提出應該從以下標準評估媒體表現，這些標準也適用於理解新聞工作：客觀性、自由、多樣性、資訊品質、社會秩序與凝聚性、文化秩序。再者，Kovach 與 Rosenstiel（2001：12-13）則以新聞應該提供公民所需資訊爲前提，條列了新聞工作的九項要素。

（一）新聞工作的首要責任是眞實。

（二）新聞工作首要忠誠的對象是公民。

（三）新聞工作的精髓在於查證的訓練。

（四）新聞工作者必須維持與報導對象間的獨立性。

（五）新聞工作必須作爲權力的獨立監看者。

（六）新聞工作必須提供公眾評論與協調的場域。

（七）新聞工作必須讓重要的東西變得有趣與產生關聯性。

（八）新聞工作必須保持新聞的全面性與均衡性。

（九）新聞工作者必須對個人良心道德負責。

最後，Hanitzsch（2007）在認爲新聞工作並非只有西方樣貌的前提下，以新聞文化作爲分析架構，描繪了不同國家的新聞工作特色，除去市場導向、作爲政治忠誠者兩項，Hanitzsch 用二元對比方式進行細緻描述分析，而這也再次說明新聞工作作爲複數的事實。他分成制度角色、認識論、倫理意識型態三大部分進行論述。

（一）制度角色。包含三個構面，1.介入主義：有些地區的新聞工作偏向介入主義，強調鼓吹、參與角色，代表弱勢族群發聲或作爲政黨發聲管道；有些則偏向消極立場，強調中立傳遞者與守門人角色。2.權力距離：有些地區新聞工作偏向作爲反對者的立場，勇於挑戰既有權力，強調看門狗角色；有些則偏向忠誠立場，很少質疑既有權力，扮演宣傳者角色。3.市場導向：有地區新聞工作偏向消費者思維看重市場邏輯；有些偏向公民角色關注公共利益。

（二）認識論。包含兩個構面，1.客觀主義：有些地區的新聞工作偏向客觀主義，假定世界存在著客觀與終極事實，新聞應該反映、忠實呈現事實；有些則偏向主觀主義，認爲沒有絕對的眞實，新聞是事實的再現，是經過選擇、詮釋的。2.經驗主義：持經驗立場的新聞工作，強調觀察、測量、證據等，單純記錄發生的事件；持分析立場者則不看重新聞的中立性，反而強調事件的評論與分析。

（三）倫理意識型態。包含兩個構面，1.相對主義：持高相對主義立場的新聞工作認爲倫理是情境式的，反之認爲倫理應該是普遍式的。2.理想主義：持高理想主義的新聞工作認爲對的行動能帶來想要的結果，至於較不具理想主義的新聞工作則偏向結果論，認爲產生好結果的同時可能會伴隨傷害。

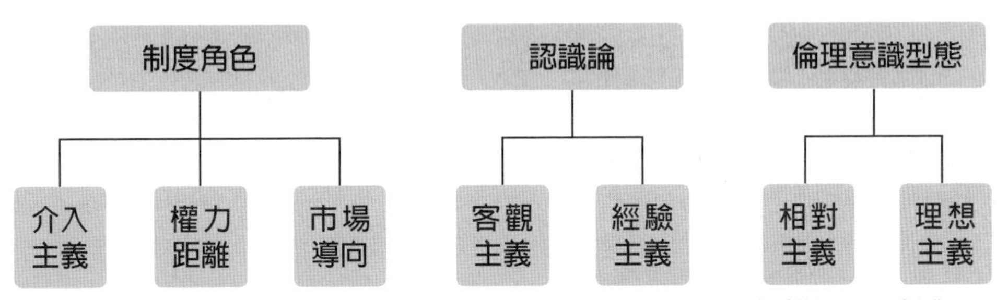

資料來源：Hanitzsch（2007），頁 371。

基本上，整理 Deuze（2005）等人，甚至更多未在這裡引用的研究，我們不難發現，儘管各自分類不同，但學術場域對於新聞專業工作的描述像是具有一定共識，大致由一組概念構成：公共、事實、自主性、第四權、專業倫理，相對地，完全的市場導向與政黨忠誠者並不會被認同爲專業。

無論如何，當新聞專業被反覆寫入新聞教科書、放入新聞教育，形成新聞教育的意識型態；進入不同國家新聞實務場域，具體成爲倫理法則、記者公約，程度不一地具有規範力量；再配合上西方社會指標性專業媒體、專業組織的存在事實，各種現象似乎都指向至少在西方社會，新聞專業具有一定的機構性（institutional）成分，本質上，對應著公共、事實、自主、監督等核心概念，形式上，則是以純淨新聞、調查報導作爲正統。

三、「後」現代正帶來轉向

我們認知的新聞、新聞學是現代性，或現代主義的（Hallin, 1992;

Miller, 2012），但「後」現代正帶來轉向。Hallin（1992）在 1990 年代便分析了美國新聞的高度現代主義的消逝。他主張，1960 年代美國繁榮的經濟，不太需要擔心利潤問題，以及高度共識、受民眾信任的政治體制，創造了新聞的高度現代主義。在穩定環境中，擁有較多自主性的記者感受自己是新聞專業的維護者，可以保持中立與獨立，並且認爲憑藉事實的報導就能夠對政府做出監督，懲罰不好的當權者。然而時代轉變，經濟景氣不佳導致的利潤困境改變了身爲專業的自信；對立、分殊化與失去民眾信任的政治則對應著媒體與政治人物關係的對立，這兩方面轉變讓原本自信、現代主義式的新聞開始消逝。美國新聞逐漸從嚴肅政治新聞轉移出來，企圖更爲接近民眾生活，也因此出現名人、犯罪、英雄主義、悲劇事件等當下流行的新聞形式。

整體來說，Hallin（1992）有效論述了社會變遷與高度現代性新聞的興起與消失。雖然，他是針對美國社會進行分析，但基於美國作爲當代新聞，甚至是社會的主流樣板，其論述仍有助於我們理解新聞與現代性的關係，例如經濟狀況、對於政治不信任帶來的問題便對應著臺灣社會與新聞場域狀況。只是如果這裡允許某種吹毛求疵式的追問，本書主張既然時序已從 Hallin 論述發表的 1992 年往後延續了三十年，三十年間社會變化不小，「後」現代也發展更爲成熟，因此相關討論不應停留在高度現代性消失而已，接續需要處理的是，時代更迭中，更爲成熟的「後」現代性爲新聞、新聞專業帶來哪些影響。

「後」現代帶來的轉向是複雜的，先從簡單部分來看，資本主義的高度發展是「後」現代社會的基底，從這角度進行觀察，置入行銷、感官新聞便不只是違反新聞專業的作爲，也可以被詮釋成資本主義高度發展後對於新聞工作的細緻操作。另外，與「後」現代社會關係密切的科技發展，則明白對應資料新聞學、創業新聞學這些新的東西。不容否認，從置入行銷到創業新聞學都是現代性新聞時期較不具有的新聞形式，然而相對於這些容易觀察到的改變，「後」現代的液態、展演成分帶來的轉向則是相對看不到，被忽視的。

Koljonen（2013）基於液態現代性，整合 Deuze（2005）、Hanitzsch（2007）與 Carpentier（2005）三項研究作爲架構，以五個取向描述了新聞工作的轉向。

（一）知識取向，從客觀的新聞傳遞者轉變成內容產製者：現代記者強調客觀報導事實，液態性記者則認爲新聞不可能客觀，必定包含對事實的詮釋，並且期待自己能夠替消費者生產包含智識與情緒成分的內容。

（二）閱聽人取向，從順從的公民轉變成積極的消費者：現代記者將閱聽人視爲公民與被動資訊接受者，自己的任務在於告知與教育這些閱聽人，讓他們得以理性行事。液態性記者的任務則在提供消費者有用與娛樂性的資訊，同時會想要與消費者保持緊密關係，願意開放內容產製工作，讓業餘人士一起參與。

（三）權力取向，從信任消息來源的記者轉變成懷疑主義的看門狗：現代記者與精英消息來源間具有信任關係，記者珍視這些和諧、穩定關係，相對地，在液態現代性具有反建制性格的狀況下，液態性記者強調自主工作、揭露被隱藏的資訊，甚至會去批評提供給他們資訊的人。

（四）時間取向，從回應式的守門人變成議題設定者：現代記者關切與報導過去發生了什麼事，液態記者則著眼於現在與未來，想要成爲未來議題的設定者，或第一個把新聞報導出來的人，即便因此犧牲新聞可信度。

（五）倫理取向，從自我管制者轉變成謹慎的個體：現代記者對於新聞要報導眞實等原則抱持著義務論式的倫理觀點，認爲身爲專業就要這麼做，而液態性記者則顯相對主義，會謹慎考量報導可能產生的後果再做出相關工作判斷。

綜合來說，配合之前提及 Kantola（2012）、Jaakkola、Hellman、Koljonen 與 Väliverronen（2015）等研究，我們不難發現「後」現代正帶來轉向，例如新聞工作開始強調消費者，而非公民；強調建構、解構、詮釋，而非報導眞實；與採訪對象保持臨時關係，而非長久穩定關係；願意轉換工作，沒有將新聞當志業。不過在轉向的同時，這裡想要提醒三件事情。

首先，相較於科技帶來的明顯轉變，新聞本質轉向是默默發生、不易被看到的，但本質轉向帶來深遠的影響，亦是理解各種新型態新聞工作的根本，它們正逐步將新聞帶離由公共、事實支撐起來的現代性脈絡。其次，在演化脈絡中，雖然時序正從現代轉變至「後」現代，但是因爲時代轉換過程中總有過渡期，因此已存在許久的現代性新聞觀點仍然占據檯面位置，並未迅速退位，大部分學者還是透過舊有定義來理解資料新聞學等現象，很少依照「後」現代本質重新架構起分析框架。另外，也因爲現代性新聞觀點仍有相當力量，因此儘管實務工作已經做出前述液態化轉變，但檯面上仍然會表達新聞要報導事實等傳統說法，檯面上與檯面下、說的與做的似乎有所脫鉤。

最後，如果說新聞是現代性的意義實踐、現代社會的產物，當下現代性新聞將會面對一種麻煩的「後」現代處境：被視爲現代新聞核心成分的公共與事實，極有可能跟隨時代而移出新聞核心。面對這種可能性，以及科技發展將解放傳統新聞的樂觀想像，如果用二分法來看，新聞將被迫面對是否繼續堅持現代性特徵，或乾脆宣告物種滅絕，改用新名詞重新命名「新聞」這兩種選擇。選擇前者，新聞與新聞學將繼續面對演化帶來的困境，想要在「後」現代脈絡說服消費者相信公共與事實的重要，是條辛苦過程。選擇後者，則將面對是否該將公共與事實徹底拋棄的困境，如果不拋棄，那麼又該由什麼東西接替新聞去繼續維護社會所需的公共？用什麼東西去執行完整傳遞事實資訊的工作？當然，討論到極致，也得預留最後一種可能性：「後」現代社會根本就不需要這兩項現代社會珍視的東西。倘若果眞如此，新聞與新聞學也許眞的將進入演化的終點。

第三節　新聞學的教育：產業模式的再思考[5]

在期待新聞是專業的脈絡下，特別是美國，大學新聞教育被賦予成就這項期待的使命。而新聞學作爲一種敘述與教導新聞專業的學術論述，大致可以被拆分成技術知識與專業倫理兩個部分，前者類似採寫教科書描述的新聞採訪寫作等技巧，後者則包含新聞倫理專書記載的內容，以及更爲廣義有關新聞專業的規範性說法。其中，技術知識雖然看似中性、工具性，卻也深受專業倫理引導。在這種狀況下，濃厚的規範性讓新聞學成爲帶有 Foucault（1979）規訓意味的知識系統（紀慧君，2002），配合相對應的新聞教育，理論上規訓了新聞工作者該如何認知新聞事件、如何完成工作。

一、在臺灣，不太「有用」的新聞學

實務工作需要面對實務場域各種寫實因素的狀態，讓新聞學與新聞教育始終需要面對一個難解問題：理論與實務的差距。用白話來說，即是學校教的東西爲何不太有用？爲何無法對應業界需求？

基本上，這個問題引發的討論已不在話下，甚至顯得陳腔濫調，然而如果我們透過新聞學的規範性格進行觀看似乎可以發現，新聞學不太有用並不意外。一方面，期盼規範性格濃厚的新聞學要對業界有用，似乎是問錯了問題。特別愈是晚近，業界要的是技術，解決實務問題的方法，而非理想上該怎麼做。另一方面，就專業理想的規訓來看，在專業失去號召力的年代，期待新聞學與新聞教育能夠有效規訓實務工作者像是不切實際的想法。也就是說，無論是對業界或對學界，新聞學要做到有用都不容易。當問題最後匯集到資本主義脈絡之上，即便新聞學再好，利潤與市場法則往往會逼著業界、實務工作者不去用新聞學的方法做事。然後如同第一章

5 第九章將會再回到新聞教育，作爲本書有關新聞、新聞專業、新聞學的結尾。

所述，不買單的實務場域會利用屬於自己的實用邏輯解決問題，由他們自己書寫了本實務版的「新聞學」。例如，大部分記者知道要查證、要寫事實，不過查證的理由並非新聞學標示的那麼理想純正，而是包含避免被告、進行自保等實用成分，甚至隨時代變遷，更是簡化成就是打個電話表示自己有查證的簡單作法，形式成分大於實質意義（張文強，2015）。

又特別是在新聞學並非內生於實務場域的臺灣，學術場域引介與推動的新聞學不但對業界不太有用，未能如同預期般發揮規訓力量，更難以進一步凝聚出包含實務工作者在內，共同相信公共、事實等現代性要素的專業社群。或者說，Zelizer（2017）其實也發現在西方社會，新聞作為專業的看法限制了有關新聞實踐的想像，因此他主張可以將新聞工作者間視為詮釋社群（interpretive communities），這種社群是透過新聞工作者彼此日常談話、同行檢視、分享對於關鍵事件看法等方式建立起來，藉以連結彼此，以及取得新聞工作所需要的權威。延伸 Zelizer 的看法，至少在臺灣，與新聞學分道揚鑣的實務場域也像是藉由各種實用邏輯，將實務工作者輕輕拉在一起，形成一個鬆散、但可以辨認的實務社群，並且因為工作的必要，例如記者間想要透過相互合作避免獨漏新聞，或加速完成手邊工作；想要聯手對抗不合作的採訪對象，或聯手應付長官給予的各種命令，各種實務需求具體強化了社群的動能。

就實務論實務，當實務場域藉由自己的實用邏輯、自己的社群便足以應付日常工作時，自然也就不需要新聞學，然後展現一種弔詭景致：新聞學只規訓了教導新聞學的人，凝聚了一個相信新聞專業的學術社群，可是理論上被認為需要被規訓的人卻不聽話，並未加入這個以專業為號召的社群。新聞學就只是課堂與書本中的新聞學而已。

二、新聞教育的產業模式

學習美國式邏輯，在臺灣，大學新聞教育是傳遞新聞專業、建立社群的關鍵，只是現實不盡人意，前述實務場域用自己方式凝聚社群的現象便像是對於新聞專業與新聞教育的一種諷刺。除此之外，新聞教育還需要面對產業模式（industrial model）帶來的問題。

眾多討論新聞教育的研究中，Mensing（2010）以及鍾蔚文、臧國仁與陳百齡（1996）進行了兩項具啟發性的研究。Mensing 大膽指陳出新聞教育經常採取產業模式的事實，即，新聞系是爲了新聞產業而存在，以記者爲中心，關注資料蒐集、評估、產製、配銷等功能，訓練學生日後爲報紙、廣播等產業工作的知識能力。鍾蔚文等人則在傳播學知識系統過於淺薄，且技術層面過重的假設下，利用心理學對於程序性知識、陳述性知識的區分，詳細地討論了新聞系應該教什麼，並且對應分析結果，建議開設三類型課程。一是培養觀察現象、分析資訊、呈現資訊能力的課程，二是反映環境特質的課程，三是「做」的課程。

基本上，在當下由資本主義主宰，強調知識需要實用，教育應與未來工作接軌的大學體制內，產業模式是一種少被明白提及，卻極爲穩定的存在，相當符合一般人對於新聞教育的假定。受此模式影響，新聞教育長久以來都在進行知識能力的審視，期待可以訓練出好專業新聞工作者，畢業後爲新聞媒體服務，做出好新聞。不可否認，「有關傳播知識的問題，也正是傳播的核心問題」（鍾蔚文，1996，頁 108）的確是新聞教育關鍵，也是很多研究的主題（例如，Adam, 2001; Deuze, 2006; Greenberg, 2007; Skinner, Gasher, & Compton, 2001），只是這裡也存在一個相互套疊的弔詭。首先，產業模式期待新聞教育有用，可是基於大學教育博雅教育理念、學校是否趕得上業界設備、大學是否應該跟隨業界等因素，一直以來新聞教育都有著該教什麼、怎麼教，特別是該教理論概念或技術能力（鍾蔚文、臧國仁、陳百齡，1996；de Burgh, 2003）的爭論，然後，這個難有定論、卻對學術場域具有魅力的爭議，反覆且不自覺地將新聞教育固定在產業模式思維之中。

換個說法，從學術場域角度來看，鍾蔚文等人（1996）的確提出了細緻、系統性的知識架構，又例如利用序性知識角度教導採訪寫作（臧國仁，2000）亦帶來許多新的洞察，比土法煉鋼式的採訪寫作技巧多了學術味，只不過就在學術場域聚焦該教什麼，卻不曾挑戰新聞教育爲何要以產業為依歸的同時，各種知識能力的討論最終還是會落入有沒有用的爭議中。特別在臺灣，新聞產業與新聞專業理想相差甚遠的事實又惡化了問題。某些學術研究與理想雖然影響了後續新聞課程的實際規劃，但實務場域不買帳，就是要求新聞工作者擁有符合實用邏輯的知識與技術，例如如何翻抄改寫新聞、下釣魚式標題，便從根本導致無論新聞學怎麼論述，到頭來都只是強化新聞教育無用論的說法，而且愈是學術味的論述愈是被認為不實用，學術場域與實務場域還是走不在一起。

現今，產業模式及其困境似乎更為明顯。跟隨數位轉型大量吸引學術場域目光，不少學者將注意力放在新聞工作會如何轉變，新聞教育又該如何做作出調整之上（位明宇，2010；許瓊文，2007；陶振超，2007；Dates, Glasser, Stephens, & Adam, 2006 ; Dennis, Meyer, Sundar, Pryor, Rogers, Chen, & Pavlik, 2003; Deuze, Neuberger, & Paulussen, 2004）。或者更細部針對諸如資料新聞學，探討該增添哪些能力、誰在教、該怎麼教（Heravi, 2019）。整體來說，種種作法並沒有錯，教育更應該與時俱進，然而一旦新聞系極度焦慮自己過時，跟不上時代，擔心無法吸引學生，我們不難發現，有關新聞教育該如何轉變的討論還是落在有用沒有用之上，缺乏其他想像。Pavlik（1998）提醒傳播教育學界應該提供整合性課程，藉以成就數位時代記者的說法便是如此，還是對應產業模式，希望訓練出來的學生要有用，符合數位時代的需求。

再一次地，這裡並不反對產業模式，更同意新聞教育應該隨環境變化關切新能力、開設新課程，只是這裡也不避諱表達對於過度執著產業模式的兩項擔憂。其一，一旦我們過分關切已發生的改變，汲汲於開設新課程，過度聚焦在新能力的代價可能是忽略不變與古典事物的重要性。例如公共、事實等概念，或者許瓊文（2007）也發現就算在新科技脈絡下，採訪寫作等基本課程是無法被摒棄的。另外，為了擔憂傳統課程缺乏吸引力、不夠時髦實用，或單純因為迷戀新科技的意識型態，而過度聚焦要開設什麼新課程，可能帶來拼裝的危險，最後導致新聞變得什麼都不是。

其二，在學校與實務場域均市場化，都需要「顧客滿意」的狀況下，加上因爲同樣焦慮於數位轉型爲實務與學術場域帶來的親近性，用一種極爲弔詭、且危險的方式重新安置了兩個場域間的關係。我們不難發現，愈加焦慮趕不上實務發展的新聞教育，也愈發失去以往的自信，然後缺乏合適師資、缺乏充分討論推出新課程的事實，說明著新聞教育的愈加工具化，迎合產業，愈來愈像職業訓練所。僅有的差別在於是教「數位敘事」、「想像、敘事與互動」，或是直接去學資料新聞學、沉浸式新聞學等技術。

也就是說，當下新聞教育還是在爲產業訓練學生，只不過是從以往以報紙、電視爲核心，轉向以社群媒體爲核心而已。同時，在焦慮中，我們得小心學術場域放下過去身段，以知識要實用、要與業界接軌爲理由，有意無意地向實務場域靠攏。當然，這種主客易位是好事，學術場域終於可以走下道德高壇，不過也得承認的是，在臺灣，當實務場域本身也在摸索什麼是資料新聞學，或因爲缺乏資本與能力，就只是在做形式化、廉價版資料新聞學的同時，這種靠攏像是緣木求魚。雖然當下還不致稱爲附庸，但原本平行的關係，以及學術場域強調獨立自主的精神，似乎都在發生轉變。

再溫和點說，新聞教育需要跟隨情境轉變，可是也得關切產業模式對學術場域的框限。例如中華傳播學刊編輯部（2008）曾統整十三位學者看法，提出在數位情境內，傳播人才需要以下幾種能力：蒐集、綜合、整合資訊的能力；企畫、編輯、呈現概念的能力；應用、創用及想像科技的能力；應變、創新及探索未來的能力；論述、非意識型態的批判能力，以及語言能力及歷史感、國際視野。姑且不論以上這種教學理想可以有多少程度落實於教學與課程設計實務，以及是否落入第九章將討論的能力中心主義，不意外地，這些能力許多與產業需求有關，不過其中也還是包含了批判能力、歷史感這些較不被產業模式直接需求的能力。也就是說，新聞教育可以建立在產業模式之上，但也得同時理解如果大學教育包含公民養成成分，那麼，新聞教育便還是需要關注產業模式不在意的東西，例如批判能力，或者被視爲老派的倫理、態度與意志。否則愈加資本化的大學教育，將愈加重視吸引學生與就業率，然後「理論要與實務接軌」愈加成爲掩飾新聞教育「跟隨模式」的語藝口號，實質上，新聞教育根本關切的就是技術能力問題，而批判能力、歷史感成爲點綴事務，形式大於意義。

新聞教育可以不必把規訓當成已任，不必對實務場域事事不順眼，但也不需要反過來以實務作爲依歸。理論上，學術場域應該有著某種反骨精神，願意批判、願意創新，不滿足於現狀。新聞教育也不應該只服膺於產業模式，可以有著不同可能性，例如 Mensing（2010）便提出「社群模式」，強調新聞工作與社群的連結，應該重新回到爲社群服務的初衷，而不只是爲特定產業服務。再或者說，如果大學教育不只是職業訓練所，應該訓練的是公民，提供博雅教育；新聞工作者需要的不只是幫忙成爲好勞工的知識能力，更需要在更大社會情境中強化多元文化、增進社區溝通及公民行動的能力，那麼，適時從「知識有沒有用」迷思跳出，藉由批判訓練關照新聞產製過程（Skinner, Gasher, & Compton, 2001），以及對於倫理、態度與意志的重視，應該可以給予新聞教育不同的想像。

03

第 3 章▸▸▸

新聞的三種改變趨勢

新聞工作的演化深受科技影響，而這二十年來，數位科技快速攫取了新聞場域的眼光，許多學者都在關心與預測數位科技帶來的改變。例如 Boczkowski（1999）在網路發展初期就主張傳播學者應該關切電腦中介傳播的發展，並提出四個值得關注的議題：1. 匿名性為社會帶來的影響；2. 地域性或以興趣為基礎社群的重新架構；3. 新科技與社會間的互動關係；4. 消費者與科技的相互形塑。Pavlik（2000）則主張科技至少在四個方面為新聞工作帶來改變：1. 記者工作方式的改變；2. 新聞內容的改變；3. 新聞室結構與組織的改變；4. 新聞機構、記者與公眾之間關係的改變。

而跟隨時間與相關研究開展，「去中心化」、「公民參與（協作）」、「創用者」（prosumer）、「使用者創生內容」（user generated content，簡稱 UGC）、「自媒體」逐漸成為一組經常出現在新聞工作相關論述的關鍵字。不過就在頻繁使用這些名詞的同時，本書主張，如果配合「後」現代進行統整，不難深層比對出以往新聞工作的線性特徵，以及當下對於線性特徵的反動。反線性除了指向該如何理解當下新聞工作之外，也與組織架構以及收入來源的發展趨勢相互呼應，然後整體解釋了新聞場域的樣態。而本章便依序討論這三種趨勢的改變。

需要說明的是，語意上，我們不難理解「去中心化」、「創用者」等概念，也很容易利用這些字詞作爲標準對比出新聞工作的新與舊，但實質上，二分式的語意往往遮掩了同一時間脈絡中新、舊混雜出現的事實，例如以往媒體也有去中心化的可能，相對地，許多網路媒體也沒有完全去中心化，還是擁有進行資訊調控的中心，更重要地，當下，傳統新聞工作方式也並未被徹底取代。也就是說，在轉變發生的當下，新舊對比方式的確有利於進行觀察，挑出明顯特徵並賦予名稱的作法也有利進行描述解釋，但如果僅是因爲對「新」的迷戀，以及語意上的明顯對比效果，便急切做出傳統模式已然崩解這樣的解釋，似乎有些操之過急。至少到目前爲止，這種作法可能帶有更多的說服企圖，藉以替「新」論述爭取合法性地位。

第一節 觀察新聞工作轉變的三種角度

從 White（1950）發現編輯會基於自己主觀經驗、態度篩選外電新聞的研究開始，源自社會心理學家 Lewin（1947／轉引自 Shoemaker, Vos, & Reese, 2009）的「守門人」就便成爲理解新聞工作的重要概念。簡單來說，因爲每天的新聞線索很多，但媒體終究有著篇幅與時間限制，所以新聞產製需要守門過程，設法依照標準篩選出最終刊登出來的新聞。在此過程中，許多新聞線索會被捨棄，而最終被刊出的新聞從資料蒐集、選擇、分析、寫作到編輯，也會經過一定程度的過濾與調整，記者、編輯、編輯室長官接力扮演重要守門人角色。

守門人相關文獻甚多（可參考 Bro & Wallberg, 2015; Shoemaker, Vos, & Reese, 2009），但就理論論理論，我們需要注意，守門是依照傳統媒體發展出來的理論，背後隱藏一組事實，即，社會上存在著專門的新聞媒體，以及專職負責新聞產製的守門人，由他們獨家代理新聞產製工作，用接力方式幫忙篩選、產製每日新聞。在過去，這組不被人注意的事實組合出守門人研究的合法性：因爲守門人身負重任，所以需要研究他們依照何種方式進行守門工作。不過近年來，公民新聞學、新聞協作的發展實際顚覆了以往由專職媒體與守門人壟斷新聞產製的生態，公民記者開始可以製作新聞，傳統記者則被要求學習與閱聽人合作，或者可以透過自己社群媒體用第一人稱發表對新聞事件的觀點，這些都意味著傳統守門行爲對於資訊控制權力的鬆動（Singer, 2011），更挑戰了以往理解新聞工作的線性（Wallace, 2018）、由編輯室統籌完成的工作樣態。

一、來自公民新聞學的衝擊

從歷史角度來看，公民新聞學（citizen journalism）與更早一些的公共新聞學（public journalism）有著某種連結（胡元輝，2014；Nip, 2006）。簡單來說，1980 年代末期提出的公共新聞學，可視爲新聞工作對於自身危機的反思。當時，社會大眾對於公共事務的冷漠，以及對新聞媒體的不信任，促成一種認爲新聞工作民主功能已然消失的氛圍，在這種狀況下，公共新聞學的提出，企圖重新建立媒體與公民、社會間的關係。學者們（黃浩榮，2005；Eksterowicz, 2000; Friedland, 2000; Rosen, 1999）透過公共新聞學主張新聞應該積極參與社區活動，報導地方性議題，並且負起公民審議責任，主動促進公共對話。也就是說，新聞不應該只是客觀報導新聞事件而已，還需要將讀者視爲公民、公共事務的參與者，透過設定議題，引發公眾討論公共事務的興趣，並達成共識，解決社會問題。

公共新聞學的發展似乎並不順遂，直到數位科技出現後，公民新聞興起像是部分接替或開拓了公共新聞學原本的企圖，連同公民參與或協作成爲新聞學的顯學[1]。整體來說，公民新聞這種新聞形式的出現帶有反霸

1　類似公共新聞、資料新聞學，公民新聞可被視爲一種新聞形式，其根源具有反霸權、反建制化媒體的特徵，因爲不信任或不滿主流媒體，某些社運人士或公民自己尋找重要新聞線索，配合數位科技將新聞產製出來，而這些不受雇於傳

權、反建制化媒體的基因（林宇玲，2015a, 2015b；Gillmor, 2006; Kern & Nam, 2008; Kperogi, 2011），經常用做公民新聞例子的 Indymedia，就具有 1999 年社運人士不滿建制化媒體對於西雅圖世貿組織大會報導方式的緣由，他們自己改透過網路發布會場外反 WTO 抗爭新聞，藉此突破建制化媒體壟斷的話語權。另一項常被臺灣學者提及的韓國 Ohmynews 亦有類脈絡，同樣展現對於建制化媒體與傳統新聞工作者的不信任。而公民記者則爲對公共議題報導有興趣之公民，強調獨立性與自主報導，並未受雇於主流媒體。

回到科技源頭，新科技的便捷與低成本是公民新聞興起的重要關鍵，或者也實際打開公民參與或協作機會，公民得以參與主流媒體的新聞產製工作。例如公民新聞、公民記者在類似 2004 年南亞海嘯等重大事件中扮演重要角色（胡元輝，2012）便得利於手機、網路等技術，另外，以這些工具爲基底，民眾提供的資訊、手機拍攝畫面也成爲主流媒體運用的素材，實際促成公民參與新聞產製工作。

然而大致於此同時，三股趨勢影響公民新聞學的開展。首先，推特（Twitter）與臉書（Facebook）等社群媒體的快速興起將公民新聞推上更多樣的狀態，例如配合推特的話題標籤（#tag）可以更有效地匯集社群媒體使用者對於同一事件的一手資訊，強化公民新聞報導突發事件的功能。而一般人在社群媒體張貼突發事件的目擊資訊與照片，或對某新聞事件的評論也可能被主流媒體使用，成爲新聞的一部分。政治人物等名人則可以

統媒體，強調獨立產製新聞的人被稱爲公民記者。

公民參與或公民協作則是指在數位解放機緣下，公民有機會參與新聞產製過程。他們不見得需要像公民記者獨立完成新聞，可能只是參與新聞產製的一部分，例如提供新聞線索、提供新聞畫面、幫忙進行查證，無論如何，公民參與或協作最初也具有挑戰以往媒體壟斷新聞產製的反動精神。公民新聞可被視爲公民參與的結果，後續即將討論的資料新聞學也涉及公民參與或協作。但需注意的是，隨時間開展，公民新聞、公民參與或協作逐漸演化，以致出現被建制化媒體收編，脫離原本精神的擔憂。

繞過記者，針對新聞事件直接發表自己的意見、評論，進行類似策展工作，讓公民新聞進入新的境界[2]。

其次，傳統媒體也開始嘗試納入公民新聞的運作，一方面例如 CNN 於 2006 年成立的 iReport、BCC 於 2005 年成立的 Have Your Say（林宇玲，2015b），或臺灣公共電視 2007 年的 PeoPo。傳統媒體利用自己成立的數位平台匯集公民記者平日上傳的公民新聞，再傳遞給閱聽人。另一方面，重大事件發生時，傳統媒體則會直接訴諸閱聽人，透過他們上傳的一手資訊與畫面，充實本身的新聞量。這點商業媒體尤爲常見，臺灣各電視台於颱風期間便會向觀眾募集相關資訊與畫面，然後製作成新聞內容。如此作法的確有助理解各地狀況，但也引發公民新聞或公民參與被商業挪用，以及第八章將討論的閱聽人勞工問題。

最後，資料新聞學的興起也對應著公民新聞強調的公民參與精神，例如英國衛報便嘗試將龐雜資訊公開於網站上，讓有興趣的閱聽人可以共同參與新聞產製工作，例如協助查證，或針對自己有興趣的部分進行調查（胡元輝，2012）。

邊做邊發展中，公民新聞學變得樣態繁雜，不容易定義。簡單來說，Nip（2006）在可能重疊的脈絡下，將參與新聞學（participatory journalism）與公民新聞學區分開來。參與新聞學強調民眾參與新聞產製，但還是在專業記者導引下完成新聞；公民新聞學則跳脫傳統守門控制，強調民眾可以自行收集資訊、生產與出版新聞。相對於公民新聞學強調獨立、自由精神，由個人利用自媒體或社群媒體進行新聞產製，林宇玲（2015a, 2015b）則利用 Banda（2010／轉引自林宇玲，2015a）[3]制度化的公民新聞

[2] 這種發展反應了公民新聞已從原始樣態做出演化的事實，配合更爲廣義的使用者創生內容，或許稱之爲「非典型公民新聞」更爲恰當。因爲它們可能與公共議題無關、缺乏查證、不具反霸權特徵，或者根本帶有濃厚的政治或公關操作意圖。

[3] 林宇玲（2015a）引述的 Banda, F. (2010). Citizen journalism and democracy in

學（institutional citizen journalism），說明諸如 BBC、CNN 等傳統媒體介入的公民新聞學。這類公民新聞會因爲制度化的組織、工作常規、專業價值，而規範和限制了公民新聞產製時的自由度，甚至將其挪用成媒體利潤來源。

不過無論公民新聞學如何發展，如何被資本主義收編，它所強調的公民參與、協作精神，配合上同樣受到數位科技啟蒙的資料新聞學、創業新聞學，共同挑戰了傳統新聞工作。以線性守門人概念來看，本書主張這裡發生三種轉換：1. 從封閉守門過程，轉向協力創作、群眾外包的可能性。2.從專業式嚴謹原則，轉向業餘化的可能性。3. 從代議式新聞工作，轉向公民與閱聽人賦權的可能性。

二、從封閉守門過程，轉向協力創作的可能性

以往，我們理所當然地認爲新聞是由專職記者負責，在報社、電視台等媒體內部完成的工作，其他人不是作爲閱聽人便是扮演消息來源角色。這種理解新聞工作的方式涉及傳播技術資源的稀缺性與相對昂貴，也就是說，在過去，可以作爲新聞流通通路的媒體載具，以及可以用來產製與出版新聞的設備都是昂貴且稀少的，再配合上過去社會的固態、中心化、強調專業等特徵，都順理成章地出現或鞏固了一種由專人與專職機構代爲產製新聞，進行新聞守門的封閉工作樣態。

（一）封閉守門模式的鬆動

藉由「後」現代的對比，我們可以觀察到傳統以新聞媒體作爲「中心」的特性，一方面，新聞被限定在這些「中心」，即，專業媒體組織內完成，不像現今可以分散於其他地方，諸如公民記者、社群媒體上進行產製，這形成空間封閉性。二方面，受到「中心」調控，截稿時間意味著時

Africa: An exploratory study. Retrieved on 2011 November 25 from http://www.highwayafrica.com/media/Citizen_Journalism_and_Democracy_Book.pdf，於本書書寫時似乎已經移除，該網址找尋不到。

間封閉性，新聞工作有著明確截稿時間，新聞工作者需要在截稿週期內完成查證、採訪、編輯等工作。然後空間與時間的封閉性又共同產製出完整、封閉性的作品，出版後便很難再進行修改、更新。也因此，封閉性是理解以往新聞工作的重要關鍵。

不過數位科技打破了資源稀缺問題，低廉成本與便利性是改變發生的關鍵。技術的解放機緣，加上不滿傳統媒體以中心之姿壟斷產製，卻又不提供好新聞，種種原因共同產生將新聞產製從編輯室解放出來的企圖與實質可能性，例如記者可以自行創業，或加入非營利性質的公民媒體平台。另外，不滿傳統媒體的公民更是可以自己產製新聞，直接顛覆新聞產製中心化的事實。也就是說，如果拿公共新聞學與公民新聞學比較，兩種新聞學同樣挑戰傳統媒體的霸權位置，同樣提升了公民角色，但就公共新聞學來說，專職記者、傳統媒體仍掌握了議題規劃與新聞產製的權力。而公民新聞學則像是藉由數位科技幫助，顛覆了專職記者與傳統媒體壟斷新聞報導的權力，民眾是新聞的消費者，也可以是產製新聞事件一手報導的公民記者，利用公民新聞平台、社群媒體參與了新聞的產製過程（Bowman & Willis, 2003; Paulussen, Heinonen, Domingo, & Quandt, 2007）。

從這裡回過頭觀察，我們不難藉由去中心化、協作等正流行的概念更加清楚地對比出傳統新聞產製過程的封閉圖像：由專職新聞人員，依照專業新聞規範，在專業新聞室內完成。不過對理解當下新聞工作來說，更積極的意義是，這些流行概念預示著封閉模式鬆動、甚至瓦解的可能性。當公民可以發布自己目擊的資訊、可以針對傳統媒體產製的新聞提出質疑、可以在不同平台發表自己對於新聞的觀點，這種與閱聽人協力看門（gatewatching）取代專業守門（gatekeeping）的作法（Bruns, 2018），意味新聞不再是封閉產製過程，純由專職新聞工作者與其所依附的新聞媒體獨家壟斷，當下，是可以開放給有興趣的公民參與新聞產製。在公民參與中，新聞不再是演講（lecture），而是對話（conversation）（胡元輝，2012；Bowman & Willis, 2003）。同時，新聞也將不再是由專職記者於截稿時間內定稿的產品，更像是公民共同協作的過程，而且經常保持未完成狀態

（Bruns, 2018），即，可能由某位專職記者在某個時間點提出某篇新聞，然後由有興趣的公民接力提出質疑、查證，或提出自己的評論與看法。

在這種狀態下，姑且先不論未來將由公民記者取代專職記者，自媒體消滅傳統報業、電視這類趨勢預測，理論上，新聞工作可能走向 van der Haak、Parks 與 Castells（2012）提出的網絡化新聞學（networked journalism）脈絡。因爲數位時代的資料種類與量愈來愈多，專職記者愈需要與不同專業、公民記者合作，他們雖然還是會主動收集資訊，也還是新聞報導的作者，卻不再是孤立的行動者，而是成爲網絡節點的一部分，藉由群眾外包（crowdsourcing）幫助，去記錄、分享、配送新聞，這反映在公民新聞中，亦是資料新聞學的本質。或者，Shaw（2012）主張相對於傳統中央式的守門機制，這是種集體式，包含大量個人互動的守門過程，其中決策規範由使用者決定，主題的選擇由個人意見的累積而來。

（二）對於公民協作理想的提醒

我們可以樂觀於公民新聞帶來的改變，由上而下的傳統媒體可以結合由下而上的公民新聞文化（Deuze, Bruns, & Neuberger, 2007），但如果透過現實脈絡進行觀察，我們似乎也得承認一種可能性，即，至少到目前爲止，傳統媒體掌握了朝協作轉向的方式。

基本上，這種可能性可以解釋成改變發生時的必然過渡狀態，還需要時間淬鍊才能發展出融合協作的新聞工作方式，只是倘若考慮到制度化公民新聞的實際發展，以及資本主義的強韌程度，我們也有理由擔心、或根本需要承認公民新聞被傳統媒體收編的嫌疑（Kperogi, 2011），更直白地說，商業媒體藉由公民參與、協作的挪用，促成自己彰顯民主價値的聲譽，以及實質經濟利益的工具性目的（Jönsson & Örnebring, 2011; Usher, 2017; Vujnovic, et al., 2010）。

也就是說，公民新聞平台確實已經出現，公民參與與協作也確實納入傳統新聞產製過程，可是終究需要注意的是，除非是獨立的公民新聞平台，否則在資本主義作爲基底的媒體產業架構中，無論是因爲傳統媒體架構已龐大或穩固到無法改變，或是基於傳統媒體爲了創新或生存主動挪用各種機會尋求利潤，公民新聞的困境不只是來自衝撞傳統媒體，而是衝撞整個資本主義體制，也因為衝撞的是資本主義，所以傳統媒體（更精準地說是資本主義）一如以往地巧妙收編這個「機會」，將它轉變成利潤。

因此，當下媒體組織像是做出妥協、修正，承認新聞協作、公民新聞的合法性，但現狀是他們還是擁有最終守門權，然後應該作為關鍵的公民不自覺地退居後場，單純成為提供消息的人，甚或廉價提供新聞的勞動力（林宇玲，2015b），例如颱風期間主動提供資訊與畫面，就省去電視台許多人事與生產成本。

我們得小心資本主義的強韌與機敏，在樂觀於公民新聞、新聞協作促成傳統新聞工作改變的同時，相關的收編也正弔詭地反諷著公民新聞學「人人都是記者」的純粹理想，也讓獨立於傳統媒體之外的顛覆、對抗精神遭到嚴峻考驗。

三、從專業式嚴謹原則，轉向業餘化的可能性

（一）專業式嚴謹原則的式微

Carlson（2007）主張，相較於谷歌透過搜尋引擎促成多元觀點並置、強調閱聽人使用偏好的新聞，傳統媒體是在創造一種有限、秩序化的新聞商品。也就是說，在過去，所謂的新聞並非隨機蒐尋然後並置在一塊的東西，而是經過專職新聞工作者有目的挑選某些新聞故事，並將這些故事透過編輯組版賦予彼此關係後的東西。這種定義意味著新聞不僅是提供消息事實，而且是幫忙閱聽人詮釋事實、賦予文化意義的工作，也因如此，Carlson 認為傳統新聞工作具有一種呈現或表徵的權威（presentational authority），透過「選擇／排除」與「賦予優先順序」兩種機制，產生被秩序化的新聞，藉此告訴閱聽人要知道什麼。然後同時間為了宣稱與維持這種權威，傳統新聞工作者特別需要諸如客觀等新聞專業規範以及足夠新聞專業能力，促成自己作為新聞事件的可信、權威代言人。

Carlson 上述說法，像是換了個方式說明傳統新聞工作為何強調專業的原因：專職新聞工作者應該是專業新聞工作者，具有能力與素養，遵守

嚴謹的規範，才能名符其實地作爲權威代言人。不過需要簡單提醒，在實務場域，專業有兩種意涵，第一種較爲容易理解，即，新聞學標示的專業原則。第二種「專業」則是屬於日常生活慣用說法，類似其他行業工作者因爲經驗累積許多工作細節而宣稱自己「專業」，藉此凸顯行業外人士無法勝任自己從事的工作。

在過去，爲了維持專業權威，配合組織政策、一定獎酬標準，新聞專業揭櫫的客觀標準與工作細節要求，大致設定了行動者的行爲規範，無法隨心所欲地做新聞（Soloski, 1989）。新聞工作者被認爲需要嚴謹專業訓練、需要依照規則嚴謹處理新聞，更有明確可供參考的新聞道德準則，例如各國的新聞工作者信條。在專業即意味嚴謹的預設下，新聞工作過程理論上具有嚴謹成分，從資料選擇、蒐集、分析，到寫作、編輯、出版，所謂的專業新聞工作者都應該憑藉實務經驗或專業原則進行把關過濾，也需要遵守嚴格截稿時間、版面限制等，不能輕易破壞。最後，至少需要做到報導事實，才能維繫自身權威，而這也是傳統新聞工作者的價值所在。當然，如果能做到賦予新聞事件深層的意義，進行批判監督更好。

（二）業餘者[4]的涉入

公民參與、開放資料源、群眾外包打開了以往封閉的新聞工作，公民記者與廣義的使用者創生內容更透露著業餘者的出現。更精準地說，在新

---

4 這裡使用「業餘者」一詞並無貶損意味。雖然不似專業工作者理論上需要遵守嚴謹組織要求與專業規範，業餘者也可以嚴格自我要求。
另外，「業餘者」的另一層面意義來自技術門檻的解放，這點在電視新聞較容易看出。受益於數位科技演進，攝影、棚內、副控等設備都已出現專業級之外的選擇，如果不刻意要求畫質等標準，便宜且不同級別的設備也可以做到類似專業器材的效果。這解放了傳播工作的門檻，最明顯的例子是透過幾支手機，搭配幾盞燈光便可以做起直播對談。當然，反過來，當直播做到一定程度也可能回頭升級設備。最後，在與社群媒體興起、自我展演愈加純熟等因素交互影響下，我主張，「業餘」成爲一種社會現象，這計畫在下本書中繼續進行討論。

聞產製過程開放脈絡下，除了專職記者外，包含公民記者在內的業餘者，以及帶有策略目的的專業人士（例如利益團體、公關人員）於數位平台上也能生產大量新聞資訊，再加上演算法（Wallace, 2018），理解當下新聞工作的方式變得極爲複雜。

這裡先聚焦業餘者概念。呼應公民參與、開放資料源、群眾外包精神，業餘者角色可以是公民記者，或是參與新聞協作的民眾，他們共同改變了理論上由專職媒體與工作者壟斷的新聞工作。業餘者不被組織需求與專業常規束縛（Carpenter, 2008; Wahl-Jorgensen, 2015），往往也不具有新聞產製的專業經驗、不了解新聞專業規範，部分公民新聞更是主張揚棄客觀等專業規範，強調打破當記者的門檻，打破新聞稿寫作格式（吳連鎬，2002／朱立熙譯，2006，轉引自林宇玲，2015b）。再或者，無論是理論上或理想上，由非專業人士組成的公民媒體本來就強調自由隨興、開放、容許個人色彩等精神，不需類似傳統新聞所需的專業治理機制。也因此不難理解地，受到公民新聞學、資料新聞學的鼓吹或鼓勵，業餘或非專業參與者的加入代表我們需要用新方式來理解新聞工作，新聞工作以往的專業式嚴謹情懷被打破，開始包容業餘化的可能性。不過這裡需要主動說明，專業崩壞，新聞工作不再嚴謹原因眾多，例如新聞愈加求快、組織不再那麼要求嚴謹、記者本身也不再那麼在意嚴謹都是重要原因。

事情經常是一體兩面的。業餘、非專業、不受傳統新聞規則拘束，雖然會帶來多元近用，產製出有觀點的內容，但業餘也的確代表著一定新聞品質上風險。業餘者依照自己喜好、利益進行新聞處理的方式（Wallace, 2018），往往會因爲缺乏嚴謹標準與過程，讓內容偏向個人經驗、缺乏消息來源與事實根據，甚至出現行文寫作不順暢的問題（Thurman, 2008）。即便在數位脈絡中，我們可以聲稱新聞的透明度與獨立性比客觀更重要，有觀點的新聞更具有說服力（van der Haak, Parks, & Castells, 2012），但對強調事實的新聞工作來說，不夠「嚴謹」的新聞工作終究是個大麻煩，會直接因爲報導錯誤而產生合法性困境。再加上公關人員、利益團體、政治人物爲了特定目的生產的使用者創生內容，更明白對應著這幾年爆紅的假新聞問題。

在多元近用脈絡中，如果我們還是認同新聞至少具有報導事實的獨特性，那麼從公民新聞、公民協作到使用者創生內容，如何追求業餘的嚴謹便成爲不可迴避的問題。不需要專業規範不代表不需要嚴謹，表達主觀意見也應該要有嚴謹的邏輯與一定事實支撐，否則就只是一種抒發或作文而已。然後這種抒發與作文式的「新聞」將眞的落實「後」現代式指稱，「新聞」與其他文本無異，就是數位文本空間中的滄海一粟，不具有、也不應該享有獨特的合法性。最後，當新聞被認爲是一種對話過程，是在網絡中同步進行、不斷傳布的對談，專職新聞工作者便必須願意分享自己權力（Bowman & Willis, 2003），專職與業餘參與者如何建立互惠關係也成爲另一個關鍵問題（Borger, van Hoof, & Sanders, 2016; Harte, Williams, & Turner, 2017），如此才能眞正發揮新聞協作的目的。

（三）實務場域中，公民參與理想與現實的差距

再一次地，現實與理想還是有著差距。儘管公民新聞、新聞參與與協作打破了專業新聞工作者壟斷，開啟公民參與可能性，但我們不難發現，跟隨社群媒體普及，大量出現的創用者以及使用者創生內容很多並不具有公民與反抗主流的意圖。閱聽人協作的新聞可能更爲偏好瑣碎、個人與感官主題，更爲情緒與主觀風格（Blaagaard, 2013a; Costera-Meijer, 2012; Luce, Jackson, & Thorsen, 2017; Singer, 2010），包含更多娛樂、文化等軟性新聞（Borger, van Hoof, & Sanders, 2019; Carpenter, 2008; Karlsson & Holt, 2014; Paulussen & D’heer, 2013）。例如在臺灣，不少新聞爆料就只是在社群媒體上貼了張照片，然後看圖說故事地陳述一段看法，甚或根本是風花雪月、錯誤、刻意誤導的東西。

在這種狀況下，業餘者眞的就是業餘者，更適合視爲一般的內容創用者，他們並不是眞正在做公民新聞。或者如同方才所述，這種「公民參與」或「公民新聞」不具有公共、事實的目的，而就只是一種數位文本空間中的「後」現代式作爲：就是爲了生產而去生產的內容。生產文本這個動作本身就是意義，至於文本想要傳遞什麼意義、是不是事實並不是考慮重點。也因此倘若因為過度熱衷於公民新聞、公民參與的可能性，而不去區分這類使用者創生內容可能反過來傷害了新聞的事實特性。

另外，即便專業與業餘開始進行協作，閱聽人具有參與新聞產製的機會，但雙方位置還是透露著不均等。Domingo 等人（2008）就發現美國與西歐國家的線上主流媒體雖然開放閱聽人參與，但新聞產製的每個階段：新聞室的近用、選擇新聞、編輯新聞、發佈新聞至新聞詮釋，專業人員還是保持控制權，還是維持傳統守門人的角色。Usher（2017）在公民新聞學脈絡下也發現，大型媒體終究具有更好的結構位置，以至於公民新聞內容往往需要經過這些媒體平台放大，才能更容易、用有意義的方式被社會聽到。而商業媒體對於公民內容的挪用更是帶有商業動機與行銷意味，被視為強化媒體與消費者關係的工具，發展社群與商業夥伴關係（Hujanen, 2012），然後讓公民產製內容可以公平被社會聽到的理想出現問題。也就是說，公民參與、業餘角色的出現的確逐步改變傳統由專業統治的新聞工作，需要加入業餘角色重新理解新聞工作，但至少到目前為止，我們似乎不能樂觀於業餘者、公民記者顛覆新聞工作的說法，也還需要花時間細緻處理公民參與與新聞品質間的問題，是否變得更多元、代表民眾的聲音、未被政治與商業力量干涉（林宇玲，2015a；Tilley & Cokley, 2008）。甚或如前所述，我們或許應該思考實務上與廣義上的公民參與或使用者創生內容是否根本屬於「後」現代景緻，如果是，那麼，無論是傳統或公民新聞都將面對深刻的合法性危機。

四、從代議式新聞工作，轉向公民與閱聽人賦權的可能性

（一）代議式新聞工作的困境

公民能夠取得充足新聞資訊，藉以了解、監督與批判政府是民主運作的基石，不過要做到這項要求並不容易。在過去，傳播技術資源的稀缺性，以及公共資訊無法被輕易接觸的狀態，促成新聞作為專門行業的合法性。也就是說，新聞工作是被壟斷的，新聞工作者則可以被視為新聞資訊的中間人（Bro & Wallberg, 2015）。

在民主理想中，上述狀態延伸出兩個理解新聞工作的重點。首先，壟斷、中間人式的安排並非新聞工作所獨有，對照同時期作爲主流的代議民主，除了記者與媒體不是由民眾直接投票選舉出來以外，新聞工作其實也像是處於代議模式，由新聞媒體代替人民近用資訊，監督政府。其次，在代議狀態下，新聞媒體擁具前述呈現與表徵的權威（Carlson, 2007），掌握建構閱聽人詮釋新聞事件的能力，但也因爲是代議，所以新聞工作需要依專業行事，眞正爲民眾而非爲私利做新聞，否則民眾理論上具有回收這種權威的可能性。

代議政治與代議式新聞順理成章地運作了很多年，不過隨著複雜的社會變遷因素，特別是數位科技帶來的解放、公民參與等機緣，挑戰了它們的合法性。我們不難發現，當下，代議民主所做的決策被認與民眾脫節，甚至只滿足菁英階級的利益，相對地，審議、參與式民主呼聲漸強，鼓勵公民勇於透過數位平台表達意見，或是進行電子民主式的投票直接實踐公民參與。對應這種反代議民主的浪潮，傳統新聞工作也開始遭受質疑，被認爲具有以菁英爲中心的報導模式（黃惠萍，2005），無法反映公共利益，更不用說商業媒體爲了利潤而脫離專業規範的種種亂象。

新聞沒有善盡代議職責，並未重視公共的狀態，引起社會的不滿，最明顯的便是公共新聞學、公民新聞學的興起，展開改革傳統媒體的企圖。例如，公共新聞學的重要推動者 Rosen（1999）期待媒體更具有公民參與性格、避免淪爲菁英的舞台、需要重視公共聲音，並促進公民關心公共事務。公民新聞學期待把公民帶回新聞工作的核心，重新構連起公民、公共生活與新聞間的關係（Eksterowicz, 2000; Friedland, 2000），或者它更是在「人人都可以是記者」主張下進行論述，例如韓國 Ohmynews 便宣稱：「所有市民都是記者。記者不是異形，他是擁有新消息、想要把它轉述給其他人知道的所有的人。但是這個平凡的眞理，卻被『視記者爲特權的文化』所蹂躪。特權化的記者齊集的集團，成爲龐大的媒體，不只掌控了新聞的生產，也操縱了整體流通與消費結構」，然後 Ohmynews 想要打破當記者的門檻；打破新聞稿的寫作格式；打破媒體之間的障礙（吳連鎬，

2002／朱立熙譯，2006，轉引自林宇玲，2015b）[5]。

因此，特別就公民新聞學來說，當他們強調公民參與，人人都可以是記者；新聞作為一種對話而非演講（胡元輝，2012；Bowman & Willis, 2003）；閱聽人從被動訊息接受者轉變成創用者（prosumer）；從傳統媒體獨自守門（gatekeeping）到與閱聽人一起協力看門（gatewatching）（Bruns, 2018），這些特徵共同透露公民新聞對於代議式新聞工作的不信任，另外也實際回應當代社會流行的賦權概念，主張對於閱聽人的賦權或培力，「他們使用網路工具去報導切身議題，成為公民記者，書寫自身故事、探討社區議題、追蹤救災重建、報導社會運動，越來越強力地補充、糾正、挑戰大眾媒體，甚至設定大眾媒體議題」（陳順孝，2018，頁1）

（二）小心收編的可能性

轉向公民與閱聽人賦權讓代議式新聞工作受到公開挑戰，並出現合法性困境，只不過反過來看，類似朝協力創作、業餘化轉向一樣，賦權這種樂觀想像也得面對現實考驗。雖然傳統新聞可以被視為失敗的代議體制，媒體與記者是失敗的代議人員，相對地，數位科技則的確具有幫忙民眾取得資訊、參與新聞製作的可能性，但這裡終究還是得面對公民記者是否有能力生產出好新聞的質疑，當公民記者缺乏能力，極有可能意味著即便賦權也無法真正改革新聞工作。這個問題似乎還好處理，例如促成專職記者與公民記者合作、公民記者間的經驗交流、提供相關課程等解決方式。然而在高度資本主義社會中，賦權的真正困境或許會落到收編與商業化脈絡中。

---

[5] Ohmynews為臺灣討論公民新聞時最常使用的代表。此段發刊辭引自林宇玲（2015b），但其引述來源：朱立熙譯（2006）。〈Ohmynews發刊辭〉。取自朱立熙的台灣心韓國情個人網站，http://www.rickchu.net/detail.php?rc_id=1330&rc_stid=14 似乎已遭移除，但於本書書寫時，此段發刊詞可在《全球媒體研究室》找到。https://globalmedia.fandom.com/wiki/Ohmynews。鑑於此，原引述來源不列在本書參考文獻中。

從最初原型的 Indymedia、Ohmynews，到 CNN 式的 iReport，再到現在社群媒體式的自媒體、公民新聞，我們看到賦權理想出現，以及新聞工作的實際轉變，只是二十年間，我們也見證著資本主義於此過程中的強大收編力量。一方面，當記者以外的人可以被賦權，也意味著政治人物、利益團體同樣可以因此取得影響新聞，甚至是做「新聞」的權力，然後在自媒體脈絡中，透過所謂的「公民新聞」名義，直接跳過記者與閱聽人溝通，或在新聞策展過程中扮演重要角色。這種策略性的「新聞」產製，配合上其他複雜因素，讓打破代議到賦權於公民的過程演化出負面結果，例如這些策略性的「新聞」，並非爲公民審議而做，而是在進行宣傳操作，反而有違公民新聞精神，甚至嚴肅對應著假新聞、同溫層等現象。

另一方面，對應 Bohman（2000）主張商業媒體的目的不是公共議題的審議，而是吸引閱聽人，所謂的公民退位給消費者。資本主義讓公民新聞變形，商業媒體推動的公民參與經常包含著廉價、方便取得資訊的目的。另外，特別是制度化公民新聞的使用也經常是以流量、點閱率作爲判斷是否成功的標準（Vujnovic, et al., 2010），加上因爲產製門檻愈來愈低，大量出現美食、新奇，甚至未經查證的八卦資訊，這些狀況共同促成公民新聞需要面對定義與合法性的問題。

無論這些或可稱爲「非典型公民新聞」的新聞應該被視爲公民新聞、一般使用者創生內容，甚或是「反公民新聞」，在形式上，它們的確回應了公民新聞想要打破傳統媒體壟斷新聞產製，賦權給公民的理念，學者也有理由主張現階段，採取廣義認定公民新聞的作法將有助鬆動媒體霸權，鞏固才發展不久的公民參與、賦權，或者更激烈地認爲不設限的賦權才是眞正的賦權。不過愈是如此也愈是得思考當我們忽略對於「公民」的認定，廣義地將一般民眾、創用者，甚至消費者都視爲公民，那麼從典型公民新聞到非典型公民新聞的演化，自然會讓公民新聞遠離原先目的，資本主義反而將導引公民新聞回到改革的起點。儘管公民新聞有著理想，但是在資本主義中，還是需要小心資本主義的人性力量，如何讓公民新聞由公民、爲公民（by and for the public）產製的理想變調，不再是公民的新聞

（of the public）（Haas, 2005）。

最後整體來看，公民新聞學，包含之後的資料新聞學強調公民參與、新聞協作、群眾外包，勾勒了一種不同於代議式的樂觀新聞工作圖像，而且無須否認，這些新聞學出於良善動機，有著改革理想。然而如前面章節所述，如果傳統新聞學是一種應然面、規訓成分的知識論述，那麼這些由學者與菁英媒體共同提倡的「學」，似乎也得面對所有「學」會面對的問題。這些「學」同樣標示著應然面理想，企圖提示所謂數位時代的新聞工作者該如何做事，但同樣地，終究得對資本主義、「後」現代情境中，學術與實務落差的困境。

也因此，處在時代勢頭上的公民新聞學、資料新聞學，除了繼續深化，堅持挑戰傳統新聞學以外，也需要回到反思批判的脈絡。如同政治人物透過宣稱給予更多民主來討好選民，我們也得留心在實務場域，公民新聞學、資料新聞學如何被收編，公民參與、公民協作又是如何成爲追求名聲，包裝利潤動機的美麗論述。另外，公民新聞學勇於挑戰傳統新聞工作合法性，批判傳統新聞學客觀意識型態理想，同樣地，公民參與等概念也應該接受批判論證，避免這些新聞學以挑戰傳統媒體取得合法性，卻反過來成爲另一種知識論述霸權。新聞學需要批判成分，新一代的新聞學也需要批判成分，而且是對外的批判，以及對自己的批判。

第二節　組織與產業樣態的改變

一項商品的產製通常涉及多項生產活動的分工，以報紙新聞爲例，便包含採訪、編輯、印刷、發行等活動，在資本主義產製模式中，這些生產活動不只需要分工完成，彼此間還需要有效協調整合才能確保每日報紙順利出刊。

基本上，上述並不難懂的說法涉及了兩項有關組織的重要問題。首先，當一項商品利用數人分工方式，而非單一個人獨自完成所有生產活動時，便有組織出現的必要性，差別只是組織應該以何種構型出現，最能符合該項工作分工與協調整合的需求。其次，組織有著疆界問題，即，要負責多少項生產活動的問題。從管理經濟學角度來看，生產活動可以由組織自己去「做」（make），或從市場「買」（buy）（Besanko, Dranove, & Shanley, 1996; Dietrich, 1994）。例如報社可能選擇擁有印刷廠，自己去「做」印刷工作，也可以選擇外包給其他印刷廠，從市場上「買」印刷這項活動。「做」與「買」具有各自優缺點，涉及提升生產效率，以及降低交易成本等精細的經濟考量。不過自己「做」的愈多，組織疆界會愈大，而數位科技的出現便與組織疆界改變有著密切關係，後續將緊接討論。

無論如何，在資本主義設定的生產模式中，組織像是理所當然的存在，只是對新聞工作來說，這種存在具有矛盾本質，一方面，組織有著生產上的必要性，無法迴避，另一方面由於新聞學者習慣從專業，而非效率角度理解新聞工作相關問題，因此組織經常被視爲阻礙新聞專業自主的關鍵，特別是商業媒體扮演著壞人的角色。這種觀點反映著新聞專業的擔憂，但在默默延續至今過程中，也限縮了新聞場域對於組織的想像。

事實上，換從組織理論脈絡進行觀察，即便資本主義生產模式具有霸道性，組織的疆界與組織的型態仍是可以改變的，然後組合出不同組織構型的可能。例如，相較於傳統高垂直整合的報業，有些報社會選擇交由別人代印，甚至代編的作法，藉此縮小組織的疆界。另外，機械科層組織也只是想像媒體組織的一種作法，除這種被普遍認爲僵硬的組織構型，也還具有暫時組織構型、專業科層構型等可能性。再或者直接回應數位科技帶來的許多生產機緣，例如網路新聞不需要印刷這項活動，更直接改變了傳統新聞組織的疆界，然後再由這些改變進一步於權力、工作常規、創新等構面上引發更多改變。也因此，本節將從 Minzberg（1979）著名的組織構型理論切入，說明幾種可能性，然後回到數位脈絡，聚焦組織與專業這個矛盾上的討論。

一、組織的基本構型

我們很習慣將組織等同於科層組織，然後賦予僵化、中央控制的想像，公民新聞學、資料新聞學對於傳統媒體的反動，部分便是來自對於科層組織的不信任。基本上，這種科層組織式的想像並沒有錯，但跳脫習慣，組織理論有著多種理解組織構型的方式，不只是一種想像而已。Minzberg（1979）在考慮不同設計參數與情境因素後，將組織區分成五種基本形式。

（一）簡單結構構型（the simple structure）

適合規模小、生產技術不複雜，面對簡單、動態環境的組織使用，許多企業初創時期便屬此種構型。簡單構型由老闆負責決策，對爲數不多的員工進行直接監督。而此構型內的生產活動大致只有粗略分工，理論上透過相互溝通進行組織成員間的協調工作。

（二）機械科層構型（the machine bureaucracy）

適合規模大的組織所使用，外在環境相對簡單與穩定。決策權力集中在老闆與高階主管身上，但會透過中階主管進行決策分工，分擔複雜的管理任務。機械科層內的部門分工明確，每位員工在各自科層位置上依照個人正式職權與角色任務完成工作。組織會透過工作流程的標準化，事先指定好或程式化好每個職位工作內容，當大家都依標準行事，最後便也達成彼此協調整合的目標。

（三）事業部構型（the divisionalized form）

適合規模大、需要處理多樣化產品市場的組織所使用，外在環境也相對簡單與穩定。這類企業依照不同市場設立不同事業部，其上再設立總管理處，負責策略發展、資源分配等工作。理論上，各事業部間將極小化對彼此的依賴，成爲準自主單位。事業部員工也依照正式職權與角色完成任務，而總管理處可以選用集權方式或分權方式管理各事業部。

（四）專業科層構型（the professional bureaucracy）

專業科層構型面對的外在環境具有複雜、但穩定特徵，組織成員事先受過專業技能訓練，並被賦予控制自己工作的權力。專業科層構型強調分權，但仍有管理層級，具科層組織樣貌，不過管理者只負責必要的協調工作，不常進行直接督導。專業成員彼此保有獨立性，必要時，透過共享的專業技能進行協調。

（五）暫時組織構型（the adhocracy）

外在環境複雜且變化快速的產業適合暫時組織構型，專家是暫時組織構型的核心，平日分屬於組織不同部門，遇特定任務時被指派至專案小組解決問題，任務完成後則歸建原先部門。此構型屬於有機架構，專案小組獲得選擇性分權，小組成員則會進行密集相互溝通，並強調創新能力。

二、機械科層構型的彈性、網絡化趨勢

參考上述五種組織構型，大多數人應該都會同意新聞工作應以專業科層作爲組織設計的模式，保持新聞工作者獨立性，依照專業技能解決問題。不過同時間大多數人應該也會同意事與願違，相較於醫生、會計師等組成的專業科層組織，在資本主義社會中，新聞是依循一般產業的機械科層構型作爲組織模式。以報社爲例，新聞分工爲編輯部、印刷部、發行部等，編輯部又可再分採訪中心、編輯中心，採訪中心又依照路線將記者分組，然後聽命各級長官指揮調度。Bantz、McCorkle與Baade（1980）工廠生產線的比喻，或者一些有關組織控制的研究（Chomsky, 1999, 2006; Gallagher, 1982）便隱含一種機械科層的想像，擔憂從上到下的控制，而公民新聞對於記者受傳統媒體控制所做出的反動，也有著反機械科層特徵，只不過隨著組織規模擴大後，公民新聞原先的反科層特徵也不得不做出改變，加入守門機制（林宇玲，2015b）。

基本上，暫且不論新聞學經常使用的專業自主觀點會如何進行討論，就組織理論而言，穩定、效率、僵化、中央控制是理解機械科層的關鍵。換個說法，雖然新聞工作總是需要處理不確定性，但是如果我們以現今「後」現代社會的不確定、液態特徵進行比對不難發現，以往新聞工作面對的仍是相對穩定、結構明確的外在環境。Tuchman（1978）提及的路線

安排、新聞網等工作常規便是設法將不穩定因素穩定化的企圖，例如路線制度讓記者得以穩定接觸路線上的採訪對象，平日確保不致開天窗，深入耕耘後可以取得大獨家新聞。

相對穩定的新聞環境，搭配強調穩定的科層組織，實質搭配出以往的新聞組織模式，不過「後」現代與數位科技爲科層組織帶來兩項衝擊。首先，較容易理解地，如同 Gade（2011）主張，後現代脈絡促成科層組織朝向流動、扁平、跨部門合作方向邁進，當下新聞工作開始要求更爲彈性的工作與組織方式，有些研究者則認爲（Anderson, Bell, & Shirky, 2015; Grubenmann, 2017），以往依照路線跑新聞的方式已達到工作極限，很難處理現今許多複雜、結構不明確的議題，因此，新聞媒體需要透過矩陣組織（matrix organization），透過跨領域專家團隊來重新組織當下新聞工作（Grubenmann, 2017; Meier, 2007; Witschge & Nygren, 2009）。而無論是矩陣組織或異曲同工的暫時組織構型，關鍵都在於希望增加組織彈性以回應更多環境中的不確定性，再進而帶來創新的可能性。再或者，計算機新聞學、資料新聞學期待新聞工作、程式設計、視覺化等人員間的團隊感（Bakker, 2014; Gynnild, 2014; Sandoval-Martín & La-Rosa, 2018），也意味著機械科層分工界線需要重新彈性處理的問題。

其次，從整體產業結構來看，網絡化趨勢更是深層對應著組織規模與疆界改變的想像。簡化來說，以往新聞是由一群專業新聞媒體組合而成的產業，在這個產業中，媒體數目有限、獨立並存，而且每個組織幾乎都垂直整合了採訪、編輯、發行等各項工作，因此整體呈現一種單純的產業樣態。然而，數位科技帶來更低廉生產成本與交易成本，不需龐大印刷、發行等生產成本促成網路新聞台，以及每人都能辦報的自媒體興盛。各項交易成本下降則促成專門編輯公司、製作公司、印刷公司的出現，然後這些各有專長的公司或個人，依照每次設定的契約關係，利用「買」對方生產活動的方式組合出新聞工作，形成一種漁網式組織脈絡（Johansen & Swigart, 1994／文林譯，1998）。如果再加上網路空間上的公民新聞平台、政府與企業單位的自媒體平台、記者個人的社群媒體、群眾募資新聞平台，更多行動者的加入打破了以往新聞產業的單純想像。當下新聞產業如同一張由大大小小平台組合成的網絡，有些是傳統大型報社、電視台，也有專職的編輯公司、製作公司；有的屬於大型網路新聞媒體，也有小規模的公民新聞平台或自媒體專職於單一項新聞生產活動，例如專職於評論撰寫、專職於某類新聞採訪編輯；另外，還有強調沒有老闆、沒有科層，記者直接面對閱聽人的群眾募資新聞平台（Zaripova, 2017），以及現今無法忽視，本身不從事新聞生產的谷歌、臉書、推特。當下新聞產業網絡多樣、豐富。

三、兩個延伸思考

當下新聞工作的組織與產業樣態的確發生改變，顯得更為彈性、多樣，適合用網絡化方式加以理解，不過回到新聞專業軸線，這些改變的重點終究還是落在它們會為新聞工作帶來哪些實質影響？能否增進新聞專業自主？是否眞會帶來解放新聞工作者的可能性？

近年來，對於數位科技解放機緣的看法，多半給予這組問題正面回應，至少是謹慎樂觀的期待，只是社會現象所具的複雜辯證關係提醒我們需要進行更為務實、細緻的思考。謹慎樂觀的論述具有方向性，容易激勵人心，但務實與細緻的思考則能讓我們更為貼近實務場域進行觀察書寫。而順著組織與產業這些管理概念，有兩項務實觀察新聞工作後的延伸思考。

（一）權力慾望作為去中心化的關鍵

一直以來，在新聞專業視角下，機械科層具有的中心決策特徵，直覺、模糊地將「組織」導向會負面影響新聞專業自主的脈絡，然後再或隱或顯地，「去中心化」成為一種受歡迎的解放企圖，特別是在網路樂觀主義概念下，似乎只要去中心化或脫離科層組織限制，個人就可以被解放（Hrynyshyn, 2019），新聞便可自主起來。

只是即便如此主張，該如何有效地去中心化、去中心化後的組織是什麼樣子、去中心化後又該如何協調整合新聞工作者，卻是存而不論的問題，很少被新聞學者討論，更難以被證明。

再一次地，樂觀主義看法並非有錯，機械科層設計的確中央決策，限制水平分權，不過我們也得承認兩件與權力有關、相互連貫的事情，第一件事，所有組織設計有其獨特背景，很難期待找到一種完美的組織構型。在過去，機械科層構型行之有年，實際運作結果說明其在新聞產製上的效用，但也確實存在老闆與主管過度干預新聞產製的權力疑慮。第二件事，除非是一人公司，否則一群人的集合便會有權力問題，即便是人數不多的簡單構型或強調專業的專業科層構型亦是如此。前面提及公民新聞理論上有著反科層的性格，只不過組織規模擴大後也得加入守門機制（林宇玲，2015b），此時便也意味著出現權力運作的空間。

權力問題存在於所有組織構型，只是各自處理方式與機制不同，更重要地，權力的施展終究與行動者直接有關，權力制度設計往往只具有制衡功能，想要達成新聞專業自主、去中心化這些目標，現實關鍵或許不單在於去組織化、去科層化，有一部分是落於老闆與管理者的權力慾望之上。制度是死的，人是活的。組織構型是種制度化設計，行動者有可能受到制度設計規約與導引，不過當行動者意志過強時，也有可能不受制度規約影響。

舉例來說，過去，臺灣報業是採用機械科層這種不受信任的組織構型，甚至考慮「報系」問題後，屬於規模更加龐大的事業部構型。理論上，臺灣記者在過去報社內就應該如同現在一樣顯得綁手綁腳，依照長官指示行事。然而有意思的是，在以往文人辦報脈絡下，編輯室卻經常是以封建采邑方式運作（張文強，2009）。老闆大多時候願意信任自己的記者，願意收斂權力慾望的施展，因而促成機械科層內的記者感受自己享有工作自主，不像預設那般得接受長官指示。當然，記者付出的是對老闆的效忠，展現工作成果才能繼續換取老闆信任。然後也因爲關鍵在於人，所以不管理由爲何，當老闆換人，想要施展權力慾望，遂行個人政治或商業利益時，同樣的機械科層構型便會顯得獨裁。這解釋了爲何當下報社、電視台組織構型沒有太大改變，仍屬機械科層，可是管理者控制卻比過去多許多的原因，實際發生老闆權力意志透過各階主管貫穿組織，甚至跳過主管，直接指揮特定新聞該如何處理的情形。

也因爲關鍵在於老闆與主管的權力慾望，因此，自媒體、公民新聞平台理論上展現的彈性、網絡化是一回事，但我們不能過度樂觀於組織內部的權力問題可以徹底解決，好像只要去中心化、去科層化後就能達到民主化的理想境界。甚至就組織構型來說，人數不多的自媒體、公民新聞平台，反而可能會因爲其簡單構型特徵，而更有利於老闆與主管遂行權力意志，資本主義的力量更容易貫穿組織運作。另外，專業記者也可能具有權力慾望，不能保證當他們透過新聞創業成爲小型新聞平台的老闆或高階主管後，就會徹底給予底下記者專業自主，徹底抵制商業邏輯。人性，終究太人性。

（二）新聞產業與資本主義的強大驅力：創業新聞學的例子

網絡化新聞產業展現的多樣化景緻，公民新聞學、創業新聞學的興起，像是數位科技帶來的救贖，幫助學術場域繞過長年解決不了的傳統新聞產業霸權困境，宣稱改變的可能性。

然而，儘管數位科技帶來樂觀想像，有學者也藉此進行了豐富論證，但我們還是不能忽略從高度資本主義角度進行的解釋，這種解釋可能顯得功利、市儈，卻有助就現實面理解新聞工作、組織與產業。例如前面才討論過的公民新聞，雖然具有努力改革傳統新聞產製，創造公民參與的初衷，就可能因爲資本主義而產生公民新聞或使用者創生內容的收編與商業化，進一步演化出非典型公民新聞，悖反於原先公共參與精神。再或者，近年普遍受新聞場域期待的創業新聞學，更是在矛盾中說明了數位創新與資本主義的難以分割性。

對於大部分新聞學者來說，雖然知道創業新聞學包含的商業角色可能瓦解傳統新聞工作理念，造成編輯與業務界線無法分離，發行人、募資者與記者角色混淆（Porlezza & Splendore, 2016），但有意思的是，知道歸知道，創業新聞學像是數位科技機緣帶來的一種救贖，經常被正向表述，甚至被賦予啟示錄般的情懷，期待它可以解決當下傳統媒體擰節成本、精簡人力，又未善盡專業責任所帶來的困境（Vos & Singer, 2016）。與此同時，它已具體反映在西方新聞教育之中，開設創業新聞學相關課程（Claussen, 2011; Hunter & Nel, 2011）。

基本上，新聞場域有權依照現狀精緻化這套正向期待的創業新聞學論述，可以將創業新聞學視爲新聞工作者得以脫離傳統媒體，實踐自己新聞理想的契機，不過創業新聞學直接使用的「創業」二字，用相當弔詭的方式解構了創業新聞學論述：創業新聞學不僅是新聞專業的地盤，更具有資本主義血統。或者，Jarvis（2014／陳信宏譯，2016）認爲當下新聞產業面對的是存活問題，因此才要創新與創業；Siapera 與 Papadopoulou（2016）提醒創業新聞學強調市場、科技、利潤導向策略，沒有留給新聞價值空間，而技術、金錢與個人主義又與新聞原有的公共服務功能反道而行；Hunter 與 Nel（2011）主張創業記者需要五個能力：創意與創新、商業技巧、新聞內容的創造技術、網站設計與影音編輯的技術技巧、不同媒介形式的寫作技巧，以上這些說法也彷彿在反覆確認不能忽略創業新聞學的資本主義血統。

新聞場域的確可以將創業新聞學視爲新聞工作者的覺醒，但不能否認地，生產成本與交易成本的改變才是關鍵，兩種成本下降讓小規模、專職一定範圍的公司得以出線。換個說法，當創業是發生在高度發展資本主義社會中，便得充分考量資源、機會、策略等管理作爲（Naldi & Picard, 2012），因爲這些將影響創業的成敗。再配合幾個與創業新聞學相連結的特徵進行觀看：1. 小規模公司，由個人或幾位記者合作創立。2. 由記者發現新機會，自己雇用自己。3. 記者知覺自己作爲創業者的角色不僅要生產內容，也要進行商業決策（Casero-Ripollés, Izquierdo-Castillo, & Doménech-Fabregat, 2016），我們不難發現，創業新聞學可以是種理想，卻也是種商業行爲。除非佛心地不講生存與利潤，否則創業加新聞的結果是創業的記者需要成爲微型資本家，至少是管理者，需要面對以往自己老闆面對的問題，忙碌於經營與市場考量中。

創業本身就是資本主義行爲，無法逃避資本主義語境與邏輯。當然，這裡終究不能排除具有堅強理想意志的創業者，但也還是老問題，因爲人性，如同新聞公民平台發展方向，資本主義法則亦很容易將創業新聞學帶到利潤困境之中。

第三節 收入來源，及資本主義下的數位新聞學

現今新聞場域應該很少人會去質疑利潤下降。整體經濟不景氣、閱報率與收視率下降，以及數位媒體瓜分市場是常用來解釋利潤下降的原因，不過換個角度，這裡還涉及一組不難理解、但關鍵的結構性問題。

以報紙爲例，在過去社會與科技條件下，讀者是藉由「看報紙」才能取得新聞，一份報紙則是由報社出面垂直整合採訪編輯、印刷、發行等生產活動才能完成。由於這種高垂直整合度的生產方式需要極高成本，不是普通人能夠負擔，因此相對應地出現以往由爲數不多新聞媒體組合成的新聞產業生態，這種生態讓新聞媒體得以壟斷新聞產製，用代議位置生產與販賣閱聽人需要、且數量有限的新聞資訊。

然而，數位科技崩解了傳統高度整合的新聞產業，大量不需印刷的網路新聞，加上公民新聞平台、群眾募資新聞平台、自媒體，量多且雜的數位內容瓦解了傳統媒體對於新聞內容的壟斷權，同時更造成一項簡單且重要的供需問題：當下我們可以得到超量資訊，新聞不再稀有與珍貴，不像以前值錢。大量新聞平台供給大量新聞資訊，整體展現供過於求的態勢。如果再加上數位空間還存在著更爲大量的新聞以外內容，例如社群媒體上各式各樣的娛樂、美妝、獵奇等文本，爭相競爭新聞閱聽人時間，讓新聞的生存更爲困難。

在困難中，新聞場域試圖開發不同的獲利模式（Macnamara, 2010）或財務來源，例如基於民主社會還是要有獨立、有品質新聞的期待，Downie 與 Schudson（2009／胡元輝、羅世宏譯，2010）建議從提供稅務誘因、慈善機構進入新聞事業、大學肩負地方新聞報導來源的角色、向電

信用戶徵收費用設立地方新聞基金等方式，開拓財源來重建美國新聞業。Remler、Waisanen 與 Gabor（2014）也提出在津貼、基金募款形式外，由大學設立新聞媒體來維護新聞的公民與民主責任。相對這些可能被視爲傳統的保守主張，關注創業新聞學的 Javis（2014 / 陳信宏譯，2016）則是徹底迎合資本主義邏輯，認爲在大眾模式失效的狀況下，新聞工作應該從別的地方找尋利潤來源。與過去不同，當下媒體產製的新聞內容不應該再被視爲賣給消費者的最終產品，而應該成爲一種凝聚社群、了解與取得閱聽人資訊的工具，如同臉書、谷歌的邏輯，一方面提供閱聽人眞正想要的內容服務來吸引與凝聚閱聽人，另一方面藉由這些內容服務設法讓閱聽人願意揭露個人資訊，如興趣、居住地等，再透過蒐集、整合與分析最後爲媒體自身取得經濟利益。

也就是說，無論是保守取向的建議或資本主義邏輯作法，利潤趨動下，新聞媒體都在努力試圖尋找廣告營收以外的獲利模式。當然，或許因爲時間尚短，這段過程十分辛苦，而付費牆（paywall）與群眾募資（crowdfunding）是兩項討論最多的議題。

一、廣告收入以外的兩種可能收入來源

（一）付費牆

過去，雖然報業靠發行取得的利潤不如廣告，但發行意味著讀者需要付費才能看到新聞。在數位廣告不如預期的狀況下，這種邏輯同樣被運用到數位媒體，企圖透過付費牆機制向使用者收費。就運作方式來說，可區分成硬付費牆（hard paywall），針對所有內容都收費；計次性模式（metered model），可免費閱讀一定量新聞，之後計次收費；額外付費（premium model），可免費閱讀低價值內容，但高價值內容需要收費才能閱讀（Casero-Ripollés & Izquierdo-castillo, 2013; Picard & Williams, 2014; Sjøvaag, 2016）。

儘管二十年前，電子報發展之初便有向讀者收費的設計，但一路走來付費牆機制運作並不順暢，幾經波折。Arrese（2016）將西方媒體發展付

費牆機制的過程區分成四個階段。1. 1994 到 2000 年：1994 年《聖荷西信使報》（San Jose Mercury News）首先提供線上版新聞，1995 年美國約有三十家報社出版電子報，並嘗試向訂戶收取訂閱費。經數年實驗後，大部分報紙放棄收費機制，其中包含《紐約時報》，不過《華爾街日報》是例外之一，1996 年選擇收費策略。2. 2001 到 2007 年：網路泡沫化後，新聞產業開始嘗試利用小額支付、提供 PDF 版報紙、額外付費模式重新思考收費問題，但因為從訂戶所得費用無法彌補流量下降造成的廣告利潤流失，包含《紐約時報》在內，於嘗試後又回到免費模式。3. 2008 到 2010 年：報業大亨 Murdock 改變原本免費的初衷，開始採用收費計畫，不少媒體跟進，重新採用付費牆模式，但反對採用者仍是多數。4. 2010 到 2014 年：2011 年《紐約時報》再次採用付費模式，利用計次收費，在每月二十則免費新聞之外，要求讀者訂閱付費，費用介於美金十五到三十五元，依不同閱讀裝置組合而定。隨後，付費牆似乎開始出現轉機，2013 年美國報紙大概有四百五十家有付費牆或正進行付費牆計畫。

從 Arrese 於 2016 年論述的這段波折過程，並且承擔一些過早下定論的風險，這裡似乎可以發現一路顛頗中，西方媒體始終沒有放棄付費牆機制。就西方經驗來看，網路「免費文化」（culture of free）嚴重挑戰這種使用者付費邏輯（Fletcher & Nielsen, 2017; Goyanes, 2014），網路使用者願意付費看新聞的動機並不高，而且有可能因為付費牆而降低既有使用量與使用習慣（Pattabhiramaiah, Sriram, & Manchanda, 2019），然後抵銷原本更高流量帶進的廣告費用（Picard & Williams, 2014），這種狀況使得付費牆機制仍無法成為媒體的穩定收入來源（Myllylahti, 2014）。Chyi 與 Ng（2020）亦發現美國願意線上付費的讀者仍然不多。

（二）群眾募資

捐款募資成立非營利組織是新聞工作營運的一種方式，例如美國 1977 年成立的「調查報導中心」（Center for Investigative Reporting），1989 年的「公共廉正中心」（Center for Public Integrity），以及 2008 年的 ProPublica（Carvajal, Garía-Avilés, & González, 2012），正是以非營利

組織方式長期從事調查報導工作。而近十多年來，透過數位科技機緣幫助，直接向群眾募資成爲取得新聞工作資金的一種方式。

簡單來說，群眾募資新聞是以群眾募資平台爲核心，例如成立於2006年美國的Spot.us，讓記者成員得以在平台上進行調查報導提案，向群眾進行小額資金募集，於獲得足夠支持後，再利用募得基金完成調查報導，過程中，記者可能與贊助者保持不同形式的互動。而群眾募資新聞又大致可分爲四種類型：爲單一新聞募資、爲持續性新聞與路線報導募資、爲新平台或發行募資、爲支持新聞工作的服務募資（Aitamuro, 2015）。另外，數位經濟下的小額支付設計是實際運作關鍵（Graybeal & Hayes, 2011; Sindik & Graybeal, 2011），閱聽人方便進行捐贈，記者只要能夠有效匯集一群人便可支撐自己想要從事的新聞報導。

與公民新聞學、創業新聞學一樣，群眾募資新聞同樣具有濃厚理想性，透露對於傳統新聞工作的不滿。基本上，群眾募資強調群眾外包，強調透明、合作與民主實踐原則（Lehner & Nicholls, 2014），企圖作爲一種自我管理，代表社群集體意志的機制。而群眾募資新聞學則是透過群眾募資幫助，將新聞工作從廣告壓力中解放出來，記者有機會去做主流媒體沒有興趣，但對社會重要的東西。這種捐贈者決定哪些新聞能做的作法也意味他們成爲守門人，削弱了傳統編輯權力（Jian & Usher, 2014），然後再一次演示數位脈絡中公民參與的理想。

儘管群眾募資新聞具有改變傳統新聞工作的可能性，也有不少群眾募資平台實踐運作（Carvajal, Garía-Avilés, & González, 2012），不過它也得面對兩個現實問題。第一，作爲新聞工作財務來源來說，群眾募資新聞被認爲難以成爲長期計畫、持續性的財務機制（Jian & Shin, 2014），而且有些研究顯示，群眾願意支持募資的關鍵可能在於該議題「好玩」、家人與朋友關係（Jian & Shin, 2015），或者非公共事務新聞容易得到募資（Ladson & Lee, 2017），希望對生活有立即可用性。

第二，群眾募資新聞學也爲記者角色帶來現實衝擊。在群眾募資安排下，記者需要去做某些以前不需要做的事情，例如企劃募款相關活動，設法行銷自己（Aitamuro, 2011; Hunter, 2015, 2016; Zaripova, 2017）；與群眾分享自己的新聞計畫、接受評論與回應、與支持者會面表達感謝等。雖然 Aitamurto（2011）指出，捐贈者通常是因爲利他目的，而非工具目的進行捐贈，並不會對新聞進行太多干預，但麻煩的是，群眾募資的設計終究創造了記者與捐贈者的連結，一種記者對捐贈者的責任感，不能讓他們失望，然後對新聞工作獨立性產生一定的衝突，包含取悅讀者的成分（Hunter, 2015）。也因此，群眾募資新聞的問責與透明度也成爲需要關注的問題（Porlezza & Splendore, 2016）。

二、資本主義與數位新聞的實踐

從新聞工作、組織與產業架構到收入來源，本章分成三部分愈來愈務實地論述了新聞工作的改變。其中可以發現，圍繞著數位科技的公民參與機緣，新聞工作的確發生許多變化，不過如同前面多次討論，相關變化需要放在高度資本主義發展脈絡中進行觀看，科技單因論會過度樂觀地放大數位科技的解放功能，當然，我們也需要避免經濟決定論式的單因論解釋。而本章最後一部分將承擔缺乏足夠實證研究資料的風險，大膽論述臺灣數位新聞工作發展處境，以及重回批判資本主義的提議。

（一）市場規模、創業家精神與創新

過去，除了「稀缺」與「壟斷」，傳統新聞媒體在特定地理市場內經營，理論上面對有限競爭對手的事實，可以被理解爲整個媒體產業能夠穩定獲取利潤的關鍵，然而數位化後，「稀缺」與「壟斷」條件不在，再加上全球化趨勢促成新聞產業面對更爲激烈競爭，威脅到利潤來源。數位結合全球化趨勢改變了市場的定義，一方面新聞產業得以從原先地域性中解放出來，例如臺灣新聞媒體可以透過網路進入海外市場，但另一方面，這也代表要臺灣新聞產業需要面對更多以前不曾面對的競爭對手，包含國外新聞媒體，以及來自全球各地無法計算的數位內容。

在規模經濟邏輯下，企業規模愈大與市場規模愈大的媒體理論上能夠投入更多生產、研發、行銷預算，帶來更多競爭力，從事更多創新。另

外，就資本主義來說，除了需要相當規模的資本進行投資，還需要創業家精神（entrepreneurship）（Drucker, 1993）幫助，即，資本家或創業者能夠看到市場中的機會，主動做出改變，並且承擔創新與投資失敗的風險。上述邏輯可以從臉書、谷歌的發展得到一定證明，龐大市場規模、龐大資金，加上企業家精神，讓他們更有資源與膽識進行研發、推出新功能，並且承擔更高失敗的風險，雖然不見得巨型產業便一定會成功。

相對地，這種資本主義主客觀條件似乎不存在於臺灣。缺乏大市場、不具企業家精神，讓臺灣媒體面對數位轉型時，雖然充滿擔憂，卻又無法或不願意如同國外《紐約時報》、《衛報》等大型媒體般從事許多花錢的新嘗試，更常採取用的策略是在擔憂中跟隨國外經驗，選擇式地進行模仿，而選擇的標準往往是成本考量，或因成本考量讓已是模仿的作爲再打了折扣。如果說事事考慮成本而缺乏投資意願、缺乏企業家精神呈現的是一種廉價版資本主義，臺灣新聞媒體更像是展現廉價版模仿。

在這種狀態下，雖然國外經驗大致可以解釋本章論述的新聞工作、組織與產業樣態，以及收入模式的轉變趨勢，但於細部解釋資料新聞學、創業新聞學等實際作法時卻需要謹慎，以免做出過於樂觀與理想的描述。例如臺灣媒體成立數位新聞平台、會做視覺化、在意點擊率，但對於耗費資金的正統資料新聞學與計算機新聞學，以及演算法與閱聽人度量工具的投資並不常見，甚至更苛刻地說，因爲投入資金不夠，模仿而來的數位新聞平台、資訊視覺化也不到位。對需要企業家精神的小市場來說，廉價版資本主義加上廉價版模仿式「創新」似乎解釋了臺灣媒體近年缺乏大開大闔的現狀。當然，這裡也得理解資本家在實務場域的寫實壓力，以及即便在西方社會，企業家精神可能也是少數，而當下成功創新案例背後有著更多失敗案例作爲分母。

特別就前一節提及的創業新聞學來說，它顛覆傳統新聞媒體的本質，可以採取市場規模小的利基策略。但是即便規模小，在資本主義邏輯中，也同樣涉及該如何尋找到最初投資資本，以及創業者是否眞正具有創業家精神兩個關鍵。缺乏資本根本難以實踐理想，這點或可利用群眾募資概念解決，不過回過頭說，需要考慮尚未成熟的群眾募資究竟能發揮多少效果。另外，當創業者無法看到與評估市場中的眞正機會，願意主動且冒險地進行創新，創業新聞學能做的往往就只是複製別人套路，或者中途而廢。然後回到前面所提：創業新聞學不僅是新聞專業的地盤，更具有資本主義血統。缺乏這種理解，創業新聞學可能又一次成爲新聞學是規範性論述的案例。

（二）重回對資本主義的反思與批判

即便在數位科技脈絡下，應該也不會有新聞學者否認資本主義存在，並且影響新聞工作的事實。只不過或許因爲數位科技發展十分耀眼，在它吸引許多注意力的同時，有關資本主義的系統化學術討論似乎較過去少很多，至少退居後場，而這對新聞學書寫的完整性帶來一定風險。

換個說法，即便科技應該是當下研究焦點，但在資本主義社會中，由於科技的使用終究具有目的性，而且主要是用來提升生產效率，以及降低勞動成本（Örnebring, 2010），甚至是由大型企業控制新科技的發展方式，決定它們該如何使用，因此，學術場域除了就是依循技術旨趣去研究機器人新聞、演算法，或者期待公民新聞學、創業新聞學解決新聞工作多年沉痾，完整的新聞學書寫還需要更多關於科技、資本主義與新聞工作間的批判論證，缺乏對於資本主義的批判，很容易進入網路樂觀主義的烏托邦世界（Hrynyshyn, 2019）。馬克思式的反思與批判是必要的，當然，也不能被其壟斷，一旦壟斷，便也進入經濟決定論的脈絡。

例如 Curran、Fenton 與 Freedman（2012／馮建三譯，2015）便認爲網際網路的確改變了民主、新聞工作，但在「解放」這項樂觀期待之外，數位科技也被策略性地用來作爲資本累積的動力，並且進行剝削。延伸來說，資本主義的創新動能創造了許多新型態公司，如使用演算法寫新聞的 Narrative Science、Automated Insights，或者臉書、谷歌這兩個用創新、超大資本方式進入新聞產業的巨擘，但無論如何，這些發展都不應該只被視爲數位科技的自然發展，而是在數位科技、資本主義與新聞工作間產生許多連動的現象。

Cohen（2015）則以 Journatic 這家利用海外寫手撰寫新聞的新聞外包公司作爲例子，配合演算法、機器人記者等科技變革，演繹著資本主義利用數位科技降低生產成本的強大驅動力。如前多次所述，數位科技的確帶來公民新聞，賦權於公民記者與閱聽人，近年流行的演算法也可以做到並陳各種政治立場新聞的可能性，但同樣的技術也演化出內容農場等現象，利用公民記者、部落客、海外寫手作爲低價、甚至免費勞工。數位科技理論上所具有的機緣並非全被用來實踐改造新聞工作的理想，至少部分被資本主義挪用來爲新聞產業降低生產成本，從事勞動剝削。

或者政治經濟學角度以外，Hamilton 與 Tworek（2016）提醒著英美新聞學有著昂貴的資訊收集成本，在過去需要硬性新聞的時代，這些成本可以不被視爲問題，不過數位脈絡加上社會變遷，要維持這種昂貴的生產方式並不容易，延伸 Hamilton 與 Tworek 說法，似乎正解釋了內容農場等低成本新聞資訊生產方式普遍存在於當下的原因。另外，Bakker（2012）則論述了數位平台爲生產更多便宜內容，而發展出低成本、甚至利用免費內容的生產模式。例如在人員方面減少正式員工人數、給予更少薪水、用自由工作者取代專職人員、將工作外包、使用更多使用者創生內容、雇用業餘部落客或自願者。在內容方面選擇重新發行某些內容、使用更多通訊社與公關稿、使用庫存照片、改寫網路內容。在技術方面則如同 Goggle News 方式透過網路蒐尋匯整出相關各家媒體新聞；利用機器人進行新聞選擇、改寫與策展；利用 RSS、社群媒體作爲新聞通路。

整體來說，Hamilton 與 Tworek 以及 Bakker 兩組研究同樣說明著數位脈絡、資本主義與新聞工作變遷間的辯證關係，資本主義促成一種過度講求成本的新聞工作樣態，以致稀釋了數位科技的解放潛能，在這種狀況下，一旦新聞媒體都在致力創造大量文本以賺取大量流量，而非講究新聞具有多少意義，自然會出現需要較多成本的硬性新聞不受待見的情形。或者說，如果這裡再簡單加上本書的另一條「後」現代觀察主軸，隨著去中心化、相對主義、「發聲說話」成爲去威權化的終極民主表現，就在數位技術成本低廉實際促成每人都可以產製文本，而無數文本又組合成當下龐大的數位文本海同時，無數文本默默回過頭促成文本貶值的整體狀態，一方面，貶值的文本自然大幅失去文以載道這種古典說法的必要性，文本就是文本而已。另一方面，當文本代表著發聲說話，低廉成本讓發聲說話變得容易，加上說話內容又沒有高低之分，這些將共同造就一種發聲說話勝過說什麼的情形。然後借用這種「後」現代說法回到新聞脈絡，它意味生產（新聞）文本這個動作本身就是意義，至於（新聞）文本想要傳遞什麼意義、是不是事實並不是考慮重點。對其他文本來說，「後」現代轉向塑造了新的文本文化，不過對於強調事實、公共性的新聞文本來說，這將是十分嚴峻的挑戰。

最後，數位脈絡、資本主義與新聞工作的辯證關係也展現在勞動過程中，Bakker（2012）便說明著員工獲得較少薪水、將工作外包等愈形剝削的勞動條件，除此之外，勞動過程學派（Braverman, 1974）對於去技能化（de-skill）的擔憂亦是深深對應著數位新聞工作的發展。簡單來說，一旦演算法能夠自動寫新聞，閱聽人度量工具測得的閱聽人資訊可以取代新聞價值判斷，或者編輯、事實查證、寫作可以改由廉價外包，這些現象說明著隨著新聞工作次第被切割、自動化或外包，專業新聞工作者將成爲去技能化的勞工，只是負責一部分工作，失去掌握新聞工作全局的能力。然後上述這些現象反諷著在資本主義脈絡下，原本強調解放科層、去中心化機緣的數位新聞工作，其實與過去一樣，還是採用了大量生產模式，利用類似原則從事新聞生產工作。

也因此，本書主張，只憑藉比過去多樣的產業景緻，或部份成功案例就作爲數位科技機緣的樂觀證據，往往小看了資本主義的影響力。或者說，只要資本主義未被徹底驅趕，資本主義脈絡中的數位科技便可能不是減少，而是加重新聞工作與市場法則緊張關係。在這種狀況下，如果我們認爲新聞工作應該是專業，應該有自主性，那麼，新聞學的書寫便始終需要對於資本主義，以及結合數位科技而生的各種新聞學抱持反思與批判態度。如果說多元景緻在「後」現代中是常態，那麼，新聞學便不應該只有實證取向、科技決定論、科技樂觀主義的觀點，當然也不應該只有政治經濟學才叫做批判。新聞學不應該成爲單純描述與預測的新聞學，也應該對於新聞工作進行反思與批判，同時批判反思自己。

04

第 4 章▸▸▸

事實與客觀

這裡沒有責難意味。在實務場域，新聞專業各項原則都可能因爲不同原因被打折扣，甚至省略，或者，實務場域會用屬於自己的方式重新詮釋，以致失去原來指涉的意義。例如「公共性」不是被視爲不食人間煙火的理想，便是被重新詮釋成一種接近民粹主義的實務作法：認爲有對某位政治人物、爭議事件進行大量報導，就代表了公共性的展現，卻忽略情緒、自以爲正義的處理方式，對社會帶來負面影響，更不用提是否符合新聞專業對於公共性的標準要求。

同樣邏輯下，本章要處理的「事實」與「客觀」亦有類似遭遇。相較其他原則，「事實」大概具有鐵律般的外表，我們不難發現，即便實務場域也不太爭論新聞應該報導事實，不過就實際作法來說，「事實」仍舊有被打折扣的情形，經常就是形式主義或用簡便法則（張文強，2015；Barnoy & Reich, 2019; Shapiro, Brin, Bédard-Brûlé, & Mychajlowycz, 2013）進行查證，以致離「事實」總有段距離。相對地，「客觀」更顯命運多舛，學術場域對於客觀的質疑同樣映照在實務場域，而且在當下脈絡，客觀不僅是 Tuchman（1978）論述的策略性儀式，更可能被當成一種包裝資訊的作法，透過這項形式特徵遮掩背後的商業與政治目的。另外，透過「後」

現代相對主義進行觀看，很多時候客觀根本被放棄，實務場域利用新聞不可能客觀這種說法來迴避源自專業的批判。

無論實務場域如何做，新聞學仍然需要處理事實與客觀兩項專業原則，只不過除了純粹學理探討外，相關討論還得納入實用邏輯這項考量，簡單來說，實務場域存在的實用邏輯大致具有三種啟示。第一，它凸顯「事實」與「客觀」可以是學術、方法論問題，更是一種實作問題，實務場域對於「事實」與「客觀」有著屬於自己的詮釋與實際作法，這點需要新聞學充分理解。第二，不同時期新聞工作會發展出不同實用邏輯，近年強調速度的實用邏輯，便一方面凸顯出「事實」與「客觀」所具有的報紙新聞基因，另一方面則讓查證方式不斷被簡化，甚至落入先讓新聞曝光，之後再進行修正更新的模式。在動態更新中，查證成爲事後的修正，而非新聞發行前的事情。第三，在數位媒體脈絡下，當公民記者可以產製新聞；當新聞可用協作方式完成；當讀者可以看到相同事件不同版本的新聞，事實不再由新聞工作者壟斷，客觀更成爲不容易維持的事情，也因此，透明度開始成爲估量與維繫新聞工作的重要標準（Craft & Hiem, 2008; Hellmueller, Vos, & Poepsel, 2013; Phillips, 2010; Singer, 2005, 2010b; Vos & Craft, 2017），假新聞則成爲流行議題。

本章第一節將先處理新聞要報導事實這個核心原則，以及查證這項追求事實的關鍵作法。第二節則探討客觀性原則，以及相關爭議，然後在數位脈絡下，第三節探討透明度這個評估新聞品質的新概念，以及近年沸沸揚揚的假新聞議題。

第一節 事實與查證

應該很少人會想要否認新聞是報導事實的工作。順著 Schudson（1978）的解釋，自從十九世紀中葉，現代報業開始雇用記者報導社會發生的事情起（Nerone, 2012; Suchdon, 1978），新聞就逐漸與事實構連在一起，十九世紀末《紐約時報》等資訊取向報紙的興起，二十世紀初對於新聞專業的追求，更是讓報導事實成爲新聞工作的鐵律。Zelizer（2004b）用上帝名詞形容事實、眞相、眞實在新聞工作中的位置，而新聞教育重視事實資訊收集的訓練（Adam, 2001），新聞學教科書以報導事實爲核心，也是不需再多做論述的事情。事實理所當然地與新聞工作連結在一起，具有至高的位置，不容輕易被懷疑。

一、有關新聞與事實的討論

鍾蔚文等人（鍾蔚文、翁秀琪、紀慧君、簡妙如，1999）曾以「不是問題的問題」，描述事實在新聞學中的處境。事實是新聞核心概念，但對於該如何定義事實卻少有討論，鍾蔚文等人認爲這可能涉及常人的事實觀：事實爲感官直接認知的現象，清澈透明，其理自明。換個說法，大家都不否認新聞要報導事實，必要時也能就此命題做出口頭申論，可是對於「事實」似乎卻缺乏興趣，具體學術研究並不如想像中來得多。

（一）事實的實證觀點與反實證觀點

這種對於事實的看法呼應著實證主義觀點。簡單來說，實證主義或經驗主義認爲事實是「就在那裡」的事物，可以透過適當方式發現，也能透過適當方式呈現出來（Blaikie, 1993; Hughes, 1990; Slife & Williams, 1996）。因此，「事實」不是個問題，問題在於該如何發現它。如同實證科學對於研究方法的強烈關切，冀望藉此發現「就在那裡」的事實，新聞工作亦同樣關心發現與檢核事實的方法，然後查證被認爲是好記者的關鍵能力，藉此讓事實顯現出來。

不過隨時間推演，實證主義的事實觀遭遇到許多質疑。結合現代到「後」現代的階段演變來看，實證主義的盛行大致對應著現代性時期[1]，

[1] 現代性通常被視爲一種歷史階段。實證主義（也對應著經驗主義）則被視爲一種方法論的流派觀點。原則上，實證主義出現與強勢的年代，大致對應現代性早期與中期階段，而現代性（不包含現代性晚期，或後現代）與實證主義都尊

「後」現代則反對實證主義觀點。林元輝（2004）分成現代前中後期討論新聞概念的流變，也指出前期深受實證主義影響。劉平君（2010）則區分四個階段討論新聞與事實間的關係。1. 現代性早期：認爲事實就是客觀存在那裡的東西，新聞則是種單純、價值中立的中介事物，功用在於報導各種外在事件，反映自然世界的客觀眞實。2. 現代性中前期：仍然認爲外在世界存在客觀眞實，但主張新聞無法反映眞實，是一種偏頗的中介事物，政治等力量、社會組織、守門人都可能扭曲外在眞實的呈現。3. 現代性中後期：同樣認爲客觀眞實存在，但主張新聞是資本主義、父權等社會結構所建構的文化迷思，受意識型態操控，複製與自然化了不平等的社會結構，也因此掩蔽或扭曲了外在眞實。4. 現代性晚期：認爲眞實並非客觀存在，而是被建構出來的事物。文化場域中的各種表意過程建構著社會眞實，新聞便是社會結構的文化場域，建構著外在眞實。

然而就在實證主義遭受挑戰的同時，存在著兩個相互關聯，卻也有所矛盾的狀況。一是，如同實證主義透過折衷策略持續存在，新聞要報導事實這種現代時期觀念似乎也成爲一種常人說法，延續至今。或者說，鏡射眞實的說法巧妙地被「盡可能逼近眞實」這個變體說法取代，因此，新聞工作者還是要透過採訪、查證、寫作，挖掘與批判被社會結構所遮蔽或扭曲的事實眞相。二是，無論實證版本事實觀如何成爲常人知識，我們終究需要了解反實證，也就是建構版本事實觀的存在。在「後」現代關照下，一旦事實是被建構的，便明白戳破原本存在於新聞與事實間那個模糊、未被細究的等號關係。甚至更極端的後現代立場則是從根本否定了事實與眞實的存在，導致新聞報導事實的合法性徹底遭受挑戰，新聞成爲眾多文類之一而已，失去以往地位。最後，再爲嚴重的是，沒有事實的年代，新聞

崇事實存在的假定。有關實證主義的討論可以參考方法論書籍，例如 Blaikie, N. (1993). *Approaches to social enquiry*. Cambridge: Polity。Slife, B. D. & Williams, R. N. (1996). *What's behind the research?: Discovering hidden assumptions in the behavioral sciences*. Thousand Oaks: Sage.

將沒有存在的必要。

（二）新聞建構事實，而非再現事實

換個角度，嚴格來說，新聞要報導事實有兩層意義（翁秀琪、鍾蔚文、簡妙如、邱承君，1999），首先，「事實」指涉新聞所報導的對象，即，新聞事件是否眞的存在或發生過。例如某場運動比賽的輸贏、明星球員的得分，這層意義比較容易理解。其次，新聞要報導事實的「事實」是指新聞利用語言所建構出來的「新聞事實」。因爲新聞不可能報導事件的全部細節；新聞產製過程中許多因素，例如意識型態，會影響事實細節的選擇與排除，再加上新聞是利用語言報導事實的行爲，新聞工作者選擇哪些詞彙、語法等語言機制也會影響新聞事實的呈現，所以「新聞事實」是指語言建構後的事實，不能被等同於前項外在事實。Fairclough（1995）便看到語言使用的權力問題，「新聞事實」常常反映既定意識型態，而非中立的。然後順著建構邏輯，不同記者會建構出不同版本的「新聞事實」，展現一種「後」現代觀點。

語言是理解「事實」與「新聞事實」的關鍵。從社會語言學來看，語言在人類處理經驗時扮演重要角色。經驗是看不到的，需要透過語言表達出來；經驗也是無秩序的，需要語言加以組織並轉換成具有意義、條理的東西。當語言是一種組織經驗的系統（Halliday, 1994），那麼從字彙到文體等各種語言機制的選擇，便意味著同一經驗可用不同方式加以組織。因此，翁秀琪等人（1999）主張新聞經常用某些「事實語言」機制來進行報導，以致新聞事件看起來像是眞的。例如在文句中，記者以第三人稱形式出現，藉此刻意與報導事實拉開距離，隱藏喜好態度；經常以「資料顯示」，而非「記者認爲」作爲開頭，凸顯證據資料在語句間的重要性，也淡化記者個人角色；管控自己發言位置（footing）（Goffman, 1981），以傳話者（Clayman, 1992）出現，藉由超然位置襯托自己所言是事實；強調具體細節的描述，讓閱聽人像是目睹事件現場，以強化新聞報導事實的成分。

順著這種邏輯，因為新聞是利用語言處理事實經驗，鍾蔚文等人

（1999）提出了一種關於事實的激進說法，即，新聞工作並非利用語言反映眞實，相對地，新聞工作者是在利用語言編織事實，爭取讀者信任，遊說讀者接受其所提供的事實版本。也就是說，新聞不是在報導事實，而是向閱聽人遊說自己是事實，透過事實語言機制的使用將新聞處理得像眞的一樣，讓閱聽人以爲手邊新聞是在報導事實，不去多做質疑。

從事實的「反映」、「再現」到「遊說」，呼應Adoni與Mane（1984）有關符號眞實、客觀眞實與主觀眞實三者關係的古典討論，也意味事實並非容易處理的事情。面對事實這個不容易處理、卻得處理的問題，新聞學大致採取了兩個層次的回應方式，首先，在實作層次，以查證作爲追求事實的具體實踐手段。其次，配合專業倫理，在爭議中，古典新聞學強調了客觀這個概念，鏡子成爲常用概念（Zelizer, 2017）。接下來緊接討論查證問題，第二節再探討客觀性原則。

二、查證

查證重要，是新聞工作的本質（Kovach & Rosentiel, 2001），學術場域了解查證的重要，不過弔詭的是，相關討論在過去似乎不夠細緻，多半就是應然面的提醒「新聞要查證」。這種狀況維持相當一段時間，直到近十年左右才出現改變，網路、社群媒體興起促成的假消息或假新聞現象讓查證開始成爲研究主題[2]。另外，就新聞教育來看，一直以來，新聞採訪寫作教學都有重寫作，輕採訪的說法，而相對於採訪與寫作，查證受到的重視更少。新聞學教科書普遍在意的是寫作與採訪，對於查證的著墨並不多（Shapiro, Brin, Bédard-Brûlé, & Mychajlowycz, 2013）。也因此，在新聞仍被認爲需要報導事實的脈絡下，這裡將盡量貼近實用邏輯系統化地說明

---

2 近十多年來，查證研究有逐漸被重視的趨勢，除了對於查證技術本身的關切外，網路與社群媒體上的錯誤資訊與假新聞應該是另一項因素，相關研究可參考本書正文引述研究，亦可參考如 Thomson、Angus、Dootson、Hurcombe 與 Smith（2022），以及 Edwardsson、Al-Saqaf 與 Nygren（2023）等較新研究。

查證。

（一）傳統實務場域的寫實作法：實務脈絡下的不完整查證

學術研究與新聞工作都講求事實，都會遭遇追求事實的困境，這種雷同性讓學術場域能夠理解查證的重要，但於同時間似乎也造成學術場域利用自己習慣方式來想像新聞查證的現象。例如 Stocking 與 Gross（1989）的《新聞工作者該如何思考》，論述了從歸類（categorization）、理論產生、理論測試、資訊選擇到資訊整合這段過程，以及記者可能產生的數種心理偏差：只提出符合自己理論的訪談問題、採訪與理論立場一致的消息來源、偏好與理論一致的資訊等。

我們應該可以發現，Stocking 與 Gross 討論的是新聞工作，但類似提醒也出現在研究方法教科書上，更重要地，他們的作品反映一種學術框架對於新聞工作的應然面想像，缺少新聞場域實務考量的細緻透析。當然，學術研究結果可以作爲實作依據，學術場域也需要保有應然面想像，不過新聞工作終究有著屬於自己場域的獨特屬性與考量，忽略它們將導致有關新聞工作的研究成爲學術工作的想像，缺乏實作意義。

其中，「時間」是關鍵，或許也是學術場域難以充分體會的因素。相較於學術研究擁有的長時間跨幅，大部分新聞工作是以「天」、「小時」，甚至「即時」作爲單位，時間是新聞工作的奢侈資源，讓查證很難周全、完美，甚至連調查報導亦是如此。愈是緊迫的時間壓力，例如有線電視新聞台、網路新聞隨時截稿，愈是挑戰與壓縮查證的周全性，然後讓記者不得不採取簡便策略，做出妥協，新聞查證也得面對不完美查證的宿命。

另外，對大多數新聞工作者來說，新聞工作終究是寫實的，而非追求完美眞理的志業。除去世俗的賺錢謀生成分，實際上，人情壓力、效率考量、想要偷閒等各種因素也會影響新聞工作進行，而且經常是與時間壓力共同產生影響。也因此，即便在記者願意認眞查證的狀況下，我們都不難發現，記者並非純粹爲了追求百分之百的事實而進行查證，背後帶有許多寫實考量，諸如截稿時間壓力、避免被告、減少因爲錯誤產生的可信度衝擊等。然後因爲各種實務限制，查證工作包含明顯妥協成分，例如，記者會查證名字、直接引述、容易引起糾紛的事實，但對於某些不容易查證的事件背景資料與消息來源個人歷史，往往相對便宜行事（Shapiro, Brin, Bédard-Brûlé, & Mychajlowycz, 2013）。或者 Barnoy 與 Reich（2019）發現，瑣碎、沒有價值的訊息；無可爭辯的個人情緒、意識型態；已經知道與符合預期的資訊，記者不會查證。相對地，爲確保細節資訊是正確的；想要將潛在責任與風險外包給第三方；擔心自己沒有處理衝突事件的能力；具有調查報導的企圖，想要揭露事情眞相時，記者會進行查證。也就是說，查證不是全面的，會依狀況做出妥協。

再進一步來看，很多時候，記者是透過消息來源取得新聞線索或某則新聞事件的二手資訊，這種狀況促成交叉查證的實務需求，而交叉查證對象可以是其他人或文件資料。但是在每日新聞時間壓力下，交叉查證往往也是妥協的結果，並不完整，一方面，記者習慣透過問人，而非按部就班地找尋資料、比對資料進行交叉查證。二方面，記者通常是透過消息來源某些特徵，例如可信度、彼此關係好壞、社經地位與權力高低，來確定其提供的新聞線索是否可信，減少新聞報導的不確定性（Diekerhof & Bakker, 2012; Ericson, 1998; Godler & Reich, 2017; Molotch & Lester, 1974; Tuchman, 1972）。

靠「人」查證，以及靠「人」決定是否繼續查證的方式，雖然簡便、省時，但這種實務工作採用的簡便法則也會導致以人查人，而非針對直接證據進行查證的弔詭，並且可能受人誤導。更糟糕的是，在只顧著生產「像新聞的新聞」，以及新聞與新聞工作相當程度形式化的「後」現代脈絡，查證不只等同於問人，而且是打電話而非當面問人，更尤甚者，有打電話即可，至於對方有沒有回答、回答什麼都不重要，新聞還是可以做出來（張文強，2015）。問人這個動作可以避免日後發生爭議，表示自己有做查證動作，同時可以將被問者的反應寫入新聞，讓新聞看起來有做查證。只不過一旦查證被形式化成問人，也將可能失去新聞應該報導事實的意義，或者對應前述新聞是在建構事實或說服讀者自己在報導事實，更爲激烈的說法是，在極端「後」現代主義否認事實的脈絡中，查證這項原本用來確定或逼近事實的關鍵任務，弔詭地轉變成或擔負起新聞宣稱自己是在報導眞實的形式條件。因爲有查證，所以是新聞。

查證是需要時間幫忙的技藝，只是也因爲時間與其他實務考量，新聞查證需要妥協，然後在不斷妥協間，愈接近當下年代，查證也愈爲形式化，失去追求事實的本質。如果以往有些記者懂得查證的技藝，那麼愈近當下，查證似乎也愈加成爲一門近乎失傳的老技藝。除此之外，社群媒體讓問題更爲雪上加霜。

（二）數位脈絡下的新作法：不斷更新

如前章所述，傳統新聞是具有封閉守門與專業式嚴謹特徵的工作，這種特徵允許新聞工作者宣稱自己具備詮釋與再現眞實的能力，然後擁有某種特殊專業權威，以及對於新聞的專業管轄權（Schudson & Anderson, 2009; Zelizer, 2004）。換個說法，傳統新聞是一種個人、專家式、機構化的工作，由專業新聞工作者負責新聞的挑選、產製，並且透過專業權威取得社會的信賴，不過在 Parker（1940）將新聞論述爲知識的古典概念下，這也促成傳統新聞工作者與新聞媒體對於公眾知識的壟斷可能性。

過去，大家似乎十分習慣這種新聞產製樣態，也甚少有對於新聞工作壟斷公共知識的質疑，然而隨著時間開展，數位的解放機緣讓壟斷成爲一種應該被除去的負面事物。強調開放、協作的社群媒體便直接挑戰傳統新聞由上而下、個人式、專家式的意識型態（Deuze, 2008b; Hermida, 2012; Signer, 2003）。公民記者、新聞協作、新聞創用者等概念的興起，加上充分利用此機會的公關人員，劇烈顚覆傳統新聞工作者對於新聞的獨家管轄權（Compton & Benedetti, 2010; Downie & Schudson, 2009／胡元輝、羅世宏譯，2010; Hermida, 2010）。

在這種狀態下，數位式的「新聞」成爲專業混合業餘的集體協作。具有開放、協作特徵的社群媒體改變了傳統新聞收集、傳散與消費方式（Hermida, 2010; Lasorsa, Seth, & Holton, 2012），創造所謂的環繞式新聞工作（ambient journalism）出現，在其中，記者、公民記者與使用者共同產製出一種碎片化、無所不在的新聞環境，新聞、資訊、評論混合出現，沒有建制化的秩序（Hermida, 2010）。進一步聚焦來看，開放與協作更直接改變了新聞的查證邏輯。

在最理論的層面，開放與協作讓查證成爲群眾集體智慧的工作。傳統發生於新聞發行之前，由記者個人完成的查證模式出現理論性改變，當下，群眾可以直接在新聞發行後指出錯誤，再由記者回頭修改，或與記者協力進行相關事實的查證。再或者資料新聞學也假設公民記者與網路使用者可以就自己有興趣的資料進行查證，然後提供專業記者相關建議。相較這種理論層面的改變，配合現今強調的速度邏輯，更寫實的改變是，數位式「新聞」不再是嚴格截稿時間下的靜態文本，而是處於隨時發布與更新的狀態（Saltzis, 2012; Widholm, 2016），對應一種先發布再查證或再更新的邏輯。當然，我們需要注意在當下，數位式「新聞」與傳統新聞並存，前者並未完全取代後者[3]。

例如 BBC、《紐約時報》、英國的《衛報》都開始結合未經查證的社群媒體資訊，利用即時更新頁面方式來報導諸如阿拉伯之春等重大突發新聞，在協作、分散性、流動性之間，數位式「新聞」不再是由記者提供、關於新聞事件的決定性或權威性版本，「新聞」成爲一種動態機制，在於反映事件開展中的眞相（Newman, 2009）。只是這種沒有進行事前查證就直接發布的作法，直接威脅到傳統新聞需要查證這項鐵律原則（Bruno, 2011）。或者換個說法，數位式「新聞」與傳統新聞並存，而且共用「新聞」這個名詞，默默造成新聞事實產生本質上的改變：事實不再是先於新聞報導、不可輕易挑戰的，而是可以更新修正的東西。不斷更新

---

3 需要說明的是，在社群媒體與傳統媒體並存，或社群媒體尚未完全取代傳統新聞的當下，數位式新聞與傳統新聞是並存的，所以這裡的「新聞」加上引號，以表示是在數位脈絡下利用協作方式產生的新聞。另外，也藉此提醒至少在當下，利用協作、開放概念想像所有新聞，或認爲所有新聞都應該具有這兩項特徵是不合理的。

取代事前查證，的確有理由作爲新聞協作概念下的工作常規，但麻煩的是橘於淮爲枳後所發生的寫實改變：數位脈絡強調的「先發行再說」，讓查證變成一種「錯了再說」的工作（Singer, 2011），不斷更新不只取代查證，更成爲不查證的藉口。

在過去，由專業工作者負責的新聞工作的確有壟斷資訊之嫌，造成的新聞亂象也有負社會所託，不過不能否認，正常狀況下，只要專業人員認眞，儘管有著各種實務考量、儘管可能使用簡便法則，新聞專業的規範性效果與實際工作流程讓他們去檢核新聞，有著新聞需要查證才能出手的認知，然後記者與媒體的聲譽成爲社會大眾可以信任新聞的保證，當然，出錯後，聲譽將會受到嚴重損害。也就是說，傳統新聞工作像是透過機構背書的方式擔保新聞品質，但跟隨開放與協作概念打破新聞產製的壟斷，機構背書機制也隨之崩解。因此，新聞該如何查證，或是否該放手讓不斷更新取代事前查證，成爲公民新聞、新聞協作終究需要處理的嚴峻問題。

這裡提出一個簡單概念：在現實環境中，選擇就要付出代價，當我們做了選擇又不想承擔代價時，往往會困在僵局。Stocking 與 Gross（1989）利用心理學告訴我們，人經常會出錯，專業記者也會出錯。因此，在缺乏訓練、自我要求下，公民記者出錯的機會理論上會變得更大，更遑論一般網路使用者創生內容，可能更沒有能力進行查證，缺乏查證的基本認知，這種狀況似乎正反映在專職新聞工作者不排斥使用者創生內容，卻也有著品質上的擔憂（Singer, 2010a）。因此，當我們只是追求公民新聞、新聞協作；只想做選擇，卻忽略代價時，公民新聞也就成爲一種樂觀主義式的單面論述。一方面缺乏眞正實踐的機會，另一方面，在資本主義擅長挪用各種概念之下，例如臺灣網路新聞媒體對於不斷更新的強調，也就默默取代了新聞工作應有的查證作爲。然後，新聞將進入「後」現代狀態：無關於事實，而是一種在所謂「新聞」平台上「像新聞的新聞」。

第二節 客觀性

查證在實作層次回應了新聞需要報導事實，另一項回應策略落在客觀性原則之上。類似前述事實與實證主義的關係，新聞客觀性原則也對應著實證主義脈絡，主導新聞工作數十年，成爲重要的規範、信條與理念（彭家發，1994；Dennis & Merril, 2002; Lichtenberg, 1989; Schiller, 1981; Schudson, 1978），不過隨著「後」現代脈絡、強調解放的數位機緣，客觀原則也愈來愈受質疑、被擱置。

一、客觀性的興起

新聞、事實與客觀三者間的關係像是演化而來，而非既定的。一種說法是新聞客觀性原則涉及 1830 年代便士報的出現，即，爲了藉由大量發行獲取利益，便士報利用客觀這種超越黨派的報導方式來吸引不同立場，且數量最多的讀者（Glasser, 1992）。另一種普遍說法則涉及電報與美聯社（Associated Press）（彭家發，1994），電報發明促成紐約數家報紙合資成立美聯社，然後因爲不同報社立場不同，導致美聯社需要藉由中立、平衡的客觀報導方式處理新聞。

相對於這兩種說法，Schudson（1978, 2001）在避免經濟與科技決定論的脈絡下，提出了新聞學普遍接受的細緻說法。在 Schudson 論述中，新聞客觀性的討論大致可以追溯到便士報興起，便士報造成許多新聞事業變革，例如記者行業出現等，而十九世紀末、二十世紀初，伴隨新聞應該報導事實的資訊取向概念，客觀雛形也隨之出現。Vos（2011）便發現當時類似新聞教科書式的文本已使用「非個人」（impersonal）、「不偏不倚」（impartial）、「沒有偏見」（unprejudiced）、「公正」（fairness）這些詞彙。不過需要注意的是在這段期間，故事取向新聞或文學寫作風格並未消失，甚至對應十九世紀末黃色報業來看，客觀並非是主流。

隨著時間推演，1920 年代是重要關鍵。在留心科技與經濟化約主義的狀況下，Schudson（1978, 2001）認爲一次世界大戰後宣傳與公關活動的興起，嚴重影響社會對於新聞媒體的信任，宣傳與公關活動提供帶有立場、或可稱爲「事實」的資訊，更是直接挑戰過去流行的素樸式經驗主義（naïve empiricism），社會開始思考事實究竟是什麼、新聞能否報導事實等問題。而新聞客觀性便可視爲回應這些問題而出現的原則，讓記者跳脫素樸式經驗主義，不再把利益團體提供的資訊當成理所當然存在的事實。當時知名的專欄作家 Lippmann（1920, 1995）就認爲應該利用客觀，避免個人扭曲來解決新聞工作遭遇的危機。再對應當時科學主義盛行，帶動客觀概念受到尊崇；其他行業企圖透過客觀原則將自己轉變成專業，以及新聞專業團體與教育的努力，客觀終於與新聞這個行業構連起來，特別是成爲美國式新聞工作的專業規範。而客觀報導或純淨新聞也成爲新聞工作主流，強調新聞要客觀報導事實，使用 5W1H、導言與倒金字塔結構；事實與意見分離，強調事實證據、多方查證、確實引述；寫作採第三人稱報導方式、不帶情緒、少用形容詞，盡可能採用明確字句；平衡呈現各方意見看法、多樣消息來源。

1920 年代以後，客觀原則與客觀新聞報導成爲美式新聞學的規範，隨後擴散至其他國家。不過即便在美國，不同時期的社會環境也用不同方式做出挑戰，例如 1950 年代後，古巴飛彈危機、越戰、水門案件與各式公民運動，都讓社會重新思考可否信任政府，可否信任媒體依賴政府資訊所進行的客觀新聞報導（Boudana, 2011）。或者，隨著 1960 與 1970 年代美國社會開始質疑以往信奉的客觀原則，強調客觀的科學敘事被逐步修正，這種對於客觀的整體懷疑也自然影響到對於新聞客觀原則的信任（Brewin, 2013）。在這種狀況下，出現了報導文學、調查性新聞報導這兩種常見挑戰客觀報導的新聞形式。然後順著同樣邏輯，對於客觀原則的質疑也包含於存在主義新聞學（existential journalism），與二十世紀末相繼出現的公共新聞學、公民新聞學。

可是這些都不代表客觀原則就此消失，事實上，純淨新聞的持續存在便意味著客觀原則的持續存在，差別在於客觀原則不再被獨尊。或者說，面對有關客觀原則的質疑，另一條修正路線是精確新聞報導的出現，試圖透過引進嚴謹社會科學研究方法、統計分析等技術作爲支撐客觀原則的強韌基礎，而這也延伸到現今的資料新聞學、計算機新聞學等（Karlsen & Stavelin, 2014; Tandoc & Oh, 2017），認爲量化、演算法可以避免人爲主觀的產生。當然，也有反面論證認爲客觀原則不適用於資料新聞學之上（Tong & Zuo, 2021）。整體來說，這條修正路線延續著藉由技術系統（如嚴謹的科學方法、演算法等「非人」機制）可以排除個人主觀涉入的古典思維（Carlson, 2019），只是因爲這種思維本身就包含爭議成分，可以反過來宣稱技術不能保證客觀，例如，演算法宣稱可以排除挑選新聞時的人爲主觀因素，但設計時要選擇那些參數挑選新聞，便也意味著非人的演算法同樣包含人爲涉入、不客觀。也因此，我們需要注意一種可能，在資料新聞學、計算機新聞學等新形式新聞學興起的當下，客觀是部分人拿來建立合法性的語藝策略之一，而另一種對應數位機緣的合法性策略是下節將討論的透明度。

最後需要一提的是，1920 到 1950 年這段現代性時期正對應著實證主義的盛行時代，而如前所述，實證主義相信事實就在那兒，信奉客觀原則，認爲研究者應該排除主觀，用客觀方式發現「就在那兒」的事實。這種狀況讓新聞客觀性原則更是顯得理所當然。實證主義或經驗主義支撐著新聞的合法性（Hanitzsch, 2007; Ryan, 2001; Wien, 2005），成爲新聞工作的認識論基礎，然而也因爲這個原因，隨著時序進入「後」現代脈絡，事實變成被建構的東西，客觀原則亦隨之徹底瓦解。在液態現代性脈絡中，新聞不再忌諱意見表達（Jaakkola, Hellman, Koljonen, & Väliverronen, 2015），也從以往承諾於客觀、公共服務、維持共識等原則的工作，轉移到當下認爲新聞可以主觀、服務消費者服務、主動設定議題等原則之上（Koljonen, 2013）。

二、對於客觀性的批評

相較於新聞學術場域對「事實」的冷處理，新聞客觀性原則吸引了大量研究，「客觀」因此變得更爲細緻與複雜。例如 Westerståhl（1983）將它分成事實性（factuality）與不偏倚（impartiality）兩個主要構面，前者包含眞實（truth）與相關性（relevance），後者包含平衡（balance）/沒有黨派偏私（non-partisanship），以及中立呈現（neutral presentation）。Mindich（1998）描述客觀報導具有以下特徵：超然（detachment）、沒有黨派偏私、倒寶塔格式、素樸經驗主義，以及平衡。Calcutt 與 Hammond（2011）則區分成眞實性（truthfulness），即，正確的資訊；中立性，包含平衡與公平；超然，指涉事實與評論的分離。

然而相較於上述由複雜名詞彼此代換組合出的定義問題，或許更重要的是，一路走來，大量研究挑戰與批評了新聞客觀性原則。除了基於相對主義認爲客觀不存在這種根本性的否定外，整合相關文獻來看大致有以下批評：

（一）客觀是一種防禦式工作常規。Tuchman（1978）主張在實務場域，客觀是重要的策略性儀式，新聞工作者會透過諸如平衡報導等作爲，盡量避免自己面對法律爭議與各式批評的風險。或者，客觀性有助於新聞工作者轉移責任，讓消息來源爲新聞內容負責（Roshco, 1984）。也就是說，在實務場域，客觀不是道德、理想性原則，而是基於實用邏輯，用來限制個人判斷、情緒或政治偏差（Blaagaard, 2013b），防禦、保護自己的工作常規（Boudana, 2011; Ryan, 2001），然後在防禦中，新聞工作者保守起來，新聞工作也愈顯形式化。

（二）客觀違反第四權與看門狗的角色。新聞專業強調新聞作爲第四權的使命，或者包含偏向站在弱勢立場，監督權勢的鼓吹型專業意理（Cohen, 1963; Johnstone, Slawski & Bowman, 1972），然而客觀型新聞工作者對於價值判斷的忽略（Skovsgaard, Albæk, Bro, & de Vreese, 2013），經常讓他們認爲新聞就是客觀做出報導而已。或者，因爲假定官方消息來源具有理論上的可信度，促成客觀新聞報導依賴官方消息來源的習慣，然後在無形間成爲官方傳聲筒，自願放棄了第四權、監督權勢的角色使命（Glasser, 1992）。

（三）客觀具有意識型態的控制效果。在早已不自覺偏向資本主義、父權等意識型態的社會中，客觀報導正好落入主流階級的陷阱，一方面，所謂客觀反映社會現象或事件的作法正好讓新聞順勢呈現主流階級所欲展現的觀點（Schiller, 1981），或者，主流階級與官方機構更有能力、也更懂得操控客觀報導的走向。另一方面，缺乏批判成分的新聞不但不會挑戰既有階級的利益，甚至會因爲客觀掩護，讓主流意識型態得以自然化（Friedman, 1998）成爲普世價値的東西。然後客觀報導成爲維護既有利益的重要宰制工具，相信客觀的閱聽人會因爲選擇相信客觀報導，而接受官方與主流階級說法，不去質疑新聞所遮掩的眞相。

（四）客觀促成新聞工作者失去獨立思考。就公共事務來說，新聞工作者應該是具有純熟能力的事件詮釋者，但不難理解的是，客觀原則讓新聞工作者成爲只是依照相關工作常規做新聞的技術工作者（Carey, 1969; Glasser, 1992），欠缺分析、批判新聞事件的能力。客觀報導剝除了記者作爲公民的角色，成爲道德旁觀者、政治冷感者，或充其量只是成爲中立的觀察者，然後整體失去對於公共事務的獨立思考、熱情與觀點想像能力（Ryan, 2001; Stoker, 1995）。

整體來看，這些有關客觀的批評論述精緻化了客觀概念，同時也反向凸顯著客觀原則在新聞工作中的圭臬位置。臺灣亦是如此，客觀是評估新聞的重要標準，不乏相關研究（例如，彭家發，1994；戴育賢，2002；羅文輝、法治斌，1994）。不過大量的學術討論並不意味客觀原則得以充分落實，甚至反過來造成客觀原則在規範層次與實作層次的差距，而實務場域的兩股寫實力量：發展多年的資本主義情境，以及近年對於新科技的迷戀，更是用兩種方式先後將客觀原則帶離原先的位置。

三、客觀作為一種技術的風險

就美國脈絡來說，新聞客觀性原則有著實務根源，實務場域實際發展出客觀報導相關技術，學術場域則像是隨後加入，讓客觀從原來只停留在實務層次、「只管做」的技術原則，逐漸走向理論與規範層次。自此，客觀像是岔分成學術場域規範性的客觀原則，以及實務場域只管做的客觀技術細節。

然而需要注意的是，除了爲我們熟悉的規範性討論外，實務場域的「只管做」持續存在著一種不太爲人注意、馬克思主義式的麻煩：資本主義情境中，客觀報導技術可能將新聞工作帶入技術化風險。

技術是馬克思主義關切的一項問題。廣義來說，「異化」討論了資本主義制度與生產方式如何將生產工作切割，工人失去對於勞動的控制，然後感到勞動的無意義感，以及對於自己的疏離。勞動成爲一種謀生工作，不再是自我實踐、滿足自我內在的工作（Erikson, 1990; Morrison, 2006／王佩迪、李旭騏、吳佳綺譯，2012）。去技能化（Braverman, 1974）則關切機械的引進與科學管理方式如何導致勞動過程與工人技能的分離，一旦關鍵生產技能由資本家與管理者壟斷，勞工便成爲可被替代的勞動力。再或者，Marcuse（1964／劉繼譯，2015）更整體論述了資本主義與科學技術如何促成先進工業社會人們的異化，簡化來說，Marcus 主張先進工業社會組織技術的方式會讓社會成爲一種極權主義式的社會，在富裕且看似自由之中，人們就是認同現狀，喪失了重要的否定與批判能力，成爲單面向的人。

順著馬克思主義脈絡回到「只管做」的實務脈絡，並且重新詮釋前一小節對於客觀原則的學術批判，這裡主張，在實務場域，儘管摻雜著規範成分，但客觀多半是以技術方式存在，例如強調第三人稱寫作、少用形容詞等手法。或者換個說法，當客觀技術強勢主導實務運作，新聞報導將成爲「翻譯」工作，就是將消息來源提供的訊息忠實「翻譯」成具客觀形式的純淨新聞報導。而「翻譯」的關鍵在於新聞工作者需要擁有純熟的「翻譯」技術，即，客觀報導技術。雖然這種技術不似當下資訊視覺化、策展等技術來得時髦，顯得低階，不過它卻清楚對應著以往報業、電報組成的新聞實務場域，得以有效率地完成新聞生產工作（Roshco, 1984）。

在過去實務場域，客觀報導技術原始，卻有用。新聞工作者就是透過這組技術完成每日實務工作，形成一種儀式化、程式化、「只管做」的常規化狀態。

在這種狀況下，Tuchman（1978）所說的策略性儀式；Carey（1969）認爲新聞工作將成爲技術工作者，而非事件的詮釋者；或是 Glasser（1992）主張客觀報導剝除記者的創意、想像、觀點與熱情，使新聞成爲一種技術，這些學者對於客觀的擔憂都像是在暗示成熟的客觀報導技術對應著過度技術化的風險。對於「只管做」的實務工作者而言，做著做著便開始形式化起來，成爲產製純淨新聞的勞工或機器。然後除了技術，新聞工作什麼也不是；在純熟「翻譯」之外，新聞工作者什麼也不是。

不過無論如何，即便在強調效率、技術統治的資本主義脈絡中，如果我們認爲新聞不只是客觀反映社會事件的工作，還涉及對於社會的深層觀察、分析與批判；如果新聞不只是工作，還包含著熱情、責任；如果新聞不只有客觀報導，還存在調查報導、報導文學這些形式，那麼，我們終究得小心客觀報導是否讓新聞工作只剩下技術，而且是簡單、容易學會的技術。當實務工作者不在意過度技術化的風險，將會讓自己成爲爲了工作而存在的翻譯者。當學術工作者不在意或沒有注意到過度技術化的狀況，新聞學不是被簡化成技術訓練，便是反過來成爲抽象的規範論述，然後，在同樣資本主義脈絡中，一旦新聞教育也同樣技術取向，忽略批判、倫理或其他可能性，將從根本強化了作爲技術風險。只不過在過去，教導的是客觀報導這種最原始技術，當下，則爲了如何教導資訊視覺化、策展技術而焦慮，然後新聞教育將落實技術教育的批評，這種新聞教育的技術化風險將在本書最後一章做出討論。

技術一直存在，過度技術化風險也一直存在。在資本主義社會中，客觀報導技術雖然原始，但它的出現早也預示著技術化的風險。

第三節 透明度與假新聞

事實與客觀是古典新聞專業的重要構面，不過隨著時序進入當下，出現兩個時髦議題：透明度與假新聞。前者可被視為接替傳統客觀原則，在數位時代回應新聞事實的方式，後者則是數位機緣的副產品，近些年實際困擾著新聞工作。

一、透明度

（一）數位機緣中的透明度

儘管實務層次做的不夠完美，也有著學術爭議，但是難以否認，上世紀隨著美國新聞學的擴張，客觀是新聞報導事實的重要策略。不過隨著「後」現代、情緒文化（Furedi, 2004; Richards, 2010）與數位科技興起，許多跡象共同顯示客觀原則遭受嚴重挑戰，於此同時，西方新聞工作開始出現「透明度」熱潮。至少在本書書寫的這些年，透明度是新聞學術場域重要議題，鋒頭壓過客觀原則，有些研究甚至嘗試利用典範轉移概念做出理解（Hellmueller, Vos, & Poepsel, 2013; Vos & Craft, 2017）。

先簡單來說，「後」現代直接挑戰了客觀的合法性，數位科技更是顛覆了新聞工作者壟斷新聞論述的權力。由於論述空間被打開，公民記者、網路使用者皆可進行論述，促使同一個故事擁有不同論述版本成為極為正常的事（van der Haak, Parks, & Castells, 2012），這種迥異於過去的相對主義狀態讓實證主義式的客觀原則自然失靈，即，新聞不再具有唯一客觀版本的可能性。然後，配合社會愈加不信任新聞媒體，新聞工作被鼓勵接受透明度概念（Allen, 2008; Karlsson, 2010; Kovach & Rosenstiel, 2001; Plaisance, 2007），藉此提升問責程度，增加合法性，透明度成為新聞工作處理事實問題的新概念，特別是可以用來自清，對抗網路匿名特徵而出現的假新聞。

與「問責」（accountability）有關（Hellmueller, Vos, & Poepsel,

2013; Karlsson, 2011; Singer, 2007），透明度意味新聞工作者對於自己行動負責，也被認爲可以用來提升新聞的信任度與可信度（Chadha & Koliska, 2015; Singer, 2007）。不過除此之外，透明度更常與開放性相聯結（Hellmueller, Vos, & Poepsel, 2013; Karlsson, 2011; Kovach & Rosenstiel, 2001; Vos & Craft, 2017），例如經常被其他透明度研究引用的Kovach與Rosenstiel（2001）主張，新聞工作應該盡可能揭露他們的消息來源與工作方法，讓外界得以了解新聞資訊如何被收集、組織與傳布。

McBride與Rosenstiel（2014）進一步提出想要保持透明度涉及：說明新聞報導是如何被做出來的，爲什麼人們應該相信它；解釋自己所採用的消息來源、證據、做了哪些選擇。同時也揭露自己無法知道的事情；說明自己是進行獨立報導，或是帶有特定政治與哲學觀點，而這些又如何影響到報導內容；承認錯誤，快速做出修正。另外，Karlsson（2010）則區分揭露的透明度（disclosure transparency）與參與的透明度（participatory transparency），前者是指新聞工作者能否解釋或開放新聞如何被選擇與產製的過程，是一種新聞產製方法的透明度，藉此讓新聞工作的可信度可以被評估。後者對應公民新聞、協作概念，指涉閱聽人得以涉入新聞產製每個過程，即，新聞產製過程不再由新聞工作者壟斷。也就是說，透明度意味新聞室內外的行動者有機會去監控、檢核、批評，甚至介入新聞處理過程。

如果再進一步整理Karlsson（2010），以及Karlsson與Clerwall（2018）兩項研究，新聞透明度經常與以下指標有關，1. 使用網路鏈結幫助閱聽人帶入更多資訊，例如提供新聞提及的消息來源或組織網址。2. 鏈結至原始文件。3. 解釋新聞故事被發行的理由。4. 更正與解釋先前新聞所發生的錯誤。5. 解釋說明新聞使用的角度。6. 揭露記者自己對於報導事件的個人意見。7. 允許使用者進行評論。8. 邀請閱聽人參與新聞產製，例如提供照片。9. 邀請閱聽人寫新聞。10. 發行與更正的時間戳記。

（二）客觀原則與透明度：兩個時代面對事實的策略

客觀原則與透明度可被視爲兩個時代處理新聞報導事實的策略。比對兩個時代不難發現，在相信事實存在於那裡的過去，配合查證技術，客觀原則是規範新聞工作者克制住自己主觀立場，確保新聞逼近事實的實證主義式策略。藉由客觀，報導事實的新聞得以與帶有宣傳動機的文本區分開來，客觀像是記者與閱聽人間的契約或工具，促使他們願意相信記者（McNair, 2017; Skovsgaard, Albæk, Bro, & de Vreese, 2013），也願意相信新聞。然而數位機緣以及「後」現代相對主義說法讓這種契約失去合法性。客觀具有避免多音呈現、避免個人意見與詮釋的特徵，與網路強調的對話、參與協作有所矛盾，如同屬於兩種不同的世界觀（Hujanen, 2012）。資訊在網路世界中連結在一起，沒有單一資訊是獨立的狀態（Singer, 2010b）更是直接賦予開放性在數位空間中的特權。當然，客觀特徵與「後」現代相對主義大相逕庭。

面對數位與「後」現代的強勢質問，在仍未放棄新聞要報導事實這種說法的狀態下，透明度像是相當符合時代特徵地變成處理事實問題的新策略：新聞場域應該開放自己產製新聞的過程，藉由透明度帶引出可以讓閱聽人信任與檢驗的新聞。進一步說明前，這裡想要先簡單提醒客觀崩解不只是數位時代的問題，例如，某些傳統媒體便可能因爲發現迎合特定政治立場的分眾可以帶來利潤，而放棄了客觀報導原則，這點在臺灣不難觀察到。

新聞對於透明度的追求不應該被單獨進行觀看，事實上，在強調開放性的數位時代，新聞追求透明度，開放資料（open source）文化也強調透明度（Lewis & Usher, 2013），民主亦是如此，當代社會期待透明的民主政治，反對黑箱決策。激烈一點說，開放、民主、協作等特徵共構了一種當代政治正確。源自實證主義，封閉、專業壟斷的新聞客觀性原則，因爲政治不正確而被視爲落伍、不受歡迎的象徵，相對地，透明度則政治正確地呼應開放、民主、協作，因而成爲因應相對主義式、不斷變動式事實的重要策略。

也就是說，如果客觀原則對應的是二十世紀初社會氛圍，記者借用客觀原則將自己與公關工作分離，以取得專業位置，增加合法性（Schudson,

1978），當下，透明度則屬於傳統新聞工作與數位式新聞爭奪新聞管轄權的工具（Allen, 2008）。面對愈來愈多宣稱傳統新聞無法客觀報導事實的說法、愈來愈多公民新聞與業餘新聞產製者，以及愈來愈多的翻抄改寫與假新聞，透明度成爲客觀原則失靈後，新聞工作用來回應新聞應該報導事實的策略。

透明度在西方新聞場域普及起來，2014年美國專業新聞協會（Society of Professional Journalists, SPI）便將透明度加入倫理守則中（SPJ, 2014a, 2014b; Vos & Craft, 2017）。Vos與Craft（2017）也實際發現，在新聞業界發表的許多論述中，透明度是正向名詞。當數位空間本身就強調開放資料源，透明度自然成爲網路的基因，很難逃避；當數位脈絡強化了社會對於各種權力機構的透明度需求，新聞媒體也就沒有選擇地需要迎合透明度。然後在這種氛圍中，透明度被建構成具有工具價值的事物，承諾可以爲新聞工作帶來更高的可信度與合法性。客觀直接對應著事實，透明度則在沒有否定新聞要報導事實的脈絡中，用另一種具有時代合法性的方式回應新聞所遭遇的危機。

（三）同樣地，透明度也有困境

就在透明度看似普及起來，特別成爲學術焦點的同時，它也引發某些質疑、批評（Allen, 2008）。例如，有些研究主張（Karlsson, Clerwall, & Nord, 2014; Strathern, 2000），透明度不必然帶來信任的增加，揭露過多資訊反而可能讓閱聽人分心，也妨礙建立新聞合法性的企圖。Vos與Craft（2017）發現有些實務論述不認同透明度，例如，有人認爲透明度最初是那些寄生於新聞工作的部落客的主張，後來才橫掃新聞場域，成爲流行、但模糊的時髦行話，它展現數位脈絡對於閱聽人的恭敬，過度爲傳統新聞工作的瑕疵感到卑躬屈膝。Chadha與Kolika（2015）則分析六家美國主流媒體發現，爲了解決公眾信任問題，媒體的確會利用數位科技增加某些透明度，例如提供線上更正、連結引述內容，不過卻不願意深層分享新聞決策過程。也就是說，科技帶來的透明度潛力與組織每日眞實執行情形有落差，媒體組織會讓自己看起來有透明度，但組織成員卻沒有明顯擁抱透明度。再者，Karlsson 與 Clerwall（2018）在 2013 到 2015 年間從瑞典收集資料發現，公民對於透明度並沒有太多想法與重視，透明度對於學者、記者的影響大於公民，公民還需要被教育透明度的議題。

也就是說，透明度的確可以作爲客觀原則失靈後，新聞場域面對新聞報導事實這種說法的策略，也可以成爲一種經由學術研究推論後的新倫理主張，但前述各項研究似乎也再次提醒著，對於透明度不自覺的樂觀，或過度從應然面角度出發的思考，可能複製著上世紀客觀原則的困境。

如同客觀成爲一種儀式化策略，在實務場域，透明度一樣帶有實用與工具目的，因此對實務工作者而言，透明度是場公平遊戲，他們認爲要強調新聞對於閱聽人的透明度，相對地，報導對象也應給予新聞工作者透明度（Vos & Craft, 2017）。另外，當透明度大多也以正向名詞出現在新聞業界論述（Vos & Craft, 2017），被認爲可以增加可信度、合法性，但實務場域卻選擇用簡單方式，而非深層做到分享新聞決策過程（Chadha & Kolika, 2015）的事實，也印證了在實務場域，透明度更像是被策略性挪用的工具。再或者，當下流行、本身即強調開放的資料新聞學並非獨自能夠完成，需要社會整體透明度文化支撐才可能做得好（Appelgren & Salaverría, 2018）；具有數位基因的創業新聞學、群眾募資新聞學、計算機新聞學，需要細緻處理問責與透明度問題（Diakopoulos, 2015; Porlezza & Splendore, 2016）；演算法普遍出現在新聞工作各個環節，相關參數卻不公開，成爲黑盒子的說法，以上這些現象都意味在當下實務場域，透明度的確是問題，可是如何妥善處理它並不容易，忽略實用邏輯與實務限制將可能讓學術場過度樂觀，然後只是又一次成就了一套應然面的論述。

最後，雖然許多跡象都在挑戰客觀原則，甚至是事實概念，但至少到目前爲止，當日常世界還是無法瀟灑放棄事實概念，「新聞要報導事實」還是大多數人的認知，那麼，失去客觀信仰之後，無論是實務或學術場域都需要新概念來處理事實這個棘手問題。因此，如果用上典範轉移這樣強烈字眼，當下轉移的是面對事實的方式，即，從客觀轉移到透明度，而非是新聞要報導事實這個關鍵命題，新聞要報導事實的理想還是存在那裡。也因此，再一次地，我們需要注意兩項風險，一是，學術討論讓概念得以精緻化，可是卻也可能不自覺間將它應然化，特別是原本屬於實作的概念應然化後，實務邏輯成分將因此流失。二是，當新概念有特別指向某個舊概念，我們得小心是否爲了鞏固新概念的合法性，而不自覺貶抑舊概念，甚至誤認爲舊世界已被新世界所取代。

當下，透明度的確看似流行，但客觀原則仍存在於新聞場域，透明度也未被徹底擁抱（Chadha & Kolika, 2015; Hellmueller, Vos, & Poepsel, 2013）。

二、假新聞

2016年美國總統大選開始，儘管有著定義問題（Mourão & Robertson, 2019; Tandoc, Lim, & Ling, 2018; Waisbord, 2018; Wardle, 2017），甚至被認爲是個帶有語言學缺陷的字詞，沒有存在需要（Habgood-Coote, 2019），但「假新聞」像是瞬間爆紅，占據媒體版面的概念，從美國到其他國家，如何預防、辨別與制止假新聞成爲熱門研究主題，而事實查核機制也隨之成爲流行議題。

（一）假新聞的定義

新聞出現錯誤並不奇怪，也因此如前面所述，新聞工作強調查證，需要注意主觀性與客觀性錯誤（羅文輝、蘇蘅、林元輝，1998；Berry, 1967; Charnley, 1936; Lawrence & Grey, 1969）[4]，而造假更是新聞工作不可原諒的錯誤。從這個角度來看，如果假新聞被定義成是錯誤的新聞，它可

[4] 新聞正確性可以與查證連結在一起，不過正確性研究關切的是新聞正確與否的事後測量，並未延伸至查證過程的討論。而大部分正確性研究將新聞錯誤分成客觀性錯誤與主觀性錯誤。前者係指諸如姓名、頭銜的錯誤；後者則是指記者在選擇與解釋新聞事件時，發生省略、扭曲、過分強化或淡化某些部分，以致出現意義上的問題。

謂是一直存在於新聞工作的現象，可以追溯到十九世紀末的黃色新聞時期（Creech & Roessner, 2019），不過，這種就新聞論新聞的角度終究簡化了「假新聞」特徵，無法顯示其特殊的當代脈絡。

先就定義來說，假新聞本身便是模糊或複雜的概念。Tandoc、Lim與Ling（2018）分析2003年到2017年的三十四篇學術文章，做出六種假新聞的分類。1. 新聞諷刺（news satire）：與嘲諷式新聞節目有關，用幽默與誇張方式呈現某些新聞事件，重點在於娛樂。2. 新聞惡搞改編（news parody）：與新聞諷刺相近，但採用非事實的資訊增添幽默，或利用虛構的新聞故事強調某些議題的荒謬性。3. 捏造（news fabrication）：沒有事實基礎，卻用新聞形式發行的「新聞」。這類內容具有提供錯誤資訊的意圖，當特定立場組織利用客觀、平衡報導等新聞形式進行包裝時，將很難分辨是否爲眞實新聞。4.影像操弄與修圖（photo manipulation）：操弄眞實影像或錄影畫面來創造假的內容。5. 廣告與公關：用新聞形式呈現的廣告或公關內容，類似廣編稿，經常出現在社群媒體上。6. 宣傳：被政治組織製造出來的故事，用來影響公眾的認知。

美國新聞事實查核組織First Draft的研究部門主管Wardle（2017）提出了類似的分類，假新聞包含1. 新聞諷刺與惡搞改編。2. 誤導式的內容（misleading content）：誤導式地使用某些資訊去框架特定議題與人物。3. 冒名使用《紐約時報》等眞實媒體發出的假新聞。4. 捏造式的內容。5. 錯誤連結（false connection）的內容：標題、視覺圖片或照片說明與實際內文不符。6. 情境脈絡錯誤的內容（false context）：將其他眞實事件的畫面或資訊，移植到另一個事件的報導上。7. 刻意操弄的內容（manipulated content）：眞實照片與資訊被變造以達到欺騙意圖。

面對這些複雜樣態，Tandoc、Lim與Ling（2018）進一步使用「內容的眞實性」（factuality）與「欺騙的意圖」（intention to deceive）兩個構面就自己提出的六種假新聞樣態進行區分，其中「新聞諷刺」的眞實性較高，欺騙意圖較低；「新聞惡搞改編」眞實性低，欺騙意圖亦低；「捏造」眞實性低，欺騙意圖高；「廣告與公關」、「宣傳」與「影像操弄與修圖」則屬於眞實性較高，欺騙意圖也高。當然，這種區分是在相對比較基礎上進行，特別就內容的眞實性而言，既然是假新聞，眞實性是指相對程度高低的問題。基本上，「內容的眞實性」與「欺騙的意圖」是學者定義假新聞的構面（Allcott & Gentzkow, 2017; Bakir & McStay, 2018; Lazer et al, 2018; McNair, 2017），不過隨著假新聞從較早具有新聞諷刺意涵，到 2016 年美國總統大選後，特別用來指涉錯誤資訊的充斥（Mourão & Robertson, 2019; Waisbord, 2018），Egelhofer 與 Lecheler（2019）更爲聚焦，也更爲符合當下認知地，因爲不具欺騙意圖這個理由將「新聞諷刺」與「惡搞改編」排除在外，然後強調假新聞以新聞形式進行包裝與發行的特徵，主張假新聞作爲一種文類，具有三項特徵：1. 眞實性低。2. 具有新聞格式。3. 具有欺騙的意圖。

（二）假新聞的媒體生態

學者大致歸納出幫助假新聞盛行的兩個明顯原因，一是企圖藉由所謂的病毒式擴散，以高流量取得 Google Adsense 與臉書廣告營收。二是企圖利用假新聞促成特定觀念或意識型態的傳布（Allcott & Gentzkow, 2017; Bakir & McStay, 2018; Braun & Eklund, 2019; Lazer et al, 2018; McNair, 2017; Tandoc, Jenkins, & Craft, 2019）。這兩個明顯原因共同指向本書第一章提及，由高度資本主義、社群媒體，以及公關化氛圍所組成的媒體生態，然後凸顯出假新聞作爲特定時空現象的事實。

逐一來看，高度資本主義這個構面的影響容易理解，如同過往早已發生的市場導向新聞、感官新聞，在數位情境中，內容農場式的內容、聳動標題與圖片都有助於網路點閱率。其次，數位科技與社群媒體帶來多向、豐富、不易確認眞假的資訊流動，構成假新聞興盛的生態條件。如同學者觀察，一開始，社群媒體只是替傳統新聞增加一個新曝光管道（Lasora, Lewis, & Holton, 2012），後來，新聞工作者開始學會運用社群媒體搶先發布新聞（Tandoc & Vos, 2016），或經營自己社群媒體發表個人對於新聞事件的看法。同樣地，政治人物、名人與機關組織亦學會利用社群媒體發布消息，直接訴諸閱聽人。再加上按讚、分享與評論功能，以及演算法的推波助瀾（Lokot & Diakopoulos, 2016），我們不難發現，相較於過去封閉、單調，甚至壟斷，卻容易做到專業控管的新聞媒體生態，社群媒體顯然促成資訊快速、多樣流動的圖像，但代價似乎便是不實資訊或假新聞的運應而生。

最後，在社會普遍認為臉書等社群媒體應該為假新聞負起責任，臉書也的確採取相關措施的同時，另一項較不被注意的構面涉及第一章提及的公關化脈絡。基本上，假新聞興起與政治操作密切相關，美國如此，臺灣亦是如此。我們不難從兩地政治操作中發現相關例子，假新聞被政治黨派用來作為宣傳政治人物或意識型態的手段，或是以此作為負面標籤，攻擊立場不同媒體發出的新聞（Egelhofer & Lecheler, 2019; Vosough, Roy, & Aral, 2018）。特別就前者來說，類似 Bakir 與 McStay（2018）主張假新聞需要從民主社會企圖藉由宣傳來說服民眾的背景進行觀察，我們主張，至少在政治場域，假新聞與政治場域的公關化脈絡密切有關。假新聞不單純是新聞的問題，更是政治問題，一種「後」現代脈絡中，政治人物廣泛利用各種公關手段於無形間塑造形象、議題管理、影響輿論的企圖。用當下臺灣習慣的語彙，社群媒體間的假新聞或假消息是在進行政治上的議題操作或「帶風向」的手段。這種手段不是獨立事件，而是與其他公關策略，例如對於記者的管控技術、網路議題監控技術，共同組成當下公關化的政治脈絡，只不過假新聞因為「作假」成分，而且在臺灣因為「網軍」議題而被撻伐，受到關注。

（三）事實查核

新聞需要報導事實，而記者需要進行查證，這點稍早已討論過。然而像是回應假新聞的盛行，2016 年美國總統大選也被認為是事實查核機構興起的關鍵時間點（Mena, 2019），然後配合「後眞相」等流行字眼，社會瞬間關切起新聞需要報導事實這個古典議題，事實查核則像是假新聞的解藥，各國紛紛出現事實查核相關機構。

然而廣義來看，事實查核與事實查核機構都早於 2016 年美國總統大選。有些學者主張（Graves, 2018; Lowrey, 2017）1980 年代美國便存在著事實查核概念，《華盛頓郵報》首位事實查核專欄記者 Dobbs（2011）認為事實查核源於 1980 年代對雷根總統數次記者會言論的檢驗，與政治公關興起企圖影響新聞產製有關，或者更早以前，《時代雜誌》內部便設有專人針對新聞提及人名、日期進行查核的工作。而第一個專業事實查核機構 FactCheck.org 成立於 2003 年，另外兩個經常被提及的美國事實查核機構，PolitiFact 與《華盛頓郵報》的 Fact Checker 則成立於 2007 年。

Graves（2018）主張事實查核機構的興起在美國是一種專業改革運動，企圖讓新聞不只是記錄別人說了哪些話的工作而已，還應該針對重要宣稱與消息進行事實查核，然後如同許多美式新聞學概念一樣，事實查核也逐漸影響其他國家，成為一種國際間的新聞專業運動。時至今日，許多國家都有著事實查核機構（Grave, 2018; Vizoso & Vázquez-Herrero, 2019），而且儘管存在變異，但在追求合法性過程中，各國事實查核機構彼此分享著某些策略（Lowrey, 2017）。其中值得注意的是，特別是美國的事實查核機構多半具有濃厚新聞專業成分，特別強調中立、不偏頗，也因此，他們會與某些立場偏頗的事實查核機構保持距離（Mena, 2019）。相對地，在國際脈絡中，事實查核人員具有新聞背景的比例不如美國高，較多的事實查核機構則由特定政治行動者所發動，帶有促成社會改變意圖（Graves, 2018）。

進一步來看，專業的事實查核經常是以獨立機構形式出現，可能與特定新聞媒體相連結，例如《華盛頓郵報》之於 Fact Checker；也可能與學術單位、非政府組織有關，例如 FactCheck.org 之於賓州大學，又例如台灣事實查核中心是由台灣媒體教育觀察基金會與優質新聞發展協會共同成立的非營利機構。或者，Singer（2018）從創業概念討論事實查核機構，發現資金多半來自非商業機構或美國的基金會。而事實查核的執行是透過檢視公開資料、向可靠來源詢問等方法，審視政治人物、名人的公開發言或網路訊息是否正確。也就是說，它是一種評估各種公共宣稱眞實性的活動（Mena, 2019），強調沒有黨派立場，依照證據來確認或挑戰公共宣稱的正確程度，然後將檢核結果發表，讓民眾參考。這種借用科學方式，強調以事實爲依歸的活動（Coddington, Molyneux, & Lawrence, 2014），特別是在美國，讓事實查核工作具有新聞工作特徵，甚至被認爲是一種新的新聞類型，事實查核記者能夠針對一個議題或一項陳述進行深度挖掘，寫成新聞，與路線記者的工作有所互補（Mena, 2019）。

不過與此有關、也尤其需要注意的是，事實查核與傳統新聞查證工作終究並不相同，傳統新聞查證不應該因爲事實查核的盛行而鬆懈。換個說法，理論上，只要新聞仍然強調報導事實，所有新聞都有查證問題，而且這種查證是內在於每則新聞，是完整新聞工作一部分，同時更是記者不能假手於人的責任，查證屬實才能將新聞揭露出來。以此標準，並至少就現狀而論，一方面當下的事實查核機制是針對特定有疑義的政治宣稱、網路消息進行檢核，並非包含所有新聞事件；二方面事實查核的重點在於查核，如果將它視爲一種新聞工作，查核像是一項被孤立出來的工作任務，但新聞實務中，查證經常是與採訪、寫作等任務連結，經常難以切割的；三方面事實查核機構往往外在於一般新聞產製流程，而非內在於每則新聞。

也就是說，事實查核可以被視爲一種外部機制，藉以鞏固事實這項新聞專業核心，但記者不應該因爲這項機制的存在，而有將查證工作外包，或出現有它們分擔責任的心態。例如在臺灣新聞場域，新聞工作的關鍵問題在於鬆於查證，以及查證的形式化，當新聞需要報導事實，查證本身便應該是新聞工作者不假外求的責任。

三、有關新聞與「事實」的再次討論

當下，透明度、假新聞與事實查核，特別是後兩者的流行，用一種極爲弔詭的方式凸顯了「新聞需要報導事實」這個長期以來不被視爲問題的問題。不過就在問題被凸顯、流行之際，於數位脈絡下，這個古典問題有再次討論的必要。

這裡承擔一些過度化約的風險，利用對比方式將新聞想像成傳統新聞與數位式新聞，兩種不太相同的新聞採用兩種不太相同工作方式，理論上也對應著兩種定義不相同的「事實」。然而細部討論前要說明的是，即便數位式新聞的「事實」不屬於實證主義的事實，但他們似乎也還是同意新聞要報導事實的假定，沒有激進到後現代否定事實的存在。而配合第一節討論，傳統新聞對應實證主義知識觀，並且帶引出這裡指涉的第一種事實，事實是唯一的、等待被發現的，同時強調專家決定，專業、卻也封閉，帶有專家壟斷的意味。數位式新聞則整體對應解放機緣，在開放、協作中強調集體智慧，衍生出第二種集體、多版本並存的「事實」。

例如 Singer（2007）比對專業記者與部落客後主張，前者以「事實」為依歸（多數是指第一種「事實」），但部落客也承諾於「事實」（屬於第二種「事實」），只是方法不同。相較於專業記者會在發布新聞前盡力收集資料與進行查證，部落客則在於去張貼他們知道的與想表達的東西，讓這些東西可以被公開討論、修正與駁斥。也就是說，在部落格中，所謂的「事實」是分享的，是集體創造的東西，而非如同專業新聞是在科層脈絡中產製出來的。同時，在部落格中，關鍵在於傳送不同觀點，「事實」是論述行動的結果，而非論述行動的要件。也因此，如同 van der Haak、Parks 與 Castells（2012）所述，數位生活中，同一個故事有許多版本是正常的事，這讓「事實」帶有建構的味道，客觀中立不易維持，透明度與獨立比客觀中立重要。當然，這也可能犧牲了品質與正確性。

再者，Waisbord（2018）從更為宏觀的角度論述假新聞與後眞相，廣義討論了新聞與兩種「事實」關係的轉變，從第一種轉向第二種。他主張，美國過去展現一種建立在科學原則上的眞理霸權，重視菁英與專家，在這種脈絡中，新聞透過科學特徵取得合法位置，並且因為資訊產製與流通系統具有由上到下的垂直特徵，以及實際利用菁英與專家作為新聞的必要資訊來源，讓以往新聞得以維持寫實主義式的報導方式，在社會大眾共識下，成就了眞理霸權，記者、專家說的是事實。然而，網路造成關鍵改變，網路侵蝕了資訊產製與流通的原本樣態，促成更為扁平，具有多樣化資訊與意見表達結點的網絡結構。正面來看，這種結構打破以往科學、專家，以及新聞對於眞相的統治力量，意味眞相得以存在於許多地方，不再由單一地方統理，知識與眞相開始多樣化。不過同樣結構也造成各式反科學的論述，包含對於新聞的懷疑，同時，當言論表達愈蓬勃，眞相無可避免地要彼此競爭，開始破碎化，成爲交互主觀的結果。也就是說，眞相只發生在擁有相同知識論的人身上，變成某些人與某些團體的事，而非科學的事。

順著前面討論回到現今學者擔心假新聞，或急忙提出後眞相的脈絡，兩種「事實」促成三項需要注意的事情。首先，當下「事實」至少有著兩種意義，已不單是傳統字面的定義，甚至第二種「事實」已偏離事實的原來語意。在沒有更適當的字詞發明前，我們需要有自覺地延用「事實」，以免語意混淆造成整體論述的混淆，以及忽略兩種「事實」的指涉對象已大不相同。不過無論如何，至目前爲止，即便第二種事實也沒有激進到放棄事實概念，畢竟徹底放棄事實意味著「新聞」得建立新的合法性，或進入滅絕狀態。

其次，當資訊在後眞相年代成爲一種政治，不同利益團體都在提出自己的宣稱（Carlson, 2018c），都試圖藉此定義事實；當「事實」被認爲、甚至鼓吹應該有很多版本，唯一版本成爲霸道、不民主的代表；當論述不再那麼強調事實基礎，反過來「事實」是論述行動的結果或產品；當傳統定義的客觀事實影響力小於情緒與個人信仰，人們傾向相信符合自己立場的資訊，這些「當」開頭的句子提醒我們注意一種可能性，即，上述關於事實的說法與「後」現代具有親近性，然後在同樣親近「後」現代的民粹式民主脈絡中，促成一種沒有明說的政治正確：不自覺地尊崇數位、解放、相對主義，揚棄科層、專家、實證主義這些古典概念。以新聞工作爲例，多樣化的守門過程、新聞協作的確促成記者、專業主義無法再起到窒息其他觀點存在的作用，但不能否認地，過度沉浸在數位、解放的政治正確脈絡，有可能讓我們將假新聞、同溫層、情緒化甚至仇恨言論，視爲一種技術問題，一種追求進步時所需要付出的小代價。然後，簡化了社會現象的複雜、動態性。

最後，回到過度二分的風險問題。無論是用何種名詞進行代換，傳統新聞與數位式新聞像是兩種對於新聞工作的想像，但它們應該都屬於研究方法上的理想型。透過理想型的比對有助進行觀察分析，不過理想型也很可能讓學者過度單純化自己觀察的世界。例如，部落客的集體智慧的確是網路特徵，但明顯地，並非所有網路使用者、所有網路使用方式都對應這種特徵，或者這種特徵更可能被挪用、演化，然後出現理想期待之外的結果。一旦我們無法察覺與正視集體智慧被單純化、理想化成為通則的趨勢，便很可能在學術場域產生對於集體智慧的迷戀與執念，誤以為這個理想是需要、也應該做到的東西，然後在二分脈絡下，以此為標準貶抑了相對不具此特徵的另一種模式。如果崇古抑今不公平，貶古崇今亦是如此。二分的風險是個方法論問題，但也很實際地影響我們的研究結果。

05

第 5 章▸▸▸

公共性與民主

新聞與民主關係密切，只是很長一段時間，在美國主導新聞學發展的脈絡下，新聞學者似乎就是憑藉一種符合美國代議民主的想像，單數式地論述新聞工作的民主角色，並未深究民主是否具有其他形式、新聞工作該如何做出對應，甚至新聞爲何一定要扣合民主。然後，搭配 Peter 與 Witschge（2015）說法，新聞學成就了一套有關新聞工作民主角色的大論述，包含以下四種角色：告知民眾公共相關議題資訊、作爲看門狗、在政治事務上作爲公眾的代表、作爲政治人物與民眾間的橋梁。這四種角色普遍出現於新聞學相關文獻，不再多做贅述，另外如前所述，四種角色也對應著新聞工作的代議特徵。

在代議民主有其必要，且穩定發展的二十世紀，這組單數的民主想像大致是穩定的，也實際對應同時期美國新聞的高度現代性階段（Hallin, 1992），不過當時序進入「後」現代脈絡，數位科技的解放機緣讓這種想像顯得捉襟見肘。實際發生的是，一方面，民主被擁戴，幾乎成爲一種全球性的上帝名詞，明顯凌駕於其他價值之上。二方面，代議民主又被嫌棄，遭受許多攻擊，出現民主的信任危機。而新聞工作也因此出現連動影響，最直接地，民眾不再相信主流新聞媒體，信任成爲新聞工作面對的重要挑戰與危機（Fenton, 2019; Fink, 2019; Usher, 2018a）。

這組矛盾對應本章即將處理的問題，首先，民主應該被認知爲複數的事務，尤其審議式民主與參與式民主爲新聞工作帶來其他可能性，理論上改變了新聞工作所扮演的民主角色。其次，就在審議民主與參與民主帶來新可能性的同時，現實來看，民粹政治的興起讓許多學者擔憂，而新聞工作與民粹的關係也因此受到重視。最後，與民粹特徵有關，也與媒體一直以來的商業判斷有關，新聞工作開始放棄原先中立資訊提供者角色，情緒化起來，情緒成爲理解當下新聞工作的重要構面。

第一節 新聞工作的民主思維與困境

儘管代議民主是常人心中的想像，但民主具有不同構面，它應該是複數，不同形式民主對應不同形式的新聞工作角色。

一、三種民主思維與新聞工作

民主可以有著複雜的討論方式（Held, 2006），其中，Strömbäck（2005）在討論民主與新聞關係時，將民主區分成四種：程序式民主（procedural democracy）、競爭式民主（competitive democracy）、參與式民主（participatory democracy）與審議式民主（deliberative democracy）。而Riedl（2019）則區分成代議式民主（liberal-representative democracy）、審議式民主、參與式民主，這種區分方式能簡潔說明新聞工作的民主樣態，以下便透過Riedl（2019）簡單說明。

（一）代議式民主

代議式民主是我們最常理解的民主形式，由公民投票選擇代表自己觀點的代議人員，再透過這些政治菁英代爲行使權力，而公民除了投票選舉外，多半保持被動角色，不太參與公共事務。在代議民主中，代表公民的政治人物至關重要，但當下，他們經常被認爲以菁英位置主導政治決策過程，卻表現不稱職、菁英決策過程與公民脫節、公民無法有效監督代議人員，以致公共利益經常被犧牲。

對應代議式民主，整合 Riedl（2019）說法，新聞工作具有幾項重點：1. 扮演菁英與公民的中間人，一方面提供事實、理性、沒有黨派色彩資訊給公民，另一方面爲菁英所需處理的社會議題建立起充分的資訊基礎。2. 尊重代議人士，依照平衡與得票比例原則報導各政治人物與政黨的新聞。3. 用透明、中立、關切公民的方式客觀報導各項新聞，幫忙公民盡可能理性進行決策。當然，新聞工作者扮演的是客觀、中立的協助者（facilitator）角色。

（二）審議式民主

審議式民主大致興起於 1980 年代，強調公共決策應是公民討論後的結果，而這些討論應該對應理性、沒有偏私、誠實，以及成員一律平等，特別在面對爭議議題時，各方應該替自己所持觀點提供合理的證據理由，透過相互對話審議尋求共識，因此，審議討論可被視爲一種結果，也可以作爲產生共識的工具（Strömbäck, 2005）。也就是說，審議民主將公共事務決策權由菁英或政府手中轉回到公民身上，讓受決策影響的公民都能參與決策過程，而這種決策過程不是草率、霸權、情緒的，必須經過公民間相互論證的審議溝通以努力達成共識（Elster, 1998）。

對應審議式民主，整合 Riedl（2019）與 Strömbäck（2005），新聞工作有幾項重點：1. 致力於包容性的討論。2. 動員公民興趣，並邀請他們參與公共討論與對話。3. 連結參與討論的成員。4. 促成理性、沒有偏私、誠實與平等的公共討論。5. 提供討論公共議題的相關分析，包含背景、評估、可能結果等資訊，以及可能解決方案。而 Riedl（2019）認爲新聞工作者扮演理性論述的調和者（moderator）。

（三）參與式民主

參與式民主強調民主不只是投票，也不應該是由上而下的過程。相對地，公民應該被賦權，當公民願意積極參與公共生活與政治活動；當市民社會愈強大，公民間懂得互惠、信賴與合作，如此，民主才會愈加興盛。也就是說，民主不是政治決策的系統，而是一種公民積極參與的精神，也為了積極參與，公民需要兩方面知識，一是如何參與、如何影響政治決策、如何尋找興趣相投同好的知識；二是國家正面對哪些問題的知識。

對應參與式民主，整合 Riedl（2019）與 Strömbäck（2005），新聞工作有幾項重點：1. 將政治視為一種對每個人開放的過程，公民是積極主體，而非被動旁觀者。2. 激起公民對於政治議題的興趣，參與公共生活。3. 喚起公民參與，並激勵公民表達自己，情緒與激烈爭辯有助於促成公民積極參與政治過程。4. 促成積極公民間的連結，以及將公民生活與政黨、政治人物的話語及行動相連結。5. 提供社會議題相關資訊，聚焦於問題本身與問題解決過程。針對新聞工作者角色，Riedl（2019）認為扮演的是倡議者（initiator），設法激起公民對於公共議題的興趣與討論。

二、代議式民主的困境

代議民主行之有年，實際建構了西方社會的政治運作，而對應於代議式民主的代議式新聞亦是如此，已成為一種建制化的現代性機構，代替民眾行使言論自由，扮演監督政府、提供充分資訊的角色。然而二十世紀末，西方社會，包含臺灣在內，開始懷疑起這種菁英主導的民主模式，例如擔心代議政治腐敗、菁英決策與公民脫節。

姑且不論政治學會如何進行論述，但就本書關切的新聞工作來說，這種質疑大致對應著兩項重要，卻顯相互矛盾的發展趨勢。首先，屬於理想層次，新聞工作開始思考審議式民主與參與式民主的可能性，公共新聞學與公民新聞學便是具體展現。其次，屬於現實層次，在複雜因果關係下，我們很難不去承認在部分人士努力主張審議與公民參與之際，當下新聞實務場域卻也於同時間展現一種逐漸走向民粹與情緒化的趨勢。接下來，承接第三章對於公共新聞學的基本討論，將先聚焦討論審議民主與公共新聞學的理想，及其可能問題。第三節再進入現實面，深入論述民粹與情緒化新聞。

（一）審議與公共新聞學

回應代議政治將民主簡化成投票、流於形式多數決等問題，1980 年代後興起的審議式民主強調政治決策應該回到公民手中，且應該是由理性審議後形成的共識。而大致與此同步，爲回應美國新聞媒體在 1980 年代選舉新聞未能實質探討政策議題，以及 1980 年代末期商業媒體遭遇經營困境，民眾對媒體信任程度下降，美國新聞界開始嘗試以公共新聞學重新構連公民與公共生活間的關係（Eksterowicz, 2000），在社會存在辯論卻缺乏審議的狀況下，設法促成公民間的審議對話，以解決公共問題。

公共新聞學具有濃厚改革傳統新聞的理想性格，特別它對於公共與審議的強調，將新聞從以往習慣報導菁英消息、以菁英爲主要發言對象的工作方式轉移出來，改爲透過與社區持續互動，依靠公民找出發生於社區中的公共觀點、趨勢、議題與事件（Romano, 2010b），然後形成新聞報導，嘗試透過新聞指出問題、討論解決問題的方案。也就是說，公共新聞學試圖與社區進行連結；致力幫助個人作爲公民；幫忙透過公共審議以尋求公共議題的解決方案（Nip, 2006）。

在凱特靈基金會（The Kettering Foundation）、奈特基金會（The Knight Foundation）與皮優慈善信託基金會（Pew Charitable Trust）具體支持（胡元輝，2014），以及奈特瑞德報業集團數家地方報紙，如《洛特觀察人報》（The Charlotte Observer）、《維契塔鷹報》（The Wichita Eagle）《維吉尼亞領航報》（The Virginian-Pilot）實際從事相關計畫（Friedland, 2000）下，公共新聞學發展一度算是順暢。不過隨著皮優市民新聞中心於 2003 年結束營業，以及公共新聞學運動並未成功擴散至主流媒體等原因（胡元輝，2014），公共新聞學大致停滯下來，或者轉進到公民新聞學脈絡。

回溯時間來看，公共新聞學像是一場學界與業界共同進行的實驗，雖然最後停滯下來，但不可否認地，《洛特觀察人報》等報紙從公共關注議題著手，報導相關解決方案，強調多元論點與實用知識、幫助民眾掌握完整資訊、建立評估判準的作法，實際對應著審議式民主的基本理想（黃惠萍，2005）。公共新聞學超越了代議式新聞經常只是傳遞消息的作法，清楚與審議做了有效連結（胡元輝，2014；Romano, 2010a, 2010b），然後至少於理論層次，這場實驗讓新聞工作懂得需要關注社區，協助社區成員針對公共議題進行審議討論。或者接續的公民新聞學將改革傳統新聞的理念延續下去，更多的公共參與成分讓傳統代議、菁英、專業主義式的新聞工作加入更多參與式民主的精神。第三章討論過公民新聞學，這裡便不再贅述。

（二）審議與公共新聞學的反思

公共新聞學並非沒有問題，例如 Romano（2010b）就認為新聞工作者的客觀性與獨立性可能因此被削弱，另外，公共新聞學對於如何讓社區成員進行對話也缺乏充分思考，同時無法提供確保新聞工作者問責、增加新聞組織公共參與的新思維。Bowman 與 Willis（2003）則認為公共新聞學雖然強調公民參與，但現實是新聞媒體仍在議題選擇與設定上享有高度控制權。然而除了這兩組研究的提醒之外，另一項或許更為根本的問題是，對應 Habermas 的觀點，「審議」這個公共新聞學的核心概念本身可能便具有某種霸權成分。

Habermas（1979）主張輿論應該是透過溝通理性與公共審議而形成，參與討論的人應該遵守溝通理性的四項宣稱原則：1. 可理解性宣稱：論述內容需要讓人容易理解；2. 眞實宣稱：論述內容需要是眞實，沒有虛假；3. 眞誠宣稱：參與討論者是眞心誠意地進行溝通，而非基於工具性、功利性目的；4. 適切宣稱：參與討論者需要遵循彼此都能接受的規則。最後，通過溝通理性幫助，參與討論者是以較佳論據來決定解決問題的方案。

基本上，Habermas 是基於現代主義立場，對應理性、共識、進步等概念，論述了一個理想的公共場域模式，只是就在 Habermas 為有關公共場域、民意等討論做出定調的同時，這套現代主義立場的模式被認為帶有犧牲多元與弱勢觀點的問題。它對於理性與理性主體的強調，反映著布爾喬亞階級，或白人、中產階級、男性的主體認同，犧牲了女性、勞工階級、非白人等不強調、不擅長理性特質的族群（Fraser, 1990;

Travers, 2003）。換個說法，聚焦公共議題並且進行理性討論的假設，讓被認爲相對不擅長理性思辨能力的族群，在審議與共識形成過程中處於不利位置，而且對於形成共識的過度重視，更消解與犧牲了對抗、競爭、衝突在公共生活中的積極意義，以致公共場域與審議過程不但無法包容多元文化，反而成爲一種穩定現狀的意識型態機制（Dahlberg, 2007; Dean, 2003）。也因此，Fraser（1990）主張公共場域不應該是單一、共識型的，這種形式的公共場域將會強化主流族群的優勢位置，造成他們主導審議過程的事實。相對地，公共場域應該是多元、競爭的，直接面對、包含社會差異與不平等的存在，而非籠統認爲所有人都有進行審議的平等權力，藉此，不同族群得以用自己習慣的方式展現自己聲音，不會因爲遷就理性審議而達成不利於自己的共識。

最後，呼應第一章提及西方新聞學的殖民命題，非西方社會需要注意的是，理性、審議、公民意識、公共場域這些帶有西方基因的概念，在原生社會便已有著難以完美實踐的困境，一旦它們移植到西方以外的社會，例如臺灣，將更加遭遇橘於淮爲枳的麻煩，有著更多實踐上的困境。

整合前述討論，儘管公共新聞學這場實驗像是曇花一現，但審議及其相關質疑討論給予新聞學許多啟發。例如，該如何看到眞正的邊緣議題，促成弱勢族群發聲、參與審議討論；如何避免新聞工作因爲過度強調幫助社區形成共識，而壓抑社區中的對抗、競爭論述，這些不但是公共新聞學要面對的問題，更應該被視爲整體新聞工作的課題。即，新聞可以客觀報導事實，但還有其他工作可做、要做。經過細膩、反思性的討論，這些可做、要做的事在數位時代可以是重建新聞工作合法性的工具，也創造帶領新聞工作者走出成爲單純技術工作者的可能性。

第二節　新聞工作的民粹脈絡

對於公民發聲的重視，開啟了公民新聞學的作法，只是在相同的解放機緣上，現實世界的新聞工作似乎與政治場域一起連動，弔詭地浮現一種民粹脈絡。

一、兩項思考

（一）留心「互動」與公民「參與」的差異

民主預設著公民參與，從這角度來看，代議、審議到參與式民主可視為公民參與實踐程度的差異，而對於代議政治的不信任與反動則讓公民參與成為當下民主社會的重要關鍵字。不過需要提醒的是，即便以往代議式新聞配合主流媒體產業模式共同限制了公民參與的可能性，資本主義與大型媒體集團更實際阻礙民眾參與，但 1960、1970 年代另類媒體的出現仍然像是標示著公民參與在主流模式中努力尋找空間的企圖（Carpentier, Dahlgren, & Pasquali, 2013）。隨後，數位科技促成的解放機緣，徹底開放了公民參與的空間。

Fenton（2009）主張新媒體造成的改變是明顯的，其中一組特徵便是互動性（interactivity）與參與（participation），這實際促成公民更容易從政府等來源取得資訊、公民新聞增加，只是查證、正確性也因此成為問題。就現今來看，Fenton 的主張並不獨特，「互動」早已是不再需要申論的數位科技特徵，而藉由「互動」，公民「參與」新聞的推播、評論，甚至公民新聞的製作，也是社會普遍承認的當代現象。不過即便如此，即便「互動」與「參與」具有語意上的親近性，但兩個概念不應該被籠統混淆使用[1]。

---

[1] 如果運用中文語法進行理解，在數位遊戲脈絡中，我們會說透過 WII 等數位遊戲機器進行體感互動，或利用擴增實境進行互動，很少會用參與一詞取代互動。而這裡的互動不難理解，指涉的是由數位技術本身具有的互動特徵所創造出來人與機器間的互動機緣。

但在數位新聞脈絡中，互動與參與兩詞似乎被混淆使用。例如閱聽人看完新聞後點讚、分享或留言，或者網路使用者在社群媒體充分進行理性、審議式討基本上，「互動」是數位科技機緣產生的特徵，展現在很多層面，例如娛樂、社交等，新聞只是其中一種可能。再者，「互動」可以意味使用者依照自己需求選擇要看哪些新聞；在新聞討論區留言；在臉書上按讚、分享與推薦；甚至將自己撰寫或拍攝的新聞放在網路平台供人觀看。這些的確都是數位科技互動特徵的具體展現，可是如果我們認同公民參與不只是按讚分享、情緒與同溫層式留言；如果公民參與不只是能夠發聲，還是包含著理性、審議成分，具有讓公共政策更好的期待，那麼，透過數位技術做出「互動」不應該被等同於公民參與（Peter & Witschge, 2015）。Dahlgren 與 Alvares（2013）便也主張民主參與不等於民眾可以使用媒體或與媒體互動。

也因此更準確地說，互動是公民參與的基礎，或可視爲最簡單的「參與」，但互動應該有程度差異，例如按讚、分享與留言便涉及由淺至深的互動，如果不做細究就將所有形式的互動等同於公民參與，或者因爲可以互動就認爲公民新聞可以做到公民參與，相關看法似乎顯得過分樂觀。事實上，第三章有關公民新聞的討論就說明著在數位脈絡中，公民不難與新聞互動，不難按讚、留言，甚或提供新聞現場照片，但眞正理性討論公共議題這種深入、亦是民主脈絡所期待的公民參與並不容易做到。如果我們只是因爲想成就公民新聞的理想與合法性，而不自覺地直接將「互動」等同於「參與」，這種作法會讓公民參與的定義變得十分寬鬆。在民主、自由成爲最高價値觀，大家都期待公民參與的當下，寬鬆定義雖然政治正

論，這些都是由數位技術互動特徵創造的閱聽人與新聞（或產製新聞的新聞工作者）互動機緣。不過或許因爲民主強調公民發聲、參與議題討論，而在數位脈絡下，點讚、分享、留言又的確可以當成對於某政治人物、議題的發聲與態度表達，因此，民主語境的「參與」與科技語境的「互動」，開始出現重疊、混淆使用的情形。

這裡並非主張點讚、分享等動作不是參與，而是想藉此強調參與有著程度之分，如果只是憑藉點讚等互動（即，程度簡單的參與）就認爲數位媒體已促成民主語境下的公民參與，將過於樂觀，也化約了公民參與的意義。

確，卻得承擔起即將討論的民粹風險。

當然，這裡也要接受一種可能性，如果我們認爲共識型公共場域代表理性、特定階級的霸權，因而倡議各種族群發聲的重要性，認爲不同聲音能夠表達出來是最重要的使命，那麼，按讚、分享這些簡單的互動的確可以視爲公民參與，或者加上所謂不理性、同溫層式的發言，共同意味著不同階級與族群在數位脈絡中都能發聲的權力，不再受限於理性、審議的限制。

（二）一種個人化「公共」的傾向

公共與公共參與帶有一種矛盾本質，一方面沒有個人作爲基礎就不會有公共與公共參與，另一方面，公共、公共參與又具有集體性、超脫個人，如同社會學對於「社會」的古典討論，許多個人組合成社會，但社會形成後便像是個自主的存在。

矛盾本質深層地指向該如何處理公共式微這個問題[2]。簡單來說，本書主張公共同時包含集體與個人兩種成分，而非是與個人犄角相對的概念。公共式微可被視爲個人主義興起所致，呈現替換更迭關係，但另一種解釋

---

[2] 基本上，西方社會自上世紀開始就展現對於公共消失的關切或擔憂：個人主義興起，以致原本應有的公共性或集體意識消失。只是如同 Sennett（1977／萬澤毓譯，2007）對於公共人的衰退（或，落幕；《The fall of public man》）做出的細緻描述，這裡主張，將個人主義興起與集體意識衰退處理成更迭興替關係，的確簡潔易懂、符合一般人透過語言對比來理解社會現象的習慣，只是這種簡潔方式卻具有論述與分析上的風險，得小心它硬是爲「公共」與「個人」畫上人工界線，遮掩原本具有的模糊重疊本質，然後順理成章得到個人主義興起，公共衰退的論述。

基於這種立場，我主張公共式微的問題可以採取細緻，至少是另一種處理方式。即，公共同時包含集體與個人成分，並非直覺地作爲一種集體、與個人相對立的概念，當下公共式微並不代表公共消失，而是轉用一種以個人爲中心的方式展現出來。當然，接續這種處理方式需要進行的提問是，這種「公共」還是不是公共，當它變得更爲極端時，是不是要用新的名詞替換掉公共這個沿用已久的名詞。

角度是公共概念出現本質性轉變，即，「公共」依然存在於強調個人主義的當下，只不過它是以個人化的「公共」形式出現，相對應地，公共參與也成爲一種以個人爲中心，而非如同過去是將公共置頂、追求共好的公共參與。而公共式微指的正是這種公共置頂、追求共好的集體式公共。

1. 個人發聲式的公共參與

在數位科技促成市民文化個人化的基礎上（Alvares & Dahlgren, 2016），我們不難發現，數位科技提供的互動機緣的確讓當代公民比以往取得更多理論上公共參與的機會，不過這種互動機緣是個人式的，網路使用者以個人爲中心在數位世界內購物、發表文章、進行社交活動，也包含參與社會運動或公共事務，然後大量網路使用經驗強化了以個人作爲行動主體的事實，再配合網路可以匿名、近年強調勇敢表達自我意見的社會與民主趨勢，共同促成一種個人發聲式的公共參與。這種大膽提出的個人發聲式公共參與可從臺灣許多爭議事件中觀察到，爭議事件發生時，社群媒體短時間內大量出現按讚、分享、簡短與情緒性留言，缺少討論對話，便說明著只要願意，個人就可以發聲，發聲的目的多半在於反映個人看法，包含不少直覺或情緒成分，而非想要藉此加入集體審議過程以逐步促成最佳解決方案的出現。也因此常見的是，爭議事件經常無疾而終，或省略掉需要時間進行繁瑣對話的審議過程，就是依照民眾發聲方向快速做出結論。

儘管個人發聲是以個人爲中心，與審議式的公民參與理想有段距離，但如果放在競爭型公共場域或當下對民主的一般認知來看，個人發聲的確不失爲公共參與的一種形式，發聲，意味公民具有隨時隨地表達自己想法的自由，無法發聲則代表威權控制的存在。另外，由於數位工具可以連結無數的個人，理論上也可以串聯出好多個集體或社群，如果這些集體或社群是依特定公共議題而形成的公共，那麼我們似乎可以主張數位空間存在的不是以往想像的單一式公共，而是複數公共，並且具有掛釘社群（peg community）（Bauman, 2001）流動、變化，隨議題熱潮聚集再消失的特性，民眾快速聚集於社群中大量發聲再隨議題消散，只不過也因如此，當發聲甚於審議，導致複數公共得面對同溫層的麻煩。也就是說，複數公共不是公共審議的單元，反而成爲一個個各自存在於數位空間的同溫層，同溫層內有著互動，有著相同傾向的發聲，但對於立場不一致的其他公共，則像是缺乏理性對話、缺乏形成共識的興趣，倘若出現複數公共間的發聲對話，極可能是言論的對峙。

個人發聲連同複數公共、掛釘社群概念挑戰了傳統公共的定義，促成「公共」還是存在，只是本質不同的狀態。再一次辯證來看，我們可以認定發聲即是公民參與、接受複數公共，也可以樂觀於由複數公共對應的多元、競爭型公共場域打破以往少數群體主導的共識型公共場域霸權，但難以迴避的問題是，同溫層現象也的確存在於數位空間，這將導致達成共識成爲極爲困難的任務。

2. 消費式的公共參與

對應消費這個關鍵概念，個人、個人選擇與個人權益被凸顯出來，然後用有別於前段描述的方式共同促成了個人化公共的傾向。

Deuze（2008）引用 Schudson（1999 ／轉引自 Deuze, 2008a）的監測（monitorial）概念做出說明，過去媒體數目稀少的年代，個人被視爲需要資訊的公民，例如依賴爲數不多媒體提供的資訊在選舉時做出決策，但是在當代，大量數位媒體促成一種關於公共資訊的監測（monitorial）狀態，如同消費者在購物中心瀏覽各個商家以找尋合乎自己心意的牛仔褲，民眾也可以依照自己需要主題掃描大量媒體找尋相關資訊，他們不必然與政治疏離脫節，只是換做依自己需求分配時間與精力於自己在意的政治事務上，如此成就一種個人化的公民實踐方式。或者在公民消費者（citizen-consumer）概念（Scammell, 2000）下，除了民眾透過大量消費行動強化了公民權，大膽來看，另一種思考方式是，「後」現代的跨界與混種，讓公民與消費者這兩個原本帶有對立味道的概念逐漸混淆，原本理性、公共性格的公民開始混入自利、個人式的消費者成分。然後在強勢的消費社會中，公民的集體性格難以維持，消費讓公共、公民、公民參與更顯得個人化。

也就是說，一種有關公民參與式微的解釋是，當經濟邏輯進入並主導人類所有場域運作邏輯，出現的往往是有關規範、正義的討論減少，去政治化、去公民參與（disenagement）、去賦權（disempower）的情形（Dahlgren & Alvares, 2013）。另一種說法是，如果傳統的公民參與是集體的，消費是個人的，那麼一旦公民活動不自覺地等同於一種消費活動，個人主義將凌駕公共與其他事物之上，不過這不代表民眾不進行公共參與，對應著 Putnam（2004／轉引自 Deuze, 2008a）的觀察，人們從各種社會機構，如政黨、宗教退出，個人行爲也開始與集體脫鉤，可是在這種狀況下，個人還是會投票、還是有宗教崇拜，只不過他們之所以會做這些事，是因爲自己想做，而非如同過去是因爲特定集體引導他去做，因此，個人行爲變得難以預測。

3. 面對個人化公共，新聞工作的角色問題

如同 Deuze（2008）的「後」現代式描述，當個人凌駕集體，現代民主國家多半不再如同過去堅實穩固、不再強調社會聚合，公民將撤退到超地方（hyperlocal），一種區域、封閉式的獨特地域空間，或者超個人（hyper individual），例如社群媒體這類與世界有所連結，卻沒有眞實物理性質涉入的資訊空間。Deuze 的描述可以延伸出一種「後」現代景緻：個人將變得更爲個人，與外在世界僅有某種虛擬、微弱的連結；個人變得更封閉，就是與自己人玩在一起，形成獨特的社群。

儘管超地方、超個人出現，但呼應前面討論，在反諷、矛盾的「後」現代社會，這並不意味公共參與徹底消失，只是它不具有以往理論上的優位。配合複數公共概念，一旦滑入個人主義後，社會將不再是追求最大公約數的集合，而是無數集合的集合，這些集合類似網路中的掛釘社群（Bauman, 2001）以某個熱門議題或話題爲鉤子吸引與拴住一群人，但成員可以跟隨議題發展隨時選擇加入或退出，因此社群顯得流動且多變，可以隨時聚集隨時散去；或者這些集合也可以是依某項屬性、興趣組成較爲持久的集合，集合內的個人可能有著溝通與公約數，但也僅存在集合內，而非集合間，同樣地，集合內的個人也可以自由來去，僅是透過共同的屬性或興趣將他們輕輕拉在一起。

這種狀況對以往被視爲民主社會黏合劑的新聞工作是極大挑戰，當民眾不在意彼此連結，只有超地方或掛釘社群式的交集，隨時可能聚散，那麼要以黏合劑自居自然需要花費更多心力，甚或不可能。在這種極端「後」現代景緻下，新聞工作需要重新思考自己角色與功能，否則，當下新聞樣態似乎預示了之後自然演化的一種可能性。即，配合接下來要討論的民粹脈絡，一旦民眾基於某個群情激憤的議題暫時聚合，就是想要發聲，高度資本化、對消費者動態敏感的新聞媒體極可能政治正確地站在民眾這邊，幫忙發聲批評黑心企業、政府救災無力，卻缺乏對於相關事件的事實報導、深入批評與政策建議，最後跟隨議題退燒，新聞也快速戛然而止，沒有留下太多擲地有聲的東西。也因此，新聞黏合功能似乎僅出現於議題發生時快速聚集一群人，而不是如同過去強調長時間地凝聚一個的社群或公共。未來新聞更加流動，包含更多的民粹，但少了集體、雋永、理性審議。

二、新聞的民粹構面

如果將審議式與參與式民主視爲對於代議民主的反動，屬於理想、理論層面的改變，這些年的民粹主義則像是在類似反動脈絡下演化出來的現象，於眞實世界發揮一定的影響力，在臺灣亦是如此。

（一）民粹主義

這些年，民粹政治是西方國家關注的問題。2014 年歐洲議會選舉右翼政黨取得不錯席位、法國民族陣線（The Front National）興起、2016 年英國脫離歐盟公投，或者，拉丁美洲左翼政黨的復興、2009 年美國茶黨抗議刺激經濟復甦計劃、2011 年占領華爾街運動、2016 年美國總統大選，都引發有關民粹的討論與擔憂（Alvares & Dahlgren, 2016; Engesser, Ernst, Esser, & Büchel, 2017）。

姑且不論更早以前的歷史脈絡，這波新的民粹主義，特別是右翼民粹主義興起，普遍被認爲與勞工和小資產階級的處境有關，失去之前福利國家制度保護的他們，因為全球化經濟危機感受生存壓力，擔憂外來移民造成失業、恐怖主義等問題（Alvares & Dahlgren, 2016）。或者說，諸如勞工這群被視為西方現代化過程的輸家，由於全球化、移民、感覺社會正義正被侵蝕等社會問題，加上認為政治人物不再能夠代表他們的利益，因而產生相對被剝奪感與社會道德衰退感（Krämer, 2018），然後這種複雜氛圍，配合民粹政黨與政治人物鼓動，以及媒體報導，共同造成民粹特徵的展現。

除了這種深受近年歐洲關注的右翼民粹外，民粹主義還包含其他形式，例如左翼民粹，但無論如何，雖然不像社會主義、自由主義等意識型態來得完整精緻，統稱的民粹主義也被認為是存在於社會的一種簡單意識型態（thin ideology）（Mudde, 2004; Stanley, 2008）。他們有著明顯反菁英主義立場，試圖將「純真的人民」與「腐化的菁英」（可能是指政治菁英、經濟菁英、學術菁英等）對立起來，頌揚人民的良善、純真與至高無上位置，相對地，認為菁英背叛了人民，濫用權力，占據、扭曲、利用了民主（Albertazzi & McDonnell, 2008; Mudde, 2004）。因此，民粹主義者強調需要回復人民原本具有的絕對主權，取代掉菁英，以及各種與代議有關的政治制度。

將人民與菁英對立是民粹主義的共通作法，不過右翼民粹還具有另一項重要特徵：對於危險他者的排拒（Albertazzi & McDonnell, 2008），特別是認為移民這類他者不屬於「人民」的內團體範圍，與菁英一樣是敵人。也因此簡化來看，民粹主義大概包含幾個構面（Blassnig, Ernst, Büchel, Engesser, & Esser, 2019），1. 以人民作為中心：強調接近人民、頌揚人民的美德與成就、將人民視為同質化的一群人。2. 反菁英：不信任菁英、責怪菁英、將人民與菁英區分開來。3. 強調回復人民主權，否定菁英統治權力。4. 對他者的排拒：右翼民粹主義者特別不信任他者、責備他者、將他者從人民中排除。最後，整合前述學者們的看法，還需要注意的是，民粹主義經常被視為反多元主義，將社會簡化成「人民」與「菁英」兩部分，或將「人民」與「他者」對立起來，忽略了所謂的「人民」可能屬於不同族群，有著不同需求。

回到政治實務，在敵對代議政治，卻又與代議政治共生的現實政治脈絡中，腐敗「菁英」與危險「他者」剝削善良「人民」權利的說法具有政治利益，民粹政黨與政治人物可以藉此贏得選舉。這種政治現實反映在歐美選舉中，在相對缺乏實證研究支撐的臺灣似乎也可以觀察到同樣趨勢，大膽來看，部分候選人刻意凸顯庶民價值，宣稱挑戰權貴、特權，或者幾次社會運動所包含的反政府、反建制成分，強調回歸人民主權的作法，便顯示民粹主義在臺灣的可能發展趨勢。

這種政治現實是民眾的集體選擇，只是對比前面提及的審議民主，在民粹主義缺乏審議政治習慣，而且是透過簡化、強烈情感訴求進行論述表達（Alvares & Dahlgren, 2016）的狀態上，一旦「人民」成爲就在那裡、同質性的存在，配合上現今流行直接發聲的作法，民主的審議精神令人擔憂。因此，如果我們還認同審議理想，需要注意的一種說法是，同樣具有反對代議政治基因的民粹主義如同演化後的灰暗力量，它可能積極實踐了公民參與與動員，但簡化、訴諸情緒，以及煽動的語藝修辭也同時間取代了審議的可能性。不過又一次地，我們不能否定民粹主義者認爲自己是眞正的民主人士，敢於針對某些被政府、政黨與主流媒體忽視的社會問題進行發聲（Canovan, 1999）。

審議是一種選擇，可是倘若民眾普遍認爲發聲勝於審議，那麼在「後」現代脈絡，無論學術場域如何擔憂，民粹終將作爲一種需要或不得不被承認的集體政治選擇。畢竟，如前所述，公共場域強調的理性、審議、共識可以被視做布爾喬亞階級的生活習性，不自覺以他們作爲標準，也的確有可能壓抑不擅長理性對話階級的發言權力。不能否認，有時發言，可能比審議來得重要。

（二）新聞中的民粹

在互爲因果的複雜關係中，新聞工作開始脫離原本應有的專業原則出現民粹特徵，配合相關文獻來看，Esser、Stępińska 與 Hopmann（2017／轉引自 Blassnig, Ernst, Büchel, Engesser, & Esser, 2019）大致從三種角度討論新聞媒體與民粹政治。

第一，新聞媒體作爲訊息傳送平台，於此過程中強化與放大了民粹主義。基本上，商業媒體產製邏輯與民粹社會運動邏輯像是具有某種親近性（Mazzoleni, 2008），例如民粹政治具有的人格魅力、熟悉媒體、犀利語言、打破禁忌修辭等特徵都十足對應媒體邏輯與新聞選取標準，讓相關消息容易成爲新聞內容。當然，民粹政治人物也懂得有效利用這些特質，有些時候如同 Krämer（2018）描述，甚至會利用挑釁意味濃厚的評論或自我醜聞化的方式來取得媒體注意，然後雙方形成了一種共謀結構。

第二，媒體與新聞工作者本身就帶有民粹思維，會去區分與建構內外團體差異，敵視菁英、訴諸情感，主動呈現反政黨、反移民、反建制化的民粹新聞內容，整體展現一種媒體民粹主義（media populism）（Krämer, 2014, 2018）。這點馬上會有接續討論。

第三，在前面兩種角度之外，因爲數位媒體興起，學者開始關心數位平台與民粹的關係（Galpin & Trenz, 2019; Groshek & Koc-Michalska, 2017）。民粹內容除了透過主流媒體新聞報導出來，Esser、Stępińska 與 Hopmann（2017／轉引自 Blassnig, Ernst, Büchel, Engesser, & Esser, 2019）認爲數位科技促使主流媒體開放守門過程的作法，讓閱聽人可以透過評論等方式表達與傳遞他們的民粹內容，展現一種民粹公民新聞的樣貌。也就是說，除了記者外，讀者、公民記者與民粹政黨人士現在也可以透過公民新聞形式在主流與數位媒體產製民粹內容。

以上三種角度大致說明了新聞媒體出現民粹內容的原因，不過在西方社會，主流報紙與小報的區分也是理解民粹的一項關鍵。如前所述，民粹主義具有反建制化傾向，對於建制化政黨、政府機構不滿，認爲它們代表菁英利益，同樣地，民粹團體往往也抱持反主流媒體的立場，主張主流媒體亦是建制化的，統治階級與菁英的代表者（Krämer, 2018; Mazzoleni, 2008）。這種說法並非缺乏依據，傳播研究便發現（Brown, Bybee, Wearden, & Straughan, 1987; Sigal, 1973; Tuchman, 1978; Whitney, Fritzler, Mazzarella, & Lakow, 1989），因爲路線安排、新聞價值選擇等因素，媒體會以政府等機構作爲新聞報導重點，加上客觀中立意理，不自覺地呈現政府權勢方的說法與意識型態。

相對於被民粹主義批評的主流媒體，小報則像是處於另一種尷尬位置，一些實證研究（Akkerman, 2011; Bos, van der Brug, & de Vreese, 2010）試圖探究小報是否更具民粹傾向，卻無法得到確認的事實，像是反向說明著西方社會對於小報具有更高民粹化傾向的擔憂。然而就主流與小報區分不明確的臺灣社會，或是在西方也有些主流媒體迎合感官新聞的脈絡下，這裡主張，媒體場域高度市場化也許比是否爲小報這個因素更適合說明新聞報導包含民粹傾向的原因。

例如 Mazzoleni（2008）發現西方媒體會爲了商業目的去報導公共安全、失業、移民等議題，而這正符合民粹走向，也因此，民粹政治可藉由產生爭議、煽動式修辭取得媒體對他們的興趣、社會能見度與社會認同。Mazzoleni（2003）也認爲喜好以鮮活的「人」作爲主題，而非無聊演講與抽象議題的新聞選擇標準，正與許多具有領導魅力，並懂得操控媒體的民粹政治人物特質相呼應。不過小報化與市場化氛圍也反過來影響了主流政治人物，讓他們亦開始訴求民眾，表達對於菁英與代議政治缺點的不寬容，藉由這種軟性民粹展現與民眾間的親近性。

然後無論如何，儘管有以荷蘭爲主的實證研究（Bos & Brants, 2014）發現新聞的民粹傾向似乎沒有明顯上升趨勢，但前面提及的媒體民粹主義（media populism）還是爲媒體民粹化現象提出了觀察與分析角度，例如 Krämer（2014）主張的媒體民粹主義便分享了民粹主義的反菁英主義、批評民主機構與代議制度、對於魅力型（charismatic）政治人物具有正向看法等特徵，相關媒體會將自己再現成社會運動代言人，展現與民眾共享相同感官與道德情懷；使用高度情緒性、口號式的語言風格、官方情境不能使用的語言，聚焦民粹政治人物甚於相關政策的討論；盡可能使用人民習慣的理解方式、基模，作爲菁英知識疏離於日常生活世界的解決方式。

而順著以上討論回到臺灣經驗，雖然與歐洲右翼民粹主義發展脈絡不盡相同，但臺灣媒體似乎也展現某些民粹特徵，同樣聚焦於少數具有民眾魅力，懂得俗民、激情語言的政治人物。在反軍方、反政府、反對特定企業的社會運動中，「追眞相，討正義」這類口號，配合大量感官新聞手法，展現與民眾站在一起的道德情懷，甚至在特定事件上，試圖主導事件發展。就媒體來說，這種民粹報導方式對應著實用邏輯，具有明確市場考量，或者，媒體與新聞工作者也像是藉由這種方法，設法在不信任媒體的年代取得某些合法性。

最後，回到傳統公共概念與新聞專業，需要關注的是，媒體並非不能因爲與人民站在一起而打破客觀等原則，關鍵在於如果新聞不單純是發聲工作，特別不只是利用極大量篇幅爲一件事情發聲；如果某些事件進入到需要被審議的階段，或者需要透過審議將社會議題帶入下一階段以找到策略，那麼，媒體似乎就不能只關注特定政治人物，也不適合只是去呈現所謂人民的聲音。當媒體如同民粹主義者將「人民」想像成同質的單數，只有一種聲音，也只呈現這種所謂人民的聲音，只有一種聲音的媒體很可能會反過來集權起來，集權地以爲自己代表民眾、自己對於議題的立場是對的。無論哪種形式，集權的媒體可能散布恐懼，可能創造某種集體的自信，卻沒有民主的可能。

第三節 情緒與公共性

民粹主義具有濃厚情緒性，反映在有關政治、公共事務的新聞中；已出現一段時間的感官主義新聞，讓理論上應該理性的新聞出現不少情緒成分；另外，沒有刻意訓練的公民記者或參與新聞留言評論的閱聽人，也可能順著習慣將情緒加入新聞論述中，以上這些都讓情緒成爲當下新聞學應該留意的本質性問題。

一、情緒成為需要討論的問題

（一）社會的情緒轉向

即便眞實世界一直都充滿著不理性、主觀、情緒，但所謂的現代社會是尊崇理性的。不過隨著時序進入「後」現代，又瓦解了理性、客觀等概念的合法性，而且情緒成爲理解當下社會的關鍵概念，甚至出現朝情緒轉向（affective turn）的說法（Richards, 2010; Wahl-Jorgensen, 2019b），挑戰情緒在以往社會被邊緣化的情形。

Furedi（2004）以心理治療文化（therapy culture）的流行，描述了英美社會出現的個人形式情緒主義。他主張，相對於以往強調收斂情緒的社會，在治療文化脈絡下，一方面，社會開始讚美個人情緒的公開揭露與表達，認爲人們不需要如同過去那麼控制情緒，另一方面，個人則被認爲是脆弱、易受傷的，許多以往被認爲是正常的情緒，如失望、沮喪、倦怠，當下都被視爲需要治療的，需要諮商師、心靈導師等專家幫忙個人管理情緒。而治療文化的興起與傳統權威、意識型態崩解有關，例如在過去，宗教提供了每個人一張意義網絡，促成聚合與集體式的行動，但在宗教等各種集體意識式微之後，個人被迫尋找自己的意義系統，導致更爲自我導向的行爲模式。同時，在失去集體意識引導的混亂生活中，心理治療開始取代宗教等位置，給予個人異化經驗合適的意義，或者說，專家介入各種生活問題，給予適當的指導，爲每個人的自我提供了腳本。

姑且不論 Furedi 對治療文化的負面看法是否適當，例如他認爲治療文化被過度宣傳成能夠幫助社會快樂的工具，實質上卻是讓人們愈來愈不堅強，基本上，Furedi 敏銳觀察到各種情緒化經驗進入當代媒體、政治、親密關係等領域，我們不難發現，也許程度可能不盡相同，近年臺灣同樣可見名人公開揭露自己生病、沉迷酒精或藥物；一般人在電視上討論自己私領域或親密關係事物；政治人物透露自己的成長經驗與創傷、表達各種憤怒或悲傷，藉此演繹自己作爲一般人的人性面。也就是說，透過與以往那種含蓄、不公開與壓抑情緒的社會相比，在當下社會，私人經驗與相關情緒是可以公開討論的東西，不再需要加以隱藏或是控制，明確甚至激烈的情緒表達也開始具有一定合法性。含蓄與克制情緒不再是美德，表達情緒成爲合宜，甚至被鼓勵的行爲。

治療文化偏向從私領域公開化的角度進行論述，然而近年來，公領域本身也改變了以往對於情緒的保守、負面看法，直接轉向面對情緒存在的事實。前面提及的民粹政治便明白展現情緒的合法性，更廣義的政治領域亦是如此。以往同樣強調理性，並未給情緒保留太多位置的民主政治，這幾年亦發生轉向，政治領域便察覺、並開始關注情緒所具有的積極意義，例如情緒可以是激勵民眾參與社會運動、政治活動的重要工具；與集體認同有關，可以形成或反過來崩解社會團結；情緒亦顯露著政治與道德判斷（Pantti, 2010; Pantti & van Zoonen, 2006）。

再進一步，Richards（2010）透過情緒的公共場域（emotional public sphere）主張公共場域內總有著情緒展現，以公共廣播政策的討論爲例，公共場域內不只交織著該如何募資、各種管制細節的理性討論，也同時包含對於政府、市場角色的情緒性想法，而這些情緒想法會影響著討論與對話，不應被忽略。也就是說，情緒的公共場域的說法修正了 Habermas 式公共場域論述過度強調理性，以及對於情緒的忽視或貶抑，它務實描述著公共議題所包含的情緒成分，然後如同 Pantti 與 van Zoonen（2006）的看法，眞正的問題不是情緒該不該出現在公共場域，而是情緒該如何構連，如何達成公共場域內公民間的相互理解。

最後，有關情緒與公領域關係的討論還是需要回到公領域私人化，與私領域公開化這個互爲表裡的觀察構面，政治人物懂得利用個人私領域事務，例如戀愛、家庭、成長經驗與民眾進行情緒的構連，或是利用特定社會議題與民眾站在一起，同樣表達不滿、憤怒，藉由情緒直接取得民眾的信任。然後，公與私的「後」現代式混淆，裂解了現代社會好不容易利用理性逐步構築起的人爲界線，將情緒重新帶回社會生活之中。當然，社會也得因此重新處理起情緒問題。

（二）不太討論情緒的新聞學

作爲現代性產物，在理論層次，新聞同樣被假定要理性（Pantti, 2010; Peters, 2011; Wahl-Jorgensen, 2013, 2019a），而且耳熟能詳地，還需要客觀。新聞學像是整套建立在理性基礎上的論述，缺乏情緒的系統化討論，或者情緒在學術研究中經常具有負面意涵，與感官新聞、小報化、商業化放在一起，成爲有缺陷新聞的象徵（Franklin, 1997; McNair, 1999; Pantti, 2010; Peters, 2011; Sparks, 1998）。

新聞學不討論，並不代表情緒問題不存在，感官新聞（王泰俐，2015；Grabe, Zhou, & Barnett, 2001）就證明新聞中的情緒成分，而 Wahl-Jorgensen（2013）也從普立茲新聞獎得獎作品具體發現新聞的情緒成分。另外，特別在當下資本主義高度發展，以及不再抑制情緒的社會環境，新聞實務工作得面對與處理更多關於情緒的問題。Beckett 與 Deuze（2016）發現新聞媒體更爲行動化、個人化與情緒化的趨勢，社會與技術改變增加情緒在新聞工作的重要性，也挑戰了傳統新聞規則；Pantti（2010）則看到雖然新聞學強調理性傳統，情緒經常與小報、感官主義連結在一起，但新聞工作者清楚察覺電視新聞中的情緒成分，而他們大致用三種方式來論證電視新聞的情緒成分，第一，情緒是日常生活一部分，也因此是新聞的一部分。第二，相對於報紙，電視是情緒的媒體，視覺成分容易演繹與喚醒情緒。第三，強調情緒在新聞故事中的位置，具有讓新聞好看的功能。

在這種狀況下，雖然還需要更細緻的研究描述，我們不難發現，爲了處理眞實發生於工作中的情緒問題，新聞工作也會發展出情緒的實用邏輯與策略技巧。例如 Wahl-Jorgensen（2013）觀察到一種情緒的外包策略，即，在客觀原則下，記者不會直接在新聞中展現自己情緒，而是透過受訪對象的言談與情緒間接表達出來。Richards 與 Rees（2011）則發現有些記者會使用數種實務技巧來面對情緒性的採訪對象，例如懂得積極聆聽、避免審訊式的提問方式；鼓勵採訪對象做自然、充分的描述，導引出最好的故事；利用訪談後請喝茶的方式爲訪談做出結尾；利用紀念形式處理意外事件的受難者新聞；在受訪者說太多時，注意該如何寫成新聞。

整合來看，我們不但不該否認情緒存在於新聞與新聞工作的事實，而且對應情緒封印已然被解除的社會脈絡，當下新聞工作更需要積極關切情緒問題。在過去，新聞專業原則與傳統社會的保守文化，兩股力量像是共同約束著新聞工作者，促成他們用內斂、含蓄方式處理情緒問題，寫出比較冷靜、不誇張的新聞。但在解除情緒封印的現今社會脈絡中，一般民眾已經習慣、不排斥，甚至喜歡閱讀有情緒的新聞，一旦自己成爲新聞當事人或採訪對象時也更願意在鏡頭前面表達自己的看法與情緒，有更多元的情緒展現。另外，雖然客觀原則仍有一定影響力，但相同的社會氛圍也讓新聞工作者得到某種表達情緒的合法性，再加上懂得情緒展演的政治人物、名人，這種組合促使當下新聞工作比過去需要更爲細緻的情緒實用邏輯，藉以應付更多元、高密度的情緒展現。回到公民新聞脈絡，因爲情緒可能驅動公民關切特定社會議題，公民記者有可能過度情緒化，也同樣促成新聞學需要更多情緒構面研究的合法性，新聞學的書寫需要注意情緒問題，而非視而不見。

最後，回到前面有關民粹政治的討論，情緒的確可以是新聞的要素，可以是動員閱聽人關心社會問題的關鍵，不過需要注意的是，一旦動員情緒變成新聞工作唯一目的，新聞只顧得激起民眾情緒，卻未進一步針對公共議題進行審議討論，這時新聞便得承擔進入民粹政治的風險。

二、情緒勞動與情緒策略性儀式

除去感官新聞這類有關新聞文本的研究，近十年來，對應朝情緒轉向的說法，一些研究開始探討情緒與新聞工作的關係，大致可以區分爲兩個脈絡。

（一）記者的情緒勞動

作爲人，記者當然有情緒。記者採訪時經常需要面對採訪對象的各種情緒，有時更得壓抑自己對於採訪對象的憤怒或喜愛，或者得設法建立採訪對象對自己的信任與正向情緒，以利新聞採訪查證工作。另外，記者也會遭遇讓自己憤怒、悲傷與恐懼的不幸新聞事件，需要壓抑情緒，冷靜地處理新聞。大型災難事件更可能爲記者帶來情緒創傷（王靜嬋、許瓊文，2012；Dworznik, 2006）。回應這些情緒相關狀態，部分學者（Hopper & Huxford, 2017; Soronen, 2018; Thomson, 2021; Wahl-Jorgensen, 2019b）利用 Hochschild（1983）的情緒勞動（emotional labor）概念描述新聞工作。

社會學者 Hochschild（1983）將情緒勞動視爲一種情緒管理過程，她認爲某些工作會因爲行業特定需求，需要員工管理或整飭自己的情緒展現，於工作時表達出符合該行業需求的情緒。例如空服員便被認爲需要保持正向情緒，即便對某顧客感到憤怒，還是得微笑以對。在這種狀況下，情緒成爲買賣的商品，不再是私領域事物，公司則可以利用訓練與督導方式控制員工的情緒管理，以符合組織需求。另外，因爲情緒需要被管理，所以情緒可能失去原眞性，也就是說，員工表達出的是經過修飾、展演後的情緒，而非當下眞實感覺，而這又包含淺層展演（surface acting）與深層展演（deep acting）兩種策略。前者是指員工展現出該項工作所需的特定情緒，但並未改變自己對事情的眞實感覺，例如空服員和顏悅色提供服務，實際上卻對當下服務的乘客感到不滿。後者則是指爲了與組織期待的情緒一致，員工深層改變了自己內在眞實感覺，也因爲改變是深層的，他們會做出更自然、眞誠的情感表達，例如某些空服員會深層改變想法，相信自己就是要和顏悅色面對乘客，然後即便面對無理的乘客，也會自然、眞誠地提供和顏悅色的服務。

基本上，新聞工作雖然不見得符合情緒勞動的傳統定義，或是情緒勞動密度不如空服員等準標情緒勞動行業高，但如前所述，新聞工作包含情緒構面，而且一方面基於順利完成採訪工作的實務需求，記者通常需要採取某些情緒展演策略，例如迎合受訪者的情緒，或反過來激怒受訪者讓他們願意在鏡頭前面開口說話。另一方面，呼應新聞專業建立在理性基礎這項特徵，雖然媒體組織在情緒勞動的要求上沒有其他情緒勞動行業來得高，但客觀專業原則是促成新聞工作進行情緒管理的更重要理由（Richards & Rees, 2011），藉以保持冷靜的情緒基調。客觀具有理論上的規訓能力，導引記者與對採訪對象、新聞事件保持一種情緒距離，或者在運用少量情緒與過度情緒化間取得平衡（Hopper & Huxford, 2015; Richards & Rees, 2011）。

（二）情緒作為一種策略性儀式

除了情緒勞動這種整體觀察角度，情緒作為策略性儀式是另一項討論新聞工作與情緒關係的角度。Wahl-Jorgensen（2013）挪用 Tuchman（1978）「客觀的策略儀式」（the strategic ritual of objectivity）進行論述，他主張，雖然不如客觀的策略儀式是新聞工作核心，情緒的策略性儀式也是藏在每日新聞工作中的默識。在客觀脈絡下，情緒表達被小心檢查，記者通常不會在新聞中直接展現自己情緒，而是藉由前述外包策略，巧妙地藉由展現別人的情緒來傳達自己的情緒想法。記者利用這種些策略儀式，在沒有違反客觀原則默默傳達了情緒。

與此類似地，Pantti 與 Husslage（2009）也發現某些與情緒有關的常規作法。她們觀察荷蘭電視發現，相較於以往新聞強調政府官員、學者等菁英言論，當下，一般人上電視的機會愈來愈多，提供許多情感驅動、非理性、有血有肉的言論，並且在情緒具有幫助觀眾理解新聞事件的假設下，記者會特別留心報導情緒與喚起情緒之間的差別，例如受到情緒社會、媒體商業化等原因影響，荷蘭記者會運用更多街訪，他們了解街訪可以為新聞引入某些情緒，但也堅持著情緒不能模糊事實的原則，記者要呈現受訪者原本的情緒表達，而不是由記者喚起情緒。另外，記者們也認為，如果採訪對象表達個人與集體情緒是事實，新聞沒有呈現這些情緒反而不完整（Pantti, 2010），關鍵在於該如何呈現它們。再或者有關情緒的工作常規展現在重大災難與悲劇發生後如何處理悲傷與哀悼情緒上，例如會在新聞中強調克制與團結、愛國驕傲與英雄主義，藉此幫忙重新建構群體與國族的社會連帶（Kitch, 2003; Pantti & van Zoonen, 2006; Pantti & Wieten, 2005）。類似地，名人去世新聞也有常規做法，習慣用「他是我們一分子」、「他提醒我們一些被遺忘的社會價值」進行描述，同樣重申屬於社會、世代或國家的集體認同（Kitch, 2000）。

最後，從這些研究中整理出來的常規工作方式，再次對應本書有關實用邏輯的討論。情緒並未因為沒有系統寫入新聞學教科書而不作用，相對地，它一直以實用邏輯的方式在實務場域發揮影響力。只是在過去，專業客觀原則與保守社會脈絡的規約讓記者也用收斂、保守方式處理情緒問題，但是在當下，當社會鼓勵情緒表達、當情緒在數位脈絡中更為明顯，新聞學便有比過去更為正視情緒相關實用邏輯的必要，而這點前面才討論過，便不再重複。

第 6 章▸▸▸

常規化與數位科技帶來的自動化趨勢

前兩章聚焦討論新聞工作古典成分的轉變：事實與公共性。繼這兩項偏專業性格、較爲理論的討論，接下來三章將在實用邏輯與工作常規幫助下，主軸更趨於實作脈絡。第六章透過工作常規概念的引導與延伸，論述一種科技帶來的程式化狀態，第七章討論新聞產製過程中至爲重要的記者與消息來源關係，第八章論述新聞消費面的問題。其中，第六章與第八章特別與科技發展息息相關。

配合本書提出的實用邏輯架構，本章第一部分先討論實務場域普遍利用工作常規解決問題這個實作現象，並以此作爲理解接續章節論述的基礎。工作常規可被看做一種將新聞工作程式化的作法，務實且以簡馭繁地解決每日工作，但過度程式化也帶引出程式化的行動者，僵化了新聞工作的可能性。

其次，寫實因素影響工作常規形成，而科技又作爲重要寫實因素，當下更被沸沸揚揚討論，本章第二部分將描述數位科技帶來的幾項工作常規特徵，然後順著過度程式化的概念，第三部分收尾於學術場域必要的批判脈絡。我們將跨越由技術旨趣主導科技與新聞工作相關討論的作法，主張數位科技蓬勃發展不只意味時代的轉換與商機，也意味人與技術關係的劇烈改變，可能讓新聞從人的工作轉變到科技主導的工作，一不小心進一步惡化新聞工作者的主體性危機。

第一節 新聞產製的常規化

在本書關切的實用邏輯架構下，先從三個「理論上」展開論述。

第一，理論上，包含新聞工作在內，每個場域都需要程度不一的規則來保持場域的運作。第二，理論上，學術研究可被視爲致力於發現各自有興趣場域規則的工作，只是如同 Bourdieu（1990）提醒，學術研究整理出來的規則不等於場域運作的實際規則。第三，理論上，我們可以將新聞專業視爲一種新聞學術場域對於新聞工作規則與對應工作方式的想像，一種關於新聞工作的專業模板。

不必否認，這種想像並非憑空捏造，它的確與西方質報發展歷史與實務工作方式有所重疊，有著實務根源，可是除了質報，實務場域還有爲數更多的大眾媒體採用其他規則與工作方式做新聞。配合上另外一項歷史轉折：新聞學術建制化帶來更多應然面、規訓成分，兩者共同促使前面三個「理論上」組合出一項本書強調的嚴肅弔詭，即，學術場域想像的規則（專業邏輯）與實務場域的運作規則（實用邏輯）並不相同。在臺灣，差距可能更遠，而且愈來愈遠。

也就是說，如果不想太多，學術場域想像的專業邏輯確實顯得理所當然、有其道理，也成就一套類似標準答案的新聞專業論述。然而如果我們願意想多一點；如果學術工作持續對自身進行反思是應有的態度，那麼，回應前面章節論述過的立場，我們有必要注意理所當然背後隱藏的學術場域霸道。

再次重申，這種說法並不意味否定專業邏輯所做出的設定，亦如同前面多次所述，本書甚至主張當下更應該重新啟蒙新聞專業的古典成分。只是本書也明白主張學術場域需要適度換位，貼近實務場域去觀察、了解與批判他們的實用邏輯[1]，而非關在學術場域，以至在過去，就是用專業標準臧否實務工作；於現在，則是象牙塔式地展望與擘劃所謂的數位未來，無視於實務場域運用科技的方式。本書主張無論過去或現在，實務場域都擁有遠比專業想像更爲複雜的寫實考量，包含被視爲典範、標準的質報式媒體在內，各種寫實考量讓實務場域用一套[2]不同於專業規則的方式運作，我們需要充分理解這種被稱爲常規的東西，才可能與實務場域良性對話。

一、工作常規與新聞工作

在新聞學強調的專業脈絡下，部分傳播學者藉由局外人身分研究實務場域的工作常規運作。Shoemaker 與 Reese（1996）將工作常規視爲「模式化、例行化、重複的實踐作法與形式，媒體工作者藉此執行自己的工作」（頁 105）。Tuchman（1978）經典研究則細緻描述了「新聞網」等工作常規，類似捕魚一樣，新聞媒體與新聞工作者會設法在有魚群的地方下網，特別關注官方機構、名人，藉此有效率地找到新聞線索，不至因爲捕不到魚而開天窗。另外，她也描述了其他工作常規，例如新聞工作者會區分硬性與軟性新聞，或者突發新聞、發展中新聞與連續性新聞，藉此事先有所準備，用不同方式處理不同類型新聞，以回應新聞的不可預期性。

---

1 當然，反過來就是用實務場域邏輯作爲準則、馬首是瞻也不可取。特別在高度資本主義脈絡中，當學術場域擔心跟不上業界發展，陷入技術導向的教育與研究脈絡時，實用邏輯不只扼殺了專業的可能性，也抹除學術場域的創意與想像力。也就是說，在高度資本主義情境中，我們也得擔心這種馬首是瞻創造另一種霸道。

2 這裡需要強調複數的可能性。即，既然要考量的是寫實因素，所以除了截稿時間、人情壓力等共通因素外，不同媒體經常還需要依照某些獨特因素發展出屬於自己的工作方式，例如因爲政治立場發展出不同的選擇新聞方式。只是爲了凸顯與專業邏輯的對比，本書將實用邏輯進行單數化的處理，以單數進行書寫。

再換個例子，路線劃分亦是常見的實務工作常規。這項早已在實務場域生根的作法，告訴且限制記者到哪裡找新聞、寫出來的新聞可能歸類到哪個版面。Fishman（1980）更進一步描述記者每天有著大致類似的巡線方式，固定在哪些時間、拜訪哪些地點，藉此確保有新聞可寫，也產生經營人脈的可能性。也就是說，在每個地方都可能有新聞發生，卻又沒法保證一定發生的狀況下，路線劃分與巡線常規，也包含前述新聞網，幫忙媒體組織和新聞工作者用有效率的方式找新聞線索，以回應新聞工作的時間壓力。

Tuchman 等人說明了工作常規存在的事實，不過有三點提醒。第一，既然是常規，便也意味其他可能性的存在，同時，工作常規與其細節是會改變的。例如理論上不區分路線、沒有固定巡線方式還是可以產製出新聞，但是在過去，大多數媒體與新聞工作者不會如此嘗試，而且反倒因爲相互學習促成路線常規的普遍化、同質化。又例如，過去，因爲路線範圍大小合理，所以有關如何找尋新聞線索的路線常規，經常對應著幫忙跑出獨家新聞的人脈經營常規，不過隨著人力精簡等寫實理由，雖然路線常規依舊存在，可是因爲單一記者要顧的路線過多、範圍過廣，以致人脈經營常規消失，甚或因此發展出當下依賴公關跑新聞的常規作法。再或者進入數位時代，配合更強調時效、更省成本的寫實因素，當下新聞工作者直接且實際地發展出從社群媒體找新聞線索的常規作法（Hermida, 2013; Lecheler & Kruikemeier, 2016; Vis, 2013）。

第二點較容易理解，常規不只發生在尋找新聞線索階段，如果我們將新聞工作區分成找尋新聞線索、採訪、查證與呈現幾個區塊，前面提及查證的妥協成分（Barnoy & Reich, 2019; Shapiro, Brin, Bédard-Brûlé, & Mychajlowycz, 2013）便說明有關查證常規的存在，哪些需要查證，哪些則可以忽略，並沒有做到滴水不漏的專業邏輯理想。另外，電視新聞播出帶開頭放上最精彩，而非最重要畫面的作法，也是業內人都知道的電視新聞呈現常規。

二、解決寫實問題的常規

第三，或許也是最重要地，相較於以往 Tuchman（1978）、Fishman（1980）等經典研究關切常規對於新聞眞實建構的影響，本書想要凸顯的是：實務工作總是寫實的，而常規是用來解決寫實問題的實用工作方式。

從較不學術的角度來看，「寫實」訴說著一種我們都曾經歷的日常本質。當我們實際身爲某件事的局內人（例如教學工作的局內人），就能夠充分領略「寫實」難以逃避、帶點殘忍的特質，除非十分硬頸堅持原則，否則總得做出妥協。但相對地，一旦身於局外，往往無法體會寫實的殘忍，以致出現一種旁觀者式的漠然或雙重標準。這種漠然與雙重標準敘說著學者雖然可用局外人身分研究新聞工作，卻經常難以充分掌握局內人的困擾，然後在專業模板引導下，寫實因素不是變成需要矯正的因素，就是成爲一種微弱的存在，不太被探究。不過無論學術場域怎麼看待，寫實終究持續存在、持續在實務場域發揮影響。或者說，檢視學術工作自身，學術場域亦是寫實的，並且發展出常規化的研究慣例，有著屬於學術工作的社會學（Diesing, 1991），從這角度運用同理心來看，新聞學者應該能較能體會實務工作的寫實難處。

從學術說法來看，新聞是一種結構模糊（ill-structured）工作（Chung, Tsang, Chen, & Chen, 1998），具有沒有標準或最佳解題方式的特徵。這項特徵一方面說明儘管學術場域有權力將新聞專業指示的原則視爲標準解題方式，但在實務場域，寫實的新聞工作需要大量審時度勢的解題彈性，無法單靠專業原則解決問題。另一方面，也就在結構模糊特徵揭露專業原則僵化，而實務工作又不可能爲每次新聞事件發展專屬解題策略的狀況下，考慮各種寫實因素，將解題方式模組化或常規化是解決每日工作的務實作法。例如前面提及的效率、避免開天窗便是新聞工作的寫實成分，相對應的新聞網則是找尋新聞線索的工作常規作法，新聞網雖然經常掛一漏萬，也可能造成過度依賴官方消息來源等情形，但這種「次佳解題方式」常規的確有效回應了實務場域的寫實問題。

或者說，「做人」是另一個重要、也必須處理的寫實成分。雖然並非使用一般用來描繪「做人」的語彙，但它的確出現在記者與消息來源研究之中。Gans（1979）的「共舞」，Gieber與Johnson（1961）提及的「對立」、「共生」、「同化」便是經典例子。在實務場域，因爲要做人，所以記者無法總是採用監督立場與消息來源相處，進退之間必須懂得妥協，有時主動壓下不利消息、於寫作時輕輕帶過負面資訊、有時會幫忙消息來源放消息。當新聞有著做人的成分，而非只是做事，新聞工作者便無法僵硬抱著專業原則與採訪對象應對，這時候，他們得發展出兼顧做人的常規工作方式，既跑新聞，又做人。反過來說，既跑新聞又做人讓新聞專業原則面臨失靈困境，差別在於不同記者堅持專業程度不同。總而言之，實務工作並非在無塵環境中進行，新聞工作者會將解決問題的方式常規化，模組般地運用於類似情境。當然，專家與生手的解題方式不同（Chung, Tsang, Chen, & Chen, 1998），常規化的細緻程度也會有所不同；而常規工作方式也可能程度不一地與專業規則有所交集，但關鍵在於要能務實地解決問題。

最後，已不用多做討論的資本主義是實務場域的寫實因素，而且可能是最被關切的寫實因素。它關鍵性地影響了許多工作常規的形塑，明顯趨向賺錢、利潤的目的促成諸如依照收視率編排新聞編播表（rundown）、因點閱率下釣魚標題等令人詬病的工作常規。只不過也正因爲資本主義這項寫實因素過分強大，以及實際帶來的負面影響，這裡想要強調的是，有關工作常規與新聞工作的討論有必要策略性地將資本主義從其他寫實因素獨立出來。也就是說，就寫實因素整體來說，工作常規的確會對新聞產製帶來負面影響，但學術場域不宜因爲其與專業原則不同，加上資本主義這項寫實因素的引導而對工作常規做出單一負面想像。當實務工作是在弄髒手的過程中進行，而且學術工作亦是如此時，常規化展現的是一種人性處理工作的方式，然後因爲人性與務實所以很難完美。

三、常規的程式化作用

學術研究需要承認與接納工作常規因人性出現，然後帶著人性不完美的事實，但實務場域對於工作常規的存而不論，或不自覺的馬首是瞻狀態也帶來風險，這種風險無關於新聞專業的道德違紀，而是源自同樣的人性理由。

基本上，工作常規是實用邏輯的具體實踐，帶有彈性。Pentland（1995; Pentland & Rueter, 1994）利用文法作為比喻，說明常規像是一種習慣式的心智狀態，讓行動者不需投入太多心智即可完成手邊工作。同時，如同我們每次說的話語、寫的文章是在文法基礎上進行即興創作，常規也並非是教條，它保持理論上的彈性，可以因應現實狀況進行調整。也因此這裡存在一個關鍵：雖然受到常規引導，但新聞工作者理論上應該擁有社會學討論的能動性，不完全為常規制約的可能。

然而即便理論上如此，人性卻經常消磨這種能動性。在基本層次，常規對應人性想要節省心力、有效率解決問題的習慣，幫忙行動者從混亂中找到秩序，可是同樣的人性卻也將新聞工作者帶往就是依照常規做事，工作能力停滯與失去熱情的狀態。更深層地，如果挪用電腦程式作為比喻，當新聞工作者順著人性習慣了常規，重複且模組式的常規便像是程式化地蝕刻在新聞工作者身上，然後出現一種程式化的身體（張文強，2008）。熟稔工作的記者如同有著內建程式，例如就是依照翻抄改寫的常規步驟修改別家媒體新聞，忘了還有其他尋找新聞線索的方式；忘了即便翻抄改寫，也還是有著查證需求與不同查證策略。而攝影記者就是依照學會的影像拍攝與剪接常規，有效率地拍攝好必要的公式化畫面，將最好看的畫面放在前面，剪接出最後的新聞播出帶。

相對於前面才提及由資本主義寫實因素引起、經常遭受撻伐的工作常規狀態，本書之所以強調常規的程式化作用是想藉此描述行動者與結構的複雜關係。當學術場域習慣從結構角度批判資本主義，事實上，深層蝕刻在新聞工作者身上的常規，也於同時間從行動者角度為新聞工作帶來影響。自縛於工作常規中的行動者限制了自己的能動性，只不過因為常規太人性，學術場域又太習慣結構角度，以致忽略常規於這層次所發揮的作用。反過來，實務工作者則是太習慣於工作常規，同樣也忽略了工作常規的存在，並以現狀作為合法性的來源。

我們主張，在難替每起新聞事件找到最佳解題方式的前提下，工作常規的確具有寫實意義，具有實務式「合法性」，可是卻也有著屬於自己的問題，即，一旦新聞工作者缺乏後設能力，就是程式化地工作，便失去細緻分辨新聞事件差異的能力，然後不再具有尋找新解題方式的可能性。也就是說，如果學術場域因為依循專業邏輯以致不食人間煙火，顯得僵化，實務場域則是因著工作常規而放棄自己的能動性，同樣僵化。而且僵化帶來失去熱情，容易出現馬克思主義的異化，以及主體性問題。有關這點，將會在後面章節繼續討論。

第二節 與科技有關的新聞產製常規特徵

常規之所以為常規，便在於它會跟隨環境中的寫實因素做出調整，而近年來自科技方面的明顯變化，便在邊嘗試邊醞釀過程中改變了新聞工作常規，大量吸引實務與學術場域的關注。不過就在接續討論科技與常規關係前，這裡需要回到本書論述主軸，並且從寫實觀點表達：我們不能忽略科技是在資本主義高度發展脈絡出現的事實。

這項事實涉及三個提醒，首先，在實務場域，科技的運用方式同樣受到資本主義影響，而非天真依照學術想像前進。例如網路世界的確部分回應數位民主的期待，但同溫層這類作為也實際壓過了理想期待。西方學術場域看好數位機緣下的資料新聞學，但過度在意點閱率、節省成本等寫實因素，卻同時間讓數位機緣下的網路新聞成為翻抄改寫園地（Phillips, 2011; Wheatley, 2020），在廉價版資本主義盛行的臺灣，這種情形可以看得特別明顯。為數更多的例子說明了科技融入後的新聞工作方式與學者一廂情願的想像有所不同，忽略這種現實，只挑正面事項進行論述將又一次讓學術場域遠離實務場域。

其次，科技與其對應工作常規在西方的發展經驗經常是以不完整方式出現在臺灣。再以資料新聞學爲例，其背後隱藏了好些未曾明說的條件，諸如依賴西方民主傳統、投資者願意進行創新投資等，然而因爲科技終究會對應社會環境做出不同演化，不願意投資的臺灣媒體老闆，缺乏透明度概念的政治體制，便很難做出好的資料新聞學，甚至使其缺乏生存空間。也就是說，當臺灣學術場域還是不自覺以西方經驗作爲圭臬，沒有體會新聞工作可以是複數，我們便也還是重複新聞學殖民的宿命狀態。拿著西方標準看臺灣總覺得不對勁，只不過過去的標準是客觀新聞學，現在則是資料新聞學等新概念。

第三，由於資本主義及其管理主義邏輯也已然滲入學術場域，再加上臺灣社會對於新科技的迷戀，因此就科技而言，學術場域似乎並未展現出以往對資本主義的警覺態度，反而是擔心跟不上業界發展，差別僅在於有些學者緊跟實務現狀思考，有些學者就是憑藉數位理想進行思考。再一次地，本書不反對技術旨趣的研究脈絡，只不過也同樣強調研究工作必要的批判精神。我們需要理解新科技，以及它如何改變實務邏輯與工作常規，但亦需要對它保留一定的批判。

順著上述提醒，接下來將先討論新科技爲新聞工作常規帶來的兩項主要特徵，隨後將站在批判位置進行論述：現今科技的涉入讓新聞出現一種從純人工作轉變到科技主導的可能性，而這種科幻電影式的場景將進一步引發新聞工作者的主體性危機。

一、以速度為核心的工作常規

新聞工作的發展一直與科技有關（Örnebring, 2010; Pavlik, 2000），換個說法理解這個命題，這意味著在實務場域，科技以寫實因素的角色框限了新聞工作實用邏輯與具體的工作常規。

（一）「印刷邏輯」到「數位邏輯」

在印刷技術主導的時代，時間便是新聞工作的關鍵，強調給予讀者新且快的訊息，例如報紙在重大事件發生時不惜進行抽換版，時效性更被寫入新聞教科書，是新聞專業公認的一項新聞價值。只不過受到印刷科技的物質性影響，在過去，新聞工作保持以「日」爲單位的生產節奏，然後圍繞於此，促成一組或可稱爲「印刷邏輯」常規，而之後跟隨報業發展出來、當下爲我們所熟知的新聞專業也像是建基於這套印刷邏輯上的論述。儘管後來有廣播與電視的加入，Schlesinger（1978）利用碼表文化說明時間於電視新聞產製過程中的重要性，但新聞實務與學術場域似乎仍跟隨著這組邏輯，基本精神大致沒有改變。例如 1970、80 年代 Gans（1979）、Tuchman（1978）、Fishman（1980）等經典研究便像是在印刷邏輯脈絡上進行觀察分析。以日爲單位，而且沒有行動電話這類隨時可以被長官遙控的科技，記者才有時間並且獨立進行巡線、經營人脈、與消息來源共舞；即便時間總是不充裕，仍可以做到必須的查證、找到其他人進行平衡報導；如果再輔以多日，可以做出深度報導、調查報導。

然而數位科技的興起，創造了另外一種對應其物質性、誇張點說或可稱做與印刷邏輯常規斷裂的「數位邏輯」常規，在強調速度的當代社會（Tomlinson, 2007／趙偉妏譯，2011；Virlio, 1980／楊凱麟譯，2001），這組工作常規包含著較不被學者注意的速度構面。當然，印刷邏輯與數位邏輯常規間的轉換有著過渡，不是一次到位，而這種轉換可從內容產製技術與新聞推播技術兩層面做出觀察。就前者來說，在過渡時期，SNG 技術改變了新聞報導與新聞現場間的產製關係，以往新聞是在事後再現現場，但 SNG 讓新聞可以被 LIVE（即時）播報出來，新聞報導與新聞事件的時間差可以幾乎縮減至零（唐士哲，2002）。就後者來看，24 小時新聞台的出現直接促成以「小時」爲單元的推播節奏，更爲新聞工作帶來深層影響（Lewis, Cushion, & Thomas, 2005; Rosenberg & Feldman, 2008）。例如配合內容產製技術，兩者共同造成電視新聞編播方式、記者入鏡報導等工作常規的改變。對於突發新聞的重視、滾動式新聞更新，更像是日後數位媒體即時新聞作法的先鋒。

如果 SNG 與 24 小時新聞台是印刷邏輯時代改變的開端、特例，在社會、科技與新聞場域間互為因果的複雜關係中，網路、智慧手機等數位工具則是將速度概念推到極致。數位科技除了創造出公民協作、資料新聞學等工作方式外，不可忽略地，特別是在實務場域，數位科技的速度構面實際發展出一套數位邏輯常規，直接反映在「即時新聞」、「即時更新」、「直播」之上。這套被認為能帶來流量的工作常規，可能比公民協作、資料新聞學等理論性強、需投資不少金錢的工作常規更能反映數位科技在實務場域的影響圖像。

（二）追求速度與即時的結果：新聞成為一種資訊而已

即使不必如同 Parker（1940）將新聞視為知識，理論上，新聞除了追求快速報導，也應該揭露有用、事實性的資訊給閱聽人。然而 Lewis、Cushion 與 Thomas（2005）卻發現，相較於傳統獨家新聞費時費工地收集資料，24 小時新聞台對於突發新聞的強調，特別是運用即時新聞方式加以處理的作法，多半只是為了讓觀眾方便看到新聞，並未充分提供有關新聞事件的分析與背景資訊。Lewis 等人認為對於即時的渴望促成新聞只是在做報導（covering），而非揭露眞相（uncovering），突發新聞成為一種關心即時、現場感的流行樣式，實質提供給閱聽人的內容並不多。

在以速度為美德的社會中（Tomlinson, 2007／趙偉妏譯，2011；Virlio, 1980／楊凱麟譯，2001），網路新聞承接了 24 小時新聞台對於速度的喜好，並且配合數位技術讓「即時」像是成為一種新聞工作的日常，甚至發展出「不斷更新」這個速度感十足的宣稱。即便更新並非想像中全面，往往只發生在部分新聞上網後的幾個小時內而已（Saltzis, 2012）。而對應著即時性被視為網路新聞規範（Buhl, Günther, & Quandt, 2018）、突發新聞具有衝流量任務（Usher, 2018b）、現場連線則被過度利用，造成新聞品質負面影響（Guribye & Nyre, 2017），這些關於速度、即時的轉變觸及一波與新聞本質有關的深層問題，濫用突發新聞、即時更新、現場連線等名詞可以是討論的起點。

當大型突發事件發生時，現場連線、即時更新的確有其意義，也是新聞工作之所在，但至少在臺灣，我們不難透過日常生活經驗觀察到，即時新聞與更新，或現場連線的對象往往是一般新聞，並不具有重大新聞價值。然後如同競爭促成「獨家新聞」被濫用，臺灣媒體也巧妙利用社會對於速度的崇拜，藉由「即時」本身所具有的正面吸引力作爲新聞媒體賣點，或網路新聞衝流量的工具。也就是說，即時新聞不再是指重大突發新聞的處理，挪用 Lewis 等人（2005）觀察，不只 24 小時新聞台如此，在網路新聞脈絡中，它也像是一種新聞的流行樣式，「即時新聞」、「不斷更新」被寬鬆使用，市場意義大於新聞意義。

爲了吸引閱聽人寬鬆使用這組名詞的後果是，突發新聞連同「新聞」概念的貶值，一旦很多事都可稱做突發新聞，新聞開始廉價起來。進一步，這組名詞共同指向速度，而對速度的過度追求則又深層指向一種可能性：新聞不再是新聞，只是資訊而已。倘若我們將西方現代性新聞劃分成兩個主要構面：報導事實與監督權勢，在實務場域，速度這個寫實因素關切的是報導事實構面。只不過即便如此，報導事實既要快，也要準，一旦過度在意速度，以報導速度作爲專業角色重要構面（Quandt, et al, 2006），或以搶先、最速報導作爲專業權威來源（Karlsson, 2011; Usher, 2018）等情形被過度重視，甚至成爲唯一，新聞工作很容易於不自覺中自動化約成傳遞資訊（包含正確與不正確的資訊）的工作，與監督權勢等公共性本質失去構連。因此，在快速造成錯誤率增加等問題的同時，「慢新聞」（slow journalism）應運而生（Le Masurier, 2015, 2016），強調更深入、更具調查性的新聞，Craig（2016）亦主張除了快速提供資訊，慢新聞的存在意味新聞應該包含更多第四權的公共角色。

如果再算上速度社會中的閱聽人對此買單，以及演算法新聞推播的幫襯，各種因素共同訴說著新聞出現本質性轉變。即，在聚焦於速度，強調快速傳遞「新聞」給閱聽人的同時，失去理性監督這項核心的新聞工作，轉而成爲一種單純提供資訊的資訊業，很多時候，所謂的新聞被稱做「資訊」比較好。更麻煩的是，當政府機構、大型企業等重要消息來源愈加純熟利用公關技巧操控資訊，而媒體與新聞工作者也依賴消息來源所提供的資訊，這些都將促成另一種可能性：新聞工作成爲公關工作的一部分。在速度與方便法則下，針對消息來源給予的資訊進行快速翻抄改寫，不去對新聞事件做出該有的質疑批判，讓「新聞」更像是資訊，而且可能是被消息來源設計與操控的資訊，已不再是古典認知的「新聞」。有關公關操作對新聞工作的實務介入將在下章進行討論。

眾所周知，就新聞工作來說，重要事實經常需要時間查證，無法一蹴可幾，快的代價經常是出錯。與第四權行使有關的調查報導需要更長時間進行，同時需要花時間進行理性辯證才可能善盡監督權勢的責任，而非只是做出民粹式、黨同伐異式的快速批評。在以速度爲美德的社會中，新聞朝「即時」、「快」發展並不令人訝異，只是正因如此，我們得開始思考這樣的「新聞」還是不是新聞，對應政治經濟學式的討論，新聞媒體面對的不再是公民，而是渴望快速得到資訊的消費者。然後，也許典範轉移這個字眼用得過重，或者現代性新聞隨時代滅絕、替換也不盡然是壞事，但我們似乎必須承認以快速提供資訊爲核心的新聞，與同時以事實資訊與監督權勢核心的新聞並不相同，也各自對應不同的新聞工作常規。

（三）新聞成爲一種不斷更新的過程：「事實」意義的轉變

即便聚焦在快速提供資訊，理論上，現代性新聞強調都應該是提供正確資訊，即，事實。而如同前面章節所述，在現代性及其對應的實證主義脈絡中，事實是存在那裡等待發現的東西（Blaikie, 1993; Hughes, 1990; Slife & Williams, 1996），新聞工作要做的是客觀報導，或基於公共利益將隱藏的事實挖掘出來。當然，這種事實觀點遭受不少挑戰，例如後現代主義就不認爲事實客觀存在，而是被建構出來的，新聞也是在建構事實（劉平君，2010）。

進入新聞實務場域，報導事實對應查證工作。只是即便在時間較爲充裕的過去，時間這個寫實因素都讓查證難以完美，當下，即時新聞的處理方式更讓問題雪上加霜。然而除了直接可想到的沒時間查證，犯錯機會增加外，這裡還隱藏一個不被注意的關鍵問題：理論上可以不斷更新的新聞，對應或創造了一種對待事實的態度。這種態度是實務式、未被明言的，卻嚴重衝擊既有關於事實的認識論。

基本上，在過去的印刷邏輯，無論過程是否完美，新聞是在經歷一段算是完整的採訪、查證、編輯過程，配合明確截稿時間才被產製出來的，其中藉由多次守門盡量在見報前排除犯錯的可能性，見報的新聞則是最終版、定稿，一旦產製出來就幾乎沒有修改機會。這種講究的過程幫忙代議式新聞工作者建立起必要的權威，讓閱聽人願意相信其撰寫的新聞為事實。然而如同 Karlsson（2011）前台與後台的比喻，新聞錯誤與修改在過去是後台工作，但於當下，改即時更新做出一項重要翻轉，將這些原本在後台進行的工作明白提到前台進行，這種作法雖可從建立新聞工作透明度角度進行觀察，但也影響新聞工作的權威，難以維持新聞的完美形象。

回到事實議題。滾動、非線性、隨時更新的模式挑戰了完整作品的概念。當新聞處在修改更新狀態，不再是最終版（Saltzis, 2012; Widholm, 2016），意味事實變成為浮動、隨時可能改變的東西。在新聞產製端亟欲快速發稿，閱聽人也不願意等待的速度感中，事實不再是反覆查證、多次守門的結果，而是成為一種錯了就修正的東西。這種情形可用後現代對於事實的觀點進行學術解釋，Ekström、Ramsälv 與 Westlund（2021）便因此討論了即時更新與直播這兩種突發新聞的認識論。他們發現在短時間內可不可以做出來是編輯挑選即時新聞的重要標準；直播雖然同樣強調速度，但更凸顯記者在現場，以及提供一種帶閱聽人到現場的感覺。同時為減少新聞犯錯的風險，新聞工作者發展出新的常規作法，例如新聞中會使用「我們於此刻知道的是……」、「可能是……」等語氣；更強調新聞所呈現的資訊是消息來源的說法，而最後這些作法的功用是在幫忙減輕記者對可能錯誤的責任。

減低責任再次回應著本書強調的實用邏輯，新聞工作者可能不熟識後現代、認識論等名詞，也不是從學術觀點思考問題，但他們會就寫實因素發展出工作常規解決問題。只是這一次，相關作法惡化了原先就已禁不住學術檢驗的「報導事實」各項工作常規，例如查證。至少在臺灣，愈是晚近的查證工作愈是形式化，愈是成為避免法律訴訟的實用手段，而非出於對專業原則的信仰（張文強，2015）。然後隨著速度成為社會美德幫忙即時更新取得合法性，以及當「先發布後更正」成為常規作法（Karlsson & Strömbäck, 2010; Widholm, 2016），而閱聽人亦習慣這種作法，便也讓查證不再重要，或者說，更新成為規避事前詳加查證的作法，甚或是藉口。因為可以不斷更新，所以錯誤是可以、也容許被修正的，新聞工作者不需要再為查證浪費時間，或傷腦筋。

最終版式新聞與即時更新式新聞對應著兩種工作方式，就學術角度來說，這包含新聞工作的認識論問題，但對實務場域來說，則是相當現實的如何做的問題。只不過在習慣成自然、程式化狀態下，即便「做」有實務合法性，但站在批判立場，我們需要擔憂不斷更新講求速度，不單惡化查證等工作常規，更是培養出一種不認眞對待事實的態度。如果說，現代性對應的是硬事實，後現代對應的是無事實，理論上沒有最終版的新聞則讓事實不重要。在這種狀況下，實務工作者可以不用理解認識論的差異，卻需要注意以下這種態度問題。

也就是，現代性新聞建立在事實有一個固定版本之上，促成好的新聞工作者追求查證、精確的態度，但不斷更新落實流動的概念，新聞不再是謹慎查證、多次守門後的結果，錯了再修正讓新聞工作者於實務中不再追求那個需要花費許多精力的事實。因為這種不再謹慎、或不需謹慎的態度，查證、精準、事實都消失在不斷更新中，然後在整個社會不自覺以速度為美德的狀況下，新聞報導事實的概念徹底遭受挑戰。在依舊認為新聞要報導事實的現代性命題下，這種挑戰可能比第四章提及的客觀原則困境更令人洩氣，畢竟，客觀不再，新聞工作者還是可以盡力逼近事實，但錯了再改，不需謹慎的態度意味著新聞能否報導事實不是哲學、學術場域的問題，而是一種沒有努力就放棄的結果。同時，第四章提及取代客觀的透明度也不再具有太多意義，不謹慎報導事實，即便再透明也無法宣稱新聞工作的權威與合法性。

二、協作成為一種工作常規特徵

相較於過去，又特別是在當下盛行的資料新聞學脈絡中，協作（胡元輝，2012；Bowman & Willis, 2003）是新聞工作常規的另一核心特徵。

（一）協作作爲一種趨勢：包含新聞工作者以外行動者的工作方式

如果我們同意 Tuchman（1978）、Gans（1979）研究的古典位置與代表性，那麼跟隨新聞網、共舞等不斷被後續研究引用的概念，並且配合爲數更多的新聞相關研究，這裡想要大膽提出一種看法：新聞學似乎具有以記者爲核心視角的傾向，更爲關切採訪寫作工作。當然，這種看法可能武斷，例如實際上便也存在著關於編輯、編譯的研究，但之所以提出這項顯得武斷的看法，是想藉此凸顯記者視角爲新聞工作帶來的一種想像：單兵作戰、強調競爭。特別是在過去，這種想像反映於學術場域對記者如何經營路線、與消息來源競合關係、採訪查證策略的高度興趣上，在實務場域則是反映於新聞媒體對自家記者獨家新聞、領先發稿的強烈期待上，另外，這種想像也對應著電影等大眾文本對於新聞工作的描述。Ehrlich（1997）研究美國電視新聞室時便發現存在著競爭價值觀。

不過就在以往強調競爭，也發展出相關工作常規的同時，外在環境轉變悄悄支撐起協作概念。前面章節提出的公民新聞學便是如此，認爲公民可以參與新聞產製過程，與新聞工作者共同協作，打破長久以往由後者壟斷新聞產製的工作方式，隨著時間，資料新聞學延續、也延伸了協作概念，實際發展出協作爲核心的工作常規。Hermida 與 Young（2019）便主張當下流行的資料新聞學從以往強調的競爭價值觀過渡到強調協作的脈絡，然而隨著協作成爲學術領域特別關切的概念，這裡試圖提醒注意兩件事情。首先，當下流行的協作概念的確對比出過去的競爭文化，但這並不意味傳統新聞工作沒有合作關係，就組織理論來看，當組織透過分工方式完成任務，便涉及分工後的協調合作，差別在於機制的不同（Mintzberg, 1979）。簡單來說，記者與編輯間就有著協調合作，而非單獨由記者決定新聞，再或者，儘管我們總是直覺認定不同媒體記者存在著競爭關係，但實務場域卻不難發現不同媒體記者透過 Line 等通訊軟體，協調即將進行的聯訪事宜，由誰連絡對方出來接受訪問、誰提出哪個問題、提問順序等，而這也實際落實成學術場域不太認可的新聞工作常規。

其次，相較於上述合作關係，當下流行的協作或許更像是出於對傳統新聞工作壟斷新聞產製，又無法善盡專業責任的一種反動。公民新聞學強調透過科技幫助，讓原本只能作爲閱聽人的公民可以參與新聞產製，促使新聞更具有社區、公共的意義。資料新聞學強調的協作，一方面延續與外部公民團體進行協作的脈絡，類似公民新聞學對讀者的假定，允許讀者（包含公民團體）在開放資料群組尋找自己關心的議題，然後提供給新聞工作者進一步處理、幫忙進行資料查證等（Flew, Spurgeon, Daniel, & Swift, 2012; Gynnild, 2014; Hammond, 2017）。另一方面則因應產製本質，加入資訊工程人員等的協作，資料新聞學得以團隊方式產製，也就是說，無論是組織外部的公民，或組織內部的資訊工程人員，當下新聞產製的行動者不再只有傳統定義的新聞工作者，還包含過去不曾想像的人，協作成爲資料新聞學工作常規的核心特徵。

（二）資料新聞學：從資料中找新聞

從公民新聞學起，協作便是一種理想，想要藉此打破過去代議式新聞的權威，而在流行起落之間，繼公民新聞學後受高度重視的資料新聞學承繼這項脈絡。

要明確定義某個概念並不容易，資料新聞學[3]亦是如此（Ausserhofer, Gutounig, Oppermann, Matiasek, & Goldgruber, 2020）。簡單來說，除了數位科技使然，資料新聞學的興起與開放資料（open data）（Appelgren

[3] 有關資料新聞學可參考以下兩本著作。Gray, J., Bounegru, L. & Chambers, L. (2012). *The data journalism handbook: How journalists can use data to improve the news*. Sebastopol, CA: O'Reilly 以及 Bounegru, L. & Gray, J. (2021). *The data journalism handbook: Towards a critical data practice*. Amsterdam: Amsterdam University Press.

& Nygren, 2014; Flew, Spurgeon, Daniel, & Swift, 2012; Kalatzi, Bratsas, & Veglis, 2018; Lewis & Usher, 2013; Parasie & Dagiral, 2013; Sandoval-Martín & La-Rosa, 2018）運動有關，2009 年美國創立 data.gov 網站公開政府資料，部分西方國家跟進後，新聞工作者更可以透過爬梳這些數位資料進行議題報導。顧名思義，資料新聞學是從資料，特別是大量的數位資料，而非人身上找新聞，然後發展出一套異於傳統的工作方式。例如資料新聞學工作者可能透過某城市公開的警政數據資料，深入分析犯罪相關議題，然後用視覺化方式呈現分析結果，在網路媒體上更可藉由互動特性，例如製作互動式地圖，讓讀者查詢自家附近的犯罪狀況。

Loosen、Reimer 與 Silva-Schmidt（2020）彙整出資料新聞學的四項特徵，1. 經常以數據資料群組（data set）作爲材料，透過分析從中找出並說故事。2. 分析結果經常以地圖、條狀圖等方式視覺化呈現。3. 經常具有參與式開放性（participatory openness）與群眾外包（crowdsourcing）特徵。4. 經常採用開放資料取徑，重視透明度與開放性，以此爲品質效標。而 Hurrell 與 Leimdorfer（2012）主張資料新聞學有三部分目標：讓讀者發現與自己有關的資訊；揭露重要、先前不爲人知的故事；幫忙讀者更好地理解複雜議題。從上述特徵與目標不難發現，對應著解放、賦權、公民參與、透明度等當代社會脈絡，資料新聞學延續公民新聞學對於讀者，也就是公民的關注，而且其目標並未與傳統新聞工作有所斷裂。資料新聞學與調查報導的連結，以及被期待作爲監督權勢工具（Coddington, 2015b; Felle, 2016; Gynnild, 2014; Sandoval-Martín & La-Rosa, 2018），便特別顯現與「鼓吹」或「倡議」這項傳統新聞專業意理的關係，只不過因爲面對的是數據資料，所以有著獨特的工作方式與常規。

Veglis 與 Bratsas（2017）將資料新聞學工作過程區分成六個階段，當然，每個階段又有各自細節，可以參考資料新聞學專門書籍的描述。六個階段分別爲：1. 透過不同方式取得資料群組，相關方式包含諸如政府等組織開放的資料、網頁爬梳，或將一般文件轉換成可供數位分析的資料等。2. 針對取得的資料群組進行清洗、偵錯，移除有錯誤或缺損部分。3. 由於數位資料群組經常是由不同類別的編碼（code）所組成，因此新聞工作者需要配合數位素養與議題相關知識進行解讀，使這些資料變成有意義的資訊。4. 由於原始資料群組的建立有其各自歷史、目標、立場，因此新聞工作者需要理解「誰」、「何時」、「如何」、基於何種目的建立起資料群組，配合其他管道資料交叉確認原始資料，並豐富化分析後的資訊。5. 用視覺化方式呈現經分析後的抽象資訊。6. 進行報導撰寫。

整體來說，雖然隨時間發展，資料新聞學出現不同形式（Borges-Rey, 2016; Uskali, & Kuutti, 2015; Veglis & Bratsas, 2017），例如Stalph（2018）就將較不具協作與調查報導性格的例行性資料新聞學（daily data journalism）與精緻的原型式資料新聞學區分開來，但無論如何，就《衛報》、《紐約時報》的原型來說，資料新聞學需要動用不少資源，同時，面對數位資料的清洗、分析、視覺化，資料新聞學往往無法由傳統新聞工作者獨力完成，需要程式分析人員、視覺化人員以團隊形式共同從事協作（Gynnild, 2014; Sandoval-Martín & La-Rosa, 2018）。也就是說，不同於我們對傳統記者平日跑例行新聞的想像，原型式的資料新聞學適合從專案計畫角度加以理解。這種類似以往媒體處理總統大選等重大新聞的專案計畫作法，明示著資料新聞學先天具有的合作或協作本質。暫且不管公民團體等外部行動者，單就媒體組織內部而言，資料新聞學是由新聞工作者與資訊工作者等其他行動者共同協作的成果，協作也因此成爲資料新聞學工作常規的核心特徵。

然而又一次回到本書強調的實用邏輯脈絡，當原型式的資料新聞學涉及大量時間、人力與財力資源的投入，偏向大型媒體、菁英式的工作類型（Fink & Anderson, 2015），這一方面意味資料新聞學同樣需要考慮各種寫實因素，缺乏資源或不願投入資源將限制資料新聞學的可能性，反過來說，這可能讓資料新聞學帶有數位落差，成爲精英文本的可能性（Felle, 2016）。另一方面這更提醒著協作具有侷限性。在《衛報》等菁英媒體促成資料新聞學，學術場域加持與合法化資料新聞學，讓它成爲一股新潮流之際，我們得小心學術場域對於資料新聞學與協作概念的理想化傾向，特別是資料新聞學涉及資料開放原則，以及對應透明度等西方社會文化特徵，促使它在非西方國家面臨更多的困難（Mutsvairo, 2019; Wright, Zamith, & Bebawi, 2019）。過度理想化很容易再次掉入使用學術邏輯解釋實務場域的困境，總覺得實務場域做的不夠好。更或者，如前章所述，協作理想在寫實的實務場域會以某種殘酷變形方式出現，例如看社群媒體找新聞、翻抄改寫網路資訊等，儘管學術場域可以否認這種協作的合法性，卻難以否認這些工作方式具有自己定義與追求的協作本質，新聞的確不再由記者單獨產生，而是與社群網站、網友合作的結果。寫實形式的「協作」反諷著學術式協作的意義。

（三）從人與人的關係到人與資料的關係

傳統新聞來源是「人」，所以記者與消息來源的關係是重要核心，第七章將討論這個問題，不過這並不表示以往不處理資料，傳統記者也可能有系統地分析政府預算書等官方文件寫成新聞，或者與資料新聞學有所關連的精確新聞報導（Coddington, 2015b; Heravi, 2019）亦藉由社會科學方法處理數字資料，諸如選舉預測相關新聞。

無論如何，相較於過去處理資料的方式，因爲數位科技促成大數據出現，以及資訊公開法案與文化讓這些數據得以向公眾開放，從而造成一種從大量資料而非「人」身上找尋有意義新聞的可能性。只不過就在資料新聞學聚攏大家目光的同時，大數據、開放資料、透明度、駭客文化這組具有時代特徵的概念，也凸顯著資料新聞學另一層重要意義：新聞工作得開始關注人與資料間的關係。而鑒於資料新聞學在當下學術場域受到高度重視，因此接下來暫且偏離協作主題，進行這部分的討論。

1. 與資料群組黑盒子的批判關係

如同大數據不單純是技術問題，還包含著社會、文化構面（boyd & Crawford, 2012; Lewis & Westlund, 2015），反映當代社會對於數據的迷思，資料新聞學也需要注意類似問題。當資料群組的建立有著各自歷史、目標、偏向（Bradshaw, 2011; Veglis & Bratsas, 2017）；當資料被公開的時間點經常不夠新、不是每個國家都有資訊公開法案（Kalatzi, Bratsas, &

Veglis, 2018）；當資料群組的檢核不易、不確定新聞工作者是否能獲得資料群組建置情境與相關演算法的充分知識（Tong & Zuo, 2021），這些都在提醒新聞工作面對的數據資料並非想像中那麼理所當然、客觀存在於那裡的東西。

進一步，在習慣量化思維的當代社會，資料新聞學也需要注意量化與數據的迷思，Lowrey 與 Hou（2021）便主張，我們生活世界的組織方式並非天生就適用於統計分析，量化資料中的各種抽象類別（categories）是將眾多、具體的人或事件進行通約（commensurated）的結果，藉此才能達成比較分析的目的。而且量化資料及其類別設定通常是在政府等機構層次上建置出來，伴隨特定政治經濟需求，是複雜、不透明，卻隨著時間逐漸被視爲既定的，不被質疑。對於資料新聞學來說，Lowrey 與 Hou 的主張具有重要意義，即，雖然資料新聞工作者會調查資料是否有被竄改的問題，可是一但缺乏對於資料群組本身組成邏輯、結構做出存疑，不自覺依賴官方生產的資料群組，再加上新聞工作技術化的風險，缺乏批判思考的新聞工作者，將使數據資料徹底成爲黑盒子。

大數據的確是當代社會特徵，分析數據也有一定行銷、政治預測、社會觀察等意義，但如同記者不只是找消息來源問新聞、做查證，還需要留意自己與消息來源的關係，避免受到影響而不自知。在習慣量化思維的社會中，資料新聞學工作者也需要注意自己與資料間的關係，官方建置的資料群組的確讓新聞工作節省資源，官方屬性也賦予資料新聞學工作合法性，不過依賴官方資料群組（Parasie & Dagiral, 2013）與以往依賴官方消息來源同樣有著新聞偏向的問題。也就是說，就在資料新聞學巧妙對應、得利於當代量化主流迷思之際，除了急切想要發展更精緻的資料清洗、視覺化等技術常規外，學術場域與實務場域還得謹愼面對數據資料，否則儘管資料新聞學強調開放資料、透明度，但存而不論或視而不見的態度將使得資料群組總是處在黑盒子狀態，然後反倒成爲對於資料新聞學的反諷。缺乏對資料本身進行必要懷疑與批判的資料新聞學，悄悄地反諷著自我宣稱的透明度與開放性。

2. 兩組對比的新聞工作方式

有學者將資料新聞學稱做量化的新聞學，或利用「向量化轉向」描述新聞學的新發展（Anderson, 2015; Coddington, 2015b），這種說法與學術場域習慣進行質化與量化研究區分有關，也可視為想藉由凸顯量化特徵增加資料新聞學合法性的企圖。量化的確描述了資料新聞學的特徵，不過於此同時，或許更重要的是它對比出了新聞工作方式或認識論的差異。

事實上，在願意接受難以考據的情境下，以往其實便有著將傳統記者想像成社會學或人類學家的比喻，至少有著「應該成為」的企圖。而仔細考察傳統記者工作方式，通常單兵作戰的記者是在自己的路線或事件發生地點從事工作，實地採訪實體存在當事人或旁觀者，或挖掘實際發生的事件細節。在這裡，實地、實體是關鍵，好記者如同進行質性研究，透過一個個訪談，一次次查證完成最後以事實為基礎的新聞稿。相對於此，也如前所述，資料新聞學則像是在虛擬空間中進行工作，處理抽象的資料群組，從變項類別與數字間分析出模式，最後以數字為基礎產生抽象的視覺化作品。在這裡，抽象、虛擬與數據是關鍵，資料新聞學具有量化研究特徵，以數字與變項作為分析關鍵，建立抽象的模式結論，而具體的人、事件、事件細節並不是重點。

就學術場域區分量化與質化的習慣來說（Bryman, 1988），資料新聞學與傳統新聞工作像是涉及兩種認識論，產生兩種類型的新聞作品，只不過就在關注兩者間此消彼漲（Lewis & Waters, 2018; Lowrey & Hou, 2021）的同時，我們也需要避免質量二分互斥的習慣，以及不自覺放大對於量化新聞的想像。或許更好的說法是傳統新聞與資料新聞學都是在發現或描述社會現象，後者獨特之處在於開始運用數據資料完成工作，提醒我們除了從「人」身上找新聞，也可以從大量數位資料間找新聞。另外，數據資料終究不是世界的全部，並且至少到目前為止，大部分新聞還是需要仰賴眞實的人作為消息來源，也因此，傳統新聞融合量化資料圖表，資料新聞學融合實地訪談查證，依狀況進行搭配也許更能完整呈現社會現象。

換個角度，資料新聞學的出現也凸顯出「假設驅動」（hypothesis

driven）與「資料驅動」（data driven）兩種新聞工作認識論（Hammond, 2017）。簡單來說，假設驅動指涉新聞工作者帶著理論假設去進行訪談、蒐集資料，然後建構出最後的新聞，這類似統計分析，先有研究假設，再利用蒐集來的經驗資料驗證假設是否成立；資料驅動則意味新聞工作者不帶假設，憑藉著收集來的資料呈現社會現象，資料驅動類似紮根理論（grounded theory）強調透過經驗證據讓理論慢慢浮現（Corbin & Strauss, 2015），大數據亦對應這種觀點（Mayer-Schönberger & Cukier, 2013／林俊宏譯，2018），認爲當數據量大到某程度後，抽樣便不再具有意義，透過分析可以讓數據自然呈現出意義來。

假設驅動與資料驅動也可視爲方法論上的理想型，在眞實世界中兩者的區分無法這麼清楚，而且儘管資料新聞學可能偏向資料驅動，有著讓資料說話的看法，但 Parasie（2015）就實際個案分析發現，資料新聞學實作過程是包含兩者的，而且不同背景的新聞工作者可能有著不同偏向。

第三節 自動化的極致：科技爲新聞帶來的影響

一方面延伸資料新聞學的討論，另一方面回到科技對新聞工作常規的影響，本章最後一節將收尾在計算機新聞學與演算法上，論述「新聞工作者的缺席」的可能困境，以及「新聞」逐漸成爲一個滑溜名詞隱藏多個意涵的現實狀態。

一、計算機新聞學與演算法

一直以來科技都影響著新聞產製，只是愈是晚近，科技帶來的改變也愈顯急促。其中，圍繞著數位科技、大數據、開放資料，不少新的新聞工作方式應運而生，前述資料新聞學便是其一。排除不同學者賦予不同稱呼的差異，「量化」大致是一個統稱，可以用來對比與傳統新聞工作的不同。在量化脈絡下，Coddington（2015b）區分成三種類別：電腦輔助報導（computer-assisted reporting，簡稱 CAR）、資料新聞學、計算機新聞學（computational journalism）。資料新聞學才討論過，不再多做說明。電腦輔助報導最著名的例子大概就是 Meyer 於 1973 年提出的精確新聞報導，利用調查、內容分析等社會科學方法，加上統計技術輔助新聞工作的進行（Meyer, 1973）。電腦輔助報導與調查報導有關，特別體現在資料收集與資料分析兩個工作環節，例如利用電子郵件進行訪問、使用統計工具分析與呈現結果等。相較另外兩種新聞形式，出現更早的電腦輔助報導是一種高度現代性思維，以受專業訓練的新聞工作者爲核心（Flew, Spurgeon, Daniel, & Swift, 2012），較不具有協作、群眾外包等當下強調的特質。不過隨著電腦科技普及，電腦輔助報導逐漸式微，或者說，隨著數位科技演進，有更多新類型工作方式取代電腦輔助報導作爲具體實踐，計算機新聞學便是其一。

Coddington（2015b）認爲廣義來說，計算機新聞學包含電腦輔助報導與資料新聞學[4]，而計算機新聞學更具技術導向，專注在如何將電腦計算

---

[4] 資料新聞學與電腦輔助報導也有差異之處。舉例來說，Hammond（2017）便認爲兩者有類似之處，但也可能處在兩極，並大致有以下說明。即，Meyer 的精確新聞報導嘗試用科學方法做新聞，追求眞相，相對地，例如 Assange 雖然也強調科學式的新聞，但卻不認爲記者應該期待可以爲眞相產製一個一致的解釋，眞相應由個別讀者透過資料文件幫助來決定。也就是說，Assange 的觀點屬於後客觀文化的一部分，也因此透明度被認爲比客觀更適合運用於資料新聞學。

換個說法，還是以精確新聞報導爲例，新聞依舊由專業工作者決定，採用一種抽樣式、假設驅動的認識論，但資料新聞學更強調讀者的參與，提供新聞議題、幫忙進行查證等。新聞成爲一種新聞工作者與眾多讀者共同參與的網狀結構，而這種作法打破了新聞工作者的專業壟斷（Coddington, 2015b）。同時在大數據脈絡下，重要資料新聞學工作者 Holovaty（2006）認爲報紙需要停止故事中心的觀點，讀者不需要故事，不需要別人幫他進行詮釋，而是需要數字、表格、統計資料等事實，當讀者可以接觸到犯罪、餐廳的資料庫，便可以創造出自己的新聞，搜尋到他要的任何東西。資料自己會說話。

（computing）與運算思維（computational thinking）運用於資料的收集、意義建構（sense-making）與資訊呈現工作之上。Wing（2008）主張運算思維包含抽象化（abstraction）與自動化（automation），前者是將眾多資訊打碎，從各自所屬情境中抽離，進一步萃取與歸納出抽象概念的能力，後者則應該可以不多做解釋，演算法便爲具體形式之一。Coddington（2015b）透過 Wing（2008），主張演算法能夠區分資訊的優先次序（prioritize）、歸類（classify）資訊、過濾（filter）資訊，同時可以用在新聞工作的不同階段，例如決定報導主題、寫新聞、閱聽人度量指標（audience metrics）計算等。

假如計算機新聞學是無法迴避的發展趨勢，那麼運算思維與其具體展現的演算法將成爲應該被關注的議題。在這種狀況下，如同新科技總會帶引出正反論述，演算法亦是如此。首先，利用演算法撰寫新聞同樣促成關於節省成本以及勞動權益下降的辯證（Carlson, 2015; van Dalen, 2012）。Carlson（2015）使用自動化新聞學（automated journalism）一詞，並以此領域重要公司 Narrative Sciences 爲個案進行研究，發現 Narrative Sciences 採用的說法是：自動化是要擴增而非取代新聞工作者，是要去處理一般記者不寫的新聞，以增加新聞產出，透過技術增加有效的經濟循環。基本上，這種說法並非沒有道理，但從批判角度分析，就並不將自己視爲新聞事業，且不認爲自己技術只限用於新聞工作的 Narrative Sciences（Carlson, 2015）來說，他們擁有的是商業思維，是營利的新創公司，因此前面說法包含著回應與緩解新聞工作者擔憂的成分，然後對應著高度資本化，並視科技爲進步象徵的當下社會氛圍，替演算法鋪陳了一條合法性道路。

其次，呼應前面第四章有關新聞客觀性的討論，即便客觀原則遭受許多挑戰，甚至「被」後現代視爲不可能的存在，但演算法卻也還是宣稱可以透過排除人爲干預來達成客觀理想，例如某些演算法強調一種預先安排好的新聞選擇程序，藉以解決挑選新聞時的個人主觀判斷問題（Carlson, 2015, 2018a; Hammond, 2017）。這種演算法的客觀性宣稱像是另闢蹊徑地延續著新聞客觀傳統，不過倘若同樣從批判角度做出分析，一方面，我們需要注意延續客觀概念的意圖不只發生在新聞工作場域，它更像是美國式社會的傳統，在爭議中，實證主義以及認爲科技是中立的看法還是主流。另一方面，在崇尚科技的社會脈絡中，演算法的客觀像是一種天眞的科技客觀主義。當然不難想像，也有研究質疑這種說法，例如STS（science, technology and society）（Cutcliffe & Mitcham, eds., 2001）理論便認爲科技是鑲崁在社會情境中的，而非中立、客觀的，或者說，演算法的制定是人爲的，也會有人爲的主觀判定，而且在它們被制定出來後便成爲黑盒子，具有透明度的問題（Coddington, 2015b; Diakopoulos, 2014, 2015; Diakopoulos & Koliska, 2017），其他人通常不得而知演算法制定時的相關參數。也因此，就在我們尊重演算法可能帶來客觀這項說法之際，也需要充分理解另一種可能性，即，對於客觀性的強調，同樣像是一種爲演算法迎合社會傳統以取得合法性的策略。

二、人與科技的各自角色

不可否認，也不必否認，演算法、人工智慧及與之對應的計算機新聞學、自動化新聞學、機器人新聞學（robot journalism）已在寫作、策展、資料分析、視覺化等層面展現一定成果[5]，當然，也引發操控民意、透明度等爭議（Lokot & Diakopoulos, 2015）。不過除了就技術論技術地討論運用問題，對新聞與傳播工作來說，這些發展更具有深層的理論意義，例如寫作機器人、聊天機器人便意味技術不再只是扮演傳播過程中載具或通道（channel）的角色，亦具有傳播者（communicator）的潛力，也因此，新聞工作中不只是人與人的互動，也涉及人與機器互動（Guzman, 2018; Lewis, Guzman, & Schmidt, 2019）。換個說法，將演算法等技術視爲新聞工作一種「非人」式守門人，人與「非人」共同完成新聞（Diakopoulos, 2014, 2020; Lewis & Westlund, 2015）的作法，呼應著西方社會一直以來

[5] Latar 偕同 Ruskin 等人於 2018 出版的 *Robot journalism: Can human journalism survive?* 應可對此問題提供較爲全面的理解。

有關於科技帶來進步的想望。而跟隨這種氛圍，以及經歷之前一段時間科技決定論或社會決定論的悖論反詰後，學術研究雖然還是有著不同立場，但也逐漸造就出某些比過去更爲細緻的論述。現在，至少對部分學術工作者而言，演算法不再單純只是科技問題，開始有著更多層面的討論，例如倫理（Dörr & Hollmbuchner, 2017）、眞實建構（Just & Latzer, 2017）、同溫層等（Pariser, 2011）等。

（一）人與「非」人的協作

除此之外，隨著這波新科技的強勢涉入，演算法、搜尋引擎、資料庫儼然成爲當代生活一部分，產生媒介化效果（Andersen, 2018），學術場域的悖論反詰更進一步提供了有關新聞工作者主體性，以及科技角色的想像論述，即便相關論述數量仍舊是少數。例如，試圖跳脫科技決定論或社會決定論的單因論思考，Linden（2017）採取建構觀點，強調科技鑲嵌在社會情境中的說法，重新關注社會型塑科技的影響力，然後再間接賦予行動者的主體性。Anderson（2013）主張演算法不是純物質，亦不是純人，而是混合兩者的東西。人的不同考量會鑲嵌入演算法，但演算法也像是具有能動性，影響新聞產製。

Just 與 Latzer（2017）則採用偕同演化理論聚焦於科技角色，偕同演化理論將科技創新視爲有著複雜系統的演化過程，各個要素間相互依賴，同時，設計與被設計並行，沒有一個中心掌控全局，藉此克服社會先決或科技先決的問題。在這種狀態下，演算法既有治理工具的身分，亦有行動者的身分，作爲前者，演算法像是規則，會限制行爲的空間，演算法也具有行動者的能動性，在政治、經濟方面展現力量。這種關於科技角色的討論，呼應方才所述凸顯一種有異於常識的看法：科技不只是傳遞資訊的工具、通路，它也扮演傳播者角色（Lewis, Guzman, & Schmidt, 2019）具有行動者的能動性。

ANT（actor-network theory）理論更利用跳脫現代主義明白區分主體與客體的方式，激進地論述科技扮演的行動者角色，而近年來 ANT 理論也被運用到新聞與傳播工作脈絡（Calcutt & Hammond, 2011; Domingo,

Masip, & Meijer, 2015; Hammond, 2017; Hansen & Hartley, 2023; Primo & Zago, 2015; Ryfe, 2022）。過去，只有「人」會被視爲主體、行動者，新聞是「人」實作的結果，科技工具則是「物」，是客體，但 ANT 理論認爲這種觀點忽略了「非人」（non-human），例如演算法等科技在新聞乃至生活實踐中的積極參與（Primo & Zago, 2015）。科技不只是客體，而是應該與「人」一樣都具有行動者的能力，ANT 理論模糊了人／非人（科技）之間原本清晰的那條界線（Turner, 2005）。呼應協作脈絡，ANT 認爲人與科技是協作的，都可被視爲行動者，共同完成新聞工作（Stalph, 2019; Wu, Tandoc, & Salmon, 2019）。

再換個說法，一直以來，我們幾乎不假思索地認爲新聞的民主、第四權責任需要由「人」，也就是新聞工作者來完成，因此其主體性極爲重要，獨立自主亦成爲新聞專業關鍵，然而順著 Hammond（2017）認爲資料新聞學的民主角色主要源於資料來源開放性與可接近性，而非新聞工作者的說法，在 ANT 理論架構下，資料新聞學似乎便演繹著資料扮演的行動者角色，一旦我們需要在近用資料的狀態下實踐民主與第四權，開放的資料本身便具有促成民主的行動力，而非只是被人分析、視覺化、寫成新聞的被動客體。也就是說，倘若接受 Primo 與 Zago（2015）的激進說法，ANT 理論不只讓「新聞屬於人的工作」這個直覺假設被挑戰，後人類主義者（post-humanist）再進一步認爲傳統新聞工作以人爲唯一中心的做法是排它的、不民主的，而人與非人的混種是更進步的觀點，當下新聞工作不只需要開放給更多人類行動者，例如資訊工程人員、公民，也要給更多非人行動者，例如演算法。

基本上，至少對部分人而言，ANT 理論是用激進方式探討科技扮演行動者角色的可能性，在這種說法中，人的主體性難免遭遇被降格的風險，然而無論研究者採用何種立場，這裡想要藉由前面幾段討論說明兩層重要意義。第一，即便不是所有學者都有如此習慣，但學術工作悖論反詰，也就是批判對話的本質，豐富了有關新聞工作主體性與科技角色的理解程度，我們得以超越以往科技與社會決定論的簡單圖像。換個說法，習慣單從科技角度看待改變，以及習慣將科技視爲沒有能動性的客體，在常民社會中組合出一組看似衝突卻又因爲沒有深究，所以並存已久的觀點，然後實際引導著我們的思考與論述。我們並不否定常民知識的重要性，甚至主張在生活世界，常民知識足以用來解釋許多問題，並且相較於經常顯得生澀拗口的學術知識，更具有論述時的活力與合法性。只不過對學術研究來說，終究還是得小心不自覺順著常民知識的風險，研究者將停留在現象表面層次，就只是依照自己習慣立場做出解釋。面對這種狀況，悖論反詰，即，批判對話將會創造帶領研究者反身檢視自己習慣觀點的機會，然後提出更爲細緻的論述。

（二）小心新聞工作者的缺席

第二，學術討論歸學術討論，回到本章關切的實務場域工作常規問題，人與「非」人的協作，以及科技作爲行動者的可能性，共同提醒了「新聞工作者缺席」這個問題。如果說，傳統新聞專業論述企圖創造一個專業的新聞工作者，那麼在經常被忽略的狀態下，新聞工作者作爲主體的意志是這項企圖能否成功的關鍵之一。

仔細來說，在過去，資本主義邏輯對這種意志的削弱造成記者像是處在一種身體出席新聞現場，卻又實質缺席的狀態，新聞就是依照收視率、點閱率設定的常規公式做出處理而已。特別是在相關工作常規建制化後，新聞工作者更可能進一步成爲依照常規做事的身體，雖然不至於完全自動化，身體也仍然存在，但新聞工作者本身開始失去專業判斷空間與實質的主體性。因爲資本主義、生存危機，以及順著常規作事本身便是人性，新聞工作者或主動或被動，或自覺或無意識地馴化起來，頂多就是個代理人、工作者，失去了新聞專業論述需要的專業意志。這種行動者及其意志的缺席解釋了新聞專業在實務場域失靈現象，新聞工作者就是把新聞當工作，就是依照長官要的方式常規化地做新聞，自己放棄作爲主體的意志。

在當下，除了資本主義影響持續擴大，新技術的出現像是讓問題雪上加霜。基本上，如前所述，學者已經關切到新聞工作場域中人與非人的合作，展現混合式的工作流程與實務，並且在演算法、人工智慧等趨勢中主張新聞工作者應該仍是關鍵，人是中心，保持以人為中心的工作模式（Ananny & Crawford, 2015; Broussard, 2019; Diakopoulos, 2019a, 2019b; Milosavljević & Vobič, 2019），不過延續常規促成程式化工作與新聞工作者缺席的角度進行觀察，人與非人相互協作，以及 2010 年代中期，演算法與人工智慧更為成熟地進行新聞收集、過濾、組成與分享過程的自動化（Dörr, 2016; Thurman, Lewis, & Kunert, 2019），像是換個方式、甚至更激進地提醒著：在演算法等科技中，新聞工作者的缺席有可能更為徹底。整體來說，雖然科技強勢出現具有建設性意義，讓我們取得機會反思「物」的角色；雖然與此有關的 ANT 理論將「人」與「非人」共同提升至具有能動性的狀態，而非主張「人」被「非人」替換掉，但是在科技甚為強勢，主體性又經常被視為抽象社會學名詞的同時，我們不得不注意一種科幻電影式的場景，即，演算法這類科技的出現，是否讓人與科技間出現顛覆性的轉換。當演算法可以自動寫新聞，甚至寫出不同筆法調性的新聞，那麼，不只是行動者的意志讓渡給資本主義脈絡下的演算法與工作常規，當下，這種讓渡將更為明確地指向身體從新聞工作中的實體缺席，而不單是以往的意志缺席。

換個說法，如同 Wallace（2018）將數位時代的守門人區分成四種：專業新聞工作者、個人業餘者、策略專家（如公關）與演算法，這種守門人多樣化現象的確正向呼應著公民新聞學對於新聞工作去中心化、民主化的理想，但反過來，在公關專家愈加懂得操控資訊之際，新聞工作者的意志缺席也更加明顯，這點將在下章進行討論。而演算法則對應著資本主義的商業動機，並且造成更極端的缺席，即前述實質身體的缺席。相較於過去較舊的技術，例如每則精確新聞報導都還是需要「人」的涉入與統合，現今已然可以自動化進行資訊分析、新聞選擇與編排、新聞撰寫、視覺化、分享與推播新聞的事實，意味著「人」的角色出現在應用程式設計之前，一旦新聞判斷、新聞撰寫等應用程式完成並開始上線後，在實際處理每個個案時，「人」將由演算法與人工智慧所取代，也就是，暫且擱置哪些工作任務不會被演算法取代，或演算法是否只會取代純淨新聞寫作等簡單任務這些爭論，極端來說，或者就已被自動化的狀況來說，新聞工作者的身體可以在每天繁瑣的新聞個案中缺席，例如機器人撰寫新聞便清楚說明新聞工作者身體的缺席。

意志缺席已弱化新聞工作者的主體性，身體的缺席更是讓行動者主體性從新聞產製過程中撤底抽離。當然，這裡並不是要主張新聞工作的末日景象：演算法、大數據將完全取代新聞工作者。但我們也的確想藉此提醒，一旦學術場域沒注意到行動者主體性問題，很容易掉入科技中心主義的思維，讓新聞工作者的角色或意志問題在學術討論中無形間被邊緣化。相對地，一旦實務工作者沒注意到主體性問題，無論是意志或實質身體的缺席，都將帶引出勞動過程學派的去技能化（Braverman, 1974）與新聞工作者自願順服（Burawoy, 1979）問題，自願讓渡出自己的主體性與能動性，成爲自動化的一部分。一旦新聞工作者不再具有主體潛力，失去觀察、分析、批判能力後，新聞將徹底變成技術工作，而且是簡單的技術，然後加速被演算法、機器人新聞學取代的可能性。而新聞工作者缺席下的新聞，還是不是新聞，將成爲另一個重要議題。

三、新聞成為滑溜的名詞

相對於科技具象可見的演化，概念的演化往往是抽象的，加上行動者總是身處在時間脈絡中的特定時間點，讓我們經常因爲缺乏足夠時間跨幅而難以察覺演化的發生。或者，大膽類比 Lakatos（1978）說法：研究綱領有著不輕易更動的硬核，面對不一致的經驗資料挑戰，多半是先以改變輔助假設（即，硬核周遭的保護帶）的方式做出回應。很多時候我們也是用小修小補的方式回應演化帶來的問題，繼續沿用已成習慣的概念名詞，而不去改變它。這種方式可能管用，也符合人性，但修補的代價往往是忽略某個概念可能正在經歷本質上的改變。

新聞便是如此，工作常規的變化明顯可見，卻只是問題的前半段，跟隨工作常規變化，我們需要注意的是新聞本質也默默隨之演化。

（一）新聞，演化中

如果暫且先擱置前面章節提及的新聞學複數狀態，自從西方現代性新聞出現，並且跟隨新聞專業論述穩固之後，新聞這個名詞便像是定了調。不過即便了定調、即便過去少用演化觀點看問題，新聞仍持續面對挑戰，其中，資本主義與數位科技是兩股促成演化的明顯力量，差別在於面對它們的方式所有不同。

就前者來說，在新聞專業具有圭臬位置的過去，資本主義造成的工作常規改變經常被處理成實務場域沒有依照標準行事的問題，置入性行銷便是好例子。在這種狀況下，於過去、至少對學術場域而言，儘管置入性行銷作法偏離標準，但標準仍舊穩固存在，而且因爲新聞專業本身包含的規範性成分，讓這種偏離反過來具有鞏固新聞專業定義的功能，利用實務場域的「墮落」證成新聞專業的必要。只是回到本書立場，雖然以往學術場域利用這種方式處理問題，但我們都難以否認在實務場域，收視率、置入性行銷明白改變了新聞工作常規，然後默默造成新聞本質發生演變。新聞開始混搭行銷成分，事實、客觀、公共性則在混搭中逐步退卻。新聞開始不太像原來的新聞，不再那麼純正。

就後者來說，社會對於科技多半抱持的開放、正面態度，加上當下「後」現代社會容許、甚至崇尚混搭、互文（Jameson, 1991），這些原因讓科技像是得以跳脫資本主義面對的規範性原罪，用沒有遭受太多責難的方式在實務場域悄悄開展新聞的演化。只不過工作常規改變是明顯的，新聞本質改變則是隱性的，較不受重視。例如數位脈絡下大量的即時新聞改變了突發新聞需要是重要新聞事件的標準；內容農場式的翻抄改寫，意味瑣碎事情都可以稱之爲新聞，新聞可以無關公共利益；粗糙、形式化或根本缺乏的查證，則本顛覆了現代性新聞珍視的事實要素；記者依賴政治人物社群媒體寫新聞則讓新聞夾雜公關宣傳成分。

也就是說，新科技的確促成新聞朝公民新聞學、資料新聞學方向演化，但在資本主義脈絡中，前述幾項改變似乎訴說著另一種更爲深層的演化，新聞已成一種以閱聽人興趣爲核心的「新聞」（或許稱爲資訊更爲合適）。然後順著這種角度思考重要資料新聞工作者 Holovaty（2006）的主張：讀者不需要記者提供的故事、對事件的詮釋，而是需要數字、表格、統計資料等事實，只要讀者可以接觸到犯罪、餐廳等資料群組，就能創造出自己的新聞，不需要別人幫他詮釋。如果我們認同這主張，便得注意 Holovaty（2006）展現的資料至上思維簡化或顛覆了傳統新聞所包含的對話、調查、公共場域等本質。在這種狀況下，新聞演化面對的將不只是跨界、混種的問題，更是一種存續問題。我們得思考，這還是不是新聞？是否需要用新的名詞描述這種事物？

（二）**「新聞」還是不是新聞**

面對科技帶來的工作常規改變，Anderson（2013）提供一種有趣說法：當科技摧毀新聞工作，科技也包含讓新聞工作重生的種子。基本上，這種描述貼切，不過也衍生出一個重要問題，即，重生的新聞還是不是新聞？而這也正對應著前述兩個提問。

當「新聞」是現代性產物，其實就透露著現代性過後，新聞發生改變、需要賦予新名詞的可能性。只是在無法取得足夠時間跨幅，較少人觸碰新聞本質議題的狀態下，語言使用習慣往往讓我們沿用既有名詞描述演化中事物。我們習慣沿用熟悉的名詞來描述某些屬性重疊的新現象，例如之前使用「主播」一詞描述某類型網紅，而非當下的「直播主」；爲迎合速度特性產生的即時更新，也沿用了突發新聞（breaking news）一詞。這些都造成了名詞上的意義混淆。

演化中的「新聞」需要注意這種意義的混淆。一方面，新聞是現代性的產物，因此在大致算是現代性時期的過去，或新聞的印刷邏輯階段，新聞一詞沒有太大的疑義，有的只是實務工作符不符合標準定義而已。二方面，現代性被認爲是界線分明的社會，新聞是新聞、娛樂是娛樂；記者是記者，讀者是讀者，只有記者能寫新聞，讀者則沒有這個可能。然而，「後」現代的跨界或混種特徵打破了現代性強調的界線，這對應著主體／客體、記者／讀者、新聞／娛樂的區分不再分明，也可以從美國式的嘲諷新聞（Bailey, 2018; Edgerly & Vraga, 2019; Feldman, 2008）、資料新聞學對於新聞產製者的假定觀察到。也就是說，在「後」現代脈絡中，純種不再是重要的事情，這爲演化中的新聞繼續使用新聞一詞取得合法性，只是相對地，新聞也因此成爲一個滑溜名詞，我們知道有一種東西名爲新聞，卻愈來愈難以抓到準確意涵。新聞不再如同過去純種、有明確不能逾越的部分。

當然，我們可以習慣於混種方式，只是這種「後」現代態度之於現代性新聞像是一種諷刺，例如有些拗口地，夾雜著嘲諷的事實是對事實的嘲諷，也嘲諷著報導事實的新聞：如此的新聞還是不是新聞？另外，或許更重要的是，如果我們不想讓混種成爲一種「後」現代式託辭，而是想要積極面對過度逾越的情形，那麼，學術場域需要給予新聞演化更多的關注。我們除了被科技帶來的新觀念吸引外，也需要更具反思性地注意什麼古典成分消失了。失去的東西或許不可惜，由其他事物取代滅絕的新聞也具有正面意義，但是倘若古典成分還是有意義，放任不管，或只著迷於新事物，將是學術工作的一種失職。

第 7 章 ▸▸▸

記者、消息來源與公關的三方關係[1]

環境改變為新聞帶來改變，前一章聚焦於科技環境，

[1] 與本書其他章節不同，本章改寫自〈從「共舞」到「舞台展演」：記者、消息來源與公關人員的三方關係〉，刊登於《傳播文化》第 19 期，更早發表於 2019 年 11 月輔仁大學傳播學院主辦《第十屆「媒介與環境」國際學術研討會：媒介生態巨變中的『危』與『機』》。此文是我長期研究新聞產製的結果。

簡短來說，本章、乃至於本書回應我對學術場域主流實用邏輯的兩項反思：(1) 特別受到行政研究影響，當下研究經常是被定義或侷限在一段明確執行期間內的活動（例如國科會等補助單位規定的時間），在此時間之外的觀察、分析經常不被視為研究活動。另外，受實證主義模式影響，研究經常是針對某個時間斷點的分析成果，這種斷代史式研究思維適合解決某些問題，不過卻可能忽略時間跨幅在社會現象演化過程中扮演的角色，有些現象是得透過時間跨幅才能看出其演變，進行細緻勾勒。(2) 前述有明確執行期間的研究是一種研究形式，也是當下主流形式，但韋伯、馬克思的古典社會學卻也提醒另一種可能性：不採實證主義，不借行政研究，研究也可以進行，在方法論幫忙下，研究可以是研究者對於生活現象的系統性觀察、分析、批判，然後產生的具有學術意義的厚描論述，而非只是斷代、結案報告式成果。

透過前兩項，以及第一章提及對於複製西方理論的反思，我主張其中，資料新聞學就直接帶來如何從資料中找新聞的問題，或者，記者使用社群媒體、網路資訊作爲新聞來源，也改變傳統從消息來源身上找新聞的工作常規（Lecheler & Kruikemeier, 2016）。這些新的新聞工作方式值

倘若研究者對某社會現象有興趣，在數年、十數年的時間跨幅中，研究者應該定期、持續對自己研究結果進行反思，並做出挑戰。一方面可以把幾個階段的研究結果串連起來，克服斷代式研究缺乏時間跨幅的問題。另一方面，當研究成爲一種生活、志業，應該也可以克服學術工作業績化的問題，重新找回研究的作品精神，以及研究者的靈魂。

或許仍做得不好，但本書嘗試實踐這種策略。以本章主題來說，最初，我是透過針對以往數波訪談經驗的反思，提出了「共舞概念可能需要修正」此項主張，配合持續的文獻閱讀、對實務現象的觀察（例如爲何當下新聞內容都很類似、爲何獨家新聞減少、爲何匿名消息來源減少等），以及與幾位實務界朋友討論，開始關注公關工作建制化改變記者與消息來源互動的可能性。而基於過去數波研究掌握新聞工作者端的變化，本章則透過十七位公關端的深度訪談來精緻化細部圖像。並且借光 Goffman（1959）展演概念，建構出最後理論論述。以「消息來源主導的舞台」作爲主軸，替代傳統「記者與消息來源共舞的舞池」。

需要說明的是，如開頭所述，不同於本書其他章節，本章曾以期刊文章發表過，有明確訪談經驗資料作爲基礎，在此狀況下，本書一方面考慮整體論述邏輯順序，將其納入第七章，另一方面改寫時，考慮到某些段落特別來自前述研究訪談經驗資料，已出現於〈從「共舞」到「舞台展演」：記者、消息來源與公關人員的三方關係〉一文，因此會特別用引述標註出來，基於此原因，本章多次出現「張文強（2020）」之引註文字，行文顯得冗贅，請多包涵。

最後請容許重複幾項提醒，首先，本文並不否定現今仍存在共舞，它還是可能發生於特定記者與消息來源之間（記者的意志似乎是關鍵，這需要後續研究細部討論），或者，暫且不論深淺程度，有些路線整體共舞比例也較高。其次，如同本書立場，我主張從行動者與結構相互作用的立場理解「舞台展演」，也因此即便在類似環境中，某些認眞公關人員會將舞台經營得非常好，甚至提出自己在「經營記者」這種帶有反諷成分的說法；有些公關人員則不太認眞，讓舞台僅具基本功能。當然，我的說法可以被挑戰，而無論如何，本章與本書希望能夠盡力做到是作品，而且是有靈魂的作品。

得注意，只是就在關切這組改變的同時，有兩個地方需要注意。首先，即便當下以各種資料作爲新聞來源的比例增加是趨勢，就新聞產製來說，記者與消息來源這組互動關係仍是無法被忽略的關鍵，從過去到現在都是如此。這點，不難理解。

其次，較不被關注，卻可能更爲重要的是，科技連同新聞工作液態化與公關工作建制化爲記者與消息來源關係帶來一項重要轉折，我們有必要重新審視傳統以「共舞」描述的這組關係。特別在實用邏輯脈絡下，本章主張除了「共舞」外，當下許多新聞產製工作需要從記者、消息來源與公關人員三方進行理解，而「舞台展演」是適合的比喻。本章將先以舞台展演爲架構論述三方關係如何影響新聞產製，然後同樣收尾於批判立場，討論「舞台展演」對傳統記者角色的負面影響，以及「設計好的透明度」對於新聞工作的顚覆。

第一節 共舞及其瓦解

即便資料新聞學打破從「人」身上找新聞的傳統認知，但到目前爲止，記者與消息來源如何互動仍是一個無法不被處理的問題。1970 年代左右，Sigal（1973）、Tuchman（1978）、Fishman（1980）與 Gans（1979）各自有關新聞產製的研究使用不同篇幅描述了記者與消息來源相關議題，例如選擇消息來源方式如何造成新聞內容偏向；記者透過掌握消息來源來展示自己能力，贏得專業地位。其中，Gans（1979）提出的「共舞」更是成爲理解記者與消息來源互動的關鍵比喻。「共舞」或「跳探戈」精彩描述了兩人間亦步亦趨、你進我退、相互帶舞的複雜關係，而這個經典比喻指涉的兩人對偶關係，也正是學術場域長期以來理解新聞產製的框架。

一、記者與消息來源在路線上的共舞

跟隨十九世紀中葉現代新聞逐步出現，新聞便開始從改寫各式文件的

文字紀錄轉變成口語訪談後的文字報導，訪談成為記者的工作（Anderson, 2015; Schudson, 1995），然後因為訪談，開啟了記者與消息來源互動的需求，並且隨時間演化愈來愈細緻。

就實務論實務，與消息來源互動是記者份內工作，更準確地說，基於以往期待記者跑出獨家新聞、進行深度報導的專業標準，「互動」不僅是指記者因為採訪某起新聞事件而與消息來源進行的一回合式接觸，更是指一種互動關係的建立。換個說法，記者大致都會同意依照新聞事件找到當事人或知情人士，再請他們回答幾個問題或許不困難，但要讓這些人願意說眞話，願意主動提供確實消息，甚至是眞正的獨家消息[2]，並非每人都能做到，需要彼此間已建立起的良好互動關係作為基礎。

然而建立良好互動關係不容易，而且如同我們不可能與所有人交朋友，記者也只能有效經營特定數量的消息來源，在這種狀況下，「路線」巧妙扮演著基礎卻關鍵的角色。這個已存在許久、被視為理所當然的新聞產製設計，除了用來確保每天可以穩定獲取新聞線索（Tuchman, 1978），也幫忙縮小與專門化了每位記者的採訪範圍，讓所需接觸的消息來源具有可預測性，而且數量合理。藉此，記者才可能集中心力經營自

---

[2] 這裡也有滑溜名詞的問題。就新聞專業來說，獨家新聞係指記者所取得別人沒有的消息，它經常是長期經營人脈的結果、需要進行充分查證，盡力確保事實的眞實度，並且與監督權勢、公共利益有關，例如政府弊案、政策法案制定內幕、重要人事任命案等。
但隨時間演化，當獨家新聞被賦予收視率、點閱率意義，其定義也隨之改變，逐漸成為別人沒有的消息便是獨家，至於眞實度、公共、政策則不是重點。因此，很多瑣事、私事都可稱做獨家新聞，一度，業界以「爛獨家」稱呼這類新聞。在實務上，這類獨家新聞不太需要長期經營路線，很多時候靠著比對手略有交情或記者現場觀察便可取得。而這種獨家新聞意義的微妙轉變，大致可以解釋當下新聞媒體經常宣稱獨家，但眞正獨家新聞卻不常見的原因。這也讓消息來源、公關人員取得介入並引導新聞產製的機會，此部分正是本章要論述的重點。

己路線上的消息來源，不致因為消息來源來自四面八方，彼此只有點頭之交，或訪問完便不再聯絡，進入一回合式互動的循環。

再進一步，同樣基於期待獨家新聞與深度報導的緣由，立場不同且各有所圖的雙方讓互動關係的建立變得更為複雜、困難。記者需要消息來源幫忙獲取新聞，卻不希望因此被操控，相反地，消息來源沒有義務提供消息，甚至會因為提供消息為自己惹上麻煩，再或者，有些消息來源的確會為了利益而與記者互動，但作法卻是設法讓好消息經由記者之手報導出來，反過來極力避免壞新聞曝光。這些狀況都促成記者需要豐富實務經驗與策略，透過多次互動培養信任與默契才可能建立長期、良好互動關係。也就是說，一回合式互動在實務場域有其價值，不少新聞便仰賴這種方式取得，但為了穩定取得新聞線索，為了獨家新聞、深度報導，理論上，記者需要克服各有所圖的困境，與某些消息來源建立起關係，在競合、共生脈絡中與他們共舞。

也因此，配合權力競合、交換、共生、愛恨關係這些不同研究用來描述互動的概念來看（Blumler & Gurevitch, 1981; Gieber & Johnson, 1961; Hess, 1981; Larsson, 2002），「共舞」不是一回合式互動，而是一種長期互動關係。「共舞」這個比喻之所以精彩，在於它生動掌握了雙方互動時的複雜動態過程，以及雙方為了共舞在背後親自參與互動、長期經營所投入的心力。老一輩記者大都能體會這種共舞精神，了解需要長期經營互動關係，消息來源才會在關鍵時刻接起電話、不會過分刁難採訪工作。相對地，消息來源亦是如此，透過多次互動，親自試探哪些記者可以變成「朋友」，需要時能夠透過他們放消息，放心給予獨家新聞。透過多次磨合與相互試探，既競爭又合作的雙方才可能好好共舞，然後讓記者產製出好新聞。也因此，記者被認為是互動專家，懂得與消息來源互動（Reich, 2012），當然，專業公關出現後，公關人員也成為互動專家，只是與記者的立場相左。

需要提醒的是，共舞的確是理解記者與消息來源互動的經典比喻，但它同樣應該被視為理想型概念，不能誤認記者與消息來源總是處在共舞狀態，沒有其他可能。事實上，對實務工作來說，擺脫獨家新聞、深度報導這些標準之後，一回合式互動或許對雙方更爲方便。也就是說，共舞與一回合式互動都能跑出新聞，只是共舞、經營路線或可視爲專業記者、有獨家或深度報導企圖記者的慣用工作常規，至於較無專業期待的記者，一回合式的訪談互動往往便足以幫忙寫出新聞，過去如此，現在更是如此。

二、共舞的逐步瓦解

就在「共舞」於當下仍持續引導學術想像的同時，社會、媒體與科技環境的快速變化，促成一組需要嚴肅思考的問題，Tuchman 與 Gans 那個年代描述的共舞是否依然存在？當下，記者與消息來源還在共舞、還需要共舞嗎？

缺乏獨家新聞、深度報導、流於公關稿式或大量翻抄改寫的新聞，似乎便指向共舞正逐漸消失的事實。而新聞工作液態化與公關工作建制化則是兩股重要力量，逐步瓦解以往支撐共舞的主客觀條件，以致雖然共舞並未消失，但在新聞工作產製的日常卻也面對瓦解的處境。

（一）新聞工作液態化與共舞的逐步瓦解

如前所述，路線創造記者與消息來源共舞的基本可能性，然而想要順暢共舞還涉及一組成對條件：媒體允許甚或鼓勵共舞，以及記者本身要有意願。

以臺灣新聞工作爲例，過去便存在類似條件，報社給予記者時間經營路線、期待記者跑出眞正的獨家新聞與深度報導，配合上相對優渥的薪水福利，而記者也願意長期投入新聞工作，種種主客觀條件創造出一群願意黏著於自己路線的記者，親身、長期經營路線上的消息來源（張文強，2015）。路線因此如同一個個舞池，記者可於其中常態接觸與開發適合的舞伴，透過實際共舞培養默契。當然，消息來源也在舞池內選擇想要共舞的記者，達成曝光、放風向球等目的。也就是說，共舞，是雙方的事；舞池，是雙方的場子，記者與消息來源都在爭取帶舞機會。

然而跟隨 Bauman（2000）描述的液態社會，新聞工作也開始液態化

（Jaakkola, Hellman, Koljonen, & Väliverronen, 2015; Kantola, 2012），老闆經營方式、主管管理方式，以及記者看待新聞與實際工作方式都隨之改變。Kantola（2012）便主張傳統現代性看重的長期、階梯式工作職涯瓦解；媒體愈來愈重視即時新聞產製，並加重記者工作負荷量；年輕世代記者習慣且樂於不被單一公司綁住，這些轉變都促成新聞工作的液態特性。另外因爲液態，年輕記者不必再去宣稱自己正利用客觀、平衡資訊來滋養以往社會珍視的公共，亦沒有與消息來源緊密接觸的需要。

液態亦明顯出現在臺灣新聞工作場域，促使共舞面對逐漸瓦解的危機。舉例來說，現今老闆與主管用最少人力、最省錢方式生產新聞的作法，讓每位記者負責路線範圍比以前大很多，嚴重影響記者經營消息來源的可能性；現今媒體只在意發稿量、即時新聞、衝點閱率、不准獨漏新聞等績效評估方式，讓記者不太可能認眞顧線；加上記者本身也液態化，工作更換頻率高，工作承諾降低，更重視生活品質（張文強，2015；華婉伶、臧國仁，2011），以及接下來將描述的公關工作建制化，各種因素共同造成當下記者沒有時間、不被鼓勵、沒有必要，或根本沒有認眞經營消息來源的意願。然後無法直接找到部會長官、企業主管的記者開始轉向尋求各單位公關人員幫忙，索取新聞資料、要求代爲安排採訪，再或是問到要的東西就走。

在結構與行動者共同作用下，這些看似便宜行事的作法對應著共舞逐漸消失的事實，也透露著公關人員於當下新聞產製過程中扮演吃重角色，一種新工作模式的浮現。當然，需要說明的是，液態化也可能發生在消息來源與公關人員這端，促使記者與消息來源在實務場域的關係更是無可避免地液態化起來，缺乏互動，難以交心的彼此，指向長期共舞的理想關係逐漸被打破。

（二）公關工作建制化與共舞的瓦解

公關工作建制化是共舞瓦解的另一項關鍵因素，在科技明顯吸引目光之際，它雖然較不受重視，但在實務場域卻是相當重要的寫實因素，對記者與消息來源共舞、新聞產製有著深遠影響。

1. 消息來源與公關人員

整體來說，過去研究關切記者與消息來源如何互動，但對於消息來源卻有著缺乏統一定義的問題（臧國仁，1999）。綜合以往研究（Gans, 1979; Shoemaker & Reese, 1996; Strentz, 1989; Voakes, Kapfe, Kurpius, & Chern, 1996），消息來源可以是指記者採訪或新聞中提及的個人、組織、公共資料等，或者提供資訊給媒體寫成新聞的個人與團體，而公關人員包含在「個人」之內。不過儘管如此，我們不難指出，期待得到眞正的新聞線索，又不想被操控，是傳統記者與消息來源共舞、周旋，以及學術研究關切此議題的原因。因此，配合實務工作來看，消息來源定義雖廣，但多半是指部長、科長、司機、深喉嚨這些可能提供眞正新聞線索，而非公關稿式消息的消息來源。在民主、第四權脈絡下，又更爲指向官方身分的消息來源，這種狀況延續至今，例如 Brants 等人（2010）關切媒體原先抱持的健康式懷疑主義如何變質變酸，記者與政治人物開始不信任彼此。Van Aelst 與 Vliegenthart（2014）以荷蘭國會議員質詢與媒體報導爲對象，描述兩者間的複雜共舞關係。回應社群媒體潮流，學者則開始研究社群媒體對記者與政治人物關係產生的影響（Broersma & Graham, 2012; Ekman & Wildholm, 2015; Vobič, Maksuti, & Deželan, 2017）。

相對於這些「眞正」的消息來源，就同樣可以提供資訊，但經常是通稿的公關人員來說，則處在一個尷尬位置，而過去研究大致採用兩種方式來對應公關人員作爲消息來源的身分。一是如上段所述，將他們模糊含括於廣義的消息來源之中，但研究焦點仍在記者與政治人物等眞正消息來源的共舞上。二是將公關視爲獨立研究對象，卻因站位於新聞專業，所以往往呈現一種擔憂基調，擔憂公關包裝政治、操控新聞資訊流動、影響民主與第四權運作（Davis, 2000, 2003; Franklin, 1994; Herman & Chomsky, 1988），或者關切公關稿件如何影響新聞產製，如何影響新聞專業自主（Sigal, 1973; Turow, 1989; Turk, 1986）。另外，爲數不少研究則關心記者與公關人員間的對立認知（Niskala & Hurme, 2014; Ryan & Martinson, 1988; Verčič & Colič, 2016; White & Hobsbawm, 2007; Yun &

Yoon, 2011），這個議題一直吸引著包含公共關係學者的注意，說明著基於不同工作與組織目標，記者與公關人員會用不同、甚至是對立的方式看待彼此。也就是說，相較於記者與眞正消息來源間的互動，這種對立認知下的工作互動，標示著記者與公關人員間更爲工具性的關係。既然公關人員是基於職責提供通稿，而非獨家新聞，記者似乎也就沒有必要大費周章與他們共舞。

難以否認，跟隨時代改變，看待消息來源與公關人員的方式也需要做出調整。如果暫且不論學術場域看法爲何，也姑且不論記者是否敵視公關人員（DeLorme & Fedler, 2003; Macnamara, 2014; Sallot & Johnson, 2006），以往新聞工作者便知曉於公關人員的角色身分，只不過因爲看重的還是與眞正消息來源間的對偶關係，以致公關人員成爲輔助或不受重視的存在。然而隨著英美公關產業大幅成長，廣爲政府與企業運用（Davis, 2000; Franklin, 1994），當下雇用政治公關公司等各種建制化作爲意味公關人員的重要性不只被明確提升，於新聞產製過程中更成爲常態性的存在。也就是說，如果我們忽略通稿、資訊津貼與資訊操控的疑慮，並且敏銳於公關人員角色的轉變，我們不難發現，在已然制度化的日常互動上，當下公關人員比過去更像是所謂的「消息來源」。甚至在液態脈絡下，這種消息來源更有助於新聞工作者完成每天工作，以往的共舞概念慢慢在改變。

2. 公關建制化的趨勢

就公關發展來說，再一次地，英美經驗也大致在臺灣出現，只是環境差異造成一定特殊性。早在 1950、1960 年代保守的政治環境，臺灣政府機關便基於釐清施政理念，與民眾溝通等理由，建立了發言人、新聞室等制度（林慧瑛，1987；張紋誠，2003），然後跟隨政治解嚴帶來的激烈變化，這種政令宣導，甚至形式化的政府公關，大致在 2000 年代逐步過渡到新階段。借用 Schönhagen 與 Meiβner（2016）從偕同演化角度觀察新聞與公關工作發展的作法，我們不難發現在新階段，與英美經驗類似，新聞媒體影響力持續不墜，而且對政府、政治人物更顯批判的新態勢，讓臺灣政府機關開始激活原有形式化的公關機制，更嘗試引進新作爲，例如聘用資深記者作爲機要、雇用專門公司監測輿情，企圖藉此經營媒體關係、操控新聞資訊流動，而這些重視公共關係的作爲也正是本文所提的公關建制化。公關成爲政府與大型企業的正式機制，也成爲新聞工作者需要面對的日常。

然而臺灣公關建制化過程似乎更重視「防禦」。雖然公關本來就有保護政府與企業名聲，免被媒體批評，掌控資訊流動的功能（Cutlip, Allen, & Broom, 2005; Ewen, 1996），但類似國外學者觀察到政治記者帶有負面與反建制化偏見可能產製出嘲諷式報導，進一步促成記者、政治人物與公眾間的不信任，以及嘲諷的社會氛圍；傳統媒體應有的對立監督與健康的專業懷疑主義，逐漸轉變成對政府、政治人物與政策的否定、質疑、不信任式報導（Brants, et al, 2010; Lee, 2000），大致在2000年之後，臺灣新聞媒體對於政府、官員的密集批判，呼應這種否定式報導脈絡，更麻煩的是，更多更嚴重的斷章取義、先射箭再畫靶、依政治立場決定新聞作法等新聞處理方式，讓臺灣政治人物對記者與媒體有著更多擔心與負面觀感，然後促成前述臺灣公關建制化尤其重視「防禦」這件事。

相較於從政治人物爭取曝光、交換媒體注意的角度做出討論（Brants, de Vreese, Möller, & van Praag, 2010; Davis, 2009; Schohaus, Broersma, & Wijfjes, 2017），或從商業主義、促銷文化脈絡觀察政府與企業如何運用公關手段取得利益（Cottle, 2003; Davis, 2013），在不排除這些具有設計本質的公關作爲下，張文強（2020）發現，在臺灣，大部分受訪公關人員都知道避免所屬單位與長官被罵是自己很重要的工作。也因爲不想被罵，政府機關強化、引進了許多公關觀念與機制，例如拉高公關單位層級，力求第一時間統一說法，以免因不同人受訪讓媒體抓到語病大做文章。另外常見的是包含前述聘用記者作爲機要或公關事務人員，平日藉由他們的媒體人脈經營媒體關係，面對敏感議題時則利用他們的媒體經驗進行沙盤推演，研判即將見報的標題是什麼，該怎麼引導新聞走向。再或者爲了第一時間察覺議題變化、哪些事情可能被罵，以及避免已被罵的議題持續延燒，政府機關，包含民間企業機構在內，會依照預算多寡，或委託民間公司或要求內部人員系統化監控網路與媒體輿情，而政府機關更已透過手機與即時通訊軟體建立起一套輿情通報與處理機制，藉以取得自己單位相關輿情，需要時進一步討論要不要開記者會、即將發出的新聞稿重點爲何等事情。

公關建制化是趨勢，的確可以幫忙解決麻煩，但對新聞工作而言，當公關人員可以滿足記者想要的資料、代爲約訪官員，這些做到好、做到滿的服務不只做好防禦，減少得罪記者的機會，更無形間大幅降低記者與部會官員親身互動的機會與需求。然後這種狀態帶來三層意義，其一，這種互動方式影響當下媒體表現，例如充滿即時、資訊津貼式新聞，卻甚少出現需要與官員親身、長期共舞才能取得的獨家新聞；爭議事件發生後，記者可以靠聯訪或社群媒體取得各種放話與臆測，卻無法對事件進行深入的內幕報導。其二，無論是記者自己懂得利用公關中介來完成工作，或公關人員主動滿足記者各項需求，公關人員不只是比過去更像消息來源，他們更細緻地進入原先應該只有記者與消息來源的舞池，積極中介起雙方互動，從旁指導消息來源該如何跳舞，有時更乾脆代替消息來源與記者跳舞。其三，或許也是最關鍵地，做到好、做到滿的服務讓記者憑藉公關人員便可滿足每日生產新聞的需求，然後習慣之後，配合新聞工作液態化，進一步指向更麻煩的困境：記者自覺與意志喪失的可能性。

3. 新聞工作者的意志問題：行動者的退守

獨家新聞、深度報導需要記者努力與消息來源共舞，而共舞過程中，誰主導共舞則是個關鍵、涉及意志的問題，有意志的一方更可能取得帶舞權，影響結果。只是這個提問隱藏二分法的認知陷阱，經常帶引出看似二分或可從二分角度加以解讀的回答[3]。部分學者偏向媒體與記者的主導力量

[3] 有些學者可能並無二分的企圖，只是因爲研究總有提問角度才導致偏向某方的論述。也因此，除了研究者需要小心二分法提問帶來的麻煩，另一項關鍵在於讀者閱讀時是否採用二分法的解讀，以致忽略作者提出的其他細節。

（Strömbäck & Nord, 2006），例如從新聞產製端出發，Tuchman（1978）提及的新聞網便凸顯媒體與記者透過布線所展現的主導權，或者順著媒介化概念（Broersma, den Herder, & Schohaus, 2013; Ekman & Widholm, 2015），當消息來源需要迎合新聞產製邏輯才能達成新聞發布等目的，便同樣意味媒體與記者主導的態勢。相對於此，另一部分學者在意消息來源的主導力量。如 Hall 等人（1978）透過首要定義者（primary definers）概念，認為記者被權勢消息來源帶去關心某些議題，接受權勢者定義議題的方式，然後影響新聞再現。也就是說，消息來源是新聞事件的意義建構者。

基本上，二分式回答有助我們了解記者與消息來源各自擁有何種影響力，以及為何具有影響力，但在雙方都想主導共舞的實務世界，二分對比只會簡化複雜現象的描述。例如，記者的確可以選擇消息來源，不過選擇消息來源的工作常規卻反轉了記者主動性，促成依賴官方消息來源或菁英的事實（陳一香，1988；劉蕙苓，1989；Brown, Bybee, Wearden, & Straughan, 1987; Sigal, 1973; Whitney, Fritzler, Mazzarella, & Lakow, 1989）。再例如 Reich（2006）也認為誰帶舞是複雜問題，他主張在發現新聞的階段，消息來源力量比較大，在資訊收集的階段，記者主導性強。Larsson（2002）則描述為創造或維持必要的權力平衡關係，記者與消息來源互動保持一種動態狀態，雙方會在設定好的戰術空間內允許對方暫時性取得某些好處，更會在需要時進行攻擊與防禦活動，可是一但對方採用超過戰術空間設定界線的攻擊策略，導致權力失去平衡後，雙方便得重新建立新的平衡關係。

也就是說，學術場域需要了解記者與消息來源間的複雜交纏關係，既是衝突、也是合作的；是共生，也可能敵對；各自有著讓自己占上風與暫時退讓的策略。或者研究也發現記者努力追求自主性，但卻也經常被消息來源的職業文化給社會化（Ericson, Baranek, & Chan, 1989），或彼此分享一組不斷重新建立的觀念與規則（Blumler & Gurevitch, 1981）。不過無論學者如何各有觀察、提出不同說法，這裡想要主張的是，就新聞專業來說，誰主導共舞這個提問本身就具有重要意義，它明白對應記者應該努力主導共舞，藉此維護新聞專業的期待。再換個說法，即便實務場域更可能由消息來源帶舞，但學術場域對於誰帶舞這個議題的持續關心，也在持續提醒記者們至少需要具有帶舞的意志，才有共舞的可能，共舞也才有意義。

然而對應前面有關公關建制化與新聞工作液態化的描述，以下兩個相互關連的命題共同翻轉了新聞專業的長期期待。首先，當記者不需經營路線也能跑出媒體要的新聞，他們便也沒有堅持自己帶舞的必要，甚至堅持帶舞只是徒增困擾[4]。其次，記者不再堅持並不意味消息來源端也放棄堅持，相反地，各種公關工作建制化作爲便顯示消息來源企圖主導新聞產製的意志，甚至對應公關工作本來就有的設計本質，當下消息來源端展現出比以往更想利用媒體經營自己形象、操作議題的明確企圖。因此儘管聽來刺耳，當下實務場域默默出現一種記者退守、消息來源透過公關設計不斷進逼的意象，再算上置入性行銷這種強勢作爲，在當下媒體爲利潤放棄專業的整體架構下，拿人手軟的邏輯讓記者的退守更是明顯，懂得用委託單

---

[4] 共舞是理想型。因此，這裡需要強調即便在過去，也不是所有記者都會花費時間經營人脈與路線，或者，以往實務場域內，也有缺乏意志、就只是把新聞當工作的新聞工作者，根本放棄了主導共舞的意志。

同樣地，舞台展演也是理想型，我們不需要認爲當下記者都不經營路線，缺乏帶舞意志。只是不諱言，我主張若以以往農耕脈絡的記者作爲參照點，當下記者經營路線深度多半相對不足，手法也沒有那麼細緻。更重要地，我也的確主張在共舞之外，當下新聞產製具有另種樣態，即，記者更爲依賴公關機制跑新聞、消息來源端更具「設計」本質進行細緻的新聞操控、新聞工作者意志相對不高。

本註釋之所以就此做出說明，一方面是回應後現代學術書寫對於揭露研究預設與立場的強調，以供讀者理解、對話與批判，另一方面是想說明學術研究藉由理想型進行解釋有其必要，但研究者與讀者都不應該認爲理想型完美描述了實際狀況，以致拿著理想型模板檢視實務場域，總是可以找到不合，或就兩個模板進行比較時，因爲二分而產生的無謂爭議。

位想要的方式做新聞，遇到負面新聞自然迴避，甚至主動幫忙大事化小，小事化無（張文強，2020）。

就實務論實務，記者退守意味共舞失去原先應有的專業意義，或者說，在實務場域，記者退守是一種識時務的改變，只要公關人員願意幫忙，誰主導便無關緊要，同樣可以完成媒體交辦的任務，而且可能更有效率。只不過再一次地，雖然在實務場域，記者與消息來源間本來就具有合作成分，但就新聞專業來說，記者失去主導意志是十分嚴峻的問題，代表記者讓出建構新聞的權力，成爲傳聲筒或宣傳工具，失去意志的記者，也失去作爲記者的自覺。帶著這種擔憂與遺憾，積極的公關對上退守的記者，聯手指向共舞的瓦解，然後記者與消息來源之間經常卡著公關人員的現實狀況，透露當下新聞產製出現一種三方關係的可能性，從共舞的舞池轉變成公關中介、消息來源主導的舞台展演。

第二節 舞台與舞台上的角色

面對記者與消息來源的意志此消彼長，以及公關工作本來就具有的設計本質，我們主張「舞台展演」是適合的隱喻。舞台上，公關、消息來源與記者大致依循各自腳本化的角色規則進行互動，整體對應著消息來源主導新聞產製的企圖。當然，這不排除記者與消息來源單獨互動的機會。

深入論述前，先針對這個受到 Goffman（1959）啟發的概念做出兩項簡單澄清，首先，舞台展演是借用戲劇表演作爲隱喻的思考方式，隱喻看重概念間相似之處，但不可忽略地，概念間也有不同之處（Lakoff & Mark, 1980／周世箴譯，2006）。也就是說，無論日常生活中的展演或這裡的舞台展演，行動者都不是所謂的戲劇演員，他們「展演」的是自己在生活或工作中的角色，也因此，雖然存在著類似腳本的規則，但並不排除互動過程中眞誠、人情事故的可能性。其次，如同「共舞」，「舞台展演」不適合用量化研究方式做出理解，運用這個概念主要是想整體性地捕捉日常生活的動態、模糊構面：行動者大致了解自己目的、習慣性依腳本行事，但理論上，沒有被腳本完全框限。

一、舞台展演：腳本化的舞台互動

互動存在規則，記者與消息來源互動亦是如此。Gieber與Johnson（1961）論述的對立、同化、共生便在說明以往三種常見互動規則。而透過多次互動所發展出的混合關係（喻靖媛、臧國仁，1995）則像是共舞時的互動規則，在混合關係中，無論是基於信任要素（羅玉潔、張錦華，2006；Larsson, 2002），或華人社會強調的人情、面子（黃彥翔，2008），都讓雙方願意在「這次你給我一些，下次我還你一點」之間持續共舞，甚至在工作以外成爲朋友。也因此，共舞瓦解意味行動者間需要新的互動規則。不過面對當下沒有時間發展混合關係，卻比以前更強調即時性、需要完成更多工作，更可能擦槍走火的困境，實務場域似乎並未亂了方寸，而是巧妙因應環境演化出一種新的互動規則：記者、公關人員與消息來源大致依循腳本化角色進行互動。

換個說法，由於工作需求使然，即便新聞環境再液態化，記者與消息來源，特別是記者與公關人員的互動往往也不是一次性的，彼此都還是理解未來可能遇到對方、還需要對方幫忙。這種狀況形成一種互動時的弔詭，一方面，大家已經很難如同過去可以依靠時間逐步建立起信任、人情默契；另一方面，卻又難以毫不猶豫地進入標準工具關係脈絡，就是依照當下得失的計算，決定如何互動。在這種弔詭狀況下，腳本化規則像是巧妙搭配簡單的人情使用，創造一種彈性空間，幫忙三方既可以依循各自目標、工具關係行事，同時又能避免依賴標準工具關係進行互動時的尷尬，藉此有效節省時間與降低衝突發生機率。

在接續說明三方各自的腳本化角色前，先說明「舞台展演」三項重要特徵。第一，「舞台展演」凸顯當下記者、公關與消息來源集中前台互動，後台相對不重要的現狀。集中前台互動說明三方行動者想在工作時間內，或就是因新聞個案進行互動，以求順利、有效率完成手邊工作的工具需求，而沒有太多後台互動則說明與過去不同，當下記者與消息來源缺乏工作之外的私下綿密互動經驗。

第二，「舞台」強調「腳本化」，除角色的腳本化外，還包含處理新聞事件時的腳本化。一般來說，無論是針對記者主動關切的事件，或消息來源想要記者報導的事件，理論上公關人員會出面中介、程度不一地設計事件腳本，簡單的例如決定消息來源該如何現身、要說什麼等，複雜的則是設計某個議題的新聞角度、亮點，以此引導記者報導方式。而透過兩種腳本化的引導，可以減少衝突與意外發生，有助三方順利完成各自工作。也因此，「舞台展演」與「腳本化」凸顯三方行動者於產製新聞互動時的合作構面，這與以往認爲記者與消息來源有一定對立成分的想像不同。

第三，「舞台展演」凸顯當下消息來源企圖主導、公關人員從旁協助的新聞產製特徵，但由於隱喻的使用在於緊抓重要神韻做出必要描述，而非將隱喻與隱喻對象等同化，因此，「舞台展演」並不表示所有記者或記者所有時候都是順從公關安排。事實上，爲完成工作，記者還是會有屬於自己的臨場策略；有時候，他們也可能就是不滿地發脾氣、挑剔公關安排；舞台上也還是可能存在想要展現傳統帶舞意志的記者。再或者，工具性格濃厚的舞台並不排除信任、人情運作的可能性，有些對味的組合相處久了，還是可能成爲朋友，從台上互動延續到日常生活。

二、提供服務與設計的公關

公關不是新概念，其發展與新聞環境的變化具有緊密連動性。例如，Schönhagen與Meiβner（2016）便主張公關之所以興起，與媒體出現錯誤報導和負面報導有關，同時涉及政府與企業察覺自己需要利用媒體接觸、影響民眾有關。Lee（2000）則主張，因應媒體失去對政府事務的興趣，以及所採用的否定式報導方式，官員應該要有相對應的公關策略，例如促銷政策議題的能力；了解媒體邏輯，與記者互動的能力。這種與新聞環境連動狀態讓公關具有濃厚的工具本質。

基本上，基於接觸記者、提供通稿式消息給記者的工作職責，公關人員可以被視爲廣義的消息來源，或者公關人員也的確可能冒著被其他記者抵制圍剿的風險，提供獨家消息給特定記者而成爲眞正的消息來源，然而無論是廣義或眞正的消息來源，消息來源這個身分並不足以凸顯當下公關人員在三方關係中的角色特性。就前者來說，一直都是公關人員的份內工作；就後者而言，除了想要取得更多曝光機會的政治人物媒體機要外，公關人員都明確了解提供獨家新聞的風險：得罪更多記者，亦可能因爲洩漏消息讓長官不滿，所以不會輕易嘗試。

在現今三方舞台展演上，帶有工具成分的公關扮演兩個重要角色，其一與消息來源有關。傳統認知的說服與化妝師身分（Cutlip, Allen, & Broom, 2005, 1985; Ewen, 1996; Hutton, 1999）意味著公關的設計本質，例如爲客戶設計形象、設計對外訊息等。在媒體具有強大能力影響公眾的狀態下，「設計」更清楚展現在幫忙長官或客戶回應與媒體相關事務之上，例如接受記者訪問前，模擬記者可能會問哪些問題、該怎麼回答，甚至可用何種方式反過來主導訪問走向；設計在何種時機召開記者會、記者會的流程與現場動線、用強勢或認錯姿態回答記者問題（張文強，2020），或者在社群媒體上經營長官形象、進行議題操作。這些與消息來源有關的「設計」接下來將有討論。

其二，與記者有關。如前所述，因爲記者對於眞正獨家新聞、深度報導的需求不再如同過去強烈，當下在意的是快速取得所需資訊、受訪端配合製作新聞時的各種瑣事，因此他們需要採訪單位有人提供這樣的服務。而在臺灣公關工作建制化過程中，公關人員正是受組織雇用，專職與記者進行互動、折衝、提供服務的一群人。這凸顯公關人員作爲職業工具人或中介者的身分，而這種職業身分又實際促成公關人員與記者處於一種相互了解對方作爲工具性存在的狀態。公關人員知道服務記者是自己的工作內容，用服務取得善意後更有利於自己的工作，反過來，記者知道可以透過公關人員的服務順利完成新聞，只要不徹底得罪公關人員，服務就會繼續。張文強（2020）便發現，至少在臺灣，公關很大一部分工作內容在於設法了解記者的需要，並且在其提出要求時盡量提供所需服務。例如協助記者約訪單位主管、取得新聞背景資料、出差採訪、拍攝新聞畫面，甚至包含代訂車票等瑣事。當公關人員描述服務記者是份內事，好公關人員就是要有求必應，那麼在記者提出要求，公關滿足要求，而且盡量提供更多服務的邏輯下，「提供服務」搭配下節討論的禮貌規則，共同標示著公關人員在舞台上面對記者時的腳本化位置。

「服務」與「被服務」透露著權力不對等，然而即便如此，公關人員明白理解提供服務是自己職責所在的事實，得以幫助他們部分化解記者過度要求時所產生的不滿與敵意。更重要地，由於雙方都沒太多時間互動、經營彼此，這些看似由記者占便宜的服務提供一種難得互動機會，實際架構起記者與公關人員的互動，然後在三個相互關聯的層面有利於公關人員完成工作。

第一，服務創造記者依賴公關人員與欠人情的機會。一旦利用公關人員提供的服務完成工作，記者便也沒有找麻煩的理由，而且出於基本的人情世故，偶爾還可能反過來出現記者幫忙公關人員喬新聞的情形，讓雙方都好做事。服務也提供相互試探以建立起工具性信任的機會，當記者開始相信某位公關人員會滿足所需，也就不會故意找麻煩，相對地，公關人員相信某位記者不會找大麻煩，則會繼續提供服務。在工具性與液態化的新聞工作脈絡中，這種信任關係可能顯得脆弱，但卻是舞台運作的基礎，衍生出各自依腳本化行事的可能性。第二，服務促成腳本化的可能性。記者需要服務的習慣反過來意味他們依賴公關人員的事實，這種連結用隱沒、卻決斷方式將雙方帶引至舞台腳本關係中：公關人員腳本化地展現禮貌、有效提供服務，記者則腳本化地做個入戲、不搗蛋的角色，接受公關中介的事實，各取所需地完成各自工作。第三，服務巧妙地讓公關人員取得中介或積極調控新聞的機會，展現設計本質。例如可以藉由代為約訪時的互動知道記者要做的新聞是什麼，藉此與長官、受採訪對象事先進行沙盤推演，再出來面對記者訪問。在記者要求某些新聞資料時，提供經過事先整理、部分保留的資料，藉此引導新聞走向。遭遇負面新聞或想推銷特定新聞議題時，透過公關人員中介機會，將事先設計好的事件腳本借力使力地夾帶給記者，影響新聞產製（張文強，2020）。

公關人員的工具性角色讓他們自己需要依腳色行事，也得設計事件腳本推銷給記者，而服務剛好給了這個機會。不過這並不代表公關人員願意無限制提供服務，當記者過度要求，造成權力關係過度不平衡，他們也會發火。借用 Larsson（2002）的戰術空間概念，公關人員像是基於臺灣媒體現狀與自身職責，一方面允許記者較大權力空間，另一方面則以服務作爲自己的一種戰術策略，在看似不平衡的權力關係中，藉此取得平日的相安無事，必要時更可以主動出擊，讓記者願意配合新聞操作。另外，對於有企圖的公關人員來說，運用這種方式把記者服務好，更具有在長官面前鞏固自己角色地位的意義。

最後，公關人員終究爲組織雇用，這意味著他們除了服務記者，更關鍵的是服務長官，依照長官意圖決定做什麼、怎麼做，倘若長官想要開戰，也得硬著頭皮得罪記者。此時，他們便得依手邊個案制定攻擊策略，挑戰記者所能容忍的界線，例如就是獨漏那些媒體立場相左記者的新聞。舞台預設了公關人員面對記者時的腳本，也預設他們作爲幕僚的腳本角色，只是幕僚角色有多大發揮程度，又該如何發揮，關鍵在於長官決定用多少程度退居第二線，以及對自己有多少信任。然後在扮演幕僚角色的同時，愈是好的公關人員愈會考量長官個性與需求，幫忙維護他們平日在舞台腳本中的隱身位置，以及必要現身時經設計後的形象。

三、隱身的消息來源

公關人員透過幕僚身分得以建制化的事實，指向舞台上有關消息來源的腳本化安排：平日的隱身化，設計下的現身。當然，消息來源還是新聞產製的關鍵，不可能退出舞台，另外也還是有想要大量媒體曝光的人物，例如部分民意代表便偏好自己出來面對媒體。無論如何，在避免說錯話等防禦脈絡下，許多消息來源，如政務官員、各級公務員、企業老闆，大多時候透過隱身化，選擇站在燈光以外的地方，顯得被動、低調、沒有聲音，必要時則在安排下現身面對記者。隱身化讓這些想避免麻煩、不想被嘲諷的消息來源平安處在第二線，也讓公關人員更容易在他們指揮下進行新聞調控工作。

（一）隱身在燈光之外

舞台上，消息來源選擇腳本化隱身並非沒有緣由，隱身是消息來源與新聞環境改變共同演化的結果。一方面，類似英美經驗，當政府機構想要確保政策對外一致性、主導新聞事件定義權時，將新聞事權統一，避免記者自由接近官員自然是控制資訊流動的積極手法（Davis, 2003; Franklin, 2003）。Manning（2012）就主張現今財金記者愈加依賴公關代替以往與資深金融人士互動的作法，便允許金融機構更有效地控制資訊流動。二方面，對應防禦需求，當政府高層官員或企業高階主管因擔心面對媒體而引進專業公關代理人機制後，上行下效的結果也讓轄下公務人員或員工選擇進入隱身狀態，不會任意向記者透露消息，也不會自己站出來受訪，以免被長官看到惹上麻煩。三方面，在液態化脈絡下，靠公關人員就能完成工作需求的記者，也就沒有主動開發消息來源的需求，相對地，缺乏信任感也讓消息來源不願、也不敢與記者接觸。

因此，在記者習慣公關人員的服務後，消息來源平日便也取得在舞台上遠離燈光的可能性，甚至透過更細緻掩護被帶至記者無法接觸的封閉後台。舉例來說，張文強（2020）便發現當下政府部會會配合門禁與電梯卡等措施，設法讓記者集中待在部會記者室，以有效降低記者在部會大樓辦公室間任意走動，以及逕行與外埠辦公室人員接觸的機會與企圖。再加上諸如安排各級長官、外埠官員親赴記者室說明新聞背景等貼心服務，這些作為幫忙平日間要兼顧許多局處的部會記者不用到處跑便能順利完成新聞，更實際成就一種看似自然的完美隔離計畫。記者與消息來源被有效隔絕開來，消息來源平日得以隱身，不被接觸，也因此不會有說錯話、走漏消息的可能性，同時，認真的公關人員也能透過掌握記者每天工作流向，掌握哪些事情即將曝光，可以預做安排。

（二）設計下的現身

Schohaus、Broersma 與 Wijfjes（2017）發現，為了讓自己服務的政

治人物在談話節目上有好表現，公關人員會有不少事前準備。例如依照議題選擇要上單獨面對主持人或是有其他來賓的節目；與節目製作人緊密互動，事先知道訪談方向、有哪些其他來賓、要求事先觀看節目中會播放的影帶，以免面對尷尬、不舒服的情境。基本上，Schohaus 等人（2017）利用這些事前準備說明了公關人員與節目製作人間的合作關係，以及政治人物在節目中的自然表現其實是經過幕後協商規劃的。不過本書主張，這些準備工作其實也正說明著公關工作的設計本質與專長，而且不只是參加談話性節目如此，在消息來源平時選擇隱身的狀況下，一旦他們有面對媒體的必要，其現身也經常是經過設計的。

張文強（2020）發現，這種設計可以相當簡單，例如只是決定要不要長官直接出來面對記者；協調官員出來受訪同時，和他們簡單討論或交代要說些什麼、什麼不要說；決定在哪裡受訪可以凸顯當事人權威或想要呈現的新聞角度。這種設計也可以是精細的，例如設法爲長官塑造出學者不擅於互動的形象，以免記者認爲該長官不合作；依受訪議題事先模擬相互攻防，避免說錯話，並帶風向；在鏡頭前爲新聞事件道歉時，建議由誰站上前台道歉、九十度鞠躬多久、要不要接受記者現場提問、哪家媒體記者來提問等。透過設計下的現身，公關人員可以盡力掌控與預測即將發生的事，消息來源可以依照事先安排的事件腳本更安全地站在舞台上，依照沙盤推演說話，減少因爲語病或內容自相矛盾讓記者取得大做文章的機會。也因此，一旦長官特別有表演慾、喜歡脫稿演出，以致事先設計好的腳本不管用時，公關人員便得做好準備，在他們說錯話後跳出來幫忙擋子彈，進行善後工作。或者，也因爲公關人員與消息來源都想要控制事情走向，愈想控制愈是擔心，也愈是促成更爲極端的隱身策略，例如嚴厲執行單一窗口發言人制度，或讓官員簡單找個理由躲起來，由公關人員扛風險、做箭靶便成爲極端的設計與控制方式。

在現今政治人物對媒體帶有敵意，卻又需要媒體，經常將如何與記者互動納入平日工作範圍（Davis, 2009）的狀況下，就防禦來說，藉由公關人員幫助自己平日得以隱身，必要時在設計下現身，是安全、有效應對記者方式。相對地，就攻擊而言，回應當下強調主動行銷、形象包裝的促銷文化脈絡（Davis, 2013），公關的設計本質也正是公關人員被稱爲政治化妝師的原因，細緻地幫忙客戶爭取媒體曝光、包裝形象、進行新聞議題的建構與推銷。最後，回到本書關切的新聞產製工作，無論是防禦或攻擊，透過公關人員幫助，平日隱身、設計下現身這種舞台腳本安排，一方面透露著現今消息來源想要主導新聞產製的強烈企圖，另一方面當記者因此愈難接觸到部會官員，愈難取得官方發言以外的說法時，新聞產製也自然愈受消息來源端所主導。再加上「入戲」的記者，三方行動者實際構成「舞台展演」的新聞產製樣貌。

四、「入戲」的記者

日常生活展演中，一旦有人不入戲，表現出劇本外的行爲會危害展演進行（Goffman, 1959），相對地，在消息來源主導的舞台上，無論設計了什麼腳本，公關人員有多努力，記者不配合演出便也沒有意義。入戲的記者，是舞台展演的最後一塊拼圖。

從新聞專業角度來看，記者不應配合舞台演出。即便有必要，舞台也應該是由記者搭建，因爲一旦進入消息來源主導的舞台，難免成爲別人劇本的一部分，新聞工作將失去專業獨立性。然而儘管理論如此期待，在寫實的實務場域，現狀卻顯得悲觀。記者退守、消息來源企圖主導，不只瓦解共舞，更瓦解以往研究描述的既競爭又合作、既衝突又依賴的關係（Blumler & Gurevitch, 1981; Davis, 2009; Larsson, 2002; Wolfsfeld, 1984）。當下像是在工具關係上各取所需，合作成爲互動核心。

前段關於公關人員提供服務的討論，解釋了這種情形。我們不難發現，雖然基於人性，公關人員有時會對記者的要求感到不耐煩，但他們也現實地知道交易是划算的，因爲這正是自己作爲公關的職責所在。相對地，對記者來說，接受服務、各取所需亦有明顯好處，可以達成媒體當下對於效率與工作績效的要求，而且早點完成工作，能夠擁有更多屬於自己的時間。只不過習慣成自然後，學術場域期待理應具有獨立性的記者將因此被拉入消息來源企圖主導的舞台，有意無意進入配合演出與入戲狀態。習慣向公關人員要資料寫新聞；習慣由公關人員協調官員出來受訪，然後用官方說法做新聞；習慣順著公關安排，拍攝鞠躬道歉的畫面、舉手提問，甚至接受事先約定，答應不問某些敏感問題（張文強，2020）。

然而舞台上，記者是複數，所以需要的是集體配合入戲，而當下主客觀環境又正好提供了支撐集體配合的基礎。資深實務工作者（高正義，2008；唐德蓉，2012；張�遠，2012）針對自己熟悉的新聞產製工作進行研究便發現，媒體要求不能獨漏、嚴苛勞動條件、通訊軟體出現等因素，促成當下記者因爲需要相互支援而產生濃厚集體感。這種情況電視記者尤爲明顯，集體約訪然後再集體聯訪、彼此交換新聞資訊與角度，甚至交換拍攝好的新聞帶。另外，集體待在記者室的平面記者也可能互通有無，或由資深記者帶領分工進行採訪，再或者也會同仇敵愾地合作抵制、修理某位公關（張文強，2020）。

相較於認爲記者應該工作自主，爲獨家新聞而自己跑新聞的學術式與專業式想像，當下記者間的集體感除了被解釋成妥協，甚至墮落外，回應本書實用邏輯脈絡，合作更像是新聞工作者對於眼下實務場域寫實因素的反應作爲。然後同樣基於寫實因素這項緣由，儘管獨漏或小獨家可以是公關人員用來警告或鼓勵個別記者的工具（游淑惠，2015），但舞台上的公關人員都知道至少檯面上需要做到一視同仁，厚此薄彼往往會讓其他記者不開心，遭來報復。因此，面對當下具有集體化傾向的新聞工作者，公關人員最好的選擇是做好服務工作，利用記者間的集體感促成他們腳本化地集體入戲，不去打破舞台上的日常默契，如此，對大家都好。公關人員可以順利完成工作，記者們則在集體感的基礎上取得類似資料、類似畫面，不會被編輯台長官質疑「爲何別家有，你沒有」，當然，這種集體感與集體跑新聞的工作常規也導致眞正獨家新聞減少。

也就是說，在這種狀況下，無論是公關刻意引導，或記者間主動形成集體規約，一旦記者們習慣消息來源隱身、公關人員提供服務這種新聞產製方式，便完整形成三方行動者共同配合舞台腳本演出，一起入戲的情形，然後促成當下許多常見的新聞現象。例如各家電視台看似不約而同都有播出的某則社會新聞，事實上是剪接自相同一段警方提供的監視器畫面、引述同一位警官於聯訪時對新聞事件的統一說明，官方畫面、官方說法幾乎占滿新聞播出時間。另外，反過來從公關立場進行觀看，當公關人員滿意於自己大致能夠掌握隔天是否會有所屬單位新聞見報，會寫些什麼；滿意於報紙刊登的新聞使用了自己所提供的資訊、說法與圖片，與自己想預想的角度差不多；滿意於自己預測、操控或扭轉了風向（張文強，2020），以上種種像是同時從記者端與公關端說明著當下公關人員透過服務中介與調控新聞的成效，在雙方合作成功的同時，記者們也站上消息來源主導的舞台，在舞台上腳本化地「入戲」。

最後，就舞台展演來說，「入戲」是重要的，而維繫記者願意入戲則是公關的工作，只是「入戲」終究屬於默契般的事物，所以理論上記者也有選擇不入戲，以及如何入戲的權力與可能性。舞台上，入戲的確可以幫忙記者順利完成工作，但有時候選擇不入戲，可以讓消息來源與公關人員做出更多讓步，或者，不入戲更是記者專業意志的展現。當記者就是依著公關人員提供的服務做新聞，做久了，也就失去跑新聞的專業能力，忘記除去官方提供畫面與說法，該如何從其他管道尋找不一樣的新聞畫面、該如何透過建立人脈來探詢非官方說法。然後呼應之前研究的說法（Gans, 1979; Tuchmam, 1978），當下新聞工作方式更加依賴消息來源，接受官方對於新聞事件的定義權，成為官方傳聲筒。在這種狀況下，需要留意與擔心的是，做久了、習慣了後，記者將默默失去作為記者的意志。在入戲與否，以及如何入戲之間，如果我們認為記者不只是資訊傳遞者，還有監督權勢的責任，便有必要提醒記者的意志是需要被鼓勵的事，而如何幫助當下記者保有作為專業記者的意志，是學術領域需要思考的方向。

第三節 舞台的日常

消息來源、公關人員與記者大致依各自腳本行事，也大致構築起當下新聞產製的日常。不過這裡還有個需要更為細緻描述的關鍵，即，於自己搭建的舞台上，消息來源與公關人員沒有鬧場的理由，但理論上不屬同一陣營的記者為何會願意配合？除了前述「服務」這個原因外，還涉及兩項細節：禮貌法則，以及公關對於新聞工作的精熟。前者具有維繫舞台日常和諧的基本功能，後者讓公關人員可以將舞台經營得更為細緻與順暢，充分發揮公關的設計本質。

一、舞台日常運作的另外兩項關鍵

（一）前台禮貌與舞台日常的和諧

相較於以往記者與消息來源親自共舞、親自管理共舞節奏，當下，作為消息來源代理人的公關人員在舞台上面臨一種工具性困境：他們並非事件當事人，更沒有長官的決定權，而是基於職責出來面對記者，但麻煩的是，他們很難就是拿著標準的工具性法則，應對那些同樣帶著工具性目的而來的記者。

換個說法，即便透過「服務」，標準的工具關係也不利於公關人員引導記者入戲的工作目標。為了順利完成工作，公關人員像是抓準自己角色特徵，藉由前台的禮貌法則巧妙克服工具關係的困境。張文強（2020）透過訪談發現，例如「某某攝影大哥」這類敬語式稱呼是公關人員日常語言一部分、過年過節時會藉由簡訊或貼圖傳送屬於自己的問候、體貼幫記者準備便當等物品，或者碰到記者未能如願而發脾氣時，知道該如何道歉、彎腰，想辦法吞下去。也因此，好脾氣、人際關係能力、使命必達成為公關人員描述自己工作的關鍵詞，由記者轉任的公關人員對於禮貌法則更有感觸，與過去剛好相反的工作情境，讓他們更容易看到記者的過度要求，卻又得基於現今工作職責禮貌地服務起記者，用禮貌性語言進行互動。

就舞台日常運作來說，無論另外兩方行動者如何，公關人員腳本化地展現禮貌是重要的。公關人員的禮貌往往會帶引出記者的禮貌，然後配合「服務」形成一種軟化版的工具性法則，大致維持舞台日常運作的基本和諧。換個說法，公關人員與記者還是明白帶著各自目的，依循工具性關係法則互動，計算得失，只不過禮貌讓工具性互動顯得客氣，也有多一點的商量餘地，卻又不至於像是共舞時的混和關係，因為帶著朋友情感或人情成分讓做事時有太多考慮。當然，基於職責，公關人員讓得還是多點，同時，當對方過分越線便可能收回餘地，回到公事公辦狀態。

公關人員的服務，配合上禮貌更穩定地促成「記者入戲」這塊舞台展演的最後拼圖，然後跟隨拼圖到位，三方行動者對於舞台的共同承諾會再引導出 Goffman（1959）描述的識相行為：大家按照各自角色安排行事、不去戳破彼此的演出腳本、對某些意外或腳本之外的細節而不見。也因此，即便在當下這種液態化與工具化的新聞產製脈絡，三方行動者缺乏透過深入互動建立的信任與交情；即便記者知道官員在記者會的發言是沙盤推演過的，或者公關人員知道某位記者正在做的某則新聞可能會破壞某些採訪默契，比以上這些為數更多的細節意味著，只要不過分，三方行動者會為顧全舞台展演大局而做出識相行為。願意依照前面提及的腳本化原則進行舞台互動，加上公關人員願意「委屈」，禮貌地習慣某些記者的頤指氣使，共同創造了舞台展演日常的異常和諧。也因此，在實務場域，記者與公關人員間的角色對立（DeLorme & Fedler, 2003; Macnamara, 2014; Sallot & Johnson, 2006）似乎得到舒緩。除去有時候編輯台長官硬是要求記者進行觸及底線的行為，例如偷拍、要求記者用有損企業老闆名聲的方法做新聞，或反過來，單位長官一時忍不住與記者發生衝突、挑釁記者，引發雙方戰火，大多時候在公關中介的舞台上，沒有風雨連連，而是日復一日的相安無事。

（二）精熟新聞工作與舞台的細緻經營

妥善了解與因應新聞媒體作業方式被認為是公關人員需要具備的能力，公關書籍（例如，卜正珉，2003）便有著相關提點。張文強（2020）

研究也發現，儘管有著程度差異，受訪公關人員大致都能描述新聞工作流程、媒體選取新聞的標準、各家媒體屬性，這種對於新聞工作的熟稔不只代表公關人員工作能力的高低，更有助他們細緻掌控、設計舞台展演。例如處理負面爆料新聞時，給足記者事先整理好的資訊與畫面，再配合巧妙計算，緊縮記者會召開時段與媒體截稿時間的時間差，讓記者可以順利發稿，卻又沒有時間可做其他採訪，以致最後播出新聞充滿該單位提供的資訊與畫面，而且不自覺順著埋藏在資料中的角度做新聞。

在臺灣，公關人員對於新聞工作細節的熟稔，與近年公關工作建制化有關，除去部分公關人員由記者轉任這項原因，還包含政府與企業單位經常舉辦的媒體公關課程、刻意向資深記者討教，或純粹觀察自學而來。但無論原因爲何，這種熟稔一方面幫忙他們更爲輕鬆地理解、並精準回應記者所提要求，記者也能因此收到切合需求的服務，不必反覆要求，事事交待。另一方面這種熟稔將公關人員帶到有利戰略位置。特別是至少到目前爲止，公關人員在所屬單位年資經常高過該路線記者的事實，讓他們不只對自身單位人事、工作內容瞭若指掌，甚至比經常更換的年輕記者更加了解該路線記者生態與工作訣竅，然後促成公關人員不只能夠提供充分迎合記者思維的服務，細緻舞台經營，更能發揮公關設計本質，新聞調控變得更爲精細，不著痕跡。

最後想要提醒，理論上，記者也應該熟稔主跑路線相關人、事、物等細節，藉此取得新聞產製時的主動權，或者至少要有能力找到公關安排之外的學者專家或官員進行訪問；有管道找到公關提供之外的資料；有辦法解讀出埋藏在資料中的角度，發掘沒有呈現的構面，或者更爲根本地，記者在路線上應該有不依賴公關人員的能力與意志，自行觀察與挖掘新聞議題，自行找尋與分析資料，用獨到且深入角度寫新聞。過去某些資深記者對於路線的長期經營便展現如此能力，然而跟隨新聞工作液態化，以及勞動條件大幅降低，各種主客觀條件也讓這種可能性大幅降低。在對彼此熟稔程度失衡狀況下，記者不得不交出原本就屬不易的主導權，反過來證成公關人員主導舞台日常，以及公關中介、調控新聞產製這項殘酷事實。

二、台下的活動

儘管三方行動者集中台前互動，但完整的舞台日常還是包含了某些台下活動或舞台外的活動。

（一）人情與置入行銷預算的運作

雖然不似共舞時的人情那般重要，禮貌促成的軟化版工具性法則還是保留著人情活動的運作空間與可能性。前面提及彼此不戳破對方的識相行為，藉此保留彼此面子便是最基本的人情活動。或者它也可能更細緻、更舞台下，例如配合現今記者集體跑新聞，電視台又跟隨報紙跑新聞的事實，某些公關人員會特別去經營大報記者或路線聯誼會關鍵人物，讓自己可以不必認識所有記者就有效掌握記者動態，必要時通過關鍵人物發揮影響力。或者公關人員也會配合年節聚餐、請記者擔任年度媒體訓練課程講師等簡單施惠動作，盡量做人情（張文強，2020）。

公關人員如此，加上消息來源也大致懂得私下給記者做做簡單人情，不至於就是進行標準的工具式互動，因此在做人情、還人情之間，促成記者與公關人員有著更好舞台互動的可能性。當然，不像以往共舞所培養的堅實人情，當下人情活動顯得簡單脆弱，一旦各自長官有所要求，還是得選擇配合長官，在新聞產製舞台上得罪記者。

除人情外，置入行銷預算是另一項影響舞台展演的台下活動，而對應許多相關研究（林照真，2005；陳炳宏，2005；羅文輝、劉蕙苓，2006）的擔憂，這似乎是眾所周知、不需再多做描述的事情。就實務論實務，業配新聞有助消息來源端直接進行新聞操作，不過在業配新聞通常低調進行，加上這些年實務工作者也進入生存為主的工作心態，我們需要注意這項因素影響力被低估的可能性，它掌控新聞產製的程度可能比想像中更為全面。例如這裡不難主張，在置入行銷預算執行期間，新聞工作者很難堅持專業，而且基於生存理由已將置入行銷合理化的媒體長官與記者，會自然迴避與業配機構有關的負面新聞。這讓置入性行銷不只是直接買新聞時段的問題，而是間接讓金錢成為影響舞台展演的台下工具。

（二）資訊津貼與餵新聞

從過去到現在，透過新聞稿發布、記者會等進行資訊津貼，是消息來源影響記者的一種手段（Berkowitz & Adams, 1990; Gandy, 1982），而基於時間與成本考量，新聞工作也會接受資訊津貼，然後造成記者依賴消息提供者，影響新聞多樣性（Berkowitz, 1991; Brown, Bybee, Wearden, & Straughan, 1987）。回應新聞產製環境轉變，資訊津貼的作法也做出改變。不難發現，公關人員明白知道將眞正的獨家新聞當做給特定記者的資訊津貼，一定會引發其他記者反彈，打破舞台展演的默契，但有意思的是，當下，他們卻也透過對於新聞工作細節的熟稔，策略性調整或擴展了傳統資訊津貼作法，讓「餵新聞」或「餵資訊」成爲支援舞台展演的重要台下活動。

張文強（2020）發現公關人員知道編輯台要求記者提供足夠的資訊填補即時新聞缺口，即便這些資訊很零碎、不重要；編輯台總要記者取得事件現場畫面，即便這些畫面不清楚，或僅是找人演出的模擬畫面；編輯台不排斥通稿新聞，卻希望記者寫通稿時要有不同角度，即便這些角度沒有實質意義。藉由這些理解，以及知道記者們會因此感到苦惱，現今公關人員像是在不知道資訊津貼這個學術概念的狀況下，發展出「餵新聞」或「餵資訊」這種私下或台下的服務，例如警方會提供執勤時的照片或動態影像；衛服部會主動整理好每日疫情數字表格；相關部會會於暑期每天固定提供電力備轉容量率燈號、連續多少天最高溫度超過多少度等資訊。更積極的公關人員平日還會準備一些小題目，在記者爲缺稿感到苦惱時提供給他們參考，再或者事先幫忙想好不同角度，讓記者可以在通稿基礎上創造出媒體要求的獨家感。

與記者基於寫特定新聞主動來要資訊不同，「餵新聞」或「餵資訊」更像是台下的服務，因爲大多時候，記者不一定會用這些資訊，以致像是在做白工。不過關鍵在於事先把東西準備好，一旦遇到記者有實際需求便也成爲公關人員所能提供的一種服務，這創造記者一種安全感，知道在缺新聞時有地方可以應急，然後轉化成一種舞台下的人情籌碼，有助於軟化版工具性法則的建立。最後，至少如同張文強（2020）一位受訪者的赤裸描述，「被餵飽的記者也就不會咬人、不會攻擊人」，「餵新聞」或「餵資訊」這個動作同時解決了記者與公關人員的困擾。只是如同 Lewis、Williams 與 Franklin（2008）的擔憂，未曾減少的資訊津貼行爲會影響新聞工作獨立性、第四階級傳統，就新聞工作來說，即便餵給記者的不是重大消息，很多時候不被使用，但是這個舞台下動作可能讓記者更爲願意入戲，按著腳本化角色工作。

（三）進對方的後台

「舞台展演」對應一種記者難以直接接觸消息來源的困境。順著實用邏輯角度來看，平日，由於新聞還是可以順利產製出來，所以這個困境不致帶來太大問題，甚至舞台展演式的互動更爲方便、有效率。不過當重大新聞發生或遭遇關鍵時刻，找不到新聞當事人或適當的消息來源便會成爲大麻煩。

爲了解決這種麻煩，會出現編輯台長官拿起電話自己跑新聞的情形，由編輯台內的長官取代舞台上記者，繞過公關人員直接與消息來源聯繫對話。相對地，消息來源與公關人員同樣也了解有些事情記者無法作主，需要直接找記者的長官（詹慶齡，2011；游淑惠，2015），所以他們必要時也會繞過舞台上的記者，直接與編輯台長官溝通。當然，也因如此，編輯台長官、高階官員或公關平日便或多或少有著舞台下互動，以做到養兵千日用在一時。

也就是說，雖然較不受學術研究關注，但在實務場域，進入並經營對方後台是編輯台長官、高階官員與公關人員可能進行的台下活動。對公關人員來說，雖然維持舞台日常運作占據主要工作時間，他們必須在台上與記者互動，讓記者滿足於舞台日常、侷限於舞台日常，但有企圖的公關人員偶爾還會離開舞台，直接找上編輯台主管，設法與他們建立交情。雖然這麼做會增加工作量，對舞台日常展演也沒有直接幫助，可是關鍵時刻透過電話改變新聞寫法、甚至撤下負面新聞，不只有助完成工作，更可以在自己長官面前建立起價值。相對地，對編輯台主管與消息來源來說，儘管前者平日待在編輯台，後者選擇在舞台上隱身，不過有意思的是，無論基於對方所擁有的權勢位置，或是因爲雙方認識甚久，甚至過去一同在路線上長大、一起升遷的經歷，讓他們更容易溝通，直接繞過日常舞台，在台下進行新聞產製的協商，並取得各自利益。

對應這種狀況，進入對方後台的行爲爲新聞產製帶來三層意義。首先，原本屬於記者的新聞採訪工作，於關鍵時刻變成高層對高層的作爲，媒體主管比記者更容易找到官員，官員透過媒體主管也更容易影響新聞，而以往記者與消息來源研究引用的面子、社會資本概念（黃彥翔，2008；羅玉潔、張錦華，2006），當下更適合於解釋這種發生在高層長官間的行爲。其次藉由進入對方後台的方式，公關人員可以不必焦慮於年輕記者難以經營，因爲年輕記者可能隨時離開，所以輕輕拉住即可，藉由服務與禮貌便能維持平日新聞產製順暢。重要的是，倘若想要在關鍵時刻影響新聞產製，眞正的關鍵在於與編輯台長官、總編輯，甚至媒體老闆保持好關係，所以年節送禮、飯局都不能省略，甚至會更費心準備。當然在高層對高層的原則下，很多時候，平日隱身的政府官員與企業老闆也會親自出面面對總編輯或媒體老闆。最後，高層對高層帶引出許多新實務問題，例如基層記者成爲每天站上舞台看似忙碌，卻被邊緣化成跑瑣碎新聞的勞工。原本就缺乏實質專業自主的舞台日常，加上長官主導關鍵新聞運作，促成新聞專業自主更加被剝奪，然後面對舞台日常，記者很容易成爲公關的延伸，不小心就成爲替部會公關人員發布公關稿的人。

（四）社群媒體的使用[5]

社群媒體已普遍出現在新聞產製過程中（Ahmad, 2010; Paulussen &

---

[5] 記者從諸如政治人物臉書、爆料公社等社群媒體尋找新聞，或者記者在臉書上與消息來源簡單互動，例如點讚、留言，這些行爲意味著社群媒體等數位技術也參與了共舞消失的過程。前者意味記者不需經營人脈，甚至不需與當事人親自互動就能取得新聞，後者指涉的互動則很難如同實際共舞發展出更深入的關係，因此，社群媒體不是促成新聞工作不再需要共舞，就是很難出現共舞的可

Harder, 2014），它們環繞新聞工作者四周，讓新聞工作者得以持續監控資訊流動（Hermida, 2010）。而國外傳播研究開始關切新聞媒體與新聞工作者如何使用社群媒體（Hermida & Djerf-Pierre, 2013; Lasorsa, Lewis, & Holton, 2012; Rogstad, 2014），例如 Canter（2013）發現新聞媒體有興趣利用社群媒體作為行銷新聞的平台、增加流量、強化與消費者的關係，新聞工作者則不只用社群媒體發布自己新聞，也會用以討論正在做的事情、分享意見與想法。Tandoc 與 Vos（2016）也發現除了推播與促銷自己的新聞、與使用者互動，也包含使用社群媒體監控其他新聞媒體、各種消息來源與使用者的留言評論。Broersma 與 Graham（2012）則認為社群媒體像是新聞工作者彼此互動的社會空間。

當然，記者與消息來源在推特（Twitter）上的互動及其影響也是重要議題（Broersma & Graham, 2012, 2013; Ekman & Wildholm, 2015; Verweij, 2012; Vobič, Maksuti, & Deželan, 2017）。例如 Vobič、Maksuti 與 Deželan（2017）分析政治人物與記者的推特對話發現，雙方主要是在尋求彼此注意；尋找資訊與提供資訊；藉由對方進行查證或進行解釋時機，表達自己

能性。

另外，隨科技發展，另一種透過演算法找新聞的發展趨勢，例如透過演算法從眾多社群媒體資訊中尋找可以報導的新聞線索或事件，或者透過演算法從大量數據資料中發現值得報導的社會議題或趨勢轉變（Diakopoulos, 2020; Thurman, 2019; Thurman, Moeller, Helberger, & Trilling, 2019），同樣讓記者不需要與消息來源互動就能取得新聞，也就是說，在演算法中，也不再有記者與消息來源的共舞。不過倘若這項發展趨勢成熟、更為全面化，也許要思考的是，記者找新聞的任務與能力是否會像機器人寫新聞一樣，由演算法接手？被接手，失去新聞鼻、失去社會觀察力後的記者是否還是記者？不自覺讓演算法找新聞，記者再去跑的模式是否從另一個角度落實了記者意志的退守，記者退化成程式的一部分？只不過這次不是讓渡給公關人員，而演算法。不過因為相關演算法尚未發展成熟或全面化，所以這裡僅止於提供觀察，相關影響得再持續進一步研究。

意見。整體來說，雖然 Vobič 等人仍是利用共舞做出隱喻，主張推特上的共舞帶著更爲彈性與開放的擁抱，允許帶舞的人引導雙方舞步，但倘若以臺灣情境進行觀看，政治人物臉書通常由小編經營，發文內容帶有濃厚公關成分或者就是政治公關一個環節，記者、消息源、公關人員的三方關係似乎更適合用來解釋社群媒體的使用。而記者監控政府官員在社群媒體上的消息（Tandoc & Vos, 2016），以及前述雙方尋求彼此注意等功能也意味記者與公關人員（有時是所謂的小編，有時也可能是政治人物本人）透過社群媒體做出舞台下互動的事實，然後在必要時，這些簡單互動將支援舞台上正式新聞產製過程。

進一步，不難理解地，社群媒體使用方式亦對應著當下消息來源企圖主導、公關中介的新聞產製現狀。記者「剪下、貼上」政治人物推文的工作方式，不只促使推特上的互動缺乏「透過對話進行協商」的精神（Broersm & Graham, 2013），對實務工作來說更重要的是，政治人物配合網路小編加工，進行貼文、發布消息；對應地，記者剪下貼上，沒有太多查證、沒有對照其他資料，這種成對出現的現象更說明著當下記者退守，公關人員與消息來源聯手強化了消息來源端創造與帶領新聞議題走向的潛力。然而跟隨社群媒體強勢興起，這裡需要提醒的是，三方透過社群媒體的互動可能不單屬於台下活動，有些時候，社群媒體本身可能就是舞台展演的一部分。

例如張文強（2020）研究訪談的一位具有知名度的政治機要，便理解現今政治人物在社群媒體進行政治攻防，可能吸引記者寫成新聞的事實，在某次議題攻防中，此位有記者經驗的受訪者察覺倘若直接在自己臉書做出反擊將帶引出更大風險，因此他技巧地請另一位較不具新聞性的同事在私人臉書上貼文，藉此回應競爭對手對長官的攻擊，而這種後台運作、看似間接的貼文，也果然成爲隔天新聞，自己陣營聲音藉此呈現。也就是說，此時，社群媒體成爲新聞產製舞台的一部分，透過社群媒體上間接的互動，公關人員的「設計」影響了新聞產製，自己長官得以表達立場。或者就政治攻防來說，社群媒體則可被看做一個獨立舞台，政治人物，甚至包含網紅等其他行動者直接在上面進行攻防、展演，只不過整個攻防與展演過程被新聞媒體使用產製出一則則新聞[6]。而這種以社群媒體作為政治攻防獨立舞台的細節，值得進一步詳細研究。

一般來說，政治工作者對於社群媒體運作擁有更豐富的經驗，因為議題屬性讓看似的台下運作轉身成為台上新聞，社群媒體也因此更容易成為舞台展演一部分，相對地，一般政府公關亦可能運用臉書作為支援舞台展演的工作，只是台下活動性成分較高。這項研究的另一位受訪公關人員便利用臉書經營某群交通迷，藉此改變了這群迷以往看到問題逕向媒體爆料的習慣，當下會先通知這位公關人員，藉此減少了被媒體報導的機會。或者遭遇負面新聞事件時，這群迷也會跳出來在社群媒體上幫忙說話、做出專業解釋，然後影響看社群媒體找新聞的記者。

最後，再一次地，公關人員經營社群媒體的作為，也可能做白工，但透過對於新聞工作的精熟，了解當下記者在社群媒體上找新聞的習性，然後回應這種習性計設社群媒體上活動將幫忙他們從源頭控管新聞，達成影響新聞產製的目的。

---

6 這裡還存在另一種可能性，即，社群媒體成為消息來源的個人舞台。因為其個人化特徵，以及內容產製設備門檻較低，讓有意願的消息來源更容易在上面進行展演給觀眾看。我們不難發現當下政治人物明白社群媒體的功能，除了利用網軍操控議題、帶風向外，透過貼文、轉貼文章、發表爭議議題的看法，或者簡單分享生活與心情文字，更無違和感地體現 Goffman 日常生活中的展演概念。社群媒體成為公關工具，直接面對選民展演、行銷自己。

附帶一提，如前面正文所述，傳統新聞工作有著集中關切官方、菁英消息來源的問題。從數位科技的解放機緣來看，社群媒體帶來改變的可能性，理論上消息來源多樣性可能因此得以擴大，加入更多民眾意見，但這點同樣是需要進一步釐清的議題（Paulussen & Harder, 2014），例如 Lecheler 與 Kruikemeier（2016）整理以往文獻便主張，記者雖然會從社群媒體等地方找尋新聞，但仍有報導菁英的偏向。或者，一般民眾雖然較以往受到重視，但往往是在缺乏官方消息來源缺席時的選擇（De Keyser & Raeymaeckers, 2012; Thurman, 2008）。

第四節 再次思考新聞與新聞工作：記者的意志與設計好的透明度

就學術場域習慣的新聞專業來看，新聞應該是由新聞工作者主導的工作，專業自主才能產製出好新聞，不過跟隨本書論述至今，已不難理解想要實踐這個理想並不容易。就本章關注的記者與消息來源互動這個新聞產製關鍵問題來說，在實務場域，消息來源終究有其自身利益，不可能完全聽就記者主導，因此於過去，人情等寫實因素便共同促成「共舞」出現，雙方在共舞中都有必要的妥協，但記者還是有帶舞的機會。

然而環境改變，寫實因素也改變，造成當下出現「舞台展演」這種新聞產製樣態，當然，在實務場域，舞台展演也是各方妥協的結果，但就新聞專業而言，終究需要注意它似乎讓新聞工作者於不覺中失去主導新聞產製的機會。

一、入戲記者的角色自覺與意志

一直以來，儘管新聞專業期待記者與消息來源保持一種監督、制衡的理想關係，或者較務實地期待記者至少要有帶舞能力，除了合作，也要競爭，但在寫實的實務場域，與消息來源配合所帶來的好處終究是難以抵擋的誘惑，而且現在如此，過去亦是如此。也因此，從這角度就實務論實務，「共舞」與「舞台展演」都是寫實的，兩種邏輯下的記者都可以完成每日新聞產製任務，而且以現在標準直覺來看，舞台上的記者似乎更占了便宜，可以更輕鬆地完成工作。

只是跳脫單純就實務論實務的立場，雖然共舞也未能完美演繹新聞專業，但不完美中，共舞凸顯著一種傳統記者的角色自覺，以及與消息來源抗衡、維持自主性的企圖與意志，記者會與消息來源鬥智鬥力，藉此取得真正的獨家新聞、專業名聲，或積極回應第四權角色。共舞的這種可能性對比出兩項與舞台展演有關的重要問題，首先，入戲的記者擁有什麼樣的權力？

表面來看，記者在舞台上向公關人員要求服務的作爲，展現了某種可能讓後者感到委屈的發號司令式權力，但，由於眞正的消息來源終究才是某則新聞值得報導的關鍵，因此從消息來源端來看，舞台展演的精妙便在於利用公關人員的委屈換得消息來源的隱身，悄悄卻直接地拿掉了記者帶舞的可能性。然後也就在公關人員介入讓記者失去從消息來源身上取得更多新聞線索，失去發掘隱藏議題敏感度（Manning, 2012）的同時，看似具有發號司令權力、也幾乎在同時間入戲的記者，默默讓渡出對於新聞事件的詮釋權力。也就是說，公關人員用給予記者發號司令的權力交易來新聞事件的詮釋權，而這種權力讓渡或交易是極爲關鍵的，因爲新聞事件的詮釋權正是消息來源企圖主導舞台展演的原因，只是如此一來，新聞工作也失去第四權、監督的意義。

第二個問題是，即便合作在共舞時代便是新聞工作的寫實本質，或者記者因爲生計也的確可以站上舞台，不須被道德式的苛責，但在記者退守與入戲之間、在記者看似占便宜的同時，我們需要關心的是，記者是否也愈加失去作爲記者的角色自覺與意志？在入戲能夠有效完成自己工作的前提下，記者還保有多少爲新聞專業而與消息來源周旋、施展策略的意圖？或者，這些意圖是否愈加停留在零星、只爲快速完成眼下工作的戰術層次？相對地，公關人員是否在看似失去主導性之際，卻實質贏得新聞詮釋權這個戰略層次的成功？而這些問題的答案或許也正是前述舞台展演的秘密或關鍵：消息來源端用舞台上的發號司令權力換取了實質的新聞詮釋權力，用戰術層次的妥協換取戰略層面的獲勝。

在這種狀況下，本書清楚明瞭如果將舞台展演理解爲一種實務場域的演化結果，那麼主張記者退敗的說法是帶有道德成分的批評，實務工作者可能並不歡迎，或會做出反駁。但無論如何，回應 Davis（2009）的犀利觀察，當英國國會議員與國會記者互動關係愈加建制化，國會議員愈加懂得如何利用記者，例如與記者聊天這個動作便可能隱藏著想利用記者達成影響政策議題、釋放消息給其他人的目的，然後讓國會記者不自覺地成爲英國政治場域眞實運作一部分。我們主張，就學術場域批判位置來說，當下也正是重新思考記者角色與意志的時間點，否則入戲更久的記者對現狀愈加習以爲常，離工作自主、對抗權勢的傳統性格也將愈來愈遠。在這種狀況下產製出來的新聞將更像是公關稿，新聞工作也更像是政治人物、民間企業公關工作的延伸，不自覺地失去新聞與新聞工作者的存在價値。

再一次，順著演化，新聞與新聞工作者朝全新物種前進，或許也是種社會的集體選擇，只是於此同時我們也得充分體悟這種集體選擇的代價爲何。除非眞如 Latour（2011; Latour, Jensen, Venturini, Grauwin, & Boullier, 2012）等人諭示「社會」這概念出現認識論與本體論的大轉變，否則在還是需要公共、監督權勢、事實的社會，「新聞」滅絕之後，如何達成原先設定給新聞的這些功能，是集體選擇後需要進一步思考的問題。

二、設計好的透明度

西方民粹主義轉換了記者與消息來源的穩定關係（van Dalen, 2021），在臺灣，雖然脈絡有些不同，但民粹主義也實際顯露在媒體對於各種爭議事件的質疑、批評之上，而被指控的政府機構與企業則被認爲需要即時回應，並公開相關資訊。

這種景緻一方面營造出前面有關利用公關進行防禦的論述，另一面，配合諸如監督政府、追眞相、討公道這類常見的新聞標題，它也試圖傳遞一種說法：媒體投入相當努力讓臺灣具有民主社會所需的透明度。然而相對這種樂觀說法，「舞台展演」提供了另外詮釋方式，公關的設計本質反諷著這種樂觀，我們不該忽略消息來源端的展演企圖，以致當下呈現的是一種設計好的透明度。而設計好的透明度不是透明的。

在國外，已有研究（Davis, 2000; Franklin, 1994; Manning, 2012）關切政府與企業積極利用公關塑造形象、經營議題會干擾新聞媒體理解社會事實的途徑。有些研究進一步探討強調原眞性的新聞工作背後如何充滿事前協調，例如 Schohaus、Broersma 與 Wijfjes（2017）發現政治人物在談話節目中看似自然、原眞的形象與行爲，背後充滿公關人員與節目製作人間的事前協調安排。Bakker、Broertjes、van Liempt、Prinzing與Smit（2013）則描述了一種事先協商好的新聞訪問行爲，消息來源可以事先協商有利於自己的訪談條件，例如什麼可以公開討論，什麼不要問。這種事前協商反映公關「設計」本質，有助公關對於議題與政治人物形象的控管。或者如同Broersma與Graham（2012, 2013）描述，記者就是引用政治人物推文、沒有查證的工作方式，已造成雙方權力轉移，看似自發與自然的推文經常是帶有特定目的的故意行爲，對應政治人物愈來愈純熟操作推特的公關技術。

公關的設計本質也影響了臺灣新聞產製樣貌，然後讓新聞媒體的監督效果變了調，弔詭成爲舞台展演的一部分。張文強（2020）便發現，相較於戒嚴年代政府與媒體間所保持的父權統治關係，整體缺乏透明度，當下，我們的確可以宣稱這種父權關係的崩解，例如就重大或帶有政治立場的新聞事件來說，即便公關人員平日善盡服務工作，也無法要求媒體不去報導、難以改變其報導立場與用詞，亦很難阻止記者某些套話式、甚至粗魯的提問。或者換個角度，公關人員配合記者需求盡快提供索要資料、配合媒體要求請出官員面對鏡頭公開道歉，甚或公開協商過程，讓媒體拍照、直播，這些配合作爲讓媒體與新聞工作者得以宣稱自己展現了監督權勢的透明度。種種實質改變似乎演繹著媒體讓政治場域更透明的趨勢，一種看似民主所需要的透明度。

只不過如果我們換從「沒有」的角度進行觀察，例如，公關人員沒有給記者的新聞資料、沒在記者會上說出的事件細節、沒有被安排出面的官員，這些「沒有」簡單明瞭地說明了一個關鍵事實：消息來源端是在進行選擇性事實陳述，以致媒體展現的是一種設計好的透明度。如果再配合上公關人員可以透過綿密人脈讓媒體願意壓下某些新聞，或者懂得與特定立場一致的記者、名嘴保持共生關係，必要時打電話聊聊天，再透過他們說出自己不方便的話（張文強，2020），以上種種也說明著表面上媒體看似幫忙社會建立起了透明度，但實際來說，設計後的行爲終究不是原眞的，設計後的透明度更不是透明度，他們是舞台展演的一部分，旨在滿足媒體的政治與商業需求，也在滿足社會對於透明度的需求。

當然，這裡並不在借用「設計好的透明度」責備公關人員不誠實，因為這些終究是公關職責所在。只是當公關人員基於職責決定哪些資料不可以給、哪些話不可以說；強調自己不說謊，而是用創意、有利組織的方式去呈現某些負面事實；表示資料要給記者，關鍵在於你要怎麼去講，好公關人員不應該只是將數字與資料直接給記者，而是要轉一下，做出比較好的詮釋（張文強，2020）。那麼同樣基於職責理由，記者似乎也同樣應該質疑公關人員給的資料與講法，設法去找出公關人員沒有給的資料、找到公關人員安排以外的消息來源、用經過自己深思熟慮而非公關提供的角度詮釋新聞事件，否則記者眞的就只是被安排好的舞台角色。

不過再次有些悲觀地，在現今媒體被認為愈來愈公關化（Macnammara, 2016），記者沒有實踐查證等工作，反而是在改寫公關人員提供資訊（Sissons, 2012）的現實情境下，當臺灣媒體與新聞工作者一邊看似強悍、咄咄逼人，強調自己正在代替社會追眞相討公道，另一邊卻又習慣接受公關人員的慷慨，缺乏脫離舞台尋找更多資料的能力與企圖，久而久之，就愈是掉入公關人員設定的框架之中。也就是說，在寫實的實務場域，即使記者可能有著不得不順著舞台展演的理由，但理論上這並不妨礙他們尋找因應策略的機會，也不妨礙他們作為記者的自覺與意志，至少在關鍵時刻，應該如此，只有站穩職責做事，媒體才在盡第四權責任。

滿足於「設計好的透明度」的媒體，並沒有提供眞正的透明度，而是被人操控；滿足於媒體提供這種透明度的社會，終究沒有取得眞正的民主，而是處在自己與媒體共同建構的自以為正義的世界中。最後，對應前章末節有關新聞作為滑溜名詞的討論，夾雜公關成分的新聞還是不是新聞，成為數位浪潮下的另一個關鍵，它反映「後」現代混種與跨界的景緻，但也讓現代性新聞定義出現本質性的變化，成為一個包含很多、很難捕捉意義的名詞。

08

第 8 章▶▸▸

新聞產製中的閱聽人課題

如果說在本書論述的轉變中，演算法、資料新聞學等主題正高調吸引各方注意，那麼略帶語意矛盾地，「閱聽人」則是以一種相對低調、不太明說的方法被凸顯出來。

順著科技機緣，閱聽人不再如同傳統新聞產製[1]設想的那般被動、不受重視，當下，如同前面有關公民新聞學、資

[1] 前面章節曾提及，傳統新聞產製有著一項假設：新聞是由專業新聞工作者依專業原則進行產製。這種假設讓新聞學論述（也包含以專業自持的新聞工作者）集中討論新聞該如何進行專業產製、會遭遇哪些問題，然後因爲焦點在專業，所以閱聽人相對不被重視。
然而實務場域終究比學術場域的預設複雜。從實務新聞產製角度來看，在資本主義主導的實務場域，儘管不同新聞媒體對於專業有著不同信仰程度，但利潤問題始終存在，需要程度不一地考量閱聽人因素，而最直觀、不遮掩的便是通俗新聞要寫出閱聽人想看的新聞。只是因爲技術限制，以往新聞實務產製無法深究閱聽人，換言之，除了不在乎、因信奉專業而不重視，力猶未逮是另一種解釋。然而隨時間推移，先是收視率調查技術明白顛覆傳統由專業取捨新聞的作法，隨後社群媒體採用的各式閱聽人度量工具，更像是做出翻轉，閱聽人成爲檯面上關切的問題。

料新聞學章節所述，他們已可用不同程度參與新聞產製，創用者、協作等新概念便清楚凸顯這種角色改變。而 Tandoc 與 Vos（2016）具體指出當下閱聽人脫離被動狀態，以三種方式進入新聞產製中：提供某些新聞事件的評論、相關資訊、照片、錄像帶；透過社群媒體傳散、分享某些新聞；透過社群媒體上的點讚、分享數量影響新聞內容決策。只是現實終究複雜，在高度資本主義化媒體情境中，特別伴隨各種有關閱聽人度量指標（audience metrics）與工具的熱烈討論，遭量化的閱聽人也於同時間默默地轉變成「消費者」[2]，然後回過頭反噬公民參與或協作的理想假定。

基於這種狀況，本章將討論閱聽人問題。首先，整體說明閱聽人在新聞產製過程中的角色演變。其次，將特別從新科技脈絡，討論幾個與閱聽人有關的問題。最後回到批判位置，論述一旦閱聽人被等同於消費者，新聞、新聞工作所發生的轉變。

第一節　閱聽人角色在新聞工作中的轉變

閱聽人是完整傳播過程不可或缺的要素，這反映在傳播研究對於閱聽人的各種理論關切上，只是綜觀傳統新聞學，有關閱聽人的篇章似乎不多，直到近年來新科技的出現才改變了這種情況。

2　實務場域將閱聽人視為消費者似乎不用多說，這裡的關鍵在於學術場域用多少程度習慣於社群媒體興起後度量閱聽人的量化指標，以及「新聞消費」（news consumption）這樣的用詞。

基本上，儘管專業新聞學長期對應著閱聽人是「公民」的預設，但實務場域的「消費者」預設卻也是持續存在的事實，例如 McManus（1994）討論市場導向新聞學時便點破這種身分預設。也因此在這裡，我主張學術場域需要留心是否已於不自覺間習慣從資本主義邏輯看待閱聽人，然後導致預設的轉變：新聞不再是被公民使用的資訊，而是被消費者消費的內容。

一、隱身於傳統新聞學的閱聽人

過去，依專業書寫出來的新聞學論述，在意的是新聞工作專業能力的問題，例如專業經營路線、專業查證、依新聞價值專業選取新聞。傳統新聞學像是集中心力在產製構面，透露一種如果可以更好理解守門過程就能產製出更好新聞的預設，而對應此項預設，諸如 Gans（1979）、Anderson（2011a）等學者明白主張閱聽人不受傳統新聞工作重視。這種說法不難從教科書中得到印證，閱聽人所占篇幅不多，不太被討論。

換個角度，晚近公民新聞、資料新聞學對於閱聽人的賦權，則像是反過來凸顯著傳統新聞學不太討論閱聽人問題的事實，只是不太討論並不代表閱聽人於新聞產製過程中不具意義。更適合的解釋是，傳統新聞專業的強勢與其蘊含的父權與菁英主義調性，相當自然對應著代議模式，假定應該由具備專業的新聞工作者代替閱聽人決定哪些是有價值的新聞，也因此閱聽人像是被降格或隱身起來。而這裡，專業是關鍵，姑且不論專業新聞工作者也還是需要某種想像的閱聽人作爲寫新聞時的參考，事實上，我們可以發現專業以外、早已存在於實務場域的通俗新聞便明顯在意閱聽人，即使以往無法做到明確掌握閱聽人輪廓，但閱聽人代表利潤，如何吸引閱聽人一直是通俗新聞產製的重點。十九世紀末期的羶色腥新聞，或者晚近收視率引發的爭論，可以印證閱聽人在通俗新聞中的重要。

順著這種看法，在專業作爲正統的脈絡中，閱聽人經常被導向非專業、通俗新聞，與專業新聞工作對立起來，或者象徵著新聞專業的挫敗。例如Schudson（2003）區分信託人模式（trustee model）與市場模式（market model），前者強調新聞工作者的專業判斷，由他們決定什麼新聞對公民重要，後者則由閱聽人偏好爲依歸，新聞工作者應該去做閱聽人要看的新聞。這種區分就明白說明著以專業爲主的新聞工作與新聞學側重專業產製新聞，但在複雜的實務場域，市場模式或例如通俗新聞則是以閱聽人偏好爲依歸，只是因爲以往新聞專業強勢成爲標準，促使市場模式經常構連著不專業的負面意涵，被學術場域忽略或輕視。不過弔詭、且需要注意地，在意閱聽人也不表示充分了解閱聽人，這點將馬上討論。

二、有關理解閱聽人的方式

雖然傳統新聞學不太討論閱聽人，也不主張依照閱聽人偏好決定新聞，但還是有學者關切新聞工作者對於閱聽人的想像，例如 Gans（1979）古典著作便注意到這個問題，連同相關研究，學者們發現新聞工作者多半會利用朋友、同儕、家人作爲想像閱聽人的模糊依據（Coddington, Lewis & Belair-Gagnon, 2021; DeWerth-Pallmeyer, 1997）。

（一）閱聽人的想像

近來，Coddington、Lewis 與 Belair-Gagnon（2021）在加入閱聽人網路留言、行銷研究資料等想像來源管道後發現，不同的閱聽人想像來源會對應不同的想像結果，例如以朋友、家人、同業爲想像來源時，會認爲閱聽人與自己具有同質性；以閱聽人的線上留言作爲想像閱聽人的依據，則認爲他們是不理性的一群人。另外，Anderson（2011b）學術式地比對不同類型新聞工作理解閱聽人的方式，例如專業新聞學視閱聽人爲個別存在的個體，與新聞工作保持一種議題接收、偶爾成爲消息來源的關係；公共新聞學視閱聽人爲一群對話的公民，與新聞工作保持審議、設定議題的關係；Indymedia 式公民新聞認爲閱聽人具有對抗性與高度參與性格，而非只是新聞內容的消費者；演算法新聞則將閱聽人看做可量化、非參與、可透過大數據理解的個別存在個體。

然而無論如何，如前所述，閱聽人問題在實務場域更爲重要，特別是對偏好市場模式的新聞媒體而言，閱聽人是誰、如何寫出他們要看的新聞是十分寫實、至關重要的問題。在數位科技之前的年代，實務場域要掌握閱聽人並不容易，也因此有前述無法充分了解閱聽人的說法。除了以朋友、同儕等爲主的想像，或依靠較爲科學的焦點小組訪談外，收視率大概是最爲人知、也被學術場域詬病的技術，而這也可以算是將閱聽人量化的開端。

隨後，數位科技的出現提供了新的可能性，有關閱聽人的想像與理解像是岔開兩條思考路徑，一是公民新聞學、資料新聞學強調閱聽人的賦權，對閱聽人角色做了理論上的提升。然而需要注意的是，儘管公民新聞、資料新聞學抨擊傳統新聞的父權與菁英主義，但他們卻依舊延續將閱聽人想像成公民的基本假定。另一條路徑則是因應社群媒體出現各種度量閱聽人的指標工具，讓閱聽人得以更進一步量化起來，出現被量化閱聽人的說法（Zamith, 2018）。基本上，以往新聞媒體便有利用市場研究資料、收視率理解閱聽人的傳統（Napoli, 2010），而在當下，新聞媒體透過 Chartbeat、Google Analytics 等網路後台分析工具可以更容易，甚至即時掌握每則新聞的點閱率、閱讀時間、閱聽人所屬地理區域等使用行為相關資訊。類似其他新科技的遭遇，正面來看，度量指標被認為可以擴展新聞工作者的判斷，與閱聽人做出更好的連結，反過來，它也被認為影響新聞工作自主性（Carlson, 2018b）。

當然，兩條路徑並非無法並存，而這裡也不想陷入二分法的弔詭，但站在學術場域的批判立場，本書主張新聞工作自主性、閱聽人賦權、協作等概念，不應該是教條般的存在，或是不自覺成為擁護與論述各式數位創新時的語藝修辭。這種作法忽略在實務場域，閱聽人重要性的提升往往不是來自公民協作等賦權，而是與量化閱聽人、利潤間的構連。也就是說，如果我們認為新聞不應該是由不盡責的媒體所決定，那麼，數位機緣的確提供了公民協作、閱聽人賦權等可能性，但在閱聽人度量指標被挪用成商業用途的同時，我們終究需要關切相關指標與工具引入新聞室後，新聞工作與商業邏輯緊張，以及對新聞產製的影響。

（二）閱聽人度量指標

綜合來說，雖然幾年前的研究發現閱聽人度量相關資訊尚未到全面制約編輯專業決策的地步（Boczkowski & Peer, 2011; Lee, Lewis, & Powers, 2014），但研究也明確指出，它們已廣被新聞媒體所採用，然後連同社群媒體上的評論與分享機制，實際影響了新聞實務與守門過程（Christin, 2018; Hanusch, 2017; Kristensen, 2023; Neheli, 2018; Petre, 2018; Tandoc, 2014; Tandoc & Vos, 2016; Vu, 2014）。Lamot 與 Paulussen（2020）透過

文獻整理並實證發現這些機制的六種使用方式：1. 幫忙決定新聞在網頁上的放置位置；2. 幫忙新聞內容進行微調包裝，例如採用何種新聞標題；3. 幫忙編輯決定最近可以做哪些新聞主題；4. 觀察其他媒體報導內容，跟進與仿效流量高的新聞；5. 評估新聞工作者績效；6. 幫忙進行閱聽人的想像。不過無論如何，就在這些度量指標影響如何下標題，藉此增加點擊率（Kuiken, Schuth, Spitters, & Marx, 2017）之際，也意味它們被用來作爲吸引廣告主、增加利潤的工具（Anderson, 2011a; Cohen, 2018; Nelson, 2018）。

基本上，量化閱聽人讓新聞媒體與工作者可以具體掌握閱聽人基本輪廓[3]，而且像是巧妙呼應著資料新聞學、公民新聞學，擁有瓦解傳統新聞專業父權與菁英主義的潛力：新聞不再是由號稱專業的人選取決定。只是弔詭地，這種呼應更適合被視爲形式上的呼應，因爲資料新聞學、公民新聞學是在延續傳統「公民」身分上預設閱聽人參與協作，但在高度發展資本主義情境，量化閱聽人卻指向閱聽人作爲消費者的身分。然後，公民身分與消費者有所衝突，量化閱聽人的盛行與公民參與理想被挪用後的變形，共同殘酷地說明公民身分的逐漸退卻。在實務場域，閱聽人消費者化尚且可以用現實作爲解釋理由，只是倘若從寫實的實務場域回到學術場域，公民與消費者身分應該被有意識、嚴肅地區分與對待。也就是說，於學術場域，因爲當下實務場域流行閱聽人度量指標與工具，而不自覺進行技術旨趣研究，不自覺接受量化閱聽人概念，如此，閱聽人也將於不自覺中成爲消費者。然後一旦對於公民與消費者身分存而不論，混入消費者身分的閱

[3] 相較於過去想像的閱聽人，Chartbeat、Google Analytics 等閱聽人度量工具可以提供具體的量化閱聽人資料。但對應部分研究（Dodds, de Vreese, Helberger, Resendez & Seipp, 2023; Groot Kormelink, & Costera Meijer, 2014）的提醒，我們得注意量化資料讓閱聽人顯得客觀、具體，但它們只捕捉部分，而非全部閱聽人的偏好，而且基於這些運用演算法得來的度量工具終究有著不透明的問題，因此，我們也得注意量化閱聽人資料不一定是正確的。

聽人將可能讓學術場域逐漸失去懷抱公共性、公民參與的原始理想。這點將在第三節做出討論。

第二節 兩組與閱聽人有關的議題

順著閱聽人地位提升的討論，本節將在社群媒體、演算法，閱聽人度量指標脈絡下論述「新聞價值」及其改變，然後配合逐漸浮現的「新聞消費」說法，接續論述演算法等科技造成的同溫層議題。

一、新聞價值的轉變

如果不算路線經營這類前置作業，哪些新聞線索會被選出做成新聞，可說是整個新聞產製過程的開端，而在新聞專業論述中，選擇的標準往往被稱爲新聞價值。這名詞不難理解，它一方面對應本書描述的代議模式，由新聞工作者依新聞價值爲閱聽人選取值得看的新聞。另一方面，新聞價值也受新興技術影響有所轉變，然後反過來指向閱聽人作爲消費者這個未被明說、卻強勢的當下預設。

（一）新聞價值的學術說法

Parks（2019）以七十五本教科書（textbook）（排除同書不同版本後，計五十五本）爲分析對象發現，儘管新聞價值的實際運用方式需要考慮不同時代的社會文化背景，但幾項重要的新聞價值從二十世紀早期就大致保持了穩定狀態，而 Parks 文中指稱的重要新聞價值是：即時性（timeliness）、臨近性（proximity）、顯著性（prominence）、不尋常性（unusualness）、衝突性（conflict）、人情趣味（human interest）、影響性（impact）。

就實際研究來看，Galtung 與 Ruge（1965）的研究則算是早期、經常被引用的經典，而 Harcup 與 O'Neill 於 2001 年，以前述研究爲基礎提出了十項新聞價值，2017 年又再做了一次修正，共十五項新聞價值，認爲能滿足其中一項的新聞線索可能會被選擇成爲新聞。這十五項分別爲：1. 獨家性（exclusive）：新聞媒體本身利用民意調查等方式生產出來的故事，或首先獲得的故事。2. 壞新聞（bad news）：具有負面意涵，例如死亡、受傷等。3. 衝突性（conflict）：例如與爭議、罷工、暴動有關。4. 驚奇（suprise）：具有不尋常要素。5. 聲音 / 視覺（audio-visuals）：有引人注意的照片、影帶或聲音成分。6. 可分享性（shareability）：可能經由社群媒體分享出去或做出評論。7. 娛樂性（entertainment）：有關性、演藝、運動、人情趣味等軟性新聞。8. 戲劇性（drama）：具有開展情節的意外事件、救援、法庭事件等。9. 後續追蹤（follow-up）：現已播出新聞的後續主題。10. 權力菁英（power elite）：涉及權勢人物、組織或企業。11. 關聯性（relevance）：報導的團體或國家被認爲對閱聽人有影響力，或與閱聽人具有文化或歷史關聯。12. 重要性（magnitude）：對大量的人具有顯著性或潛在影響，或涉及極端行爲、極端事件。13. 名人（celebrity）涉及知名人士。14. 好新聞（good news）：具有正面意涵，例如重大突破、慶典、贏得比賽等。15. 適合媒體組織自身的議題（news organization's agenda）。

（二）新聞的分享價值

如果擱置 Caple 與 Bednarek（2016）提出新聞價值的話語觀點（discursive perspective），即，新聞價值是在產製過程中透過語言機制建構出來的，這兩位學者認爲以往的新聞價值研究隱含兩種觀點，一是認知觀點，新聞價值是存在於新聞工作者心中、被內化的標準。二是物質性觀點（material perspective），新聞價值是被報導事件本身的特質，有些事件就是比較容易被選爲新聞。

無論是哪種觀點，新聞價值預設著新聞工作者選擇新聞的標準。當然，進入新聞專業脈絡，新聞最好是專業選擇之後的結果，不過我們也不應該忽視 Harcup 與 O'Neill（2017）指涉的驚奇、娛樂性、戲劇性等因素，甚至教科書提及的人情趣味，都透露著長久以來選取新聞都有著閱聽人或實務考量，差別在於質報與量報的程度。再扣合 Shoemaker 與 Reese

（2014）利用個人、常規、組織、社會機構、社會系統等層次對於新聞產製的全面論述，我們可以發現，除了新聞價值，新聞線索之所以被挑選成新聞的原因是複雜的，還受到商業壓力、截稿時間、公關操作等因素影響。在實務場域，新聞總是各項因素折衝後的結果，並非截然依專業行事的。

進一步，在上述略嫌冗贅的提醒之外，新興的社群媒體、演算法與閱聽人度量指標對新聞價值這個傳統概念帶來了具有時代意義的改變。許多研究描述著改變，例如整體來看，新聞媒體開始配合起社群媒體演算法從事新聞產製（Poell & Van Dijck, 2014; Tandoc & Maitra, 2018），細部而言，Bright 與 Nicholls（2014）發現，愈多人點閱的新聞愈不容易從首頁中移除；Welbers、van Atteveldt、Kleinnijenhuis、Ruigrok 與 Schaper（2016）研究直接指出點擊率等度量指標影響著新聞選擇；Lamot 與 Van Aelst（2020）發現，特別針對軟性新聞，點擊率走勢會影響新聞工作者對新聞重要性的判斷，呈現正向關係；Lamot（2022）發現，相較於主流媒體自己的新聞網站，貼在臉書上的新聞更偏向軟性新聞，這點對應社群媒體上新聞大致呈現軟調性（Lischka, 2021），允許更主觀、情緒、更多修辭技巧的說法（Hågvar, 2019），當然，也有諸如 Steiner（2020）針對德國媒體的研究發現，新聞軟化是存在，但有被誇張的情形。最終，在社群媒體成爲當下閱聽人接收新聞重要管道的脈絡下，分享價值（shareworthiness）（Trilling, Tolochko, & Burscher, 2017）的討論像是對傳統新聞價值的重要修正。

也就是說，雖然新聞工作者可以決定什麼東西成爲新聞，但順著社群媒體是當下新聞重要接收管道、閱聽人將新聞分享出去可以帶來更多點擊率，而點擊率又意味著利潤的邏輯，實務場域選擇新聞的標準也勢必會做出調整，哪些新聞具有被分享出去的價值便成爲重要考量。而這也反映於 Harcup 與 O'Neill（2017）將可分享性加入新聞價值列表的動作中。

基本上，前面引述的各項研究，特別是可分享性概念的出現，直白描述著社群媒體對新聞選擇的影響，不過如果順著早年靠想像出來的閱聽人，到收視率調查，再到社群媒體度量指標這條軸線進行觀察，不難發現技術是翻轉閱聽人角色的關鍵。在過去，技術關係導致的某種力猶未逮促使閱聽人像是處在待機狀態、無法被細部理解，而隨時序推演至今，演算法、各式閱聽人度量技術直接解除了閱聽人待機狀態。

這種解除可以被簡單解釋成當下更加了解、貼近閱聽人，並且呼應近年公民協作等概念對於新聞專業壟斷的挑戰，共同凸顯出閱聽人角色問題。只是換個角度來看，在高度資本主義脈絡中，前述各項研究似乎指向在社群媒體上，媒體迎合閱聽人偏好決定新聞走向，閱聽人是新聞的消費者，不再是公民。而回顧書寫本書時閱讀的文獻，在需要更多證據支持之下，這裡還想有些急促地做出一個推論提醒：至少在臺灣、至少就研究關注程度而言，對比以往基於相同理由對於收視率的大力撻伐，當下學術場域似乎不太批判地「接受」了社群媒體度量閱聽人等技術。

這個有些急促的推論不是爲了二分式地唱反調，同時，也不是反對學術場域接受社群媒體實用邏輯，只是對比有關收視率與閱聽人度量工具的處理方式來看，至少到目前爲止，這種或可稱做雙重標準的作法回頭提醒學術工作者是不是因爲隨著高度資本化，以及出於對新科技的興趣而聚焦於技術旨趣，忽略學術場域的批判成分，以致不自覺就是順著社群媒體實用邏輯進行思考與研究。然後，閱聽人愈加像是消費者，也默默在數位場域中成爲勞工，而這將在第三節做出討論。

二、演算法與同溫層

社群媒體已然成爲接收新聞重要管道（Hermida, Fletcher, Korell, & Logan, 2012），而且是在高度資本主義中進行操作的事實，凸顯演算法在推送新聞時的商業基因，而這對應著同溫層現象。

（一）演算法與新聞推送

在西方社會，演算法於新聞工作的運用已引起許多學術關切，例如Diakopoulos（2020）研究新聞使用的偵測社會事件與趨勢的演算法系統；Thurman、Schifferes、Fletcher、Newman、Hunt與Schapals（2016）研究演算法與新聞偵測與查證相關問題；Peterson-Salahuddin 與 Diakopoulos（2020）討論社群媒體的演算法如何影響編輯決策；Fletcher、Schifferes 與 Thurman（2020）關切幫忙新聞工作評估社群媒體消息來源可信度演算法的發展；Stray（2019）則討論人工智慧在調查報導的使用與挑戰。另外，新聞工作者使用蒐尋引擎尋找、確認資訊的習慣也與演算法有關（de Haan, van den Berg, Goutier, Kruikemeier, & Lecheler, 2022）；透過機器人將結構化的數據撰寫成新聞亦是學者關切的議題（Carlson, 2015；Latar, 2018）。

以上爲數更多的研究落在新聞產製面，描述演算法於新聞工作各項任務的運用，諸如找尋新聞線索與主題、資訊收集、新聞撰寫。不過如前所述，就在社群媒體成爲重要接收新聞管道，高度資本化脈絡又需要迎合消費者的同時，演算法也被運用在新聞使用與推送層面，新聞推薦演算法（news recommender）便是重要工具。

新聞推薦演算法對應著新聞使用的個人化（personalization）脈絡。相較於傳統新聞統一由新聞媒體產製，然後統一給閱聽人觀看的邏輯，數位科技提供打破這種邏輯的機會，媒體可以依照閱聽人偏好，推薦或提供新聞給他們，也就是說，閱聽人接觸與使用新聞的方式開始進入一種個人化的邏輯。需要提醒的是，這裡的個人化指的是從眾多寫好的新聞中進行挑選與推薦，還無法做到依個人量身訂做寫新聞。

Thurman（2011; Thurman & Schifferes, 2012）系統性地論述科技與新聞個人化，他們像是依循過去這段時間數位技術的發展，區分出兩種形式的個人化新聞。前者大致對應著早期數位科技機緣，是透過要求閱聽人直接輸入有關新聞消費的相關喜好，例如內容類型、版型偏好，藉此產製出個人化首頁等新聞產品。相較於這種被 Bodó（2019）描述爲第一代、需要主動提供相關資訊才能促成的個人化新聞，後者則是第二代、利用較新的演算法技術，透過後台收集到的點閱情形、停留時間、地理位置等資訊，推薦新聞給閱聽人，而這也是我們現在熟悉、不需要閱聽人費時輸入相關資訊的新聞個人化。

當下，新聞推薦演算法在實務場域是流行的存在，演算法要處理什麼事情也不難理解，即，應該推送哪些新聞給閱聽人。只是這個問題指向另一個關鍵問題：演算法設計時要以什麼作爲挑選與推薦標準。例如與使用者偏好對應程度、文章的新近程度、與過去使用經驗差異程度、透過機率方式提供閱聽人使用習慣以外的文章、多樣化程度等（Karimi, Jannach, & Jugovac, 2018; Joris, De Grove, Van Damme, & De Marez, 2021）。

對比亞馬遜（Amazon）作爲電商使用或谷歌進行廣告投放的類似演算法，我們不難發現，新聞專業考量讓新聞推薦演算法變得獨特起來，得去思考應該單純依照市場邏輯持續推送閱聽人喜歡、常看的新聞，或是推送他們不常看的、甚至立場相反的新聞，藉此滿足新聞需要服務民主運作的使命。如同過去數十年新聞工作已然遭遇專業與市場邏輯的長久矛盾，這組帶有規範性質、顯得二元對立的選擇，意味新聞推薦演算法面對類似的麻煩：就是依照商業考量進行設計？或要不要納入新聞專業，如果要，又要如何納入？然後這個選擇又回應第六章論述，證成著新聞推薦演算法不只是單純的技術設計，不是中立的，而是涉及「人」如何設計演算法、人與「非人」如何一起合作。在演算法選擇要推薦哪些新聞給閱聽人之前，演算法設計參數本身便是一個選擇。

（二）同溫層的弔詭

無論出於賦權的意圖或單純商業考量，企圖提供個人化新聞是過去就有的事（Bodó, 2019），演算法應該被視爲促使它變得容易的機制，又或者，個人化新聞可被視爲技術問題，演算法的設計重點就是更效率地推薦新聞而已。不過從新聞專業角度來看，新聞個人化的問題似乎沒有這麼簡單，新聞與民主的古典關係讓前述「演算法設計本身就是選擇」指向新聞使用時的同溫層弔詭。

就新聞專業來說，新聞媒體應該提供公共議題給閱聽人，而且是不同主題、不同消息來源、不同觀點與立場，如此，閱聽人才有可能理解公共事務，透過多樣性資訊進行審議、參與民主運作。基本上，這種理想本來就不容易達成，網路出現後，同溫層更加深了困境[4]。在西方，同溫層對應著迴聲室（echo chambers）概念（Sunstein, 2009），擔憂在網路脈絡中，閱聽人只看到與自己世界觀相似的資訊。另外，也呼應過濾泡泡（Pariser, 2011）說法，認爲面對網路脈絡中的大量資訊，心理學中的選擇性曝露（selective expourse）經常影響使用者搜尋資訊時的決定，然後不自覺地導致所欲了解的議題呈現出單一面向。

同溫層、迴聲室或過濾泡泡吸引了許多注意，相關擔憂也延伸到演算法。在個人化新聞推薦脈絡上，無論是基於個人過去使用新聞的模式，或者基於閱讀相同新聞的閱聽人會同時去看其他哪些新聞，當新聞推薦演算法被認爲依照上述兩項相似性（similarity）原則挑選與推薦新聞，都可能導致同溫層的出現，閱聽人只看到類似的東西。也就是說，如果演算法的設計只是迎合閱聽人偏好，將讓他們看到的新聞不具多樣性，新聞因此失去公共、民主的可能性。

面對這樣的擔憂，即便演算法是黑盒子，局外人很難直接進行探究，學術場域還是嘗試進行研究。例如 Thurman、Helberger 與 Trillin（2019）發現相較於編輯人員，演算法被認爲更中立，研究對象更偏好它們所做的新聞推薦。Joris、De Grove、Van Damme 與 De Marez（2021）區分三種新聞推薦演算法原則，1. 內容相似性（content-based similarity）：關注使用者個人興趣、過去的新聞使用行爲。2. 協力相似性（collaborative similarity）：參考朋友或興趣類似使用者的新聞使用模式。3. 內容多樣性（content-based diversity）：提供與使用者觀點不同、不曾讀過的主題內容。透過調查法最後發現，受訪者偏好內容相似性原則，Joris 等人認爲

4 需要簡單說明，與選擇性曝露（selective expourse）有關的同溫層概念也出現在傳統新聞脈絡，例如以往閱聽人便可能選擇與自己立場屬性相同的媒體作爲資訊來源。這種選擇性曝露爲 Zuiderveen Borgesius 等人（2016）提及的自我選擇式個人化（self-selected personalisation），新聞推薦算法則屬於他們提及的另一種預選式個人化（pre-selected personalisation）。

這項發現對應新聞媒體依照商業邏輯，利用相似性原則新聞推薦演算法的現象，不過類似 Helberger（2019）以及 Helberger、Karppinen 與 D'Acunto（2018）的主張，Joris 等人也在同溫層風險下提醒加入多樣性原則的重要性。

然而就在 Sunstein（2009）與 Pariser（2011）論述廣泛被引用的同時，這裡需要提醒一組具有轉折關係的問題。首先，至少時間截至本書掌握的文獻為止，實證研究仍無法十分確認新聞推薦演算法有那麼糟糕，與同溫層具有絕對關係（Møller, 2022; Möller, Trilling, Helberger, & van Es, 2018; Zuiderveen Borgesius, Trilling, Moller, Bodó, de Vreese, & Helberge, 2016），或者廣義來看，也有如同 Fletcher 與 Nielsen（2018）發現使用收尋引擎看新聞促成更多樣與平衡的新聞消費經驗，他們把這種情況稱做「自動化的意外發現」（automated serendipity）。這種不一致狀態提醒我們需要用更細緻的方式看待演算法與同溫層問題。

其次，實證主義本來就很難百分之百確認某個理論的眞實性，不同研究亦常因為不同方法設計導致結論有所出入，因此，我們不需過分悲觀於演算法的同溫層效果，但也不能忽視它所造成的問題，Zuiderveen Borgesius 等人於 2016 年發表的研究便提醒一旦演算法跨出當時所屬的早期階段，進一步全面化後，其對於民主的風險便可能提高。而 Helberger（2019）則認為在不同形式的民主邏輯中，例如自由式（Liberal）民主、參與式（participatory）民主、審議式（deliberative）民主，個人化有著不同意涵，也對應著不同形式的推薦演算法。Helberger 主張強調相似性的新聞推薦演算法雖然常被批評窄化視野，但它也對應著自由式民主邏輯，基於閱聽人興趣，提供與他們相關的資訊。不過當下也並非只有自由式民主邏輯的演算法存在，有野心的質報媒體可能採用參與式邏輯的演算法，呈現更廣泛的社會利益、多樣的意見，或者審議式邏輯演算法將期待在愈加割裂的媒體環境中重新發現共同空間，讓閱聽人曝露於他們不會搜尋的資訊，對新的與不同的聲音保留開放態度。

順著新聞、演算法與民主這條軸線，如果我們同意提供多樣性新聞是民主（特別是參與民主、審議民主）的基礎；傳統媒體強調的是供應層面的多樣性，演算法下強調的是曝露的多樣性（Bastian, Helberger, & Makhortykh, 2021），那麼，主流新聞推薦演算法納入多樣性與意外發現（serendipity）[5]（Møller, 2022）原則，將讓演算法不只是技術與商業邏輯驅動而已，藉此，可以承載新聞專業特質，敏感於多樣性的設計將有助於公共角色的實踐。或者如同 Bodó（2019）嘗試區分「個人化的平台邏輯」（platform logic of personalization）與「個人化的新聞邏輯」（news logic of personalization）。前者是指諸如谷歌、亞馬遜等平台採用的演算法邏輯，設法產生更多的閱聽人（消費者）參與，再轉賣給廣告主；後者則用來指稱質報媒體可以採用的邏輯，透過演算法將新聞直接賣給閱聽人。Bodó 認為除了「個人化的平台邏輯」這種主流新聞推薦演算法邏輯外，

---

[5] 意外發現（serendipity）是演算法設計時的一項原則，它像是透過機率推薦方式增加搜尋與推薦結果多樣性、驚奇的可能性，不致每次都產生雷同搜尋結果（Kotkov, Wang, & Veijalainen, 2016; Möller, Trilling, Helberger & van Es, 2018）。而它為推薦結果創造出來的多樣性，被認為可以讓閱聽人有機會透過演算法看到自己不常或不喜歡觀看的新聞，然後有利於民主發展。

與此有關的概念是不經意新聞曝露（incidental expourse），事實上，Downs（1957 / 轉引自 Thorson, 2020）早在 1957 年便提出類似概念，相對於主動搜尋政治資訊與新聞，不經意曝露是指閱聽人在沒有花費太多心力下閱讀到資訊與新聞。進一步，諸如 Thorson（2020）便討論不經意曝露與演算法、社群媒體新聞使用的關係。Masip、Suau 與 Ruiz-Caballero（2020）也透過不經意曝露概念發現，西班牙社群媒體的積極使用者愈可能曝露於多樣政治與意識型態新聞中，調節接收新聞資訊時的選擇性曝露問題。有關不經意曝露相關研究可以參考 Kligler-Vilenchik, N., Hermida, A., Valenzuela, S. & Villi, M. (2020). Studying incidental news: Antecedents, dynamics and implications. *Journalism*, 21(8), 1025-1030。Schäfer, S. (2023). Incidental news exposure in a digital media environment: A scoping review of recent research. *Annals of the International Communication Association*, 47(20), 242-260。此外，2010 年 *Journalism* 第 21 期第 8 卷便是以不經意曝露為期刊主題。

「個人化的新聞邏輯」是另一種選擇，它將古典新聞價值放入演算法考量中，讀者可以看到更多樣、重要但平常不會看的新聞。

如果新聞還需要保有古典價值，這裡便有 Bastian、Helberger 與 Makhortykh（2021）使用「捍衛新聞工作基因」描述新聞推薦演算法應該加入新聞專業價值的考量。在新聞推薦演算法興盛脈絡下，連同產製面的演算法，如何不讓演算法只是一種技術設計，而且是不自覺順著商業邏輯的設計；如何讓新聞工作者能夠取得一定的主導權，而非放任資本主義邏輯統治新技術，這些都將成爲重要的事情。當然，倘若社會全面演化到資本主義絕對統治的脈絡，就是只用個人化邏輯的平台模式也是一種可能，而這裡的關鍵還是在於古典新聞還需不需要維持。

第三節　閱聽人作爲消費者，及其勞動過程

社群媒體、演算法、閱聽人度量指標工具這組技術是理解當下新聞工作的重要關鍵，然而一方面，科技的運用終究需要時間醞釀、演化，例如合併第六章討論，新聞推薦演算法等技術都仍不同程度地處在發展階段。另一方面，它們的運用潛力，特別是於高度資本化社會可能被使用的方式，讓這裡需要冒著過早判斷的風險，從後設角度做出一些論述提醒。因此繼第六章就產製面討論了新聞工作者意志與缺席的困境，本章最後一節將從新聞使用或消費脈絡論述幾個理論性問題。

一、量化閱聽人與成為消費者

除了新聞價值改變、同溫層這兩個有關新聞使用，較爲具象、實踐層次的問題，社群媒體等技術也預示著一組理論與後設的可能性：量化的閱聽人，以及閱聽人成爲消費者。

（一）大數據下的量化閱聽人

Mayer-Schönberger 與 Cukier（2013／林俊宏譯，2018）有關大數據

顚覆傳統科學研究[6]方法論的主張是很好的討論起點。以兩位作者的看法作爲參照點，大數據的出現對比與凸顯出了以往科學研究某些重要的習以爲常，例如先提出研究假設、再以「樣本」測試研究假設，以及藉由「理論」嘗試進行社會現象因果關係的解釋[7]。其中，有關方法論的關鍵在於，由於科學研究經常是要解釋與某群人（即，某個母體，例如十八到二十六歲年輕人）有關的現象（例如，年輕人如何使用社群媒體接觸新聞），但又受限資源、技術等因素很難直接接觸每個人，促成我們熟稔藉由「樣本」推論「母體」的研究策略。

樣本推論母體是科學研究常用的策略，但更重要的是，這種策略隱含著樣本中的每個受試者是可實際接觸的，母體則弔詭地成爲一種抽象、集體式的存在。相對應地，建立在抽樣基礎上的統計工具也可視爲一種在眾多個體中尋找模式（pattern），以一個集體數字均質地描述或代表所有個體的作爲，而此過程犧牲了每個個體的差異性與獨特性。例如透過平均數和標準差來呈現年輕人與老年人的網路使用時間，再或者透過 t 檢定檢驗年輕人與老年人的網路使用時間是否存在差異。這些標準作法都是將年輕人與老年人視爲兩個群體，進行兩個群體間的均質性比對，而非針對每個人逐一做出了解。

進一步，科學研究除了進行描述，更多時候是企圖進行社會現象的因果關係解釋（Mayer-Schönberger & Cukier, 2013 ／林俊宏譯，2018），而同樣因爲無法逐一、直接了當了解每個人想法或行爲，促使研究者需要

---

6 這裡指涉的是以技術爲旨趣的經驗或量化研究。

7 經驗研究與量化研究經常有著建立因果關係解釋的企圖，例如涵化理論想要因果解釋看電視量與暴力認知程度的關係。經驗研究中的「理論」可被視爲一種企圖呈現因果關係解釋的基礎論述，或者說，經驗研究需要藉由「理論」推導出研究假設，再以樣本測試因果關係是否成立，最後一旦「理論」成形，便成爲解釋類似現象因果關係的工具。不過，即便經驗研究有著因果關係的企圖，但因果關係的建立並不容易，這點在經驗研究式的研究方法教科書中幾乎都有記載說明。

「理論」。就大多數研究來說，「理論」是進行因果關係解釋的起點，透過確認由理論推導出的研究假設是否成立，來決定對於研究現象的因果解釋是否合理（例如以古典學習理論爲基礎推導出研究假設，再以經驗資料測試使用競技式手遊時間愈多是否會造成更多的暴力行爲）。就某些創新的研究而言，研究假設的確認，適度配合後續研究累積，則可能建構出因果解釋某個現象的新理論，例如 McComb 與 Shaw（1972）議題設定經典研究便是很好案例，嘗試因果解釋了媒介議題的顯著程度會影響公眾對議題重要性的認知。

在認爲大數據將主導未來的時代，上述科學研究方法論被認爲不再適用。理論上，一旦研究者可以透過大數據資料直接、逐一了解每個人，母體、樣本，甚至於理論都將失去必要性。也就是說，姑且不論是否已臻成熟，大數據對應一種新方法論，它預設數位世界所累積的數據量已龐大到難以想像的程度，因爲數量足以逼近母體，所以不再需要透過樣本推論母體這樣的策略，以往建立在抽樣法則上的統計技術也不再適用（Mayer-Schönberger & Cukier, 2013 ／林俊宏譯，2018）。同時，配合逐步健全的大數據研究策略，經過爬梳、整理、分析與呈現，一旦數據大到某個程度會呈現出一定的意義或模式，而這也是 Mayer-Schönberger 與 Cukier 的主張，在大數據世界中，我們不需要堅守傳統科學進行因果關係解釋的邏輯，而是要從巨量資料中找到事物的模式，與彼此的相關性，再從中找到重要的見解。

也就是說，我們可能無法了解某個現象「爲何如此」，但能知道現象「正是如此」，例如透過巨量的病歷資料發現某種阿斯匹靈與柳橙汁搭配可以緩解病情，而知道這種相關性就已足夠，至於爲何如此就不需要過分計較（Mayer-Schönberger & Cukier, 2013 ／林俊宏譯，2018，頁 24）。在這種狀態下，不只可以放棄樣本與抽樣概念，傳統科學用來針對社會現象進行因果關係解釋的「理論」也失去重要性，例如前述例子，既然透過大數據知道某種阿斯匹靈與柳橙汁間的關係就能解決不少問題，用來解釋爲什麼的「理論」便不再重要，甚至不再被需要。需要一提，Mayer-

Schönberger 與 Cukier 並不像其他大數據擁護者一樣，激進到做出「理論」終結的主張，他們認爲可以不需要傳統科學用以解釋社會現象因果關係的理論，但諸如選擇甚麼樣的指標預測流行感冒需要理論，解讀大數據結果時也需要理論。

回到新聞閱聽人問題，Fisher 與 Mehozay（2019）也透過類似說法對比了傳統媒體與數位媒體看待閱聽人的方式，前者結合社會理論與經驗研究，是用科學的認識觀點看待閱聽人，閱聽人被放置、也需要透過社會類別（social categories）加以理解，例如中產階級女性、勞工階級男性等，媒體可以依照不同社會類別特徵去產製屬於此類別閱聽人可能想要的內容。相對地，數位媒體則是以大數據、閱聽人度量工具與演算法爲基礎，直接透過數位足跡與行爲數據去理解、並形成一個個可以由數據表示的閱聽人，不再需要藉助社會類別。儘管 Fisher 與 Mehozay（2019）主張這種理解是表面的，意味著了解某個人，就只是一種簡單、能夠辨識出其行爲模式的作爲而已，不再需要對其行爲理由有著經驗與分析式的理解，但呼應大數據的說法，除了從「爲何如此」到「正是如此」外，這種轉移更促成閱聽人從原本模糊的集體式想像變成可用數字描述的個別存在，具有個別對待的可能性，量化閱聽人（Zamith, 2018）或數據化閱聽人概念也隨之成形。即，整合來說，我們不再需要藉由階級、品味、生活型態等理論來解釋社會屬性與新聞使用行爲間的因果關係，當下透過每個人的點閱情形、停留時間就能針對每個人推播新聞，或者直接藉由大數據結果就能掌握大學生的媒體使用細節，或者透過數據呈現的細節預測接下來一段時間大學生間將會有什麼樣的流行趨勢。

最後，在實務場域，量化閱聽人不只是方法論問題，更具有濃厚務實意涵，例如一旦可以透過個別使用行爲理解與預測每位閱聽人，新聞便不再是傳統編輯挑選、決定，每天呈現的一組固定文章，而是變成一種事先設計好參數，再依不同使用者偏好推薦的一組組文章（Schjøtt Hansen & Hartley, 2023）。這種前面已提及的新聞個人化作法，在高度資本化社會中指向閱聽人成爲消費者的本質。

（二）閱聽人成為消費者

冒著簡化的風險，「量化」是一種美國式傳統，它明白對應實證研究，也對應著已深入美國社會的科學主義精神。所謂的量化研究便直接標示學術場域透過數據呈現、解釋與預測社會現象的習慣，此外，量化邏輯更進入生活世界，成為一種思維習慣，或衡量事物的標準，例如我們習慣用數字代表民意、量化資訊作為衡量市場績效的指標，也愈來愈習慣用量化標準衡量記者表現。

順此脈絡，大數據不適合被視為橫空出世的概念，而像是承繼量化哲學，並且透過數位技術將它推到極致，事物的意義都化約在數據之間。不必多做解釋，大量報刊文章、研究、書籍都已說明大數據成為當下重要趨勢，商業領域透過社群媒體、網際網路、物聯網收集數據資料成功進行商業活動，亞馬遜、谷歌則利用演算法推薦商品或資訊給消費者，在其中，消費者被化約成一個個用數據描述的個體，可以做到個人化接觸與預測他們的需求。或者，呼應量化脈絡，大數據被做出更細緻的運用，例如行動、穿戴裝置的出現讓使用者可以有意識地利用這些工具收集自己的飲食、健康等資訊，並且透過數據去測量、監控、記錄、最佳化個人行為或身體運作的可能性，自此，「自我」這個心理、社會或哲學概念開始被化約成數據形式進行呈現與理解，成就了「量化自我」（quantified self）（Barcena, Wueest, & Lau, 2014; Lupton, 2016）。

類似地，量化閱聽人也可以放在此傳統進行理解，不過如同量化自我將人化約至數據層次，就在量化閱聽人宣稱可以做到個人化、更精確描述的同時，我們不能忽略藉由數據描述的閱聽人是一種對「人」的簡化，存在著本體論式的學術與哲學辯論空間。另外，配合大數據、演算法成功發展出的商業運用趨勢，我們需要回頭注意一個務實的命題：量化傳統並非孤立的存在，其像是與資本主義有著某種親近性。至少是在美國式社會，量化傳統與資本主義、數據與商業利益巧妙且和諧地共存。

資本主義始終是迎合、討好消費者的，這反應在商業媒體想要理解閱聽人需求上。從早期利用調查法等科學方式收集人口與行為特徵資料，到後來電腦加入進行較大規模的資料收集分析，再到閱聽人度量工具等當下設計，這條脈絡便與媒體面對經濟壓力或吸引廣告主緊密有關（Napoli, 2010），媒體需要了解閱聽人、產製他們要的新聞。只不過今昔差別在於跟隨技術發展，當下量化閱聽人的作法比過去更爲細緻，可以藉由數據更精準地了解閱聽人如何使用新聞，更加個人化地投其所好，然後將他們轉賣給廣告主。整體來說，這種邏輯具有兩種意涵，首先，較容易理解的是，這種邏輯還是對應著大眾媒體時代慣用的廣告商業模式（Bodó, 2019），閱聽人是被打包賣給廣告主的商品，只是當下看似更爲精準，有著數據支撐起的合法性。其次，另外一項更爲深層的意涵是，藉由精準理解各項新聞使用行爲提供個人化新聞的動作，改變了閱聽人在新聞專業論述中原本的公民本質，愈加成爲新聞的消費者。了解消費者，是利潤的關鍵，公民則無關利潤，也沒有被精準理解與個人化理解的需要。

只是習慣量化邏輯、習慣量化閱聽人說法後，我們很容易忽略前述量化邏輯與資本主義間的親近性。在高度資本主義的新聞場域，量化邏輯或與之有關的工具像是與資本主義走在一起，甚至可說被收編，然後順著Schudson（2003）的市場模式展示出量化閱聽人的商業邏輯。不自覺中，閱聽人徹底成爲McManus（1994）早已指出的消費者，資本主義邏輯中需要討好、但又被剝削的一群人。在實務場域，業界透過閱聽人度量指標與工具量化閱聽人、追求個人化，閱聽人成爲消費者或許還有其務實理由，可是回到學術場域，這將帶引出研究轉向的問題。

這裡延伸Swart、Kormelink、Meijer與Broersma（2022）看法，學術與實務場域的合作似乎讓閱聽人研究處在一種服務產業的模式，雖然Swart等人觀察到的合作在實證研究或行政研究中並不少見，只是如同過去即已出現對於行政研究服務出資單位的擔憂，這種合作也可能讓學術場域不自覺地順著實務場域邏輯前進，以至於閱聽人在學術研究中也不自覺、逐漸地被等消費者概念取代。再加上無論是因爲整個社會高度資本化、數位科技中立的迷思，或是學術場域本身的高度資本化，現階段，新聞學研究似乎不如過去那麼關切市場化的問題，至少在臺灣，不再用撻伐收視率的力道對待閱聽人度量指標工具。

量化閱聽人是追求個人化下的消費者，不再是預設中的公民。或者再大膽觀察，消費者、新聞消費等詞彙更爲頻繁出現在近期新聞學相關研究的事實，似乎也演繹前述趨勢。當然，研究者可以選擇自己的研究詞彙、研究旨趣、研究模式，不過由於假設學術場域還是有著批判本質，因此在這裡還是想要提醒一旦學術場域不自覺接受起消費者概念，新聞學研究就得面對轉向的可能性。最極端地，傳統由專業記者產製新聞服務公民的新聞學，將可能轉移成一種以新聞消費爲核心的新聞學取徑。消費者對上閱聽人、新聞消費對上公民協作是兩個不同的框架，然後分別對應著不同的新聞學思維與新聞工作實踐，選擇哪個框架可以是研究者與實務工作者的意願，但站在新聞專業，我們需要留心公民不自覺被消費者取代的後果。

二、公共的困境與閱聽人勞動

演算法、個人化新聞具有促成閱聽人選擇新聞的可能性，而在近年強調數位科技解放的民主語境中，這種選擇的可能性可以被樂觀解釋爲從新聞使用層面展露的民主意涵，選擇新聞的權力從專職新聞工作者部分回到閱聽人手上，打破傳統媒體壟斷新聞產製卻又不盡責的狀態。

然而我們需要注意，有選擇機會與民主概念有所交集，但如同第五章有關互動、公共參與與民主的討論，關鍵終究在細節之處。就細節來說，沒有選擇經常是不民主的，相對地，有選擇，是民主的形式要件，卻非充要要件。例如選擇時還應該有更多的理性思考、辯論；關心不包含在自己常規選擇，卻重要的公共議題，也因此，就像點讚、留言、提供直擊畫面是閱聽人於新聞產製面的參與，可是參與不等同於民主，同樣地，個人化新聞的選擇也無法滿足審議、參與式民主標準。

順著前面討論，細節還透露另外一種觀看解釋角度，即，數位科技提供的是在消費脈絡上「民主化」。個人化新聞的確促成更多消費時的選擇，只是如同部分學者（Hall, 2011; Sunstein, 2009; Tandoc & Thomas, 2015）提醒，擁有選擇權力的消費者不自然等同於公民，市場選擇則不應被等於民主，透過消費進行解放是一種將閱聽人選擇的浪漫化。不須否認，相對於過去新聞產製模式，新聞個人化提供一種迎合閱聽人興趣、間接選擇的可能性，不過我們也不應該因爲某種科技樂觀主義、某種「後」現代對於威權的蔑視，就不自覺地浪漫化「選擇」的民主潛力。特別是在高度資本化社會中，當資本邏輯滲透到所有場域，政治選舉、公共事物投票被處理成個人喜好的消費問題，選擇便深受資本邏輯控制。看似依照興趣選擇新聞的背後隱藏著演算法的設計運作，而這些設計又是以商業利潤爲核心。數位科技有解放的潛力，我們卻需要小心，這種解放連同所謂的民主是在消費脈絡上完成，而且也因爲是商業，需要強健自己的合法性，所以設法美化了選擇的民主潛力。

（一）公共消失的可能性

進一步，就新聞專業來說，民主化問題從新聞使用層面指向公共消失的危機。基本上，「新聞要關心公共事物」古典說法有組預設：公共對應著社群、公眾，也就是一群關心公共議題的公民，而這幾個概念都是以集體性方式存在，同時，社會中有些東西是閱聽人需要共同關心的，即便對他們沒興趣。然而量化閱聽人卻與以上預設對接不起來，一方面，閱聽人度量指標所形成的「量化閱聽人」雖然看似集合名詞，但實質上卻是一群用數據呈現的原子化、異質個體的聚合。由於每位異質原子化個體追求的是尋找自己需要消費的資訊，拒絕不喜歡的資訊（Groot Kormelink & Costera Meijer, 2014），因此，這種聚合不能等同於以往隱然相信社會應有某些共同目標、具有集體思維，並且被均質化對待的公眾或公民。二方面，如同某些受訪新聞工作者表示民主從來不是個人化的（Bucher, 2017），由於個人化新聞是企圖分別滿足每個人的偏好，姑且不論同溫層問題，一旦它做到極致，閱聽人間就失去「共同」的可能性，沒有機會、也沒有必要去同時關注相同議題，公共、公共議題因此沒有存在必要。三方面，當新聞工作主要看中的是商業可能性，量化閱聽人將會徹底導向消費者層次，傳統新聞學強調的公民、公共將會被邊緣化，成爲教科書或專業理想主義者的詞彙。而這也切合高度資本化社會的整體發展，強調個人選擇的消費活動是社會運作核心，與消費無關、甚至對立的公共、公共議題不再是重點。

換個更理論的說法，對應數位科技的迷戀、「後」現代對權威的蔑視，數位機緣的確創造出一種重新找回民主與公共的可能性，而它也的確展現在公民新聞、資料新聞學論述中。但有意思的是，第六章提及的ANT 理論配合大數據則給出了另一種理論式、更為顛覆傳統社會學的解釋。對 ANT 理論（Hammond, 2017; Latour, 2011）來說，所謂的社會是行動者（包含人與「非人」）所組合而成的異質關係網絡，其中包含了無數的互動連結，而且總是處在集結、解散、再集結的「變成中」（becoming）狀態。以往因為沒有技術可以窮盡每個連結，所以傳統社會學家發展出「社會」這個概念來捕捉、理解所謂的社會，即，前述這張不斷變成中的異質網絡，而「社會」也因此成為一種均質、由人組合卻又外在於人的社會事實。但受益於大數據技術，關係網絡中的無數連結得以被接近與處理，在這種狀況下，「社會」這個概念可以不再被需要，理論上，透過數據掌握每個互動連結，就能描述社會。同時，相對於傳統社會學使用的「階級」、「族群」等社會概念也是用均質性方式解釋與預測集體的社會現象，在大數據的預設中，大數據已可以掌握社會網絡中每個個人與互動的異質性，也因此推到極端，「公共」這種同樣抽象、均質的概念也不再被需要，理論上透過大數據計算，就能掌握不同個人對於某個社會議題的想法。再簡化來看，理論上，也不再需要代議政治或民主概念，只要透過大數據式的數位民主，就能掌握民眾對於某個政治事件的個別看法，以及彼此之間的互動連結。

暫且不論大數據是否已臻完美、ANT 理論是否過於激進，這組配對的確提出一種理論可能性，「公共」會消失在人與非人組合出的異質關係網絡中，不再被需要。對新聞工作來說，大數據、閱聽人度量工具、演算法似乎也在促成這種可能性，一旦真的可以做到透過大量數據描述每個人、每個關係互動對某議題看法時，那麼有沒有公共，或在不在意公共似乎便成為無關緊要的事。不過需要說明的是，這裡並不在於主張這種極端情況即將發生，ANT 論述本身有著許多爭議，但首先，它的視角像是反向提醒著數位機緣的樂觀主義，數位技術帶來更民主、公共可能性是一種理論說法，不過從不同理論來看，反而預示數位科技促成它們的消失。其次，結合再上一段三點較為務實、有關公共消失危機的討論，我們的確需要注意數位科脈絡中，公共不再重要，至少被邊緣化的危機，因為傳統新聞、連同民主是建立在公共基礎上，當公共不再被重視便也意味一種革命性轉移發生的可能性。第三，如果我們不認同社會會轉變成 ANT 與大數據理論描述的樣子，那麼，公共便存在著合法性，而新聞工作也需要回過頭思考該如何在高度資本化、數位科技、「後」現代情境中務實處理公共問題。當然，如果我們認為社會已經非常「後」現代，已符合大數據與 ANT 理論的預測，反過來，公共消失便也合法，然後意味著需要另一種新聞學論述，或新聞學、新聞工作也可以徹底消失。

（二）閱聽人勞動的思考

除了公民與消費者角色的辯證，閱聽人還有一個需要討論角度：閱聽人商品與閱聽人勞動。Smythe（1977）主張閱聽人看電視時雖然不須付費，看似占便宜，但一旦他們看電視的行為被轉換成收視率，閱聽人便也成為電視台賣給廣告主的商品。在同樣的政治經濟學脈絡下，閱聽人於休閒時看電視，也被認為是種勞動，即，看電視是一種工作，實際看到的電視節目則是工作的報酬（Jhally, 1987／馮建三譯，1992），閱聽人往往在不自覺間為電視台這個老闆工作。我們不難發現，在社群媒體脈絡，閱聽人並未跳脫閱聽人商品的邏輯，甚至閱聽人度量工具可以更準確地計算點閱率、點閱時間，然後用宣稱更精準的方式將閱聽人販賣給廣告主。另外，暫且不論數位勞動概念後期做出的擴張（Fuchs, 2014），早期有關數位勞動的分析與閱聽人勞動概念相仿。在數位脈絡中，閱聽人同樣在做工（Terranova, 2000），一方面他們在使用數位內容時，也為媒體生產出諸如點閱率、使用習慣、個人資料等在大數據社會中具有商業價值的數位資料。另一方面，更需新聞工作注意的是，就在創用者身分意味參與新聞產製正面意涵的同時，大量使用者創生內容是實際支撐臉書、IG 等平台的關鍵，閱聽人的留言、評論、照片影像，甚至是公民新聞，也經常都是無償勞動，商營或公共媒體、傳統或社群媒體用不同程度受益於此。

整體來說，無償的閱聽人勞動用另種方式呼應第三章對於公民新聞樂觀視角的提醒。數位機緣帶來的群眾外包、新聞協作乃至公民新聞學，的確賦權於草根性格的閱聽人，動搖傳統新聞產製的父權、菁英成分，可是無論是基於減少新聞產製成本這項不好明說的原因，而大量利用閱聽人提供畫面與線索、利用爆料網站做新聞；或是基於「公民參與」作爲合法理由成立公民新聞平台這種推播管道，以及資料新聞學強調公民參與找尋新聞線索、查證等工作，從政治經濟學角度來看，公民參與、公民協作、群眾外包這些名詞都難掩其中無償勞動的事實，差別在於直接被商業媒體剝削，或是成就理想中的專業新聞、公共媒體而無償勞動。

這裡不在否定公民新聞等理想與實踐，只是想要提醒在資本主義脈絡中忽略閱聽人勞動本質，極有可能因爲缺乏辯證促成公民新聞等論述反過來成爲一種反諷。在聚焦公民協作、公民新聞有助民主的同時，不自覺犧牲了閱聽人於此過程中無償勞動、被剝削的處境。或者說，忽略閱聽人商品與勞動層面的問題，看似解放的閱聽人其實並沒有眞正從資本主義中走出來，甚至愈來愈細的閱聽人度量指標與工具，愈來愈多的使用者創生內容，也意味著愈來愈細部剝削的可能性。

（三）勞動過程學派的分析

本章最後，從閱聽人無償勞動回到新聞工作者身上，以此作爲結尾。

與閱聽人有關的度量工具、演算法進入新聞室後，對於新聞產製與新聞工作者有著不少影響。在這段迄今仍不算長，需要小心論斷的時間脈絡中，新聞工作者似乎從一開始對點閱驅動文化（click-driven culture）感到猶豫、恐懼，擔心它會改變古典新聞價值、減低自己對於新聞控制程度、改變工作流程與常規（Usher, 2012），逐漸轉變到對於閱聽人度量指標與工具抱持更多正向態度（Anderson, 2011a; Cherubini & Nielsen, 2016; Hanusch & Tandoc, 2019; Lamot & Van Aelst, 2020）。

然而相較於這種新科技進入新聞室多半都會發生的情形，勞動過程學派提供了不一樣的馬克思主義批判視角。簡單來說，Braverman（1974）主張，在資本主義社會中，科學管理、機械化、自動化共同促成商品生產過程被過度切割，勞工就是重覆自己被分配到的某項生產任務，因此，他們不再如同藝匠時代擁有生產某項商品的完整知識，當下，關鍵知識轉移到管理者與資本家手中，削弱了勞工本身控制勞動過程的能力，產生了所謂的「去技能」（deskill）狀態。

配合第六章新聞產製面的討論，我們可以發現，一旦找尋新聞線索、新聞價值判斷、查證、寫作都可以被切割，由不同演算法或群眾外包完成，而且一旦這種狀況發展到極致，便也意味著新聞工作去技能化的發生（Cohen, 2015）。在新聞產業結構與行動者都液態化的狀態下，新聞媒體歡迎這種切割與自動化的作法有其節省成本的道理，相對地，同樣液態化、不再強調專業自主完成工作的新聞工作者似乎也做出順從，甚至歡迎這種作法，因爲他們可以更省力地完成每天工作。也因此，本就需要經過啟蒙才能警覺的去技能化問題，現今面對更爲弔詭、隱諱的處境。當然，我們可以將去技能化視爲一種批判主義的陰謀論或無病呻吟，只是如果再次回到新聞工作還是需要專業展現獨家、深度、有觀點新聞的假定，以記者來說，現今需要擔憂的是在工作過程被切割、外包給科技的同時，自己還保有多少獨自跑出擲地有聲新聞的完整能力。一旦缺乏關鍵能力，不需等到科技取代人工，新聞工作者已經是生產機器中的一部分，隨時可能像零件般地被替換。

進一步來看，去技能化的弔詭與隱諱處境也對應著新聞工作者的某種自願性順服，而Burawoy（1979）的趕工遊戲[8]爲此提供了重要觀察角度。

---

[8] Burawoy 透過自身在某家製造業擔任操作員的經驗，寫成《製造甘願》（*Manufacturing consent*）（1979）一書，其中提到趕工遊戲概念。他主張 1970 年代，以往的專制管理方式已經過時，資本家與管理者透過制度設計創造出一種勞工的自願性順從，藉此避免過多的勞資對立，並且掩飾勞工在資本主義中被剝削的事實。在 Burawoy 觀察的工廠中，計件薪酬制度是關鍵制度設計。這

再次簡單來說，Burawoy 主張，計件薪酬制度設計引導了工廠內的趕工遊戲，除了藉此取得「超額」產量的獎金以外，趕工遊戲之所以具有影響力的關鍵在於它成就一種生產線上的文化，在彼此衝突與競爭中，趕工遊戲的細節與訣竅巧妙爲勞工帶來心理與人際滿足，以及某種對抗管理作爲的樂趣感，然後因爲競相投入趕工遊戲產生一種自願性順服的狀態。如同 Burawoy（1979）主張，趕工遊戲引發勞工間的競爭，將原本應該發生的垂直階級對立轉化成勞工間的水平衝突。

勞工於從事「趕工遊戲」採用的各種訣竅，勾勒著他們於工作中具有的能動性，不過需要注意的是，勞工於遊戲時可以取得能動感，但關鍵是遊戲規則終究是資本家設定或同意的，一旦越界，遊戲與能動感便面臨瓦解的風險，而且反過來，資本家可以匠心獨具地引導遊戲進行，藉此達成類似利用意識型態掩蓋剝削事實的效果，當然，也包含更有效率地創造勞動成果。挪用趕工遊戲概念，透過與閱聽人度量工具有關的設計，新聞媒體也可以巧妙將新聞工作者帶入閱聽人度量工具的安排中，不需要強迫就達成認同競逐點閱率遊戲的目的。例如 Petre（2018）發現，透過表明沒有想要指導新聞工作者的企圖，尊重他們的新聞判斷；宣稱尊重新聞專業規範，而非只是純粹技術考量；透過介面設計，提供令人著迷的使用經驗，這些將閱聽人度量工具導入新聞室時的作爲，讓新聞工作者在沒有感受管

種以激勵爲手段的薪酬制度促成勞工想要努力生產「超額」件數以取得額外獎金，然後在勞工彼此因努力超額而產生的衝突與競爭之間，很多細節與訣竅建構了趕工遊戲。例如在工作現場，操作員會在等待物料時，先去設定好機器設備以利物料到來前搶到更多生產時間；老練操作員會把超過「超額」上限的產量「藏」起來，作爲之後無法趕工的業績。另外，操作員與庫房管理員、品管員角色需要合作，也會產生衝突，例如庫房管理員怠惰，影響操作員備料與趕工時會引起衝突。與領班亦是如此，但領班也會透過傳授自己擁有的訣竅、說服品管員放水等方式，幫忙操作員積極趕工。當然，操作員間也有著衝突與競爭，例如趕不上配額的人會被嘲笑，超出太多，或向主管提出破壞遊戲規則建議的人會被排擠。

理者壓力的狀況下，展現了對閱聽人度量工具的順從。另外，Dodds、de Vreese、Helberger、Resendez 與 Seipp（2023）研究智利媒體時也有生動的觀察，他們發現放在新聞室顯眼處，並展示新聞點閱率排行榜的螢幕造成一種競爭現象，點閱率不只影響了前面提及的新聞選取，更會讓記者間有種競爭心態，留心自己新聞排行的升降，爲自己新聞停留在前幾名感到滿意，產生一種贏家的感覺。

最後，在演算法宣稱可以排除人爲干預與失誤，更客觀、更準確從事新聞工作（Carlson, 2015, 2018b; Hammond, 2017），以及宣稱寫作機器人節省下來的時間，可以用來進行需要人性技巧或更爲複雜工作任務，例如創意、分析（Anderson, Bell, & Shirky, 2015; van Dalen, 2012）的同時，無論是去技能化、自願性順服都在提醒我們小心這些宣稱背後的語藝說服成分。暗地裡，新聞工作迎來的是資本家對於降低成本的渴望、更爲嫻熟控制員工的技法，而說到底，類似改變也發生在過去歷史中（Bromley, 1997; Örnebring, 2010），傳統與數位新聞工作有著相同靈魂。

09

第 9 章▸▸▸

重回新聞學

在「新聞正在改變」的脈絡中，前面章節依序討論了幾項重要課題，而本書最後一章將再度回到三個根本議題：新聞與新聞工作的合法性、新聞工作者的角色認知與新聞工作者的再界定，以及新聞教育。

在嘗試聚焦三項根本議題，藉以提出具個人觀點的總結看法前，這裡想先說明「立場」問題，因爲立場影響論述。簡單來說，我主張包含學術論述在內[1]，論述可以不需要迴避

[1] 實證主義假定研究應該是中立的，而中立可以透過系統化的研究方法達成。這是需要尊重的說法，但從科學的社會學（Diesing, 1991）角度來看，要達成中立是困難的事。後現代更是否定了中立、甚至事實的可能性，實證主義的中立像是成爲某種掩耳盜鈴式的宣稱或習慣。這種宣稱讓研究者得以忽略立場問題，然後愈加形成學術場域的不需與不可對話性，或者說，因爲中立，研究者放棄學術工作應具有的批判成分與責任；或因爲研究者缺乏察覺自己立場的後設能力，反過來在某些場合不自覺地堅持己見。受「後」現代影響，這裡主張進行論述時強調中立與承認自己立場都是需要尊重的選擇，而跳脫實證主義桎梏是我採取的立場，但是同樣地，這也是可以批判與討論的。

立場或觀點問題，關鍵在於論述者是否知道自己的立場。立場的自覺有助於開放理性辯證，得以敏銳於與立場不一致的資訊，然後讓最終論述結果包含不同角度的可能性，而非鐵板一塊。在論述總有隱藏立場的「後」現代脈絡下，揭示立場對應著「透明度」思維，有助讀者對眼前論述進行解讀與判斷，特別就本章接下來帶有更多規範性與個人觀點的結論論述，這具有重要意義。

在此前提下，本書大致有以下一組相互關聯的立場。對照第一章描述，較容易理解、前面也曾提及的三項立場是，第一，這些年科技的確是改變的關鍵，卻不是唯一因素，它至少與高度資本化與「後」現代脈絡共同作用。第二，新聞專業論述帶有規範成分，而實務場域則會因應寫實因素發展出屬於自己的實用邏輯，因此，倘若就是依照專業邏輯作爲標準評判實務工作，將產生學術場域的霸道問題。反之亦然。第三，新聞學與新聞工作應該是複數概念，具有不依循西方模式發展的合法性，即，無論是過去挪用的新聞專業原則或現今流行的資料新聞學等，不自覺「挪用」經常對應西方霸權的單數式標準，極有可能進入學術與思想殖民的困境。

最後，還需要說明一項更爲抽象的立場：在實證主義不擅長處理時間問題的前提下，有關現象改變的研究必須留心「時間感」[2]。實證主義經常

---

[2] 這裡指的「時間感」不難理解，是指對於自然時間流動的感知。在人爲的世界中，看不到、但持續流動的時間經常成爲一種被忽略的存在，或者，要用人爲方式忠實再現自然時間並不容易。這裡涉及時間本質上便難利用文字、聲音、影像符號進行忠實再現的困境，例如除非進行漫長的直播，否則大部分影像敘事都需要裁減自然時間，而各種剪接手法便也因此將自然時間轉換成敘事時間（Kozloff, 1987）。

理論上，社會科學研究的現象也有時間構面，只是受實證主義影響甚深的社會科學，經常以斷代方式研究某個時間斷點（特別是研究當下）的社會特徵，或是將時間轉換成變項，比較前後差異。我主張這種研究策略有其合法性，另外也充分理解即便已有所注意，時間也很難被妥善處理，但即便如此，或也因如此，就社會科學研究來說，還是得有著「時間感」的敏感度，而非抱持存而不

將改變視爲一個（或多個）時間斷點的前後比較，例如主張 Web 2.0 造成新聞工作重大改變，再看似中立地論述 Web 2.0 前後的新聞工作特徵。基本上，我並不否認、亦支持這種研究策略的合法性，在漫長時間脈絡中，不少社會現象足以成爲某個時代的象徵，而透過時間斷點前後對比的研究或論述策略，可以有效凸顯與說明前後時間段的特徵差異。只是這種方式也存在一種簡化時間的風險，然後提醒我們在進行相關論述時需要注意「時間感」，即，自然世界的時間是慢慢流動的，現象間的替換經常是延續、灰階式的，很少由「新」瞬間取代「舊」。忽略時間感很容易讓研究與論述不自覺地斷代式聚焦於當下，看不到現象間的演化、延續性。

舉例來說，資料新聞學是新的，具有倡議、解放閱聽人等功能。但就倡議而言，我們無法忽視 Johnstone、Slawski 與 Bowman（1972）的研究便有類似說法，只不過美式新聞學以往對於中立客觀的重視，降低了鼓吹或倡議的聲勢。計算機新聞學亦有類似狀況，前面章節已有所討論。時間感對應的灰階、延續性改變，凸顯新舊明顯二分的風險[3]。另外，時間的自然性對照出社會現象與論述的人爲性，也就是說，我們得留心有關現象的論述是人爲的，因此容易受到主流價值影響，例如在視「新」爲進步象徵的資本主義邏輯中，新現象便不自覺地被賦予思想上的優位，舊現象則被視爲過時，然後在新舊二分之外，崇新抑舊更惡化了論述現象改變時缺乏時間感的風險。

論的態度。在論述社會現象時加入「時間感」，至少將有助於論述者不是那麼「以今爲貴」，避免做出有立場卻不自覺地判斷。

[3] 本書強調的演化概念便對應時間感，因爲是演化，很多新的現象在過去有跡可循，隨著時間慢慢做出改變。但這種有跡可循也意味需要注意新舊事物間還是有著差距，隨時間流動到某個階段，出現前後現象間的不連續性，例如美國十九世紀中期興起的「新聞」便與政黨報紙「新聞」有所不同。另外，借用典範概念（Kuhn, 1970／王道還譯，1994）來看，倘若演化到了某個時間點可能出現革命性轉變，此時，就有新舊徹底替換的問題，而這或許正是需要採用新名詞的時機，以免沿用舊名詞造成意義的混淆。

「新」與「舊」可能不是二元對立的，而是具有某種需要關切的延續性，「新」不一定具有優位，「舊」不一定代表落伍、需要淘汰，或者至少某些「舊」適合被稱作「古典」，有著價值。如果我們認爲民主是好的，那麼除了數位民主、網路民主、公民不服從這些新概念外，也還是得在意公共性、理性辯證等問題；當社會還沒激進到徹底放棄事實概念，在聚焦新現象的同時，新聞如何報導事實這個古典概念也是有保存價值的。

現今研究新聞的新聞學是以社會科學，少掉人文學科傳統的方式進行（Carey, 2000; Parks, 2020），意味著包含本書在內，都得面對棘手的時間感問題。當然，存而不論是一種方式，只是我主張特別是針對現象改變的研究應該加入時間感，這種加入不代表就得以解決社會科學的這項先天限制，但應該有助於論述者在進行論述時不致不自覺聚焦當下，以及掉入二分對比的困境。特別在科技帶來的改變還在變動，未臻穩定的當下時間點，急於宣稱傳統新聞落伍、已死，是有點冒進的舉動。

第一節 新聞的合法性問題

其實，新聞專業的討論便透露著新聞場域努力且嚴肅處理自身合法性的企圖，只是長久下來並不順利，尤有甚者，這種對稱於現代主義的合法性企圖，到了「後」現代脈絡更是面對一種根本困境。即，對於中立客觀，乃至對事實的質疑，瓦解了傳統新聞專業的核心；反對傳統媒體壟斷新聞產製，期待新聞協作，挑戰了傳統新聞工作者的權威；高度資本化、液態化的產製環境（Jaakkola, Hellman, Koljonen, & Väliverronen, 2015; Kantola, 2012）則實際從實務場域讓新聞更像是一份工作而已。而一份不需要專業支撐的新聞工作，似乎也就沒有那麼多的合法性考量。

一、想要成為專業的新聞工作

並非所有工作都需要嚴肅面對合法性問題，但近代新聞工作卻嘗試透過成爲專業來回應這個問題。

從新聞史的書寫來看，英美新聞有著民主、言論自由的傳統，然後成就第四權、公共場域等說法。當然，新聞史的書寫可能凸顯或美化了這項傳統，或者對應來看，在資本主義社會，公共場域等理想總是未盡完美，但以上傳統終究意味著新聞是或多或少帶有使命的工作。另外，回應資本主義實際帶來的黃色報業時期，十九世紀末，二十世紀初，新聞業開始做出一系列可視爲提升新聞工作地位的調整。《紐約時報》、《華盛頓郵報》強調資訊取向的新聞風格、普立茲獎設立、新聞學科在大學建制化（Emery, Emery, & Roberts, 1996; Schudson, 1978），再者諸如英國皇家特許新聞人員學會（Chartered Institute of Journalists）等機構的出現，亦在推動新聞工作地位提升，改善新聞從業人員的能力條件，雖然之後也因此出現工會路線與專業路線的分裂（Aldridge & Evetts, 2003）。

然而無論基於傳統使命或是提升新聞工作地位的實際作爲，似乎逐漸聚攏在新聞作爲專業的主張之上，試圖透過專業賦予新聞工作更高的合法性。Schudson（1978）便認爲二十世紀初期新聞客觀性原則的建立過程，實際對應著想要成爲專業的企圖。因此隨著時間醞釀，如同第二章所述，1960 年代藉由社會學有關專業的研究幫助，開始出現一波新聞是否爲專業的學術討論，雖然結果並不正面，但「逐漸形成的專業」（羅文輝，1996）可以視爲當時一種帶有期待成分的結論。隨後新聞似乎便定了調，McLeod 與 Hawley（1964）有關新聞工作專業性的關鍵量表，Johnstone、Slawski 與 Bowman（1972）有關中立與鼓吹兩種專業義理的研究，透露即便不是正統專業，但新聞在逐漸成形、或應該是專業的立場上持續前行。

基本上，這段經簡化的過程大致說明著新聞工作具有比「就是一個工作」更多一點的企圖，需要爭取或宣稱合法性，而在相信專業的現代性時期，想要比肩醫師等工作地位，成爲專業便自然成爲新聞工作的選擇，只是似乎不用贅述，時間最後證明著想要成爲正統專業的企圖並不成功。或者說，上述簡化過程描述的是新聞工作的現代性時期發展，在相當長的一段期間內，新聞工作像是不去細究、也禁不起細究地藉由專業宣稱、支撐與維繫自身合法性，相對應地，外界也沒有認眞質疑新聞應該是專業這件事，甚至三不五時批評新聞工作不專業，正反過來意味社會認爲新聞應該是專業的心態。不過，不是正統專業的事實終究讓合法性顯得脆弱，我們需要用其他方式解釋新聞工作的合法性問題。

二、屬於時代的合法性

現代與「後」現代狀況的比對，讓我們看到另一種解釋新聞工作合法性的可能。事實上，是「時代」，或時代中的行動者共同賦予了新聞工作合法性，這解釋了在同樣不是正統專業的狀態下，過去新聞工作爲何具有合法性，而當下卻出現合法性困境的原因。

（一）兩個時代特徵的支撐

整體來說，這種脆弱、時代的合法性大致可從三個角度說明。首先，即便在英美民主、言論自由傳統中，新聞工作合法性都是一種間接、代理式、可以被收回的權力。從前面章節討論不難發現，過去，即便有意願，民眾也很難直接行使監督政府的權力，甚至連發聲表達意見亦不容易，而以往新聞媒體便像是基於此一現實，扮演起類似代議士在民主體制的角色，並且在沒有更好選擇的狀況下，配合新聞專業論述宣稱的各項規範，成爲一種社會認可、帶有權威的建制化機構，新聞則是機構化產物，透過選擇、安排新聞事件的方式，展現 Carlson（2007）所述的再現的權威。也就是說，在過去，新聞媒體是因爲時代條件成就其建制化機構的身分，然後由此取得的機構化權威與合法性，再因新聞工作者受雇於媒體的事實而過渡到個人身上，記者得以具有採訪官員、在路線上走動，寫新聞監督權勢者的合法性。

其次，在相信事實、客觀的現代主義時代，新聞透過不同語言表現形式、工作常規試圖凸顯自己在客觀傳遞資訊、報導事實。例如利用問答方式架構起的訪談式新聞報導便企圖仿擬著眞實對話及其時間序列（Broersma, 2008），或者爲人熟知的平衡報導、交叉查證等常規也意味新聞報導的內容至少是接近事實的。呼應第四章有關新聞會利用某些語言機制說服讀者自己是在報導眞實（翁秀琪、鍾蔚文、翁秀琪、簡妙如、邱承君，1999；鍾蔚文、翁秀琪、紀慧君、簡妙如，1999），隨著新聞在二十世紀已爲社會熟識，這種主張自己在報導事實的文類，對應著當時相信客觀、事實的現代主義社會，讓它成爲一種被社會認可的專業論述，並強化了前述機構性權威。也就是說，儘管每則新聞報導內容不同，但新聞這種形式的文類像是儀式般的存在，被社會認爲是一種每天在進行傳遞資訊、報導社會事件的工作（Broersma, 2010; Mateus, 2018）。新聞具有看似自然的合法性，新聞工作者也成爲生產合法知識的人。

這兩項與現代社會的巧妙合拍，促成新聞雖然不是專業，卻仍具有時代給予的合法性，當然，這種看似自然、不證自明的合法性是建立在不去、也無法細究的基礎上，同時可能跟隨時代更迭出現被收回或其他困境。而在討論困境前，這裡還需要說明時代合法性的第三項角度：新聞專業論述對合法性的補強。

（二）新聞專業論述的補強

在同樣漸弱的趨勢下，新聞在現今政治與公共生活中仍扮演重要角色，具一定權威，只是從過去延續至今，要維持這種權威並不容易，需要新聞工作以承諾於報導事實、監督權勢作爲基礎（Zelizer, 2004）或代價，除此之外，更需要民眾相信新聞工作會如此做、也有能力如此做，而於此過程中，新聞專業論述扮演了一定角色。

簡單來說，雖然不是正統專業，但不可否認地，英美新聞傳統的確逐漸健全了一套有關專業的論述，並且成熟爲所謂的機構化論述（Vos & Thomas, 2018），藉此爲新聞工作者凝聚出理論上的詮釋社群（Meyer & Davidson, 2016），也維繫著新聞工作的「專業」合法性（Carlson, 2016; Zelizer, 1990），不過，在終究不是正統專業的現實下，或許更精準的說法是，新聞專業論述虛擬了一種專業合法性，藉此補強了前述時代合法性的不足。

面向新聞工作者時，新聞專業論述「理論上」具有指引新聞工作該如何做，並帶有文化或意識型態功能，凝聚著新聞工作者；面向社會時，即便不知道細節，但藉由客觀、第四權等基本概念外溢至社會，社會大眾還是知道新聞是「專業」，有套專業原則指引，「理論上」相信新聞工作者會專業行事。藉由這兩個層面共同運作，新聞專業論述巧妙地爲不是正統專業的新聞工作取得擬似專業的身分，連帶產生一種虛擬的權威與合法性，然而既然是擬似與虛擬，便也意味事情終究沒有這麼簡單。前述的「理論上」便像是伏筆，說明著因爲缺乏有效、實質的治理機制，例如不具有撤銷新聞工作者資格的權力，以致在寫實的實務場域，擬似的專業很有可能無法發揮功能。

換個說法，對新聞工作而言，「擬似的專業」終究是弔詭的，它一方面指向不是正統專業的新聞工作卻有著所謂的專業論述，而且我們不得不說至少在過去、在學術場域、在質報媒體，這套機構化論述幫忙新聞工作繞過是不是專業的爭議，並藉由這套完備論述向社會宣稱自己是專業，社會大眾大致也願意相信。另一方面，社會學者 Abbott（1988）將專業管轄權（jurisdiction）定義爲一種建立與展示抽象知識基礎的方式，可是新聞工作卻又如同 Hermida（2012）所述，相關知識缺乏抽象性，其專業管轄權實際導源於每日常規，重點在做什麼與如何做，這導致了儘管新聞專業論述補強合法性，但虛擬的專業合法性卻無法保證實務場域總是會依專業行事，而其中關鍵在於新聞媒體與工作者是否在意。

倘若在意，例如被奉爲典範的《紐約時報》等媒體，新聞專業論述便實際補強了非正統專業所需的合法性空缺，形塑一個向專業傾斜的社群，實務工作常規貼近新聞專業論述的規範，更重要地，在不計較、也不知道正統專業的定義下，社會大眾願意相信新聞工作者會報導事實、監督權勢，因此，擬似的專業接近正統專業，虛擬的專業合法性則更有底氣與分量，具有補強合法性的功能。相反地，一旦不在意，新聞專業論述將徹底成爲一種「論述」而已，虛擬的專業合法性也自然不具份量。在愈來愈寫實的臺灣新聞界，這便像是現狀，即便新聞專業論述依舊存在，但社會大眾不相信新聞工作會報導事實、監督權勢，新聞專業論述自然不具有意義，再加上以往的時代條件不再，新聞工作自然出現合法性困境，新聞工作者說不出工作意義，社會大眾也不相信新聞工作。

三、過渡期間的困境：僵在那裡的合法性問題

既然新聞工作取得的是屬於時代的合法性，那麼，除了新聞媒體的財務麻煩、公共傳播去中心化等因素會促成當下新聞工作合法性困境（Tong, 2018）外，如前面多次所述，「後」現代的影響是更全面、甚至顛覆的。例如在強調相對、去中心、反權威的「後」現代脈絡，現今臺灣新聞實務場域敢於走自己的路，便像是趁勢回應「後」現代的作爲，用不明說的方式忽視、不在意新聞是否是專業的問題。或者，於「後」現代不受待見的客觀、事實等原則，更是直接移除了傳統新聞專業論述藉由宣稱客觀報導事實所帶來的合法性。

這呼應 Waisbord（2018）的主張，二十世紀，科學是眞理政權，但隨著數位環境興起，資訊不再如同過去稀缺、公共資訊傳播方式多樣化、公眾有機會參與產製與近用新聞、專家（包含記者在內）地位下降，在在都衝擊著科學的眞理政權地位。然後在當下流行的交互主觀概念中，眞相已不是科學的事，也不再只有一個，而是發生於擁有相同認識觀點的公眾身上。順著這種邏輯，新聞與眞實的關係不再單獨由新聞媒體決定，以往被視爲專家的記者亦失去原有的權威。再或者，van Dalen（2021）討論記者與政治人物關係時，也認爲理論上媒體與政治場域都是所謂的機構，而機構化會帶來合法性與權威，彼此有著一定信任，但近來興起的民粹式政治人物、公民記者等，都與傳統認可的機構脫鉤，甚至轉而認爲機構化事物，如新聞專業常規、價值觀是桎梏。

基本上，無論是上述哪個說法，現代性的新聞在「後」現代社會中被徹底顛覆是不難被理解，甚至順理成章的，只是這裡潛藏著一個尙待妥善處理的根本問題：時代是否已出現徹底斷裂，失去延續性？在社會學對此仍有不同看法之際，配合本書強調時間自然流動的假定，這裡想要繞過仍未塵埃落定的爭議提出一種暫行策略，策略性地將當下視爲過渡期。

我主張，儘管當下可以理論性地比對出兩個時代的特徵差異，只要時序還沒有徹底深入後現代社會、現代社會還不至於成爲教科書記載的歷史篇章，就現實來說，在當下這個逐步過渡到「後」現代的期間，行動者終究還是保有以往時代的記憶，社會則混雜著兩個時代的特徵。例如，「後」現代雖然帶來不信任客觀、事實，專業也不再重要，但有意思的是，至少到目前爲止[4]，我們不難從社會大眾平日言談發現，他們接受客觀中立不可能，具有相對主義、去權威的特徵，可是卻又有意無意地依舊混用客觀等標準衡量新聞工作，以致當下新聞處於一種尷尬地位。新聞工作既無法不去承認「後」現代帶來的衝擊事實，又無法理直氣壯主張已進入新時代，可以拋棄傳統新聞專業論述的各種原則，也因此，無力再做補強的新聞工作合法性問題像是僵在那裡。

整體來說，上述關於合法性的討論終究還是偏向理論式論述，然而無論學術場域如何僵在那裡，在新聞還沒消失前，實務場域就還是持續運作著。因此倘若暫且不管學術場域如何處理合法性問題，直接進入同樣處於過渡期的實務場域，「只是一份工作」心態相當現實與自然地帶引出放棄新聞作爲專業的期待，對合法性更是直接的殘酷打擊。

在液態化社會脈絡，新聞媒體給予的工作條件不佳，新聞工作者也不願再黏著於新聞工作上，經營自己的名聲與榮光（張文強，2015），這種狀況使得新聞在實務場域很難再以「專業」自居。再一次地，並非所有工

---

4 這裡使用「至少到目前爲止」的原因是，我們仍不能確定何時會進入全面的「後」現代狀況，在時間流動過程中，一方面接受新概念，另一方面又不自覺沿用過去熟悉概念也算是正常的事情，而這也是我強調「時間感」的原因。我們不難從年輕世代言談中發現相對主義、去權威化等論調，但弔詭地，他們在看待爭議事件時卻還有著以自己立場爲中心的情形，還是可能會用「客觀」標準批評別人或媒體說法不客觀，也就是說，他們似乎沒有想像中的相對主義。當然，這裡有著程度差異，不能否認有些人的確具有相對主義精神。另外，在過渡期間，年長世代也逐漸接受、至少知道相對主義等概念，也混雜新舊概念觀看社會現象。

作都需要成爲專業，或都需要強健的合法性，只是在尚未徹底進入後現代時期之前，「只是一份工作」像是對於以往新聞工作合法性的戲謔嘲諷。它讓新聞專業論述就是論述而已，或是遭遇外界批評時，去情境化地挑選部分內容作爲防禦使用的語藝修辭，例如主張新聞工作有外界不應干預的自主性，例如用追正義、討公道作爲行銷口號。因此，新聞專業論述是虛的，與合法性無關。

也因此，至少到目前爲止，我們不能迴避「只是一份工作」對新聞所造成的影響。除非我們一致認爲在所謂的數位時代，新聞工作就是盡快提供最新資訊的行業，沒有更多；也可以忽略傳統新聞工作者、公民記者與Youtuber的差別，三者發表的是同等價值的資訊或言論，否則，過渡期間還是需要面對新聞工作的合法性問題。

第二節 新聞工作者的角色認知與新聞工作者的再界定

接續合法性問題的討論，如果我們認爲新聞工作還有著存在價值，那麼新聞工作者的角色認知，以及在號稱人人都可以做記者的年代，該如何界定新聞工作者成爲第二組需要思考的問題。

一、從傳統新聞工作者角色認知開始討論起

在新聞應該是專業的期待下，新聞專業論述的意識型態作用，或者說它所具有的機構性特徵賦予了傳統新聞工作者角色認知的模板。在美國，中立（neutral）與參與（participant）像是兩種新聞工作角色的原型（Cohen, 1963; Johnstone, Slawski, & Bowman, 1972）。簡單來說，前者強調新聞工作者應該用客觀方式報導事實，遵守意見與事實分離原則，後者則強調代表公共，特別是被壓迫團體發聲，並且挑戰政府等權勢機構，而這兩種角色也分別對應著報導事實與第四權兩種傳統。

再者，以 Weaver 與 Wilhoit 為核心，幾位學者（Weaver & Wilhoit, 1986, 1996; Weaver, Beam, Brownlee, Voakes, & Wilhoit, 2007; Willnat & Weaver, 2014; Willnat, Weaver, & Wilhoit, 2017）的一系列研究則是進一步做出延伸，最初提出三種區分：資訊傳播者（information dissemination role）、解釋／調查者（interpretive / investigative role）、鼓吹（adversary role）。資訊傳播者類似中立者；解釋／調查者強調記者不只客觀報導新聞事件，還需要將新聞事件相關背景調查並解釋清楚；鼓吹者則強調記者積極參與特定社會議題，監督政府等權勢者。之後研究則再加上大眾動員（populist mobilizer）角色，主要係指促進民眾參加公共討論與表達意見機會，設定議題，並提供民眾解決社會問題的方案。Weaver 與 Wilhoit 這組概念影響甚深，並透過跨國研究比較不同國家記者的差異，不過部分學者也做出某些修正，例如羅文輝與陳韜文（2004）以及劉蕙苓與羅文輝（2017）區分為資訊散布、解釋監督、娛樂文化、對立、公眾參與。鄧力（2016）則分為資訊散布、解釋政府政策、鼓吹民意、文化與娛樂、對立、應和者。

除 Weaver、Wilhoit 等人研究，Hanitzsch 等人（Hanitzsch, Hanusch, Ramaprasad, & de Beer, eds., 2019）在認可非西方新聞工作者具有不同特徵的脈絡下也進行了系列論述。其中，Hanitzsch（2017）、Hanitzsch 與 Vos（2018）特別將日常生活與政治生活區分開來，分別討論新聞工作所扮演的角色，就政治生活來說，有六個功能構面，十八種角色，分別是：

（一）資訊／指導（informational-instructive）功能：1.資訊傳遞者（the disseminator role）。2.策展者（the curator），就既定主題去發現、組織、重新包裝資訊給閱聽人。3.敘事者（the storyteller），不同於即時新聞，敘事者角色強調將新聞放在時間脈絡中，提供新聞事件相關背景、情境與解釋。

（二）分析／審議（analytical-deliberative）功能：1.分析者（the analyst），致力新聞事件的分析，透過追溯原因與預測結果來表達帶有主觀意識的意見。2.近用平台的提供者（the access provider），提供讀者表達意見的平台，致力公眾對話，促成審議的可能性。3.動員者（the mobilizer），作爲賦權的代理人，鼓勵閱聽人參與政治事務。

（三）批判／監督（critical-monitorial）功能：1.監控者（the monitor），被動對政治失當行爲進行報導，屬此項功能構面最被動的角色。2.偵探（the detective），透過各種調查策略仔細審視政府各項宣稱，或針對懷疑的議題進行資料收集與報導，此項角色與調查報導有關。3.看門狗（the watchdog），是更爲積極批判監督角色，強調主動仔細審視政治與商業領袖。

（四）倡議／激進（advocative-radical）功能：1.對立者（the adversary），刻意作爲政治權威的制衡力量，自視爲人民喉舌，帶有與政府敵對的成分。2.倡議者（the advocate），視自己爲特定社會弱勢團體的代言人，或成爲某項議題的支持者。3.傳教士（the missionary），推廣特定觀念、價值與意識型態。不同於倡議者，此角色多半是基於個人動機作爲準則。

（五）發展／教育（developmental-educative）功能：1.改變代理人（the change agent），經常出現於發展中社會，鼓吹社會改變、政治與社會改革。2.教育者（the educator），新聞工作者應作爲老師，激起公眾對社會問題的知覺與知識。3.調解者（the mediator），在異質社會中，關心社會整合，減少社會緊張。

（六）合作／促進（collaborative-facilitative）功能：1.協助者（the facilitator），認爲新聞工作應該協助政府，以促成社會與經濟發展。2.合作者（the collaborator），扮演替政府與其政策進行辯護的角色，接受因爲國家與經濟發展需求而限制新聞自由的可能性。3.代言者（the mouthpiece）類似前述資訊傳遞者，但大量依賴與傳遞的是政府資訊，藉由解釋政府決策爲政府提供合法性。

就每日生活而言，Hanitzsch 與 Vos（2018）區分了七種角色，1. 行銷角色（the marketer），與消費活動緊密相關，推銷某種生活型態與產品，經常與服務廣告客戶有所構連。2. 服務提供者（the service provider）提供有關服務與商品的實用資訊，但是從閱聽人角度出發，而非爲廣告客戶服務。3. 朋友（the friend），作爲陪伴者，甚至心理治療師，協助閱聽人處理困難、複雜的認同與社會關係問題。4. 連結者（the connector），幫忙閱聽人連結社群、社會，提供歸屬感。5. 情緒管理者（the mood manager），協助閱聽人情緒的管理調節，例如作爲提供娛樂、正向經驗的人。6. 提供靈感者（the inspirator），提供新的生活型態與商品的靈感。7. 指導者（the guide），提供日常生活中多樣選擇的方向，例如藉由名人新聞展示某種可以期待的生活型態案例。另外，在同樣主張新聞與日常生活關係密切的立場上，Hanusch（2019）提出四種角色功能：服務提供者（the service providers）、生活中的教練（the life coaches）、社群倡議者（the community advocates）、娛樂者（the inspiring entertainers）。

二、轉型中，新聞工作者的再界定問題

有關新聞工作者角色認知的研究不少，以上述兩系列研究爲例，差異中已顯示出一種大致重疊的輪廓，不過這些研究也透露著三個需要處理的問題。

首先，在正値數位轉型的當下脈絡，傳統新聞工作者如何面對轉變帶來的角色認知問題？然後，更爲根本地，在變動當下，該如何界定新聞工作者？最後，在實務場域，新聞工作者又是如何看待新聞工作的？當然，因爲仍在轉型，所以答案仍是模糊的。

如同以往商業化爲記者帶來的工作自主、角色認知困擾，數位轉型中，傳統新聞工作者也面對類似問題。實務場域對於網路閱聽人度量分析工具的關注，便讓新聞工作者更加知覺閱聽人導向的重要性（Hanusch, 2017; Hanusch & Tandoc, 2019; Tandoc, 2014），並且引起新聞工作自主的相關爭議（Dodds, de Vreese, Helberger, Resendez, & Seipp, 2023; Peterson-Salahuddin & Diakopoulos, 2020）。Grubenmann與Meckel（2017）則聚焦角色認知上，他發現在數位造成的速度與品質矛盾間，有些新聞工

作帶著懷舊心情，感受專業地位降低，有些則接受數位新聞工作的到來，但無論如何，他們都設法建構新的角色認知。另外，有些學者（Lasorsa, Lewis, & Holton, 2012; Sherwood & O'Donnell, 2018）關注社群媒體如何影響工作常規與專業認同，Mellado與Alfaro（2020）發現面對社群媒體興起，記者有三種處理認同的方式，一是適應，這類新聞工作者表示自己知道社群媒體的優勢，並且會整合進既有新聞工作常規，但他們還是維持傳統新聞工作的角色認同與價值。二是懷疑或抗拒，這類人不認可社群媒體作爲合格的專業工具，並不認爲自己的專業認同需要因社群媒體邏輯而調整。三是重新定義，這類人會重新定義專業認同與角色，透過社群媒體活動與使用加入新的意義。

面對轉型，角色與認同跟著轉變是合理的事情，也是值得關切的議題，不過與轉型有關，更基本的問題或許是該如何界定「新聞工作者」。在過去，新聞工作者不難定義，是指受雇新聞新聞媒體（Knight, 2008），進行新聞資訊收集、查證、編輯等工作的人。這裡，受雇於組織是關鍵，不過在當下，至少從兩方面鬆動了這種界定方式。

（一）團隊協作下的兩種新聞工作者：傳統新聞工作者與程式工程師

近年來，強調協作的資料新聞學直接將資訊程式工程師（programmers）帶引進新聞室，然後在同樣受雇於組織的脈絡下，程式工程師成爲「新聞工作者」。針對這種現象，一種樂觀看法是，透明度與開放資料文化巧妙構連起傳統新聞工作者與程式工程師，例如，特別是英美國家，開放政府的倡議吸引某些程式工程師願意進入薪資較低的新聞工作，以追求社會共好（Parasie & Dagiral, 2013），而某些傳統新聞工作者則被駭客文化吸引，促成寫手與駭客（hack & hacker）概念的出現（Lewis & Usher, 2013）。

不過即便可以樂觀看到兩種角色的構連，程式工程師這群新的「新聞工作者」與傳統新聞工作者終究有著差異。Parasie與Dagiral（2013）就發現，至少就某些程式工程師來說，他們秉持透明度與開放資料精神，認爲自己工作在於讓公眾可以接觸資訊、檢核資訊，以及依自己目的使用資訊，但這種主張閱聽人自行從資料中讀取意義的假定，明白與傳統新聞工作者代替閱聽人分析、詮釋新聞事件的角色設定不同。更具體地，程式工程師進入新聞室難以避免地帶來了新的技術與文化規範（Coddington, 2015b），對傳統新聞工作文化產生衝擊，或者反過來看，應用程式設計師需要費心處理與新聞專業間的關係（Ananny & Crawford, 2015）也說明跨界過程存在著文化差異。

當然，並非所有受雇於媒體組織的程式工程師都有所謂的駭客精神，會對傳統新聞工作提出前述「後」現代式質疑，但無論是因爲程式工程師有著自己工作邏輯與文化，例如強調沒有限制形式的創意，需要透明度、彈性來與技術環境接合（Coleman, 2004; Lewis & Usher, 2013），或者因爲對新聞專業論述不熟悉，導致未受薰陶或規訓的他們與傳統新聞工作者有所差異，當 Borges-Rey（2020）整合數項研究，將資料驅動新聞工作分成兩個典範：新聞工作者（newshood）典範與技術工作者典範（techie），兩個典範便也意味兩種不同工作方式，兩群人有著不同的角色認同。

在這種狀況下，該如何稱呼這群受雇新聞媒體的程式工程師、將他們置放在「新聞工作者」統稱下適不適當，這些問題都指向傳統新聞工作者界定方式的鬆動，以及再思考的必要。

（二）業餘新聞工作者與專職新聞工作者

另一項鬆動新聞工作者界定方式的力量來自組織外，即，公民記者、Youtuber 的興起。

對應「後」現代解放特徵，以及數位科技機緣，公民記者出現意味著傳統媒體壟斷新聞產製與定義社會眞實的權力遭到打破（Allen, 2008; Blaagaard, 2013b; Deuze, Bruns, & Neuberger, 2007），然後隨著公民記者逐漸被官方接受爲「記者」，也開始鬆動以往藉由受雇媒體來界定新聞工作者的習慣。另外，除公民記者，當下強調公民參與新聞產製的流行論調，配合上數位科技愈來愈低的技術與成本門檻，我們不難發現，愈來愈多「業餘者」（包含廣義的公民記者、Youtuber，以及諸如參與協作或群眾外包的民眾）參與新聞產製，挑戰了傳統新聞工作的邊界（Borger, van Hoof, & Sanders, 2019; Lewis, 2012; Robinson, 2010; Wahl-Jorgensen, 2015）。不過爲避免誤會，先簡單說明「業餘」沒有負面意味，主要是用來對比「專職」一詞，業餘有著不同程度，例如有些公民記者便接近專職工作，而「業餘化」並非新聞工作獨有，是一種當代社會整體發展趨勢。

面對公民記者或其他業餘者的出現，除了利用典範轉移角度進行分析，並主張新聞工作還是需要共享的價值（Elliot, 2008），或者徹底認爲這根本是兩個世界，例如早期公民記者對建制化媒體不信任，認爲人人都可以是記者便隱含著推翻舊模式的想法。基本上，呼應前段程式工程師進入新聞室的討論，各種業餘新聞工作者存在事實，同樣指向如何界定「新聞工作者」的問題。

分別來看，公民記者最直接地衝擊記者受雇於媒體組織的傳統界定，不過即便西方社會接受公民記者合法性，需要討論的問題是資本主義社會中，已脫離原本監督脈絡、愈來愈廣義的公民記者是否適合「新聞工作者」統稱。當然在此之前，也許需要先行討論的是這群廣義的公民記者是否是公民記者。另外，就產製新聞相關使用者創生內容的 Youtuber 等業餘者而言，不被視爲新聞工作者似乎不會引起太多爭議，但這類文本具有後現代的跨界與混種特徵，終究挑戰著「新聞」定義問題。一旦新聞採取寬鬆的定義，這類文本將帶著傳統新聞進入「後」現代與數位構築的文本海中，新聞就只是眾多文本之一，至於是否追求事實、是否與公共利益有關則無關緊要。

也就是說，於程式工程師或各式業餘者挑戰傳統新聞工作邊界的同時，他們也正重新定義著「新聞工作者」。面對這種默默改變，持續沿用既有名詞像是一種習慣，只是相關代價可能如同前面章節所述，「新聞工作者」亦將成爲一個滑溜名詞，意義開始混淆起來。如同臺灣以往習慣將「主播」沿用至 Youtuber 這種新身分上，後來才改用較爲精準的新名詞「網紅」、「網路直播主」，也許當下也是打破存而不論思維的時刻，嘗試思考「新聞工作者」該如何界定，是否需要發展新名詞來對應這種新趨勢。

最後回到才剛討論的傳統新聞工作者角色認知問題。如果程式工程師、各式業餘者被視爲新聞工作者，便得注意他們與傳統新聞工作者可能具有不同角色認知，而前面引述 Weaver 等人與 Hanitzsch 等人兩組角色認知研究結果可能會出現解釋上的麻煩。典型公民記者或者還可以對應以往研究結果，找到對應的角色認知，但對認爲自己是在讓閱聽人自行從資料中讀取意義的程式工程師（Parasie & Dagiral, 2013），以往研究似乎便不太合用。

也因此，延伸 Meyer 與 Davidson（2016）觀察，新科技重塑了新聞工作，當下，程式工程師、創業新聞等角色的出現意味著新聞場域開始分裂成不同行動者組成的聚落，不再如同以往可以藉由新聞專業將新聞工作者凝聚成一個詮釋社群。在這種狀況下，不同聚落的「新聞工作者」具有何種角色認知？是否會有角色衝突或該如何處理角色衝突？不同聚落共同組成的新聞場域會如何運作？更重要地，在與「後」現代共同演化過程中，新聞會走向何方，將成爲需要接續討論的重要問題，當然在此之前，可能還是得先處理好新聞工作者的界定問題。

三、學術認知角色外的角色：雇員、勞工

有關新聞工作角色，前面提及第三個需要處理的問題是：在實務場域，對新聞工作者，特別是專職新聞工作者來說，他們究竟是怎樣看待新聞工作？而回答這個問題需要回到本書實用邏輯。

事實上，就在 Weaver 等人與 Hanitzsch 等人做出豐富研究成果的同時，Hanitzsch 與 Vos（2017）便主張新聞工作角色不只是應然面問題，也涉及新聞工作者在實踐過程中眞正做什麼的問題，兩者是有所差距的。或者換從研究方法角度來看，將量化調查法與質化深度訪談法進行比對可以發現（Kvale, 1996; Singleton, Straits, Straits, & McAllister, 1988），即便量化研究強調客觀，但問卷或量表設計反映的是研究者對研究概念的想像（或以往該主題研究者所累積的想像），受訪者只能在研究者的想像框架（問卷或量表選項）中進行選擇，不去質疑研究者想像的合法性。也因

此，這裡存在一個可能風險：在某些狀況下，作爲被研究客體、受限於問卷與量表選項的受訪者，無法充分表達自己的想法。

基於以上關於研究方法的立場，我在這裡主張諸如 Weaver 等人（Weaver & Wilhoit, 1986, 1996; Weaver, Beam, Brownlee, Voakes, & Wilhoit, 2007; Willnat & Weaver, 2014; Willnat, Weaver, & Wilhoit, 2017）的經典研究其實正演繹著研究是一種論述建構的「後」現代式說法。他們先客觀地提出新聞工作者的不同角色想像分類（即，量表題項），然後透過受訪者回答進行想像的確認、調整、再分類，最終，建構出爲我們熟知的新聞工作者角色學術論述。這並不是說 Weaver 等人是憑空想像、完全錯誤，事實上，新聞專業在美國實務場域得到一定認可，以及新聞專業論述的規訓作用，都可能讓受訪新聞工作者眞心同意量表的分類，接受中立者、鼓吹者等角色。只是即便如此，我們還是得留心「後」現代與質化研究邏輯對於量化研究忽略受訪者作爲研究主體，以致無法捕捉受訪者眞實想法的可能性（Denzin & Lincoln, eds., 1994, 2018）。

這種提醒直接構連著本書強調的實用邏輯脈絡，特別是在液態、高度資本化等趨勢下，新聞工作者看待自己工作的方式與學術論述有所出入是不難理解、但容易被忽略的事。前面多次提及新聞工作不再是志業，而是隨時可以轉換的一份工作；與採訪對象不需保持長期互動，逐漸顯得液態化的工作方式；深度報導、調查報導不再流行，更多即時、翻抄改寫式的新聞，這些可以臚列更多的事實不只崩解著新聞專業論述，更意味著新聞工作者角色的寫實變化。例如對應第六章討論，當速度成爲美德，理論上，新聞工作者將愈加偏向資訊傳遞者角色，有關監督、倡議的角色則被淡化。或者在不再那麼信奉專業，高度資本化的新聞實務場域，當下極有能出現的一種狀況是，傳統角色認知是理想，在實務場域，新聞卻只是一份工作而已。

這種說法有些殘酷，但在當下實務場域，也許「只是一份工作」是不少新聞工作者看待自己工作的主調，勞工、雇員（張文強，2015）是主要角色，然後才搭配著中立者、倡議者等角色認知。這種狀況一方面解釋了他們爲何還是能回答 Weaver 等人（Weaver & Wilhoit, 1986, 1996, 2014）量表的原因。二方面也解釋他們對於新聞專業理解不夠深、不願爲跑新聞犧牲生活品質、更換工作比例較高的事實（張文強，2015；華婉伶與臧國仁，2011）。三方面，因爲工作成分大於專業成分，所以他們追求更多個人層面的事物，而非透過成就專業來經營自己名聲。因此，當群媒體開始具有行銷新聞角色（Tandoc & Vos, 2016），社群媒體也開始成爲行銷記者自己、使自己成爲品牌的工具（Mellado & Alfaro, 2020）。在電視新聞具有「被看到」可能性下，配合新聞要好看的實用邏輯，他們也爲可以被看到而展演。

在學術場域，新聞還是懷揣著專業想像，但在實務場域，至少是臺灣，新聞愈來愈像是一般工作，在沒受到正視的狀況下，新聞工作與新聞工作者的角色正發生變化，而這又回到新聞是什麼的問題，同時也延伸出新聞教育該如何進行的問題。

第三節 新聞教育

本書最後一節將論述新聞教育這個主題，作爲對於學術場域自我反思的具體實踐。

大致來說，大學新聞教育是個有著不同討論細節，卻隱藏主流方向的問題。這並非壞事，但就是順著主流方向做事，經常會出現無法察覺主流背後預設以致失去思考其他可能性的機會。因此，有時大膽跳脫主流預設是重要的，基於此項理由，請允許接下來較爲肆無忌憚、用更多「我」的成分提出關於新聞教育，特別是課程設計的論述。另外，受「後」現代思維影響，以及再次回應論述背後都有立場的立場，我眞誠認爲對於新聞教育有不同討論是正常的事，重點在於行動者需要知道與表明自己立場，才有助於實務與學術場域、學術場域間的對話。所以本節將先說明對於新聞教育的整體立場，再提出課程設計看法。

正式論述前，這裡還得提出與說明兩個更大的立場。首先，新聞教育的討論經常是建立在新聞是獨立科系的現狀上。但，是不是一定要有新聞系，或者新聞系是否一定要放在傳播學院也許亦是值得思考的問題。有關新聞的教育應該存在其他模式（Deuze, 2006; Hermann, 2017），不靠大學新聞教育可以更爲徹底的技術能力導向，或者將新聞系放在文學院、社會學院也許會讓視野變得不同。其次，大學教育不應該過度產業化以致失去博雅教育精神，新聞教育也不應該不自覺進入爲新聞產業訓練人才的模式，這很容易導致教育最終只成就技術人的風險。但反過來，我們也不應該期待新聞教育能做到所有事，畢竟，大學教育只是影響學習者的一個環節，行動者本身的意願、只是一份工作的思維、新聞實務場域實用邏輯，甚至包含家庭教育，這些都會影響學習者看待倫理、工作態度與作爲專業新聞工作者的意志。

一、立場

參考 Carey（2000）對於美國新聞系的歷史回顧，二十世紀初期新聞系的成立與試圖透過大學教育強化新聞工作合法性有關，但同時間，也像是命定了新聞系之後一組與教育有關、環環相套的問題。以此爲基礎，接下來說明本章對於新聞教育的立場。

（一）留心技術能力中心主義

作爲大學教育一環，卻又具有強烈實用性格的新聞系，理論與實務孰輕孰重始終是個爭議，它涉及大學新聞系要教什麼、由誰教、怎麼教的問題。在論述層次，理論與實務似乎是個不會有共識的討論，而且過去已有眾多討論，便不再多談。不過在實踐層次，則隱藏著一個影響深遠的問題。挑明來說，應該不會有人反對好記者需要知識能力，同時也需要倫理、態度與意志，可是就在理論與實務長久以來導引新聞教育相關討論的同時，我們需要注意，無論是抽象理論或實務技能，或者諸如描述性知識、程序性知識、情境知識這類細緻分法的討論（鍾蔚文、臧國仁、陳百齡，1996），指涉的均是知識能力。相對地，倫理、態度、意志等成就好新聞工作的東西似乎並不受到重視，其中，倫理或許還會作為一個討論課題，用一堂課程加以解決，後兩者則是缺乏關注。然後，這種聚攏於知識能力訓練的作法，促成教育的「能力中心主義」[5]。新聞成為一種能力的訓練，然後隨著液態社會，新聞成為一份工作，倫理、態度、意志愈加被排除在外。

進一步，兩股發展趨勢接連強化了能力中心主義，而且繼倫理、態度、意志之後，甚至又再削弱了知識能力中原本屬於抽象與批判思考的「理論」成份。其一，一直以來，為新聞產業訓練人才像是一項未被明白點破的主流預設（Mensing, 2010; Shapiro, 2020），在高度資本化的社會脈絡下，當高等教育急速擴張與明顯產業化，就業率、學生滿意度、雇主滿意度成為衡量教育是否成功的指標，我們不難發現，無論是採用複製產業現狀的跟隨者模式（follower mode），或是試圖超越產業現狀的創新者模式（innovator mode）（Deuze, 2006; Hewett, 2016），都預設著新聞教育與產業間的緊密關係，只不過前者試圖做到與業界同步，至少不要落後太多。後者雖然強調超越業界現狀，但創新也是指能力上的超越，與倫理、意志無關。這些共同落實了「能力中心主義」，更麻煩的是一旦跟隨模式勝過創新模式，往往意味著連能力創新的可能性都失去，就是以業界

---

5 本書主張，新聞工作包含能力、倫理、態度、意志等成分，單靠知識或技術能力，不足以成就好新聞工作者。也因此，新聞教育應該包含能力以外的成分，即便倫理、態度與意志不容易教，或需要不同教學方式。
能力中心主義則包含理論能力與技術能力，前者是指抽象、批判、理性辯證的知識能力，後者則是指新聞工作技術能力。以採訪為例，有關採訪的各種實務技巧即是技術能力，不過這不代表採訪就只是技術而已，有些學者（Clayman, 1991; Clayman, & Heritage, 2002; Goffman, 1981）便利用抽象、概念化的方式討論如何開場、如何小結、訪問者發問位置為訪談帶來的影響，這些理論概念有助學習者從後設角度學習與反思採訪行為。不過在愈來愈以業界馬首是瞻的狀況下，能力中心主義似乎逐步被化約成技術能力中心主義。理論能力被邊緣化。

馬首是瞻。然後，廣義的能力中心主義出現窄化成技術能力中心主義的傾向。

其二，在高度資本化與為產業訓練人才的脈絡下，數位環境的出現替新聞教育更是添加一種憂慮，憂慮腳步太慢，跟不上產業，然後導致招生出現問題。因此就在學術場域展現對於資料新聞學等教育關心的同時（Heravi, 2019; Hewett, 2016; Kothari & Hickerson, 2020），無論教學者是否有充分經驗、是否成熟至可開課階段，新聞系所將資料新聞學、360 度新聞學加入課程中。這種作法並非不對，從創新觀點來看，如果可以藉此創造出領先業界的思維是好事，只是在大學、新聞媒體與社會均愈形高度資本化的現狀下，往往事與願違，其透露的是想要快速引入業界新技術與技能的企圖，然後因為新舊課程的排擠，用另一種方式促成更深的技術能力中心主義。而這種緊盯實務、就技術教技術的作法可能造成學習者只停留在當下，不具用創新方式因應未來的風險（Picard, 2020），也失去新聞工作應有的理論性反思與批判可能性，成為技術人。

（二）小心成為技術人的風險

我們似乎可以發現，愈形合法化的「為新聞產業訓練人才」不自覺、副作用般地淡化了理論與實務這個長久以來的爭議。當然，這不是說爭議徹底獲得解決，更正確的說法應該是，雖然運用各種語藝策略做出修飾，但在新聞教學的實務場域，出現愈來愈向職業訓練傾斜的狀況，而且如前所述，愈來愈技術能力中心主義。換個說法，新聞教育關心如何寫作、採訪、查證，乃至做 360 度新聞，的確是建立新聞教育核心知識的方法，可是一但缺乏抽象理論作為基礎，例如訪談相關理論之於新聞採訪課程，新聞採訪很容易成為一種純粹的技能訓練。然後出現一種弔詭，大學四年所學技術不是因為設備跟不上業界、練習次數不夠多，便是因為在職場短期內就學會四年所學技術，而被認為新聞教育沒有意義、沒有用，無法接軌業界。

這裡並非意味理論重要性凌駕實作，但似乎無法否認的是，借用 Schön（1987）主張的行動中的反思（reflection-in-action），抽象理論具有幫助學習者跳脫現狀，促成在實作中進行反思的可能性（當然，如果只是背誦理論並無法達成這項目的，理論也就只是詰屈聱牙的文字而已），單是靠不斷去做的實作教學，學習者掌握到的往往是缺乏彈性與後設思維的技術能力，然後成就只會做，而且是常規化去做的技術人，失去工作中臨場反應的後設能力，以及創造更新工作方式的可能性。再者，理論除了帶來的抽象與後設思維，在避免成爲技術人的過程中，理論的批判與辯證思維扮演關鍵角色，它對應新聞工作者對於社會現象的觀察、批判，以及民主所需的論述思辨，藉此，新聞工作者可以有著「新聞鼻」觀察到値得討論的社會議題、深入社會現象背後進行結構性批判、促成新聞議題的公共對話。失去這些，新聞工作者將更接近於只是傳遞資訊的角色，他們可以嫻熟於採訪寫作，卻失去作爲知識分子、批判行動者的可能性，甚至簡單來說，也不符合新聞教育應該同時關切報導、寫作與批判評論的說法（Adam, 2001）。

當然，就以上而言，Carey（2000）有關二十世紀中葉新聞教育朝傳播學轉向的論述帶來重要、自我批判的學術反思。也就是，學術場域亦需要對此負責，傳播學，特別當時以量化爲主流的美國傳播學，雖然可能帶入抽象思維，卻於數字、客觀與科學等主流概念間失去人文關懷、批判的旨趣與思維，而這些也正呼應 Marcuse（1964／劉繼譯，2015）單向度人的說法，我們可以在社會中行動，卻失去對社會現象與結構進行觀察、批判的能力。

（三）知識能力之外：被忽略的倫理、態度與意志

並不諱言，我認爲新聞工作不單是知識能力問題，更涉及倫理、態度、意志，只不過這三者很難透過單一課程的教育思維加以訓練。它們深受社會結構影響，也更像是生活中的實踐，需要用不同方法處理之。

基本上，傳統新聞教育用課程方式簡單處理了倫理問題，只是課程可以講授哲學或規範性原則，卻很難掌握新聞倫理需要在兩難間選擇的寫實困境，更難期待藉由一門課就能讓學習者有倫理起來。或者說，因爲倫理是生活中的實踐，在尚且相信倫理，媒體相對沒有經濟困境的以往社會，有意願的新聞工作者還有堅持倫理的空間，不過當下以生存爲主調的新聞實務場域，倫理愈來愈難以落實，在課堂中教了，幾乎不被使用，或根本不被認可，徹底成爲一種理想論述。

倫理的「墮落」，帶引出態度與意志這兩項更被新聞教育忽略的東西，而兩者也更難教。如前面章節所述，以查證爲例，它可以是技術能力，可以有著理論作爲支持，但實作過程中它更涉及新聞工作者的態度。記者都知道應該要查證，但即便是簡單的電話查證、訪問兩位以上採訪對象這種作法，缺乏態度的新聞工作者也不會去做。再以建立人脈爲例，同樣地，是技術能力，可以有理論支持，然而也同樣地，當記者沒有建立人脈的態度，再多訓練也無法讓他們下班後願意花時間去實際建立人脈。也就是說，即便擁有純熟技術能力，缺乏基本工作態度會導致這些技術難以落實，甚至更常出現的情形是連基本技術能力也不全面與純熟，夠用就好。

作爲專業新聞工作者的意志又更爲抽象，卻可能是前述各項要素的根本，而意志的重要性大概展現在三個層面。首先，新聞是需要花時間耕耘的工作。以更能彰顯公共性特質的調查報導爲例，它需要「磨」，得費工找尋各種證據、讓關鍵消息來源願意說話、交叉檢核線索、反覆書寫，過程中還可能受到各種威脅。「磨」與「威脅」便凸顯意志的重要，否則很容易半路打退堂鼓，無法堅持下去。其次，高度資本化讓追求事實、監督權勢、公共性等專業特質難以實踐，而想要實踐這些理想的關鍵之一，也在於有沒有作爲專業記者的意志：雖然艱難，但還是願意正直地堅持。缺乏專業新聞工作者的意志，或許是當下新聞工作快速向資本主義妥協的因素之一。最後，意志於新聞工作日常展現重要性。在與液態社會互爲因果的關係中，把新聞當成工作就很難展現、也不需要這種意志，反過來，缺乏作爲專業的意志，新聞也就是一份工作而已，然後於反覆常規工作的日常中發現新聞沒有原先想像的光鮮亮麗，又再失去作爲記者的意志，每天就只是工作著而已，沒有工作熱情，缺乏超越我的意志。

意志不受注意，卻可能是許多問題的根本。不過事實上也並非所有人都忽略它的重要，Merrill（1996／周金福譯，2003）便提議利用存在主義新聞學概念克服客觀造成新聞只是單純傳遞資訊的問題，企圖讓新聞工作者具有探索眞相、監督權勢的熱情，而熱情正可以支撐這裡提及的意志。

在以教授知識能力爲主的大學，從倫理到態度再到意志，的確都不好教，由於他們不是知識能力，硬是進行化約也就失去了根本精神。另外，因爲涉及生活中的實踐，所以他們也共同面對著時代轉換問題。當時代轉換到「後」現代，在追求解放、去中心化趨勢中，倫理被視爲一種單一標準的威權象徵，或者因爲行動者偏好液態化的工作生涯，工作就是工作，促成追求專業的態度與意志成爲不討喜的負擔。在這種狀況下，我們似乎不得不承認一種犀利與悲觀的可能性是：當下，倫理、態度與意志更難教，對於不在意的行動者來說，「教」的意義不大。或者，它們還是有可能用不同於知識技能的方法教，例如嚴格執行不准抄襲等規則藉以重建基本工作態度，但這往往事倍功半，需要教師敢於違背當下教育實務場域中的市場邏輯，敢於指正與得罪學生，也就是說，教師同樣需要有作爲教師的態度與意志，願意花時間對抗行動者累積多年的心態，才有可能提醒倫理、態度與意志的存在與重要。

二、一次受限於現實的新聞課程想像

在接受新聞已建制化爲大學科系，以及倫理、態度與意志很難教兩項現狀下，這裡得一併承認能力中心主義似乎是不得不的選擇[6]。不過即便如此，能力中心主義也不應該被化約成技術能力中心主義。如果我們同意教

[6] 必須承認，我主張新聞教育缺乏倫理、態度與意志層面思考，卻又沒有提出詳細解決方式的作法並不負責任。不過，在這三者於當下社會已非美德，大學教育本身也進入市場邏輯的狀況下，想要單靠改變大學教育就能解決問題幾乎是不可能的任務。如果我們認爲新聞工作的倫理、態度與意志依然重要，也許需要的是進行一次社會整體層面的文藝復興，重新找回生活中的倫理、態度與意志。

育不只為產業服務，新聞不只是技術工作，那麼在暫時擱置倫理、態度與意志相關討論下，如何於新聞教育中融入理論思維，特別是批判理論思維成為重要的事情。

（一）新聞教育的目標

西方大學教育本質經歷轉折，有著愈來愈世俗化的趨勢（鄔昆如，1998；羅麥睿與田默迪，1998），然而至少到現在為止，博雅教育仍然是個未被遺忘的大學理念，雖然它與新聞專業一樣，也愈來愈成為論述層次的東西。從技能訓練觀點來看，博雅教育沒有太大用處，不過對比當代大學高度資本化趨勢，博雅教育演繹著現代公民的素養養成，期待成就理性思辨、人文關懷的現代社會。當然，博雅教育不應該被侷限成通識科目。

在這裡，一方面回應 Mensing（2010）的提醒，新聞教育的模式不只一種，訓練產業人才只是其中一，另一方面借助博雅教育古典思維，並且延伸前面關於立場的論述，我主張，新聞教育的目的可以是培養具有專業新聞工作思維的「公民」[7、8]。仔細地說，是在公共、民主審議、理性對話

---

[7] 有關新聞教育的討論需要感謝輔仁大學大眾傳播學研究所林鴻亦教授。林教授提出新聞教育核心為思辨與再現兩種素養。

[8] 這裡的「公民」具有兩層意義，(1) 在現代性脈絡中，專業聞工作者與一般指涉的公民共享關心公共議題、理性審議等精神。在這種共相下，我主張新聞教育可被視為一種過程：透過深入觀察社會現象、收集與查證資料、思辨分析等能力，細緻培養專業新聞工作思維。至於畢業後，無論是否從事新聞工作，專業新聞工作思維都有助於成就具公民精神的行動者，藉以服務社群。(2) 對比技術工作者，公民更強調反思與抽象思考能力；對比消費者，公民則更強調公共與審議批判能力。

培養新聞工作思維的公民，是基於新聞作為獨立科系現狀，回應大學博雅教育精神的觀點。這意味一種與主流不同的新聞教育模式，但在教育也有實用邏輯的寫實考量下，這種模式並不意味技術能力並不重要，而是強調反思中的實作，例如透過訪談理論促成採訪技術的學習，透過女性主義促成學習者反思與批判新聞專題等課程作業中的性別議題。透過反思、批判精煉實作經驗，而非就只是做而已。

這些基本原則下，培養深入觀察社會現象、收集與查證資料、思辨分析、細緻論述的能力，而這些「公民」可以成為正職新聞工作者，也可能以類似公民記者角色服務社群，再或者，即便不從事新聞工作，也可以透過專業新聞工作思維，積極參與公共議題討論，表達經思辨後的意見。這種目標對應專業新聞建基於公共與處理事實資訊的本質，也實際回應許多新聞系畢業生不從事或無法獲得新聞工作的現實（Shapiro, 2020）。

（二）理論與實務相互帶領的課程設計

在培養具有專業新聞工作思維的公民的教學目標下，接下來聚焦討論課程設計原則，而如前所述，避免技術化趨勢，增加反思與批判能力是關鍵原則。就應用性質濃厚的新聞系來說，要落實這項原則涉及該如何處理理論與實務的關係，而這或許也正是新聞課程設計最需要積極面對、無法迴避的教學實務問題。

這組關係不容易處理，原因同樣在於教學場域內也有許多寫實因素，例如各種有關學分的制度；所謂協同教學時，老師間是否能夠眞正做到共同授課，彼此有充分溝通，而非只是分單元個別授課。整體來說，我同意理論與實務無法、更不應該二分，但除非做出革命式調整，教育場域內的實用邏輯讓理論與實務很難不分開開課。

配合前面談及的各種原則，新聞系課程可以從行動者出發，思索與當下社會和媒體環境中其他行動者的關係。需要說明的是，這裡借用了行動者網路理論（Primo & Zago, 2015; Turner, 2005）的說法，其中，行動者包含「人」與「非人」。其次，這種架構嘗試打破以採訪、查證、寫作等新聞工作核心任務架構課程的方式，藉此避免有意無意構連至新聞產業的教育模式。然後與此有關的是，以採訪、寫作等任務架構新聞課程的方式雖然有效率地符合產業需求，但也很容易讓新聞教育成為封閉系統，將自己限在新聞領域中，就新聞教新聞，最終失去與基礎學科的連結。我主張，新的架構應該與社會學、語藝等更多領域重新取得構連，引入反思與批判的機會，開放系統更有助於教育與研究的多樣性。

在這種脈絡下，現今想要成就具新聞工作思維的公民，行動者需要處理以下幾種關係，然後對應著各自課程的想像。而每個領域課程包含實務與理論兩類，前者讓學習者在學校初步掌握該項能力的機會，後者則肩負帶引學習者進行反思與批判的責任。這是一種反思中學習的關係，理論可以先行，讓實作時有反思與批判的基本架構，理論也可以後行，讓學習者進行事後反思與批判。當然，如果可以跳脫教學場域的寫實因素，最好作法是兩類課程可以跨界，或者沒有時間落差地在不同課程、工作坊中直接實踐反思中學習。

基於以上脈絡，接下來便以行動者爲中心，分別說明其與新聞工作涉及的五項關鍵環節的課程想像。

1. 與人的關係：新聞是與人互動的工作，包含採訪對象、公關人員、同事同業等，然後直接涉及人脈建立、採訪查證等任務。因此，除了傳統各式採訪、查證等被歸爲實作、且已是大宗課程外，這裡也對應著社會心理學、訪談原理、人際關係與溝通、組織傳播等理論性課程，藉此，從理論層次幫忙學習者反思如何與人互動溝通、建立關係；如何問問題，例如如何開場、如何插話；如何於訪談中分辨發話者的動機、語言使用策略，透過追問進行查證等。
2. 與資料的關係：資料新聞學興起讓新聞工作與資料的關係快速成爲重點，除了資料新聞學、大數據等實作課程，也可能對應著研究方法、統計學、史學研究方法，甚至哲學與語藝領域關於事實、論證的理論。這些理論有助學習者掌握與大量資料的關係，例如對於誰主導、爲何生成、如何生成文字資料與數據資料庫具有敏感度；掌握針對資料進行考據或重新檢核的方法，藉此，不只了解處理資料的方法，也與資料保持辯證關係，不致反客爲主地被資料操控。
3. 與科技的關係：新聞傳播工作一直與科技發展密切，例如計算機新聞學是近年來重點。在此脈絡下，除了計算機新聞學、社群媒體等課程，也可能包含科技理論（例如 STS）、傳播與文明發展史、社群媒體科技理論、計算機或演算法理論等課程。其中，計算機或演算法理論課程有助從後設角度貼近新聞工作不擅長的計算機與演算法思維，傳播與文明發展史等課程則將科技放在社會與媒體環境中進行批判思考，這些課程論應有助於學習者思考科技邏輯如何影響新聞工作，以及促成學習者保持主體性，不致陷入科技決定論脈絡。另外，對於科技的理論性理解更可能促成創意使用科技的機緣，也就是說，倘若就是想要趕緊學習如何去做計算機新聞學、360 度新聞學，極有可能讓新聞教育停止在當下科技樣貌的技術性學習，但是如果科技是演化的，想要取得更多創新可能性，則需要在實作之外通透理解科技的物質性、與社會的關係，藉此或許才能進行更多創新可能性。

4. 與符號的關係：新聞是透過文字、視覺等符號再現新聞事件或議題的工作，傳統的報紙、電視採訪寫作課程，當下的資訊視覺化都在訓練這方面能力。不過除此之外，經常被忽略的語意學、語藝學、符號學、敘事理論能夠提供更充分理論反思機會，讓學習者更能夠掌握與符號的關係，純熟、甚至創意地使用符號進行表意。反過來，在民主強調理論思辨，但現實卻經常讓語藝成爲公關工具的狀態下，更豐富的符號敏感性將有助解讀消息來源端的意圖，例如權勢消息來源會如何利用符號論述來操控議題與包裝意識型態。
5. 與環境的關係：採訪、查證、寫作是新聞工作核心，聚焦於此有好處，但也可出現新聞教育封閉化的風險，不自覺地就新聞教新聞。事實上，新聞與公共議題存在於眞實環境中，一方面新聞工作者或公民應該具有深入觀察現象議題的能力，另一方面也應該有解構與批判現象議題的能力，如此，才不致進入權勢階級所創造的主流說法中，也才可能進行公共議題的思辨與對話。相較於前面幾種關係，這部分能力更爲抽象，而社會學、政治學、經濟學、心理學、法律課程、思想史等課程都具有這種促成深入觀察、思辨、批判與論述的潛力。

三、演化中的持續堅持與反思

如果從二十世紀初期開始算起，新聞教育與新聞學的發展也已百年，這段期間，西方社會的時序從現代進入「後」現代、從印刷邏輯進入數位邏輯，資本主義更是進入高度發展階段，種種因素都意味近百年不能視為一個不變的時期。然而反過來看，透過現代與「後」現代、印刷邏輯與數位邏輯等二分方式理解這段時期，雖然符合將事物簡化的人性，亦有助於藉由對比說明前後差異，可是二分（也可能是，三分、四分法）對比卻可能不自覺凸顯「新」與「舊」之間的斷裂，然後無論是崇古抑今，或喜今貶古都忽略了「時間感」隱含的延續性。也因此，本書主張從演化角度進行觀看，只是有些時期改變明顯、有些時期相對隱晦，當下，或許正是明顯時期。

從演化觀點回到新聞學術場域。如果說，二十世紀中，朝傳播學轉向為美國新聞研究與教育帶來新的合法性（Carey, 2000），我們需要注意的是，就學術研究而言，是美國資本主義社會、科學主義、結構功能論、行政研究、實證主義、量化研究共同架構起一種關切當下、技術旨趣的斷代式研究，並賦予這類型研究合法性，成為主流。就新聞教育而言，也是這些因素讓美國式新聞教育採用產業模式，偏向知識能力的訓練，然後遭遇環境明顯變化時，企圖透過增添新課程回應環境變化。

如果再從美國情境進入臺灣情境，對於複製美式新聞學理論與教育的臺灣來說，上述因素加上橘於淮為枳的風險，以及高度資本化邏輯大舉殖民大學教育場域，這些原因複雜交錯地促成臺灣新聞教育更為技術導向。因此，不只是倫理、態度、意志本身就很難教，更為關鍵地，即便知識能力的訓練，也愈加從知識能力中心主義進入技術能力中心主義。而且缺乏時間感導致的新舊二分，讓我們只在意當下，在「新」代表進步的美德中不自覺地追求新技術能力。

當然，這種作法是一種教學方式的選擇，社會環境也給予了合法性，只是如果我們眞正相信多元的意義，那麼如同 Mensing（2010）對於產業模式的質疑，也許我們也可以重新思考大學新聞教育的可能性。例如倘若大膽挪用 Habermas（1971）有關研究旨趣的理解，他提醒我們新聞教育除了技術旨趣，至少還有批判旨趣，而且批判旨趣不單是爲了成就看似唱高調的公民或知識份子，更直接關係到好新聞工作者的能力，有觀察、分析與批判能力的新聞工作者才可能找到値得關切的社會現象與問題，並且進行深入的批判與分析。

在演化脈絡中，系譜學式的思考有助我們帶入時間感，但這裡必須承認系譜學分析是我能力未及之處，也許包含我在內，我們未來應該進行更多系譜學式、歷史式、人文式的研究。有時，Weber（1919, 2002／李中文譯，2018）之類的古典書籍不只讓我們有時間感，不只證成舊東西可以是經典，更可以讓我們批判當下狀況，看到未來的可能性。

最後，無論是新聞實務場域或新聞教育場域，都需要承認與考量寫實因素，但承認並不代表徹底妥協，否則將進入某種投降主義，根本失去作爲行動者的意志與能動性。新聞工作遭遇意志與能動性問題，當下新聞教育也遭遇同樣問題。知道自己的立場、持續批判、思索不同可能性，是教育工作應該要做的事。

參考文獻

一、中文部分

卜正珉（2003）。《公共關係：政府公共議題決策管理》。臺北：揚智。

王道還譯（1994）。《科學革命的結構》。臺北：遠流。（原著 Kuhn, T. S. [1970]. *The structure of scientific revolutions*. Chicago: University of Chicago Press.）

中華傳播學刊編輯部（2008）。〈傳播教育及研究如何因應傳播未來發展趨勢：訪談紀要〉，《中華傳播學刊》，13：233-240。

文林譯（1998）。《魚網式組織》。臺北：麥田。（原著 Johansen, R. & Swigart, R. [1994]. *Upsizing the individual in the downsized organization*. Reading, Mass: Addison-Wesley.）

王佩迪、李旭騏、吳佳綺譯（2012）。《古典社會學巨擘：馬克思、涂爾幹、韋伯》。臺北：韋伯。（原著 Morrison, K. [2006]. *Marx, Durkheim, Weber: Formations of modern social thought*. London: Sage.）

王泰俐（2015）。《電視感官主義》。臺北：五南。

王毓莉（2014）。〈台灣新聞記者對「業配新聞」的馴服與抗拒〉，《新聞學研究》，119：45-79。

王靜嬋、許瓊文（2012）。〈獨自療傷的記者？從社會支持取徑檢視記者創傷壓力的調適〉，《中華傳播學刊》，22：211-257。

李中文譯（2018）。《以學術為志業》。新北市：暖暖書屋。（原著 Weber, M. [1919 / 2002]. *Wissenschaft als Beruf*. Stuttgart: Alfred Kröner Verlag.）

李利國與黃淑敏譯（1996）。《當代新聞採訪與寫作》。臺北：周知文化。（原書 Brooks, B. S., Kennedy, G., Moen. D. R., & Ranly, D. [1992]. *News reporting and writing*. New York: St. Martin's Press.）

位明宇（2010）。〈新聞整合操作：學生媒體行動研究〉，《新聞學研究》，105：167-203。

卓越新聞獎基金會主編（2008）。《關鍵力量的沉淪：回首報禁解除二十年》。臺北：巨流。

卓越新聞獎基金會主編（2009）。《台灣傳媒再解構》。臺北：巨流。

周世箴譯（2006）。《我們賴以生存的譬喻》。臺北：聯經。（原著 Lakoff, G. & Mark, J. [1980]. *Metaphors we live by*. Chicago: University of Chicago Press.）

周金福譯（2003）。《新聞倫理：存在主義的觀點》。臺北：巨流。（原著 Merrill, J. C. [1996]. *Existential Journalism*. Ames: Iowa State University Press.）

林元輝（2004）。〈本土學術史的「新聞」概念流變〉，翁秀琪（編），《台灣傳播學的想像》，55-84。臺北：巨流。

林宇玲（2015a）。〈制度化公民新聞學的新聞品質與倫理問題之初探：以台灣四家線上新聞組織的公民平台為例〉，《傳播與社會學刊》，33：189-223。

林宇玲（2015b）。〈從組織運作探討台灣制度化公民新聞的發展：以四家台灣新聞組織為例〉，《新聞學研究》，123：91-143。

林果顯（2017）。〈戰爭與新聞：臺灣的戰時新聞管制策略（1949-1960）〉，蕭旭智、蔡博方與黃順星（編），《傳媒與現代性》，289-324。臺北：五南。

林思平（2008）。《通俗新聞：文化研究的觀點》。臺北：五南。

林俊宏譯（2018）《大數據：「數位革命」之後，「資料革命」登場：巨量資料掀起生活、工作和思考方式的全面革新》。臺北：天下文化。（原著 Mayer-Schönberger, V. & Cukier, K. [2014]. *Big data: A revolution that will transform how we live, work, and think*. New York: Houghton Mifflin Harcourt Publishing Company.）

林照真（2005）。〈「置入性行銷」：新聞與廣告倫理的雙重崩壞〉，《中華傳播學刊》，8：27-40。
林照真（2009）。《收視率新聞學：台灣電視新聞商品化》。臺北：聯經。
林慧瑛（1987）。《政府與新聞界溝通關係之研究：現階段政府機關發言人制度及其實務探討》。中國文化大學新聞系碩士論文。
林麗雲（2000）。〈台灣威權政體下「侍從報業」的矛盾與轉型：1949-1999〉，《台灣產業研究》，3：89-148。
胡元輝（2012）。〈新聞作為一種對話：台灣發展非營利性「協作新聞」之經驗與挑戰〉，《新聞學研究》，112：31-76。
胡元輝（2014）。〈更審議的公民，更開放的公共：公共新聞與公民新聞相互關係的思考〉，《新聞學研究》，119：81-120。
胡元輝、羅世宏（2010）。〈重建美國新聞業〉，羅世宏、胡元輝（編），《新聞業的危機與重建》。臺北：先驅媒體社會企業有限公司。（原著 Downie, L., Jr. & Schudson, M. [2009]. The reconstruction of American journalism. *Columbia Journalism Review*, October 19, 2009. Retrieved from http://www.cjr.org/reconstruction/）
翁秀琪、鍾蔚文、翁秀琪、簡妙如、邱承君（1999）。〈似假還真的新聞文本世界：新聞如何呈現超經驗事件〉，《新聞學研究》，58：59-83。
高政義（2008）。《衛星新聞台駐地記者勞動過程研究：控制與回應》。政治大學傳播學院碩士在職專班論文。
許瓊文（2007）。〈數位化媒體教育課程實驗初探與省思：以某大學實習媒體為例〉，《中華傳播學刊》，11：3-47。
唐士哲（2002）。〈「現場直播」的美學觀：一個有關電視形式的個案探討〉，《中華傳播學刊》，2：111-142。
唐德蓉（2012）。《電視新聞記者集體合作行為對職能與專業態度之影響》。政治大學傳播學院碩士在職專班論文。
張文強（2008）。《新聞工作者與媒體組織的互動》。臺北：秀威。
張文強（2015）。《新聞工作的實用邏輯》。臺北：五南。
張文強（2018）。〈一次關於新聞專業、專業主義的複習〉，《傳播文化》，17：1-15。
張文強（2020）。〈從「共舞」到「舞台展演」：記者、消息來源與公關人員的三方關係〉，《傳播文化》，19：40-76。
張紋誠（2003）。《政府公共關係研究：經合會與農復會之個案分析》。中國文化大學新聞系碩士論文。
張騄遠（2012）。《電視新聞記者獨家新聞之資訊分享研究》。政治大學傳播學院碩士在職專班碩士論文。
陳一香（1988）。《電視爭議性新聞之消息來源及其處理方式與訊息導向之分析》。政治大學新聞學研究所碩士論文。
陳百齡（2017）。〈活在危險的年代：白色恐怖下的新聞工作者群像（1949-1975）〉，蕭旭智、蔡博方與黃順星（編），《傳媒與現代性》，249-288。臺北：五南。
陳炳宏（2005）。〈探討廣告商介入電視新聞產製之新聞廣告化現象：兼論置入性行銷與新聞專業自主〉，《中華傳播學刊》，8：209-246。
陳炳宏、鄭麗琪（2003）。〈台灣電視產業市場結構與經營績效關係之研究〉，《新聞學研究》，75：37-71。
陳信宏譯（2016）。《媒體失效的年代》。臺北：遠見天下文化。（原著 Jarvis, J. [2014]. *Geeks bearing gifts: Imagining new futures for news*. New York: CUNY Journalism Press.）
陳順孝（2018）。〈台灣公民記者的報導與培力〉。發表於中華傳播學會 2018 年年會。新竹：玄奘大學。
彭家發（1994）。《新聞客觀性原理》。臺北：三民。
游淑惠（2015）。《養兵千日，用在一時：政府公關對記者日常互動與危機運作之探討》。國立政治大學新聞學研究所碩士論文。
媒改社、劉昌德主編（2012）。《豐盛中的匱乏》。臺北：巨流。
陶振超（2007）。〈量變、質變、或不變：數位媒體匯流下的新聞傳播教育〉，《中華傳播學刊》，11：59-64。
馮建三譯（1992）。《廣告的符碼》，臺北：遠流。（原書 Jhally, S. [1987]. *The codes of advertising: Fetishism and the political economy of meaning in the consumer society*. London: Routledge.）
馮建三（1995）。《廣電資本運動的政治經濟學》。臺北：唐山。
馮建三譯（2015）。《誤解網際網路》。臺北：巨流。（原著 Curran, J., Fenton, N., & Freedman, D. [2012]. *Misunderstanding the internet*. London: Routledge.）
黃彥翔（2008）。〈搞關係、玩面子：記者面對消息來源的衝突化解策略〉，《傳播與社會期刊》，5：129-153。
黃浩榮（2005）。《公共新聞學：審議民主的觀點》。臺北：巨流。
黃惠萍（2005）。〈審議式民主的公共新聞想像：建構審議公共議題的新聞報導模式〉，《新聞學研究》，83：39-81。
黃瑞祺（2018）。《現代與後現代》。臺北：巨流。
喻靖媛、臧國仁（1995）。〈記者及消息來源互動關係與新聞處理方式之關連〉，臧國仁（編），《新聞工作者與消息來源》，203-205。臺北：國立政治大學新聞研究所。
華婉伶、臧國仁（2011）。〈液態新聞：新一代記者與當前媒介境況：Zygmunt Bauman「液態現代性」概念為理論基礎〉，《傳播研究與實踐》，1：205-238。
鄔昆如（1998）。〈大學何以為大〉，輔大《大學入門》課程委員會（編），《大學入門：開創成功的大學生涯》，3-30。臺北：遠流。
楊凱麟譯（2001）。《消失的美學》。臺北：揚智。（原書 Virlio, P. [1980]. *Esthétique de la disparition*. Paris: Éditions Galilée.）
萬澤毓譯（2007）。《再會吧！公共人》。臺北：群學。（原著 Sennett, R. [1977]. *The fall of public man*. New York: Knopf.）
詹慶齡（2011）。《壓力下的新聞室：權勢消息來源的互動與影響》。政治大學傳播學院碩士在職專班論文。
趙偉妏譯（2011）。《速度文化：即時性社會的來臨》。臺北：韋伯文化。（原書 Tomlinson, J. [2007]. *The culture of speed: The coming of immediacy*. London: Sage.）
鄧力（2016）。〈新聞教育如何塑造不一樣的未來記者：中國大陸與香港新聞學生對記者角色認知的比較研究（2008-2014）〉，《傳播與社會學刊》，36：69-103。
劉平君（2010）。〈解構新聞／真實：反現代性位置的新聞研究觀〉，《新聞學研究》，105：85-126。
劉昌德、羅世宏（2005）。〈電視置入性行銷之規範：政治經濟學觀點的初步考察〉，《中華傳播學刊》，8：41-61。
劉蕙苓（1989）。《報紙消息來源人物之背景與被處理方式之分析》。國立政治大學新聞學研究所碩士論文。
劉蕙苓、羅文輝（2017）。〈新聞人員對媒體角色認知的變遷與第三人效果〉，《中華傳播學刊》，31：191-225。
劉繼譯（2015）。單向度的人：發達工業社會的意識型態研究。臺北：麥田。（原著 Marcuse, H. [1964]. *One Dimensional man: Studies in the ideology of advanced industrial society*. Boston: Beacon Press.）
臧國仁（1999）。《新聞媒體與消息來源：媒體框架與真實建構之論述》。臺北：三民。
臧國仁（2000）。〈關於傳播學如何教的一些想法：以「基礎新聞採寫」課為例〉，《新聞學研究》，65：19-56。
鄭瑞城等（1993）。《解構廣電媒體：建立廣電新秩序》。臺北：澄社。
錢玉芬（1998）。《新聞專業性概念結構與觀察指標之研究》。政治大學新聞研究所博士論文。

鍾蔚文、翁秀琪、紀慧君、簡妙如（1999）。〈新聞事實的邏輯〉，《國家科學委員會研究會刊：人文及社會科學》，9(4)：575-589。
鍾蔚文、臧國仁、陳百齡（1996）。〈傳播教育應該教些什麼？幾個極端的想法〉，《新聞學研究》，53：107-129。
戴育賢（2002）。〈從扭曲溝通到獨白論說：婦女運動的報導如何客觀？〉，《中華傳播學刊》，1：139-185。
羅文輝（1989）。〈密蘇里新聞學院對中華民國新聞教育及新聞事業的影響〉，《新聞學研究》，41：201-210。
羅文輝（1996）。〈新聞事業與新聞人員的專業地位：逐漸形成的專業〉，《台大新聞論壇》，4：280-292。
羅文輝（1998）。〈新聞人員的專業性：意涵界定與量表建構〉，《傳播研究集刊》，2：1-47。
羅文輝、法治斌（1994）。〈客觀報導與誹謗〉，《新聞學研究》，49：213-232。
羅文輝、陳韜文（2004）。《變遷中的大陸、香港、台灣新聞人員》。臺北：巨流。
羅文輝、劉蕙苓（2006）。〈置入性行銷對新聞記者的影響〉，《新聞學研究》，89：81-125。
羅文輝、蘇蘅、林元輝（1998）。〈如何提升新聞的正確性〉，《新聞學研究》，56：269-296。
羅玉潔、張錦華（2006）。〈人脈與新聞採集：從社會資本與組織衝突觀點檢視記者如何建立與消息來源之間的關係〉，《中華傳播學刊》，10：195-231。
羅麥睿（Laumann, M.）與田默迪（Christian, M）（1998）。〈大學如何發展？〉，輔大《大學入門》課程委員會（編），《大學入門：開創成功的大學生涯》，31-88。臺北：遠流。
蘇蘅（2002）。《競爭時代的報紙：理論與實務》。臺北：時英。
蘇蘅（2018）。〈新聞專業的新視野：媒體實踐與台灣的問題〉，《傳播文化》，17：16-51。

二、英文部分

Abbott, A. (1988). *The system of professions: An essay on the division of expert labor*. Chicago: University of Chicago Press.
Adam, G, S. (2001). The education of journalists. *Journalism*, 2(3), 315-339.
Adoni, H. & Mane, S. (1984). Media and the social construction of reality: Toward an integration of theory and research. *Communication Research*, 11, 323-340.
Ahmad, A. N. (2010). Is Twitter a useful tool for journalists? *Journal of Media Practice*, 11(2), 145-155.
Aitamurto, T. (2011). The impact of crowdfunding on journalism. *Journalism Practice*, 5(4), 429-445.
Aitamurto, T. (2015). The role of crowd-funding as a business model in journalism: A five layered model of value creation. In L. Bennett, B. Chin & B. Jones (Eds), *Crowd-funding the future: Media industries, ethics and digital society* (pp. 189-206). New York: Peter Lang Publishing.
Akkerman, T. (2011). Friend or foe? Right-wing populism and the popular press in Britain and the Netherlands. *Journalism*, 12(8), 931-945.
Albertazzi, D. & McDonnell, D. (2008). Introduction: A new spectre for Western Europe. In D. Albertazzi & D. McDonnell (Eds.), *Twenty-first century populism: The spectre of Western European democracy* (pp. 1-11). Basingstoke: Palgrave Macmillan.
Aldridge, M. & Evetts, J. (2003). Rethinking the concept of professionalism: The case of journalism. *British Journal of Sociology*, 54(4), 547-564.
Allcott, H. & Gentzkow, M. (2017). Social media and fake news in the 2016 election. *Journal of Economic Perspectives*, 31(2), 211-236.
Allen, D. S. (2008). The trouble with transparency: The challenge of doing journalism ethics in a surveillance society. *Journalism Studies*, 9(3), 323-340.

Allison, M. (1986). A literature review of approaches to the professionalism of journalists. *Journal of Mass Media Ethics*, 1(2), 5-19.

Alperstein, N. M. (2019). *Celebrity and mediated social connections: Fans, friends and followers in the digital age*. Switzerland: Palgrave Macmillan.

Alvares, C. & Dahlgren, P. (2016). Populism, extremism and media: Mapping an uncertain terrain. *European Journal of Communication*, 31(1), 46-57.

Ananny, M. & Crawford, K. (2015). A liminal press: Situating news App designers within a field of networked news production. *Digital Journalism*, 3(2), 192-208.

Andersen, J. (2018). Archiving, ordering, and searching: Search engines, algorithms, databases, and deep mediatization. *Media, Culture & Society*, 40(8), 1135-1150.

Anderson, C. W. (2011a). Between creative and quantified audiences: Web metrics and changing patterns of newswork in local US newsrooms. *Journalism*, 12(5), 550-566.

Anderson, C. W. (2011b). Deliberative, agonistic, and algorithmic audiences: Journalism's vision of its public in an age of audience transparency. *International Journal of Communication*, 5, 529-547.

Anderson, C. W. (2013). Towards a sociology of computational and algorithmic journalism. *New Media & Society*, 15(7), 1005-1021.

Anderson, C. W. (2015). Between the unique and the pattern. *Digital Journalism*, 3(3), 349-363.

Anderson, C. W., Bell, E., & Shirky, C. (2015). Post-industrial journalism: Adapting to the present. *Geopolitics, History, and International Relations*, 7(2), 32-123.

Appelgren, E., Lindén, C., & van Dalen, A. (2019). Data journalism research: Studying a maturing field across journalistic cultures, media markets and political environments. *Digital Journalism*, 7(9), 1191-1199.

Appelgren, E. & Nygren, G. (2014). Data journalism in Sweden. *Digital Journalism*, 2(3), 394-405.

Appelgren, E. & Salaverría, R. (2018). The promise of the transparency culture: A comparative study of access to public data in Spanish and Swedish newsrooms. *Journalism Practice*, 12(8), 986-996.

Arrese, Á. (2016). From gratis to paywalls: A brief history of retro-innovation in the press's business. *Journalism Studies*, 17(8), 1051-1067.

Ausserhofer, J., Gutounig, R., Oppermann, M., Matiasek, S., & Goldgruber, E. (2020). The datafication of data journalism scholarship: Focal points, methods, and research propositions for the investigation of data-intensive newswork. *Journalism*, 21(7) 950-973.

Bailey, R. (2018). When journalism and satire merge: The implications for impartiality, engagement and 'post-truth' politics-A UK perspective on the serious side of US TV comedy. *European Journal of Communication*, 33(2), 200-213.

Bakir, V. & McStay, A. (2018). Fake news and the economy of emotions. *Digital Journalism*, 6(2), 154-175.

Bakker, P. (2012). Aggregation, content farms and Huffinization: The rise of low-pay and no-pay journalism. *Journalism Practice*, 6(5-6), 627-637.

Bakker, P. (2014). Mr. Gates returns: Curation, community management and other roles for journalists. *Journalism Studies*, 15(5), 596-606.

Bakker, P., Broertjes, P., van Liempt, A., Prinzing, M., & Smit, G. (2013). "This is not what we agree": Negotiating interview conditions in Germany and the Netherlands. *Journalism Practice*, 7(4), 396-412.

Bantz, C. R., McCorkle, S., & Baade, R. C. (1980). The news factory. *Communication Research*, 7(1), 45-68.

Barber, B. (1963). Some problems in the sociology of professions. *Daedalus*, 92(4), 669-88.

Barcena, M. B., Wueest, C., & Lau, H. (2014). *How safe is your quantified self?* Mountain View, CA: Symantech.

Barnhurst, K. G. & Nerone, J. (2009). Journalism history. In K. Wahl-Jorgensen & T. Hanitzsch (Eds.), *The handbook of journalism studies* (pp. 17-28). New York: Routledge.

Barnoy, A. & Reich, Z. (2019). The when, why, how and so-what of verifications. *Journalism Studies*, 20(16), 2312-2330.

Bastian, M., Helberger, N., & Makhortykh, M. (2021). Safeguarding the journalistic DNA: Attitudes towards the role of professional values in algorithmic news recommender designs. *Digital Journalism*, 9(6), 835-863.

Bauman, Z. (2000). *Liquid modernity*. Cambridge: Polity.

Bauman, Z. (2001). On mass, individuals, and peg communities. In N. Lee & R. Munro (Eds.), *The consumption of mass* (pp. 102-113). Malden, MA: Blackwell.

Bauman, Z. (2003). *Liquid life*. Cambridge: Polity.

Bauman, Z. (2004). *Wasted lives: Modernity and its outcasts*. Cambridge: Polity.

Beckett, C. & Deuze, M. (2016). On the role of emotion in the future of journalism. *Social Media + Society*, 2(3), 1-6.

Berkowitz, D. (1991). Assessing forces in the selection of local television news. *Journal of Broadcasting and Electronic Media*, 35, 245-251.

Berkowitz, D. & Adams, D. B. (1990). Information subsidy and agenda building in local television news. *Journalism Quarterly*, 67, 723-731.

Berry, Jr., F. C. (1967). A study of accuracy in local news stories of three dailies. *Journalism Quarterly*, 44(3), 482-492.

Besanko, D., Dranove, D., & Shanley, M. (1996). *Economics of strategy*. New York: John Wiley & Sons.

Birds, S. E. (2009). Tabloidization: What is it, and does it really matter? In B. Zelizer (Ed.), *The changing faces of journalism: Tabloidization, technology and truthiness* (pp. 40-50). London: Routledge.

Blaagaard, B. B. (2013a). Situated, embodied and political: Expressions of citizen journalism. *Journalism Studies*, 14(2), 187-200.

Blaagaard, B. B. (2013b). Shifting boundaries: Objectivity, citizen journalism and tomorrow's journalists. *Journalism*, 14(8), 1076-1090.

Blaikie, N. (1993). *Approaches to social enquiry*. Cambridge: Polity.

Blassnig, S., Ernst, N., Büchel, F., Engesser, S., & Esser, F. (2019). Populism in online election coverage: Analyzing populist statements by politicians, journalists, and readers in three countries. *Journalism Studies*, 20(8), 1110-1129.

Blumler, J. G. & Gurevitch, M. (1981). Politicians and the press: An essay on role relationship. In D. D. Nimmo & K. R. Sanders (Eds.), *Handbook of political communication* (pp. 467-493). Beverly Hills, CA: Sage.

Boczkowski, P. (1999). Understanding the development of online newspapers. *New Media & Society*, 1(1), 101-126.

Boczkowski, P. J. & Peer, L. (2011). The choice gap: The divergent online news preferences of journalists and consumers. *Journal of Communication*, 61(5), 857-876.

Bodó, B. (2019). Selling news to audiences: A qualitative inquiry into the emerging logics of algorithmic news personalization in European quality news media. *Digital Journalism*, 7(8), 1054-1075.

Bogaerts, J. & Carpentier, N. (2013). The postmodern challenge to journalism. In C. Peter & M. Broersma (Eds.), *Rethinking journalism: Trust and participation in a transformed news landscape* (pp. 60-71). London: Routledge.

Bogart, L. (1995). *Commercial culture: The media system and the public interest*. New York: Oxford University Press.

Bohman, J. (2000). The division of labor in democratic discourse: Media, experts, and deliberative democracy. In A. J. Eksterowicz & R. N. Roberts (Eds.), *Public journalism and political knowledge* (pp. 47-64). Lanham, MD: Rowman & Littlefield Publishers.

Borger. M., Costera- Meijer. I. C., van Hoof, A., & Sanders, J. (2013). It really is a craft: Repertoires in frontrunners' talk on audience participation. *Medijska istraživanja / Media Research*, 19(2), 31-54.

Borger, M., van Hoof, A., & Sanders, J. (2016). Expecting reciprocity: Towards a model of the participants' perspective on participatory journalism. *New Media & Society*, 18(5), 708-725.

Borger, M., van Hoof, A., & Sanders, J. (2019). Exploring participatory journalistic content: Objectivity and diversity in five examples of participatory journalism. *Journalism*, 20(3), 444-466.

Borges-Rey, E. (2016). Unravelling data journalism: A study of data journalism practice in British newsrooms. *Journalism Practice*, 10(7), 833-843.

Borges-Rey, E. (2020). Towards an epistemology of data journalism in the devolved nations of the United Kingdom: Changes and continuities in materiality, performativity and reflexivity. *Journalism*, 21(7), 915-932.

Bos, L. & Brants, K. (2014). Populist rhetoric in politics and media: A longitudinal study of the Netherlands. *European Journal of Communication*, 29(6), 703-719.

Bos, L., van der Brug, W., & de Vreese, C. (2010). Media coverage of right-wing populist leaders. *Communications*, 35, 141-163.

Boudana, S. (2011). A definition of journalistic objectivity as performance. *Media, Culture & Society*, 33, 385-98.

Bounegru, L. & Gray, J. (2021). *The data journalism handbook: Towards a critical data practice*. Amsterdam: Amsterdam University Press.

Bourdieu, P. (1990). *The logic of practice* (R. Nice, Trans.). Stanford, CA: Stanford University Press. (Original work published 1980)

Bowman, S. & Willis, C. (2003). *We media: How audiences are shaping the future of news and journalism*. Reston, VA: The Media Center at the American Press Institute. Retrieved from http://www.hypergene.net/wemedia/download/we_media.pdf

boyd, D. & Crawford, K. (2012). Critical questions for big data. *Information, Communication & Society*, 15(5), 37-41.

Bradshaw, P. (2011). The inverted pyramid of data journalism. Retrieved from: http://onlinejournalismblog.com/2011/07/07/the-inverted-pyramidof-data-jo

Brants, K., de Vreese, C., Möller, J., & van Praag, P. (2010). The real spiral of cynicism? Symbiosis and mistrust between politicians and journalists. *The International Journal of Press/Politics*, 15(1), 25-40.

Braverman, H. (1974). *Labor and monopoly capital*. New York: Monthly Review.

Braun, J. A. & Eklund, J. L. (2019). Fake news, real money: Ad tech platforms, profit-driven hoaxes, and the business of journalism. *Digital Journalism*, 7(1), 1-21.

Brewin, M. W. (2013). A short history of the history of objectivity. *The Communication Review*, 16(4), 211-229.

Bright, J. & Nicholls, T. (2014). The life and death of political news. *Social Science Computer Review*, 32(2), 170-181.

Bro, P. & Wallberg, F. (2015). Gatekeeping in a digital era: Principles, practices and technological platforms. *Journalism Practice*, 9(1), 92-105.

Broersma, M. (2008). The discursive strategy of a subversive genre: The introduction of the Interview in US and European journalism. In H.W. Hoen & M.G. Kemperink (Eds.), *Vision in text and image: The cultural turn in the study of arts* (pp. 143-58). Dudley, MA: Peeters.

Broersma, M. (2010). Journalism as performative discourse: The importance of form and style in journalism. In V. Rupar (Ed.), *Journalism and meaning making: Reading the newspaper* (pp.15-35). Cresskill, NJ: Hampton Press.

Broersma, M. & Graham, T. (2012). Social media as beat: Tweets as a news source during the 2010 British and Dutch elections. *Journalism practice*, 6(3), 403-419.

Broersma, M. & Graham, T. (2013). Tweets as a news source: Dutch and British newspapers used tweets in their news coverage, 2007-2011. *Journalism practice*, 7(4), 446-464.

Broersma, M., den Herder, B., & Schohaus, B. (2013). A question of power: The changing dynamics between journalists and sources. *Journalism Practice*, 7(4), 388-395.

Bromley, M. (1997). The end of journalism? Changes in workplace practices in the press and broadcasting in the 1990s. In M. Bromley & T. O'Maley (Eds.), *A journalism reader* (pp. 330-350). London: Routledge.

Broussard, M. (2019). Rethinking artificial intelligence in journalism. *Journalism & Mass Communication Quarterly*, 96(3), 675-678.

Brown, J. D., Bybee, C. R., Wearden, S. T., & Straughan, D. M. (1987). Invisible power: Newspaper news sources and the limits of diversity. *Journalism & Mass Communication Quarterly*, 64(1), 45-54.

Bruno, N. (2011). *Tweet first, verify later: How real-time information is changing the coverage of worldwide crisis events*. Oxford: Reuters Institute for the Study of Journalism, University of Oxford. Retrieved from http://reutersinstitute.politics.ox.ac.uk/fileadmin/documents/Publications/fellows__papers/2010-2011/tweet_first_verify_later.pdf, accessed 10 June 2011.

Bruns, A. (2018). *Gatewatching and news curation: Journalism, social media, and the public sphere*. New York: Peter Lang.

Bryman, A. (1988). *Quantity and quality in social science*. London: Unwin Hyman.

Bucher, T. (2017). Machines don't have instincts: Articulating the computational in journalism. *New Media & Society*, 19(6), 918-933.

Buhl, F., Günther, E., & Quandt, T. (2018). Observing the dynamics of the online news ecosystem: News diffusion processes among German news sites. *Journalism Studies*, 19(1), 79-104.

Burawoy, M. (1979). *Manufacturing consent*. Chicago: The University of Chicago Press.

de Burgh, H. (2003). Skills are not enough: The case for journalism as an academic discipline. *Journalism*, 4(1), 95-112.

Calcutt, A. & Hammond, P. (2011). *Journalism studies: A critical introduction*. New York: Routledge.

Canovan, M. (1999). Trust the people! Populism and the two faces of democracy. *Political Studies*, 47(1), 2-16.

Canter, L. (2013). The interactive spectrum: The use of social media in UK regional newspapers. *Convergence*, 19(4), 472-495.

Carey, J. W. (1969). The communications revolution and the professional communicator. *Sociological Review Monograph*, 13, 23-38.

Carey, J. W. (2000). Some personal notes on US journalism education. *Journalism*, 1(1), 12-23.

Carlson, M. (2007). Order versus access: News search engines and the challenge to traditional journalistic roles. *Media, Culture & Society*, 29(6), 1014-1030.

Carlson, M. (2015). The robotic reporter: Automated journalism and the redefinition of labor, compositional forms, and journalistic authority. *Digital Journalism*, 3(3), 416-431.

Carlson, M. (2016). Metajournalistic discourse and the meanings of journalism: Definitional control, boundary work, and legitimation. *Communication Theory*, 26(4), 349-368.

Carlson, M. (2018a). Automating judgment? Algorithmic judgment, news knowledge, and journalistic professionalism. *New Media & Society*, 20(5), 1755-1772.

Carlson, M. (2018b). Confronting measurable journalism. *Digital Journalism*, 6(4), 406-417.

Carlson, M. (2018c). The information politics of journalism in a post-truth age. *Journalism Studies*, 19(13), 1879-1888.

Carlson, M. (2019). News algorithms, photojournalism and the assumption of mechanical objectivity in journalism. *Digital Journalism*, 7(8), 1117-1133.

Carpenter, S. (2008). How online citizen journalism publications and online newspapers utilize the objectivity standard and rely on external sources. *Journalism & Mass Communication Quarterly*, 85(3), 531-548.

Carpentier, N. (2005). Identity, contingency and rigidity: The (counter-) hegemonic constructions of the identity of the media professional. *Journalism*, 6(2), 199-219.

Carpentier, N., Dahlgren, P., & Pasquali, F. (2013). Waves of media democratization: A brief history of contemporary participatory practices in the media sphere. *Convergence: The International Journal of Research into New Media Technologies*, 19(3), 287-294.

Carvajal, M., Garía-Avilés, J. A., & González, J. L. (2012). Crowdfunding and non-profit media: The emergence of new models for public interest journalism. *Journalism Practice*, 6(5-6), 638-647.

Casero-Ripollés, A. & Izquierdo-castillo, J. (2013). Between decline and a new online business model: The case of the Spanish news industry. *Journal of Media Business Studies*, 10(1), 63-78.

Casero-Ripollés, A., Izquierdo-Castillo, J., & Doménech-Fabregat, H. (2016). The journalists of the future meet entrepreneurial journalism: Perceptions in the classroom. *Journalism Practice*, 10(2), 286-303.

Chadha, K. & Koliska, M. (2015). Newsrooms and transparency in the digital age. *Journalism Practice*, 9(2), 215-229.

Chalaby, J. K. (1998). *The invention of Journalism*. Basingstoke, Hampshire: Macmillan Press.

Charnley, M. (1936). Preliminary notes on a study of newspaper accuracy. *Journalism Quarterly*, 13(Dec), 394-401.

Chen, R., Thorson, E., & Lacy, S. (2005). The impact of newsroom investment on newspaper revenues and profits: Small and medium newspapers, 1998-2002. *Journalism & Mass Communication Quarterly*, 82(3), 516-532.

Cherubini, F. & Nielsen, R. K. (2016). *Editorial analytics: How news media are developing and using audience data and metrics*. Oxford: Reuters Institute for the Study of Journalism.

Chomsky, D. (1999). The mechanisms of management control at the New York Times. *Media, Culture & Society*, 579-599.

Chomsky, D. (2006). "An interested reader": Measuring ownership control at the New York Times. *Critical Studies in mass Communication*, 23(1), 1-18.

Christin, A. (2018). Counting clicks: Quantification and variation in web journalism in the United States and France. *American Journal of Sociology*, 123(5), 1382-1415.

Chung, W.W., Tsang, K. J., Chen, P. L., & Chen, S. H. (1998). Journalistic expertise: Proposal for a research program. Paper presented to the ICA Convention. Jerusalem, Israel.

Chyi, H. I. & Ng, Y. M. (2020). Still unwilling to pay: An empirical analysis of 50 U.S. newspapers' digital subscription results. *Digital Journalism*, 8(4), 526-547.

Claussen, D. S. (2011). Editor's note: CUNY's entrepreneurial journalism: Partially old wine in a new bottle, and not quite thirst-quenching, but still a good drink. *Journalism & Mass Communication Educator*, 66(1), 3-6.

Clayman, S. E. (1991). News interview openings: Aspects of sequential organization. In P. Scannell (Ed.), *Broadcast talk* (pp. 48-75). London: Sage.

Clayman, S. E. (1992). Footing in the achievement of neutrality: The case of news-interview discourse. In P. Drew & J. Heritage (Eds.), *Talk at work: Interactions in institutional setting* (pp. 163-198). Cambridge: Cambridge University Press.

Clayman, S. E. & Heritage, J. (2002). *The news interviews: Journalists and public figures on the air*. Cambridge: Cambridge University Press.

Coddington, M. (2015a). The wall becomes a curtain: Revisiting journalism news-business boundary. In M. Carlson & S. C. Lewis (Eds.), *Boundaries of journalism: Professionalism, practices and participation*. London: Routledge.

Coddington, M. (2015b). Clarifying journalism's quantitative turn: A typology for evaluating data journalism, computational journalism, and computer-assisted reporting. *Digital Journalism*, 3(3), 331-348.

Coddington, M., Lewis, S. C., & Belair-Gagnon, V. (2021). The imagined audience for news: Where does a journalist's perception of the audience come from? *Journalism Studies*, 22(8), 1028-1046.

Coddington, M., Molyneux, L., & Lawrence, R. G. (2014). Fact checking the campaign: How political reporters use twitter to set the record straight (or not). *The International Journal of Press/Politics*, 19(4), 391-409.

Cohen, B. C. (1963). *The press and foreign policy*. Princeton, NJ: Princeton University Press.

Cohen, N. S. (2015). From pink slips to pink smile: Transforming media labor in a digital age. *The Communication Review*, 18, 98-122.

Cohen, N. S. (2018). At work in the digital newsroom. *Digital Journalism*, 6(4), 1-21.

Coleman, G. (2004). The political agnosticism of free and open source software and the inadvertent politics of contrast. *Anthropological Quarterly*, 77(3), 507-519.

Commission on Freedom of the Press (1947). *A free and responsible press: A general report on mass communication: Newspapers, radio, motion pictures, magazines, and books*. Chicago, Ill.: University of Chicago Press.

Compton, J. R. & Benedetti, P. (2010). Labour, new media and the institutional restructuring of journalism. *Journalism Studies*, 11(4), 487-99.

Corbin, J. M. & Strauss, A. L. (2015). *Basics of qualitative research: Techniques and procedures for developing grounded theory*. Thousand Oaks, California: Sage.

Costera-Meijer, I. C. (2012). Valuable journalism: A search for quality from the vantage point of the user. *Journalism*, 14(6), 754-770.

Cottle, A. (2003). News, public relations and power: Mapping the field. In S. Cottle (Ed.), *News, public relations and power* (pp. 3-24). London: Sage.

Craft, S. & Heim, K. (2008). Transparency in journalism: Meanings, merits, and risks. In L. Wilkins & C. G. Christians (Eds.), *The handbook of mass media ethics* (pp. 217-228). New York: Routledge.

Craig, G. (2016). Reclaiming slowness in journalism: Critique, complexity and difference. *Journalism Practice*, 10(4), 461-475.

Creech, B. & Roessner, A. (2019). Declaring the value of truth: Progressive-era lessons for combatting fake news. *Journalism Practice*, 13(3), 263-279.

Curran, J. (1977). Capitalism and control of the press, 1800-1975. In J. Curran, M. Gurevitch & J. Woollacott (Eds.), *Mass communication and society* (pp.195-230). London: Edward Arnold.

Cutcliffe, S. H. & Mitcham, C. (Eds.) (2001). V*isions of STS: Counterpoints in science, technology, and society studies*. Albany, N.Y.: State University of New York Press.

Cutlip, S. M., Allen, C., & Broom, G. (2005). *Effective public relations*. Englewood Cliffs, NJ: Prentice Hall.

Dahlberg, L. (2007). The internet, deliberative democracy, and power: Radicalizing the public sphere. *International Journal of Media and Cultural Politics*, 3(1), 47-64.

Dahlgren, P. & Alvares, C. (2013). Political participation in an age of mediatisation. *Javnost: The Public*, 20(2), 47-65.

Van Dalen, A. (2012). The algorithms behind the headlines: How machine-written news redefines the core skills of human journalists. *Journalism Practice*, 6(5-6), 648-658.

Van Dalen, A. (2021). Rethinking journalist-politician relations in the age of populism: How outsider politicians delegitimize mainstream journalist. *Journalism*, 22(11), 2711-2728.

Dates, J. L., Glasser, T. L., Stephens, M., & Adam, G. S. (2006). Does journalism education matter? *Journalism Studies*, 7(1), 144-156.

Davis, A. (2000). Public relations, news production and changing patterns of source access in the British national media. *Media, Culture & Society*, 22(1), 39-59.

Davis, A. (2003). Public relations and news sources. In S. Cottle (Ed.), *News, public relations and power* (pp. 27-42). London: Sage.

Davis, A. (2009). Journalist- source relations, mediated reflexivity and the politics of politics. *Journalism Studie*, 10(2), 204-219.

Davis, A. (2013). *Promotional cultures: The rise and spread of advertising, public relations, marketing and branding*. Cambridge: Polity.

Dean, J. (2003). Why the net is not a public sphere. *Constellations*, 10(1), 95-112.

De Keyser, J. & Raeymaeckers, K. (2012). The printed rise of the common man: How Web 2.0 has changed the representation of ordinary people in newspapers. *Journalism Studies*, 13(5-6), 825-835.

De Lorme, D. & Fedler, F. (2003). Journalists' hostility toward public relations: An historical analysis. *Public Relations Review*, 29, 99-124.

Dennis, E. E., Meyer, P., Sundar, S. S., Pryor, L., Rogers, E. M., Chen, H.L., & Pavlik, J. (2003). Learning reconsidered: Education in the digital age. Communications, convergence and the curriculum. *Journalism and Mass Communication Educator*, 57, 292-317.

Dennis, E. E. & Merrill, J. C. (1991). *Media debates: Issues in mass media*. NY: Longman.

Dennis, E. E. & Merrill, J. C. (2002). *Media debates: Great issues for the digital age*. Belmont, CA.: Wadsworth/Thomson Learning.

Denzin, N. K. & Lincoln, S. Y. (Eds). (1994). *Handbook of qualitative research*. Thousand Oaks: Sage.

Denzin, N. K. & Lincoln, S. Y. (Eds). (2018). *The Sage handbook of qualitative research*. Thousand Oaks: Sage.

Deuze, M. (2005). What Is Journalism? Professional identity and ideology of journalists reconsidered. *Journalism*, (4), 442-464.

Deuze, M. (2006). Global journalism education: A conceptual approach. *Journalism Studies*, 7(1), 19-31.

Deuze, M. (2007). Journalism in liquid modern times: An interview with Zygmunt Bauman. *Journalism Studies*, 8(4), 671-679.

Deuze, M. (2008a). The changing context of news work: Liquid journalism and monitorial citizenship. *International Journal of Communication*, 2, 848-865.

Deuze, M. (2008b). Understanding journalism as newswork: How it changes, and how it remains the same. *Westminster Papers in Communication and Culture*, 5(2), 4-23.

Deuze, M., Bruns, A., & Neuberger, C. (2007). Preparing for an age of participatory news. *Journalism Practice*, 1(3), 322-338.

Deuze, M., Neuberger, C., & Paulussen, S. (2004). Journalism education and online journalists in Belgium, Germany, and The Netherlands. *Journalism Studies*, 5(1), 19-29.

Deuze, M. & Witschge, T. (2018). Beyond journalism: Theorizing the transformation of journalism. *Journalism*, 19(2), 165-181.

DeWerth-Pallmeyer, D. (1997). *The audience in the news*. London: Routledge.

Diakopoulos, N. (2014). *Algorithmic accountability reporting: On the investigation of black boxes*. New York: Tow Center for Digital Journalism.

Diakopoulos, N. (2015). Algorithmic accountability: Journalistic investigation of computational power structures. *Digital Journalism*, 3(3), 398-415.

Diakopoulos, N. (2019a). Towards a design orientation on algorithms and automation in news production. *Digital Journalism*, 7(8), 1180-1184.

Diakopoulos, N. (2019b). Paving the human-centered future of artificial intelligence + Journalism. *Journalism & Mass Communication Quarterly*, 96(3), 678-681.

Diakopoulos, N. (2020). Computational news discovery: Towards design considerations for editorial

orientation algorithms in journalism. *Digital Journalism*, 8(7), 945-967.
Diakopoulos, N. & Koliska, M. (2017). Algorithmic transparency in the news media. *Digital Journalism*, 5(7), 809-828.
Diekerhof, E. & Bakker, P. (2012). To check or not to check: An exploratory study on source checking by Dutch journalists. *Journal of Applied Journalism and Media Studies*, 1(2), 241-253.
Dietrich, M. (1994). *Transaction cost economics and beyond*. London: Routledge.
Diesing, P. (1991). *How does social science work? Reflections on practice*. Pittsburgh: University of Pittsburgh Press.
Dobbs, M. (2011). *The rise of political fact-checking: How Reagan inspired a journalistic movement: A reporter's eye view*. New America Foundation. Retrieved from https://www.michaeldobbsbooks.com/uploads/1/1/1/7/11179754/dobbs_fact_checking_2011.pdf
Dodds, T., de Vreese, C., Helberger, N., Resendez, V., & Seipp, T. (2023). Popularity-driven metrics: Audience analytics and shifting opinion power to digital platforms. *Journalism Studies*, 24, 3, 403-421.
Domingo, D., Masip, P., & Meijer, I. C. (2015). Tracing digital news networks. *Digital Journalism*, 3(1), 53-67.
Domingo, D., Quandt, T., Heinonen, A., Paulussen, S., Singer, J., & Vujnovic, M. (2008). Participatory journalism practices in the media and beyond: An international comparative study of initiatives in online newspapers. *Journalism Practice*, 2(3), 326-342.
Dörr, K. N. (2016). Mapping the field of algorithmic journalism. *Digital Journalism*, 4(6), 700-722.
Dörr, K. N. & Hollnbuchner, K. (2017). Ethical challenges of algorithmic journalism. *Digital Journalism*, 5(4), 404-419.
Downs, A. (1957). *An economic theory of democracy*. New York: Harper.
Dworznik, G. (2006). Journalism and trauma: How reporters and photographers make sense of what they see. *Journalism Studies*, 7(4), 534-553.
Drucker, P. F. (1993). *Innovation and entrepreneurship: Practice and principles*. New York: Harper Business.
Edgerly, S. & Vraga, E. K. (2019). News, entertainment, or both? Exploring audience perceptions of media genre in a hybrid media environment. *Journalism*, 20(6), 807-826.
Edwardsson, M. P., Al-Saqaf, W., & Nygren, G. (2023). Verification of digital sources in Swedish newsrooms: A technical issue or a question of newsroom culture? *Journalism Practice*, 17(8), 1678-1695.
Egelhofer, J. L. & Lecheler, S. (2019). Fake news as a two-dimensional phenomenon: A framework and research agenda. *Annals of the International Communication Association*, 43(2), 97-116.
Ehrlich, M. (1997). The competitive ethos in television newsroom. In D. Berkowitz (Ed.), *Social meanings of news* (pp. 301-317). London: Sage.
Eisenstadt, S. N. (2002). Multiple modernities. In S. N. Eisenstadt (Ed.), *Multiple modernities* (pp. 1-30). London: Routledge.
Ekman, M. & Wildholm, A. (2015). Politicians as media producers: Current trajectories in the relation between journalists and politicians in the age of social media. *Journalism Practice*, 9(1), 78-91.
Eksterowicz, A. J. (2000). The history and development of public journalism. In A. J. Eksterowicz & R. N. Roberts (Eds.), *Public journalism and political knowledge* (pp. 3-20). Lanham, MD: Rowman & Littlefield.
Ekström, M., Ramsälv, A., & Westlund, O. (2021). The epistemologies of breaking news. *Journalism Studies*, 22(2), 174-192.
Elliot, D. (2008). Essential shared values and 21st century journalism. In L. Wilkins & C. G. Christians (Eds), *The handbook of mass media ethics* (pp. 28-39). New York: Routledge.

Elster, J. (1998). Introduction. In J. Elster (Ed.), *Deliberative democracy* (pp. 1-18). New York: Cambridge University Press.
Emery, M., Emery, E., & Roberts, N. L. (1996). *The press and America: An interpretive history of the mass media*. Boston: Allyn and Bacon.
Engesser, S., Ernst, N., Esser, F., & Büchel, F. (2017). Populism and social media: How politicians spread a fragmented ideology. *Information, Communication & Society*, 20(8), 1109-1126.
Ericson, R. V. (1998). How journalists visualize fact. *The Annals of the American Academy of Political and Social Science*, 560, 83-95.
Ericson, R. V., Baranek, P., & Chan, J. (1989). *Negotiating control: A study of news sources*. Milton Keynes: Open University Press.
Erikson, K. (1990). On work and alienation. In K. Erikson & S. P. Uallas (Eds.), *The nature of work: Sociological perspectives* (pp. 19-35). New Haven: Yale University Press.
Esser, F., Stępińska, A., & Hopmann, D. (2017). Populism and the media: Cross-national findings and perspectives. In T. Aalberg, F. Esser, C. Reinemann, J. Strömbäck & C. de Vreese (Eds.), *Populist political communication in Europe* (pp. 365-380). New York, NY: Routledge.
Ewen, S. (1996). *PR! A social history of spin*. New York, NY: Basic Books.
Fairclough, N. (1995). *Media discourse*. London: Edward Arnold.
Feldman, L. (2008). The news about comedy: Young audiences, The Daily Show, and evolving notions of journalism. *Journalism*, 8(4), 406-427.
Felle, T. (2016). Digital watchdogs? Data reporting and the news media's traditional "fourth estate" function. *Journalism*, 17(1), 85-96.
Fenton, N. (2009). Drowning or waving? New media, journalism and democracy. In N. Fenton (Ed.), *New media, old news: Journalism and democracy in the digital age* (pp. 3-16). London: Sage.
Fenton, N. (2019). (Dis)Trust. *Journalism*, 20(1), 36-39.
Fink, K. (2019). The biggest challenge facing journalism: A lack of trust. *Journalism*, 20(1), 40-43.
Fink, K. & Anderson, C. W. (2015). Data journalism in the United States: Beyond the "usual suspects". *Journalism Studies*, 16(4), 467-481.
Fisher, E. & Mehozay, Y. (2019). How algorithms see their audience: Media epistemes and the changing conception of the individual. *Media, Culture & Society*, 41(8), 1176-1191.
Fishman, M. (1980). *Manufacturing the news*. Austin: University of Texas Press.
Fletcher, R. & Nielsen, R. K. (2017). Paying for online news: A comparative analysis of six countries. *Digital Journalism*, 5(9), 1173-1191.
Fletcher, R. & Nielsen, R. K. (2018). Automated serendipity: The effect of using search engines on news repertoire balance and diversity. *Digital Journalism*, 6(8), 976-989.
Fletcher, R., Schifferes, S., & Thurman, N. (2020). Building the "Truthmeter": Training algorithms to help journalists assess the credibility of social media sources. *Convergence: The International Journal of Research into New Media Technologies*, 26(1), 19-34.
Flew, T., Spurgeon, C., Daniel, A., & Swift, A. (2012). The promise of computational journalism. *Journalism Practice*, 6(2), 157-171.
Foucault, M. (1979). *Discipline and punish: The birth of the prison*. (A. Sheridan Trans.). New York: Vintage Books.
Foucault, M. (1980). *Power/Knowledge: Selected interviews and others writing: 1972-1977*. (C. Gordon, Ed.). New York: Pantheon.
Franklin, B. (1997). *Newszak and news media*. London: Arnold.
Franklin, B. (1994). *Packaging politics: Political communications in Britain's media democracy*. London: Arnold.
Franklin, B. (2003). 'a good day to bury bad news': Journalists, sources and the packaging politics. In S.

Cottle (Ed.), *News, public relations and power*. (pp. 45-63). London: Sage.
Franklin, B. (2012). The future of journalism: Developments and debates. *Journalism Studies*, 13(5-6), 663-681.
Fraser, N. (1990). Rethinking the public sphere: A contribution to the critique of actually existing democracy. *Social Text*, 25/26, 56-80.
Friedland, L. A. (2000). Public journalism and community change. In A. J. Eksterowicz & R. N. Roberts (Eds.), *Public journalism and political knowledge* (pp. 121-142). Lanham, MD: Rowman & Littlefield Publishers.
Friedman, T. (1998). From heroic objectivity to the news stream: The newseum's strategies for relegitimizing journalism in the information age. *Critical Studies in Mass Communication*, 15, 325-335.
Fuchs, C. (2014). *Digital labour and Karl Marx*. New York: Routledge.
Furedi, F. (2004). *Therapy culture: Cultivating vulnerability in an uncertain age*. London: Routledge.
Gade, P. J. (2011). Postmodernism, uncertainty, and journalism. In W. Lowrey & P. J. Gade (Eds.), *Changing the news: The forces shaping journalism in uncertain times* (pp. 63-82). New York: Routledge.
Gallagher, M. (1982). Negotiation of control in media organizations and occupations. In M. Gurevitch, T. Bennett, J. Curran & J. Woollacott (Eds), *Culture, society and the media* (pp. 151-73). London: Methuen.
Galpin, C. & Trenz, H. (2019). Participatory populism: Online discussion forums on mainstream news sites during the 2014 European Parliament Election. *Journalism Practice*, 13(7), 781-798.
Galtung, J. & Ruge, M. (1965). The structure of foreign news: The presentation of the Congo, Cuba and Cyprus crises in four Norwegian newspapers. *Journal of International Peace Research*, 2, 64-90.
Gandy, O. H. (1982). *Beyond agenda setting: Information subsidies and public policy*. Norwood, NJ: Ablex.
Gans, H. J. (1979). *Deciding what's news: A study of CBS Evening News, NBC Nightly News, Newsweek, and Time*. New York: Pantheon Books.
Gans. H. J. (2010). News and democracy in the United States: Current problems, future possibilities. In S. Allan (Ed.), *The Routledge companion to news and journalism* (pp. 95-104). London: Routledge.
George, C. (2013). Diversity around a democratic core: The universal and the particular in journalism. *Journalism*, 14(4), 490-503.
Gieber, W. & Johnson, W. (1961). The city hall "beat": A study of reporter and source roles. *Journalism & Mass Communication Quarterly*, 38(3), 289-297.
Gillmor, D. (2006). *We the media: Grassroots journalism by the people, for the people*. New York, NY: O'Reilly.
Glasser, T. L. (1992). Objectivity and news bias. In E. D. Cohen (Ed.), *Philosophical issues in journalism* (pp. 176-183). New York: Oxford University Press.
Godler, Y. & Reich, Z. (2017). Journalistic evidence: Cross-verification as a constituent of mediated knowledge. *Journalism*, 18(5), 558-574.
Goffman, E. (1959). *The presentation of self in everyday life*. New York: Doubleday.
Goffman, E. (1981). *Forms of talk*. Oxford: Basil Blackwell.
Goyanes, M. (2014). An empirical study of factors that influence the willingness to pay for online news. *Journalism Practice*, 8(6), 752-757.
Grabe, M. E., Zhou, S., & Barnett, B. (2001). Explicating sensationalism in television news: Content and the bells and whistles of form. *Journal of Broadcasting & Electronic Media*, 45(4), 635-655.
Graves, L. (2018). Boundaries not drawn: Mapping the institutional roots of the global fact-checking movement. *Journalism Studies*, 19(5), 613-631.

Gray, J., Bounegru, L., & Chambers, L. (2012). *The data journalism handbook: How journalists can use data to improve the news*. Sebastopol, CA: O'Reilly.

Graybeal, G. & Hayes, J. (2011). A modified news micropayment model for newspapers on the social Web. *The International Journal of Media Management*, 13(2), 129-148.

Greenberg, S. (2007). Theory and practice in journalism education. *Journal of Media Practice*, 8(3), 289-303.

Greenwood, E. (1957). Attributes of a profession. *Social Work*, 2, 45-55.

Groot Kormelink, T. & Costera Meijer, I. (2014). Tailor-made news. *Journalism Studies*, 15(5), 632-641.

Groshek, J. & Koc-Michalska, K. (2017). Helping populism win? Social media use, filter bubbles, and support for populist presidential candidates in the 2016 US election campaign. *Information, Communication & Society*, 20(9), 1389-1407.

Grubenmann, S. (2017). Matrix organization: The design of cross-beat teamwork in newsroom. *Journalism Practice*, 11(4), 458-476.

Grubenmann, S. & Meckel, M. (2017). Journalists' professional identity: A resource to cope with change in the industry? *Journalism Studies*, 18(6), 732-748.

Guribye, F. & Nyre, L. (2017). The changing ecology of tools for live news reporting. *Journalism Practice*, 11(10), 1216-1230.

Guzman, A. L. (2018). What is human-machine communication, anyway? In A.L. Guzman (Ed.), *Human-machine communication: Rethinking communication, technology, and ourselves* (pp. 1-28). New York: Peter Lang.

Gynnild. A. (2014). Journalism innovation leads to innovation journalism: The impact of computational exploration on changing mindsets. *Journalism*, 15(6), 713-730.

de Haan, Y., van den Berg, E., Goutier, N., Kruikemeier, S., & Lecheler, S. (2022). Invisible friend or foe? How journalists use and perceive algorithmic-driven tools in their research process. *Digital Journalism*, 10(10), 1775-1793.

Haas, T. (2005). From "public journalism" to the "public's journalism"? Rhetoric and reality in the discourse on weblogs. *Journalism Studies*, 6(3), 387-396.

Habermas, J. (1971). *Knowledge and human interests* (J. Shapiro Trans.). Boston: Beacon Press.

Habermas, J. (1979). What is universal pragmatics? In J. Habermas (Ed.), *Communication and the evolution of society* (pp. 1-68). Boston, MA: Beacon Press.

Habermas, J. (1989). *The structural transformation of the public sphere: An inquiry into a category of bourgeois society* (T. Burger, Trans.). Oxford: Polity.

Habgood-Coote, J. (2019). Stop talking about fake news! *Inquiry*, 62(9-10), 1033-1065.

Hågvar, Y. B. (2019). News media's rhetoric on Facebook. *Journalism Practice*, 13(7), 853-872.

Hall, S. (2011). The neoliberal revolution. *Cultural Studies*, 25(6), 705-728.

Hall, S., Critcher, C., Jefferson, T. Clarke, J., & Roberts, B. (1978). *Policing the crisis: Mugging, the state, and law and order*. Basingstoke, Hampshire [England]: Macmillan.

Halliday, M. A. K. (1994). *An introduction to functional grammar*. London: Edward Arnold.

Hallin, D. C. (1992). The passing of the "High modernism" of American journalism. *Journalism*, 42(3), 14-25.

Hallin, D. C. & Mancini, P. (2004). *Comparing media systems: Three models of media and politics*. Cambridge: Cambridge University Press.

Hamilton, J. M. & Tworek, H. J. S. (2016). The natural history of the news: An epigenetic study. *Journalism*, 18(4), 391-407.

Hammond, P. (2017). From computer-assisted to data-driven: Journalism and big data. *Journalism*, 18(4), 408-424.

Hanitzsch, T. (2007). Deconstructing journalism culture: Toward a universal theory. *Communication*, 17,

367-385.

Hanitzsch, T. (2017). Professional identity and roles of journalists. In Oxford research encyclopedia of communication. Retrieved from https://doi.org/10.1093/acrefore/9780190228613.013.95

Hanitzsch, T., Hanusch, F., Ramaprasad, J., & de Beer, A. (Eds.). (2019). *Worlds of journalism: Journalistic cultures around the globe*. N.Y.: Columbia University Press.

Hanitzsch, T. & Vos, T. P. (2017). Journalistic roles and the struggle over institutional identity: The discursive constitution of journalism. *Communication Theory*, 27(2), 115-135.

Hanitzsch, T. & Vos, T. P. (2018). Journalism beyond democracy: A new look into journalistic roles in political and everyday life. *Journalism*, 19(2), 146-164.

Hanusch, F. (2017). Web analytics and the functional differentiation of journalism cultures: Individual, organizational and platform-specific influences on newswork. *Information, Communication & Society*, 20(10), 1571-1586.

Hanusch, F. (2019). Journalistic roles and everyday life. *Journalism Studies*, 20(2), 193-211.

Hanusch, F. & Tandoc, E. C. (2019). Comments, analytics, and social media: The impact of audience feedback on journalists' market orientation. *Journalism*, 20(6), 695-713.

Harcup, T. & O'Neill, D. (2001). What is news? Galtung and Ruge revisited. *Journalism Studies*, 2(2), 261-280.

Harcup, T. & O'Neill, D. (2017). What is News? *Journalism Studies*, 18(12), 1470-1488.

Harte, D., Williams, A., & Turner, J. (2017). Reciprocity and the hyperlocal journalist. *Journalism Practice*, 11(2-3), 160-176.

Hartley, J. (1996). *Popular reality: Journalism, modernity, popular culture*. London: Arnold.

Helberger, N. (2019). On the democratic role of news recommenders. *Digital Journalism*, 7(8), 993-920.

Helberger, N., Karppinen, K., & D'Acunto, L. (2018). Exposure diversity as a design principle for recommender systems. *Information, Communication & Society*, 21(2), 191-207.

Held, D. (2006). *Models of democracy*. Cambridge, UK: Polity.

Hellmueller, L., Vos, T. P., & Poepsel, M. A. (2013). Shifting journalistic capital? *Journalism Studies*, 14(3), 287-304.

Heravi, B. R. (2019). 3Ws of data journalism education: What, where and who? *Journalism Practice*, 13(3), 349-366.

Herman, E. & Chomsky, N. (1988). *Manufacturing consent: The political economy of mass media*. New York: Panthon.

Hermida, A. (2010). Twittering the news: The emergence of ambient journalism. *Journalism Practice*, 4(3), 297-308.

Hermida, A. (2012). Tweets and truth: Journalism as a discipline of collaborative verification. *Journalism Practice*, 6(5-6), 659-668.

Hermida. A. (2013). # JOURNALISM: Reconfiguring journalism research about Twitter, one tweet at a time. *Digital Journalism*, 1(3), 295-313.

Hermida, A. & Djerf-Pierre, M. (2013). The social journalist: Embracing the social media life or creating a new digital divide? *Digital Journalism*, 1(2), 368-385.

Hermida, A., Fletcher, F., Korell, D., & Logan, D. (2012). Share, like, recommend: Decoding the social media news consumer. *Journalism Studies*, 13(5-6), 815-824.

Hermida, A. & Young, M. L. (2019). *Data journalism and the regeneration of news*. London: Routledge.

Hermann, A. K. (2017). J-school ethnography: Mending the gap between the academy and journalism training? *Journalism Studies*, 18(2), 228-246.

Herring, S. C. & Kapidzic, S. (2015). Teens, gender, and self-presentation in social media. In J. D. Wright (Ed.), *International encyclopedia of social and behavioral sciences* (pp. 146-152). Oxford: Elsevier.

Hess, S. (1981). *The Washington reporters*. Washington, D.C.: Brookings Institution.

Hjarvard, S. (2008). The mediatization of society: A theory of the media as agents of social and cultural change. *Nordicom Review*, 29(2), 105-134.

Hochschild, A. R. (1983). *The managed heart: Commercialization of human feeling*. Berkeley, CA: University of California Press.

Holovaty, A. (2006). A fundamental way newspaper sites need to change, 6 September. Retrieved from: http://www.holovaty.com/writing/fundamental-change/

Hopper, K. M. & Huxford, J. (2015). Gathering emotion: Examining newspaper journalists' engagement in emotional labor. *Journal of Media Practice*, 16, 25-41.

Hopper, K. M. & Huxford, J. E. (2017). Emotion instruction in journalism courses: An analysis of introductory news writing textbooks. *Communication Education*, 66(1), 90-108.

Hrynyshyn, D. (2019). The outrage of networks: Social media and contemporary authoritarian populism. *Democratic Communiqué*, 28(1), 27-45.

Huan, C. (2017). The strategic ritual of emotionality in Chinese and Australian hard news: A corpus-based study. *Critical Discourse Studies*, 14(5), 461-479.

Hughes, J. A. (1990). *The philosophy of social research*. London: Longman.

Hujanen, J. (2012). At the crossroads of participation and objectivity: Reinventing citizen engagement in the SBS newsroom. *New Media & Society*, 15(6), 947-962.

Hunter, A. (2015). Crowdfunding independent and freelance journalism: Negotiating journalistic norms of autonomy and objectivity. *New Media & Society*, 17(2), 272-288.

Hunter, A. (2016). It's like having a second full-time job. *Journalism Practice*, 10(2), 217-232.

Hunter, A. & Nel, F. P. (2011). Equipping the entrepreneurial journalist: An exercise in creative enterprise. *Journalism and Mass Communication Educator*, 66(1), 9-24.

Hurrell, B. & Leimdorfer, A. (2012). Data journalism at the BBC. In J. Gray, L. Chambers & L. Bounegru (Eds.), *The data journalism handbook: How journalists can use data to improve the news* (pp. 28-32). Sebastopol, CA: O'Reilly Media.

Hutton, G. J. (1999). The definition, dimensions, and domain of public relations. *Public Relations Review*, 25(2), 199-214.

Hrynyshyn, D. (2019). The outrage of networks: Social media and contemporary authoritarian populism. *Democratic Communiqué*, 28(1), 27-45.

Jaakkola, M., Hellman, H., Koljonen, K., & Väliverronen, J. (2015). Liquid modern journalism with a difference: The changing professional ethos of cultural journalism. *Journalism Practice*, 9(6), 811-828.

Jameson, F. (1991). *Postmodernism, or, the cultural logic of late capitalism*. Durham: Duke University Press.

Jian, L. & Shin, J. (2014). Motivations behind donors' contributions to crowdfunded journalism. *Mass Communication and Society*, 18(2), 165-185.

Jian, L. & Shin, J. (2015). Motivations behind donors' contributions to crowd-funded. *Mass Communication and Society*, 18(2), 165-185.

Jian, L. & Usher, N. (2014). Crowd-funded journalism. *Journal of Computer-Mediated Communication*, 19(2), 155-170.

Johnstone, J., Slawski, E., & Bowman, W. (1972). The professional values of American newsmen. *Public Opinion Quarterly*, 36, 522-540.

Jönsson, A. M. & Örnebring, H. (2011). User-generated content and the news: Empowerment of citizens or interactive illusion? *Journalism Practice*, 5(2), 127-144.

Joris, G., De Grove, F., Van Damme,K., & De Marez, L. (2021). Appreciating news algorithms: Examining audiences' perceptions to different news selection mechanisms. *Digital Journalism*, 9(5), 589-618.

Josephi, B. (2012). How much democracy does journalism need? *Journalism*, 14(4), 474-489.

Just, N. & Latzer, M. (2017). Governance by algorithms: Reality construction by algorithmic selection on the internet. *Media, Culture & Society*, 39(2), 238-258.

Kalatzi, O., Bratsas, C., & Veglis, A. (2018). The principles, features and techniques of data journalism. *Studies in Media and Communication*, 6(2), 36-44.

Kantola, A. (2012). From gardeners to revolutionaries: The rise if the liquid ethos in political journalism. *Journalism*, 14(5), 606-626.

Karimi, M., Jannach, D., & Jugovac, M. (2018). News recommender systems: Survey and roads ahead. *Information Processing & Management*, 54(6), 1203-1227.

Karlsen, J. & Stavelin, E. (2014). Computational journalism in Norwegian newsrooms. *Journalism Practice*, 8(1), 34-48.

Karlsson, M. (2010). Rituals of transparency. *Journalism Studies*, 11(4), 535-45.

Karlsson, M. (2011). The immediacy of online news, the visibility of journalistic processes and a restructuring of journalistic authority. *Journalism*, 12(3), 279-295.

Karlsson, M. & Clerwall, C. (2018). Transparency to rescue? Evaluating citizens' views on transparency tools in journalism. *Journalism Studies*, 19(13), 1923-1933.

Karlsson, M., Clerwall, C., & Nord, L. (2014). You ain't seen nothing yet: Transparency's (lack of) effect on source and message credibility. *Journalism Studies*, 15(5), 668-678.

Karlsson, M. & Holt, K. (2014). Is anyone out there? Assessing Swedish citizen-generated community journalism. *Journalism Practice*, 8(2), 164-180.

Karlsson, M. & Strömbäck, J. (2010). Freezing the flow of online news: Exploring approaches to the study of the liquidity of online news. *Journalism Studies*, 11(1), 2-19.

Kern, T. & Nam, Sang-hui. (2008). The making of a social movement: Citizen journalism in South Korea. *Current Sociology*, 57(5), 637-660.

Kitch, C. (2000). A news of feeling as well as fact: Mourning and memorial in American newsmagazines. *Journalism Studies*, 1(2), 171-195.

Kitch, C. (2003). "Mourning in America": Ritual, redemption, and recovery in news narrative after September 11. *Journalism Studies*, 4(2), 213-224.

Kligler-Vilenchik, N., Hermida, A., Valenzuela, S., & Villi, M., (2020). Studying incidental news: Antecedents, dynamics and implications. *Journalism*, 21(8), 1025-1030.

Knight, A. (2008). Who is a journalist? Journalism in the age of blogging. *Journalism Studies*, 9(1), 117-13.

Koljonen, K. (2013). The shift from high to liquid ideals: Making sense of journalism and its change through a multidimensional model. *Nordicom Review*, 34, 141-154.

Kothari, A. & Hickerson, A. (2020). Challenges for journalism education in the era of automation. *Media Practice and Education*, 21(3), 212-228.

Kotkov, D., Wang, S., & Veijalainen, J. (2016). A survey of serendipity in recommender systems. *Knowledge-Based Systems*, 111(Supplement C), 180-192.

Kovach, B. & Rosenstiel, T. (2001). *The elements of journalism: What newspeople should know and the public should expect*. New York: Crown.

Kozloff, S. (1992). Narrative and television. In R. C. Allen (Ed). *Channels of discourse, reassembled: Television and contemporary criticism* (pp. 67-100). London: Routledge.

Kperogi, F. A. (2011). Cooperation with the corporation? CNN and the hegemonic cooptation of citizen journalism through iReport.com. *New Media & Society*, 13(2), 314-329.

Krämer, B. (2014). Media populism: A conceptual clarification and some theses on its effects. *Communication Theory*, 24(1), 42-60.

Krämer, B. (2018). Populism, media, and the form of society. *Communication Theory*, 28, 444-465.

Kristensen, L. M. (2023). Audience metrics: Operationalizing news value for the digital newsroom.

Journalism Practice, 17(5), 991-1008.
Kuiken, J., Schuth, A., Spitters, M., & Marx, M. (2017). Effective headlines of newspaper articles in a digital environment. *Digital Journalism*, 5(10), 1300-1314.
Kvale, S. (1996). *InterViews*. Thousand Oaks: Sage.
Ladson, N. & Lee, A. M. (2017). Persuading to pay: Exploring the what and why in crowdfunded journalism. *International Journal on Media Management*, 19(2), 144-163.
Lakatos, I. (1978). *The methodology of scientific research programmes*. Cambridge: Cambridge University Press.
Lamot, K. (2022). What the metrics say: The softening of news on the Facebook pages of mainstream media outlets. *Digital Journalism*, 10(4), 517-536.
Lamot, K. & Paulussen, S. (2020). Six uses of analytics: Digital editors' perceptions of audience analytics in the newsroom. *Journalism Practice*, 14(3), 358-373.
Lamot, K. & Van Aelst, P. (2020). Beaten by chartbeat? *Journalism Studies*, 21(4), 477-493.
Lasorsa, D. L., Lewis, S. C., & Holton, A, E. (2012). Normalizing Twitter: Journalism practice in an emerging communication space. *Journalism Studies*, 13(1), 19-36.
Larsson, L. (2002). Journalists and politicians: A relationship requiring manoeuvring space. *Journalism Studies*, 3(1), 21-33.
Latar, N. L. (2018). Robot journalism. In N. L. Latar (Ed.). *Robot journalism: Can human journalism survive?* (pp. 29-40). New Jersey: World Scientific.
Latour, B. (2011). Networks, societies, spheres: Reflections of an actor-network theorist. *International Journal of Communication*, 5, 796-810.
Latour, B., Jensen, P., Venturini, T., Grauwin, S., & Boullier, D. (2012). The whole is always smaller than its parts: A digital test of Gabriel Tarde's monads. *British Journal of Sociology*, 63(4), 590-615.
Lawrence, G. C. & Grey, D. L. (1969). Subjective inaccuracies in local news reporting. *Journalism Quarterly*, 46(4), 753-757.
Lazer, D. M.J, Baum, M. A., Benkler, Y., Berinsky, A. J., Greenhill, K. M., Menczer, F., Metzger, M. J., Nyhan, B., Pennycook, G., Rothschild, D., Schudson, M., Sloman, S. A., Sunstein, C. R., Thorson, E. A., Watts, D. J., & Zittrain, J. L. (2018). The science of fake news. *Science*, 359(6380), 1094-1096.
Lecheler, S. & Kruikemeier, S. (2016). Re-evaluating journalistic routines in a digital age: A review of research on the use of online sources. *New Media & Society*, 18(1), 156-171.
Lee, M. (2000). Reporters and bureaucrats: Public relations counter-strategies by public administrators in an era of media disinterest in government. *Public Relations Reviews*, 25(4), 451-463.
Lee, A. M., Lewis, S. C., & Powers, M. (2014). Audience clicks and news placement: A study of time-lagged influence in online journalism. *Communication Research*, 41(4), 505-530.
Lehner, O.M. & Nicholls, A. (2014). Social finance and crowdfunding for social enterprises: A public-private case study providing legitimacy and leverage. *Venture Capital*, 16(3), 271-286.
Le Masurier, M. (2015). What is slow journalism? *Journalism Practice*, 9(2), 138-152.
Le Masurier, M. (2016). Slow journalism. *Journalism Practice*, 10(4), 439-447.
Lewin, K. (1947). Frontiers in group dynamics: Concept, method and reality in science; social equilibria and social change. *Human Relations*, 1, 5-40.
Lewis, J., Cushion, S., & Thomas, J. (2005). Immediacy, convenience or engagement? An analysis of 24-hour news channels in the UK. *Journalism Studies*, 6(4), 461-477.
Lewis, J., Williams, A., & Franklin, B. (2008). A compromised fourth estate? UK news journalism, public relations and news sources. *Journalism Studies*, 9(1), 1-20.
Lewis, N. P. & Waters, S. (2018). Data journalism and the challenge of shoe-leather epistemologies. *Digital Journalism*, 6(6), 719-736.
Lewis, S. C. (2012). The tension between professional control open participation. *Information*,

Communication & Society, 15(6), 836-866.
Lewis, S. C., Guzman, A. L., & Schmidt, T. R. (2019) Automation, journalism, and human-machine communication: Rethinking roles and relationships of humans and machines in news. *Digital Journalism*, 7(4), 409-427.
Lewis, S. C. & Usher, N. (2013). Open source and journalism: Toward new frameworks for imagining news innovation. *Media, Culture & Society*, 35(5), 602-619.
Lewis, S. C. & Westlund, O. (2015). Big data and journalism. *Digital Journalism*, 3(3), 447-466.
Lichtenberg, J. (1989). In defense of objectivity. In J. Curran & M. Gurevitch (Eds.), *Mass media and society* (pp. 216-231). London: Arnold.
Linden, C. (2017). Decades of automation in the newsroom. *Digital Journalism*, 5(2), 123-140.
Lippmann, W. (1920/1995). *Liberty and the News*. London: Routledge.
Lischka, J. A. (2021). Logics in social media news making: How social media editors marry the Facebook logic with journalistic standards. *Journalism*, 22(2), 430-447.
Lokot, T. & Diakopoulos, N. (2016). News bots: Automating news and information dissemination on Twitter. *Digital Journalism*, 4(6), 682-699.
Loosen, W., Reimer, J., & Silva-Schmidt, F. (2020). Data-driven reporting: An on-going (r)evolution? An analysis of projects nominated for the data journalism awards 2013-2016. *Journalism*, 21(9), 1246-1263.
Lowrey, W. (2017). The emergence and development of news factchecking sites. *Journalism Studies*, 18(3), 376-394.
Lowrey, W. & Hou, J. (2021). All forest, no trees? Data journalism and the construction of abstract categories. *Journalism*, 22(1), 35-51.
Luce, A., Jackson, D., & Thorsen, E. (2017). Citizen journalism at the margins. *Journalism Practice*, 11(2-3), 266-284.
Lupton, D. (2016). *The quantified self*. Cambridge, UK: Polity Press.
Macnamara, J. (2010). Remodelling media: The urgent search for new media business models. *Media International Australia*, 137, 20-35.
Macnamara, J. (2014). Journalism-PR relations revisited: The good news, the bad news, and insights into tomorrow's news. *Public Relations Review*, 40(5), 739-750.
Macnamara, J. (2016). The continuing convergence of journalism and PR: New insights for ethical practice from a three-country study of senior practitioners. *Journalism & Mass Communication Quarterly*, 93(1), 118-141.
Manning, P. (2012). Financial journalism, news sources and the banking crisis. *Journalism*, 14(2), 173-189.
Marshall, P. D. (2010). The promotion and presentation of the self: Celebrity as marker of presentational media. *Celebrity Studies*, 1(1), 35-48.
Masip, P., Suau, J., & Ruiz-Caballero, C. (2020). Incidental exposure to non-like-minded news through social media: Opposing voices in echo-chambers' news Feeds. *Media and Communication*, 8(4), 53-62.
Mateus, S. (2018). Journalism as a field of discursive production: Performativity, form and style. *Catalan Journal of Communication & Cultural Studies*, 10(1), 63-77.
Mazzoleni, G. (2003). The media and the growth of neo-populism in contemporary democracies. In G. Mazzoleni, J. Stewart & B. Horsfield (Eds.), *The media and neo-populism: Contemporary comparative analysis* (pp. 1-20). Westport, CT: Praeger.
Mazzoleni, G. (2008). Populism and the media. In D. Albertazzi & D. McDonnell (Eds.), *Twenty-first century populism: The spectre of Western European democracy* (pp. 49-64). Basingstoke: Palgrave Macmillan.
Mazzoleni, G. (2014). Mediatization and political populism. In F. Esser & J. Stromback (Eds.),

Mediatization of politics (pp. 42-57). New York: Palgrave MacMillan.

McBride, K. & Rosenstiel, T. (2014). New guiding principles for a new era of journalism. In K. McBride & T. Rosenstiel (Eds.), *The new ethics of journalism: Principles for the 21st Century* (pp. 1-6). Thousand Oaks, CA: CQ Press.

McCombs, M. E. & Shaw, D. L. (1972). The agenda-setting function of mass media. *Public Opinion Quarterly*, 36, 176-18.

McLeod, J. M. & Hawley, S. E. Jr. (1964). Professionalization among newsmen. *Journalism Quarterly*, 41, 529-38, 577.

McManus, J. (1994). *Market-driven journalism: Let the citizen beware?* Thousand Oaks, CA: Sage Publications.

McManus, J. (2009). The commercialization of news. In K. Wahl-Jorgensen & T. Hanitzsch (Eds.), *Handbook of journalism studies* (pp. 218-233). New York: Routledge.

McNair, B. (1999). *Journalism and democracy*. London: Routledge.

McNair, B. (2005). What is journalism? In H. de Burgh (Ed.), *Making journalists: Diverse models, global issues* (pp. 25-43). Oxon: Routledge.

McNair, B. (2009). Journalism and democracy. In K. Wahl-Jorgensen & T. Hanitzsch (Eds.), *The handbook of journalism studies* (pp. 237-249). New York: Routledge.

McNair, B. (2017). *Fake news: Falsehood, fabrication and fantasy in journalism*. New York: Routledge.

McQuail, D. (1992). *Media performance: Mass communication and the public interest*. London: Sage.

Meier, K. (2007). Innovations in central European newsrooms. *Journalism Practice*, 1(1), 4-19.

Mellado, C. & Alfaro, A. (2020). Platforms, journalists and their digital selves. *Digital Journalism*, 8(10), 1258-1279.

Mena, P. (2019). Principles and boundaries of fact-checking: Journalists' perceptions. *Journalism Practice*, 13(6), 657-672.

Mensing, D. (2010). Rethinking [again] the future of journalism education. *Journalism Studies*, 11(4), 511-523.

Meyer, P. (1973). *Precision journalism*. Bloomington, IL: Indiana University Press.

Meyers, O. & Davidson, R. (2016). Conceptualizing journalistic careers: Between interpretive community and tribes of porofessionalism. *Sociology Compass*, 10(6), 419-431.

Miller, J. (2012). Mainstream journalism as anti-vernacular modernism. *Journalism Studies*, 13(1), 1-18.

Milosavljević, M. & Vobič, I. (2019). Human still in the loop: Editors reconsider the ideals of professional journalism through automation. *Digital Journalism*, 7(8), 1098-1116.

Mindich, D. T. Z. (1998). *Just the facts: How "objectivity" came to define American journalism*. New York: New York University Press.

Mintzberg, H. (1979). *The structuring of organizations: A synthesis of the research*. Englewood Cliffs, N.J.: Prentice-Hall.

Molek-Kozakowska, K. (2013). Towards a pragma-linguistic framework for the study of sensationalism in news headlines. *Discourse & Communication*, 7(2), 173-197.

Möller, J., Trilling, D., Helberger, N., & van Es, B. (2018). Do not blame it on the algorithm: An empirical assessment of multiple recommender systems and their impact on content diversity. *Information, Communication & Society*, 21(7), 959-977.

Møller, L. A. (2022). Between personal and public interest: How algorithmic news recommendation reconciles with journalism as an ideology. *Digital Journalism*, 10(10), 1794-1812.

Molotch, H. & Lester, M. (1974). News as purposive behavior: On the strategic use of routine events, accidents, and scandals. *American Sociological Review*, 39(1), 101-112.

Mourão, R. R. & Robertson, C. T. (2019). Fake news as discursive integration: An analysis of sites that publish false, misleading, hyperpartisan and sensational information. *Journalism Studies*, 20(14),

2077-2095.
Mudde, C. (2004). The populist zeitgeist. *Government and Opposition*, 39(4), 542-563.
Murdock, G. (1982). Large corporations and the control of the communications industries. In M. Gurevitch, T. Bennett, J. Curran & J. Woollacott (Eds.), *Culture, society and the media* (pp. 118-150). London: Methuen.
Mutsvairo, B. (2019). Challenges facing development of data journalism in non-western societies. *Digital Journalism*, 7(9), 1289-1294.
Myllylahti, M. (2014). Newspaper paywalls: The hype and the reality. *Digital Journalism*, 2(2), 179-194.
Naldi, L. & Picard, R. G. (2012). Let's start an online news site': Opportunities, resources, strategy, and formational myopia in startups. *Journal of Media Business Studies*, 4, 47-59.
Napoli, P. M. (2010). *Audience evolution*. New York: Columbia University Press.
Neheli, B. (2018). News by numbers. *Digital Journalism*, 6(8), 1041-1051.
Nelson, J. L. (2018). The elusive engagement metric. *Digital Journalism*, 6(4), 528-544.
Nerone, J. (2012). The historical roots of the normative model of journalism. *Journalism*, 14(4), 446-458.
Nerone, J. (2015). Journalism's crisis of hegemony. *Javnost: The Public*, 22(4), 313-327.
Newman, N. (2009). *The rise of social media and its impact on mainstream journalism*. Oxford: Reuters Institute for the Study of Journalism, University of Oxford. Retrieved from http://reutersinstitute.politics.ox.ac.uk/fileadmin/documents/Publications/The_rise_of_social_media_and_its_impact_on_mainstream_journalism.pdf, accessed 15 January 2011.
Nip, J. Y. M. (2006). Exploring the second phase of public journalism. *Journalism Studies*, 7(2), 212-236.
Niskala, N. & Hurme, P. (2014). The other stance: Conflicting professional self-images and perceptions of the other profession among Finnish PR professionals and journalists. *Nordicom Review*, 35(2), 105-121.
Norris, P. & Odugbemi, S. (2010). Evaluating media performance. In P. Norris (Ed.), *Public sentinel: News media and governance reform* (pp. 3-29). Washington, DC: The World Bank Publications.
Örnebring, H. (2010). Technology and journalism-as-labour: Historical perspectives. *Journalism*, 11(1), 57-74.
Otto, L., Glogger, I., & Boukes, M. (2017). The softening of journalistic political communication: A comprehensive framework model of sensationalism, soft news, infotainment, and tabloidization. *Communication Theory*, 27(2), 136-155.
Pantti, M. (2010). Value of emotion: An examination of television journalists' notions on emotionality. *European Journal of Communication*, 25(2), 168-181.
Pantti, M. & Husslage, K. (2009). Ordinary people and emotional expression in Dutch public service news. *Javnost: The Public*, 16(2), 77-94.
Pantti, M. & Wieten, J. (2005). Mourning becomes the nation: Television coverage of the murder of Pim Fortuyn. *Journalism Studies*, 6(3), 301-313.
Pantti, M. & van Zoonen, L. (2006). Do crying citizens make good citizens? *Social Semiotics*, 16(2), 205-224.
Parasie, S. (2015). Data-driven revelation? Epistemological tensions in investigative journalism in the age of 'big data'. *Digital Journalism*, 3(3), 364-380.
Parasie, S. & Dagiral, E. (2013). Data-driven journalism and the public good: Computer-assisted-reporters and programmer-journalists in Chicago. *New Media & Society*, 15(6), 853-871.
Pariser, E. (2011). *The filter bubble: What the internet is hiding from you*. London: Penguin.
Park, R. (1940). News as form of knowledge: A chapter in the sociology of knowledge. *American Journal of Sociology*, 45(5), 669-686.
Parks, P. (2019). Textbook news values: Stable concepts, changing choices. *Journalism & Mass Communication Quarterly*, 96(3), 784-810.

Parks, P. (2020). Toward a humanistic turn for a more ethical journalism. *Journalism*, 21(9), 1229-1245.
Pattabhiramaiah, A., Sriram, S., & Manchanda, P. (2019). Paywalls: Monetizing online content. *Journal of Marketing*, 83(2), 19-36.
Paulussen, S. & D'hee, E. (2013). Using citizens for community journalism: Findings from a hyperlocal media project. *Journalism Practice*, 7(5), 588-603.
Paulussen, S. & Harder, R. A. (2014). Social media references in newspapers. *Journalism Practice*, 8(5), 542-551.
Paulussen, S., Heinonen A., Domingo D., & Quandt T. (2007). Doing it together: Citizen participation in the professional news making process. *Observatorio*, 3, 131-154.
Pavlik, J. V. (1998). *New media technology: Cultural and commercial perspectives.* Boston: Allyn and Bacon.
Pavlik, J. V. (2000). The impact of technology on journalism. *Journalism Studies*, 1(2), 229-237.
Pentland, B. T. (1995). Grammatical models of organizational processes. *Organization Science*, 6, 541-556.
Pentland, B. T. & Rueter, H. H. (1994). Organizational routines as grammars of action. *Administrative Science Quarterly*, 39, 484-510.
Peters, C. (2011). Emotion aside or emotional Side? Crafting an 'experience of invovlement' in the news. *Journalism*, 12(3), 297-316.
Peters, C. & Witschge, T. (2015). From grand narratives of democracy to small expectations of participation. *Journalism Practice*, 9(1), 19-34.
Peterson-Salahuddin, C. & Diakopoulos, N. (2020). Negotiated autonomy: The role of social media algorithms in editorial decision making. *Media and Communication*, 8(3), 27-38.
Petre, C. (2018). Engineering consent: How the design and marketing of newsroom analytics tools rationalize journalists' labor. *Digital Journalism*, 6(4), 509-527.
Pettegree, A. (2014). *The invention of news: How the world came to know about itself.* New Haven: Yale University Press.
Phillips, A. (2010). Transparency and the new ethics of journalism. *Journalism Practice*, 4(3), 373-382.
Phillips, A. (2011). Faster and shallower: Homogenisation, cannibalization and the death of reporting. In P. Lee-Wright, A. Phillips & T. Witschge (eds.), *Changing Journalism* (pp. 81-98). New York: Routledge.
Picard, R. G. (1989). *Media economics*. Beverly Hills, CA: Sage.
Picard, R. G. (2004). Commercialism and newspaper quality. *Newspaper Research Journal*, 25(1), 54-65.
Picard, R. G. (2020). Deficient tutelage: Challenges of contemporary journalism education. In G. Allen, S. Craft, C. Waddell & M. L. Young (Eds.), *Toward 2020: New directions in journalism education* (pp. 4-10). Toronto: Ryerson Journalism Research Centre.
Picard, V. & Williams, T. (2014). Salvation or folly? The promises and perils of digital paywall. *Digital Journalism*, 2(2), 195-213.
Plaisance, P. L. (2007). Transparency: An assessment of the Kantian roots of a key element in media ethics practice. *Journal of Mass Media Ethics*, 22(2/3), 187-207.
Poell, T. & van Dijck, J. (2014). Social media and journalistic independence. In J. Bennett & N. Strange (Eds.), *Media independence: Working with freedom or working for free* (pp. 104-119). Abingdon, UK: Routledge.
Porlezza, C. & Splendore, S. (2016). Accountability and transparency of entrepreneurial journalism: Unresolved ethical issues in crowdfunded journalism projects. *Journalism Practice*, 10(2), 196-216.
Primo, A. & Zago, G. (2015). Who and what do journalism? *Digital Journalism*, 3(1), 38-52.
Putnam, R. (Ed.). (2004). *Democracies in flux: The evolution of social capital in contemporary society.* Oxford: Oxford University Press.
Quandt, T., Löffelholz, M., Weaver, D.H., Hanitzsch, T., & Altmeppen, K. (2006). American and German

online journalists at the beginning of the 21st Century: A bi-national survey. *Journalism Studies*, 7(2), 171-186.

Reich, Z. (2006). The process models of news initiative: Sources lead first, reporters thereafter. *Journalism Studies*, 7(4), 497-514.

Reich, Z. (2012). Journalism as bipolar interactional expertise. *Communication Theory*, 22(4), 339-358.

Remler, D. K., Waisanen, D. J., & Gabor, A. (2014). Academic journalism: A modest proposal. *Journalism Studies*, 15(4), 357-373.

Richards, B. (2010). News and the emotional public sphere. In S. Allen (Ed.), *The Routledge companion to news and journalism* (pp. 301-311). London: Routledge.

Richards, B. & Rees, G. (2011). The management of emotion in British journalism. *Media, Culture & Society*, 33(6), 851-867.

Riedl, A. (2019). Which Journalists for which democracy? Liberal-representative, deliberative and participatory roles among Austrian journalists. *Journalism Studies*, 20(10), 1377-1399.

Robinson, S. (2010). Traditionalists vs. convergers: Textual privilege, boundary work, and the journalist-audience relationship in the commenting policies of online news sites. *Convergence: The international journal of research into new media technologies*, 16(1), 125-143.

Rogers, S. (2021). From the Guardian to Google news labs: A decade of working in data. In L. Bounegru & J. Gray (Eds.), *The data journalism handbook: Towards a critical data practice* (pp. 279-285). Amsterdam: Amsterdam University Press.

Rogstad, I. D. (2014). Political news journalists in social media: Transforming political reporters into political pundits? *Journalism Practice*, 8(6), 688-703.

Romano, A. (2010a). Deliberation and journalism. In A. Romano (Ed.), *International journalism and democracy: Civic engagement models from around the world* (pp. 3-15). New York: Routledge.

Romano, A. (2010b). American public journalism versus other international media models. In A. Romano (Ed.), *International journalism and democracy: Civic engagement models from around the world* (pp. 16-32). New York: Routledge.

Rosen, J. (1999). *What are journalists for?* New Haven, CT: Yale University Press.

Rosenberg, H. & Feldman, C. (2008). *No time to think: The menace of media speed and the 24-hour news cycle*. New York: Continuum International Publishing Group.

Roshco, B. (1984). The evolution of news content in the American politics. In D. Graber (Ed.), *Media power in politics* (pp. 7-22). Washington: CG Press.

Russial, J., Laufer, P., & Wasko, J. (2015). Journalism in crisis. *Javnost: The Public*, 22(4), 299-312.

Ryan, M. (2001). Journalistic ethics, objectivity, existential journalism, standpoint epistemology, and public journalism. *Journal of Mass Media Ethics*, 16(1), 3-22.

Ryan, M. & Martinson, D. (1988). Journalists and public relations practitioners: Why the antagonism? *Journalism Quarterly*, 65(1), 131-140.

Ryfe, D. (2022). Actor- network theory and digital journalism. *Digital Journalism*, 10(2), 267-283.

Sallot, L. & Johnson, E. (2006). Investigating relationships between journalists and public relations practitioners: Work together to set, frame and build the public agenda, 1991-2004. *Public Relations Review*, 32, 151-159.

Saltzis, K. (2012). Breaking news online: How news stories are updated and maintained around-the-clock. *Journalism Practice*, 6(5-6), 702-710.

Sandoval-Martín, T. & La-Rosa, L. (2018). Big data as a differentiating sociocultural element of data journalism: The perception of data journalists and experts. *Communication & Society*, 31(4), 193-209.

Scammell, M. (2000). The internet and civic engagement: The age of the citizen-consumer. *Political Communication*, 17(4), 351-355.

Schäfer, S. (2023). Incidental news exposure in a digital media environment: A scoping review of recent

research. *Annals of the International Communication Association*, 47(2), 242-260.
Schiller, D. (1981). *Objectivity and the news*. Philadelphia, PA: University of Pennsylvania Press.
Schjøtt Hansen, A. & Hartley, J. M. (2023). Designing what's news: An ethnography of a personalization algorithm and the data-driven (re)assembling of the news. *Digital Journalism*, 11(6), 924-942.
Schlesinger, P. (1978). *Putting reality together: BBC news*. London: Constable.
Schlesinger, P. & Doyle, G. (2014). From organizational crisis to multi-platform salvation? Creative destruction and the recomposition of news media. *Journalism*, 13(3), 305-323.
Schohaus, B., Broersma, M., & Wijfjes, H. (2017). Negotiation games: Play metaphors in the journalist-source relationship between political PR and talk shows. *Journalism*, 11(8), 925-941.
Schön, D. A. (1987). *Educating the reflective practitioner: Toward a new design for teaching and learning in the professions*. New York: Jossey-Bass.
Schönhagen, P. & Meiβner, M. (2016). The co-evolution of public relations and journalism: A first contribution to tis systematic review. *Public Relation Reviews*, 42, 748-758.
Schudson, M. (1978). *Discovering the news*. New York: Basic Books.
Schudson, M. (1995). *The power of news*. Cambridge, MA: Harvard University Press.
Schudson, M. (1999). *The good citizen: A history of American civic life*. Cambridge: Harvard University Press.
Schudson, M. (2001). The objectivity norm in American journalism. *Journalism*, 2(2), 149-70.
Schudson, M. (2003). *The sociology of news*. New York: W. W. Norton & Company.
Schudson, M. & Anderson, C. (2009). News production and organizations: Professionalism, objectivity and truth-seeking. In K. Wahl-Jorgensen & T. Hanitzsch (Eds), *The handbook of journalism studies* (pp. 88-101). New York: Routledge.
Shapiro, I. (2020). To turn or to burn: Shifting the paradigm for journalism education. In G. Allen, S. Craft, C. Waddell & M. L. Young (Eds.), *Toward 2020: New directions in journalism education* (pp. 11-24). Toronto: Ryerson Journalism Research Centre.
Shapiro, I., Brin, C., Bédard-Brûlé, I., & Mychajlowycz, K. (2013). Verification as a strategic ritual. *Journalism Practice*, 7(6), 657-673.
Sherwood, M. & O'Donnell, P. (2018). Once a journalist, always a journalist? Industry restructure, job loss and professional identity. *Journalism Studies*, 19(7), 1021-1038.
Shoemaker, P. J. & Reese, S. D. (1996). *Mediating the message*. New York: Longman.
Shoemaker, P. J. & Reese, S. D. (2014). *Mediating the message in the 21. Century: A media sociology perspective*. New York: Routledge.
Shoemaker, P. J., Vos, T. P., & Reese, S. D. (2009). Journalists as gatekeepers. In Wahl-Jorgensen, K & Hanitzsch, T. (Eds.), *Handbook of journalism studies* (pp. 73-87). New York, NY: Routledge.
Siapera, E. & Papadopoulou, L. (2016). Entrepreneurialism or cooperativism? An exploration of cooperative journalistic enterprises. *Journalism Practice*, 10(2), 178-195.
Sibert, F. S. (1952). *Freedom of the press in England, 1476-1776: The rise and decline of government control*. Urbana: University of Illinois Press.
Siebert, F. S., Peterson, T., & Schramm, W. (1956). *Four theories of the press: The authoritarian, libertarian, social responsibility, and Soviet communist concepts of what the press should be and do.* Urbana: University of Illinois Press.
Sigal, L. V. (1973). *Reporters and officials*. Lexington, Mass.: D. C. Heath and Company.
Sindik, A. & Graybeal, G. (2011). Newspaper micropayments and millennial generation acceptance: A brand loyalty perspective. *Journal of Media Business Studies*, 8(1), 69-85.
Singer, J. B. (2003). Who are these guys? The online challenge to the notion of journalistic professionalism. *Journalism*, 4(2), 139-163.
Singer, J. B. (2005). The political J-blogger: 'Normalizing' a new media form to fit old norms and

practices. *Journalism*, 6(2), 173-198.

Singer, J. B. (2007). Contested autonomy. *Journalism Studies*, 8(1), 79-95.

Singer, J. B. (2010a). Quality control: Perceived effects of user-generated content on newsroom norms, values and routines. *Journalism Practice*, 4(2), 127-142.

Singer, J. B. (2010b). Norms and the network: Journalistic ethics in a shared media space. In C. Meyers (Ed.), *Journalism ethics: A philosophical approach* (pp. 117-129). New York: Oxford University Press.

Singer, J. B. (2011). Journalism and digital technologies. In W. Lowrey & P. J. Gade (Eds.), *Changing the news* (pp. 213-229). London: Routledge.

Singer, J. B. (2018). Fact-checkers as entrepreneurs. *Journalism Practice*, 12(8), 1070-1080.

Singleton, R. Jr., Straits, B. C., Straits, M. M., & McAllister, R. J. (1988). *Approaches to social research*. New York: Oxford University Press.

Sissons, H. (2012). Journalism and public relations: A tale of two discourses. *Discourse & Communication*, 6, 273-294.

Sjøvaag, H. (2016). Introducing the paywall: A case study of content changes in three online newspapers. *Journalism Practice*, 10(3), 304-322.

Skinner, D., Gasher, M. J., & Compton, J. (2001). Putting theory to practice: A critical approach to journalism studies. *Journalism*, 2(3), 341-360.

Skovsgaard, M., Albæk, E., Bro, P., & de Vreese, C. (2013). A reality check: How journalists' role perceptions impact their implementation of the objectivity norm. *Journalism*, 14(1), 22-42.

Slife, B. D. & Williams, R. N. (1996). *What's behind the research? Discovering hidden assumptions in the behavioral sciences*. Thousand Oaks: Sage.

Smythe, D. W. (1977). Communications: Blindspot of western Marxism. *Canadian Journal of Political and Social Theory*, 1(3), 1-27.

Soloski, J. (1989). News reporting and professionalism: Some constraints on the reporting of news. *Media, Culture and Society*, 11, 207-228.

Soronen, A. (2018). Emotional labour in magazine work. *Journalism Practice*, 12(3), 290-307.

Sparks, C. (1998). Tabloidisation and the media. *Javnost: The Public*, 2(2), 5-10.

SPJ (Society of Professional Journalists). (2014a). *SPJ Code of Ethics*. Retrieved from http://www.spj.org/ethicscode.asp.

SPJ (Society of Professional Journalists). (2014b). *SPJ Updates Code of Ethics*. Last Modified September 6. Retrieved from http://www.spj.org/news.asp?ref = 1282.

Stalph, F. (2018). Classifying data journalism: A content analysis of daily data-driven stories. *Journalism Practice*, 12(10), 1332-1350.

Stalph, F. (2019). Hybrids, materiality, and black boxes: Concepts of actor-network theory in data journalism research. *Sociology Compass*, 13(11), 1-13.

Stanley, B. (2008). The thin ideology of populism. *Journal of Political Ideologies*, 13(1), 95-110.

Stocking, S. H. & Gross, P. H. (1989). *How do journalists think? A proposal for the study of cognitive bias in newsmaking*. Bloomington, IN: ERIC Clearinghouse on Reading and Communication Skills, Smith Research Center, Indiana University.

Stoker, K. (1995). Existential objectivity: Freeing journalists to be ethical. *Journal of Mass Media Ethics*, 10, 5-22.

Strathern, M. (2000). The tyranny of transparency. *British Educational Research Journal*, 26(3), 309-321.

Strentz, H. (1989). *News reporters and news sources*. Ames: Iowa State University Press.

Strömbäck, J. (2005). In search of a standard: Four models of democracy and their normative implications for journalism. *Journalism Studies*, 6(3), 331-345.

Strömbäck, J. (2008). Four phases of mediatization: An analysis of the mediatization of politics.

International Journal of Press/Politics, 13, 228-246.

Strömbäck, J. & Nord, L. W. (2006). Do politicians lead the tango? A study of the relationship between Swedish journalists and their political sources in the context of election campaigns. *European Journal of Communication*, 21(2), 147-164.

Stray, J. (2019). Making artificial intelligence work for investigative journalism. *Digital Journalism*, 7(8), 1076-1097.

Sunstein, C. R. (2009). *Republic.Com 2.0*. Princeton, NJ: Princeton University Press.

Swart, J., Groot Kormelink, T., Costera Meijer, I., & Broersma, M. (2022). Advancing a radical audience turn in journalism: Fundamental dilemmas for journalism studies. *Digital Journalism*, 10(1), 8-22.

Tandoc, E. C. (2014). Journalism is twerking? How web analytics is changing the process of gatekeeping. *New Media & Society*, 16(4), 559-575.

Tandoc, E. C., Jenkins, J., & Craft, S. (2019). Fake news as a critical incident in journalism. *Journalism Practice*, 13(6), 673-689.

Tandoc, E. C., Lim, Z. W., & Ling, R. (2018). Defining "fake news": A typology of scholarly definitions. *Digital Journalism*, 6(2), 137-153.

Tandoc, E. C. & Maitra, J. (2018). News organizations' use of native videos on Facebook: Tweaking the journalistic field one algorithm change at a time. *New Media & Society*, 20(5), 1679-1696.

Tandoc, E. C. & Oh, S. K. (2017). Small departures, big continuities? *Journalism Studies*, 18(8), 997-1015.

Tandoc, E. C. & Thomas, R. J. (2015). The ethics of web analytics. *Digital Journalism*, 3(2), 243-258.

Tandoc, E. C. & Vos, T. P. (2016). The journalist is marketing the news: Social media in the gatekeeping process. *Journalism Practice*, 10(8), 950-966.

Tannenbaum, P. H. & Lynch, M. D. (1960). Sensationalism: The concept and its measurement. *Journalism Quarterly*, 37(2), 381-392.

Terranova, T. (2000). Free labor: Producing culture for the digital economy. *Social Text*, 18(2), 33-58.

Thomson, T. J. (2021). Mapping the emotional labor and work of visual journalism. *Journalism*, 22(4), 956-973.

Thomson, T. J., Angus, D., Dootson, P., Hurcombe, E., & Smith, A. (2022). Visual mis/disinformation in journalism and public communications: Current verification practices, challenges, and future opportunities. *Journalism Practice*, 16(5), 938-962.

Thurman, N. (2008). Forums for citizen journalists? Adoption of user generated content initiatives by online news media. *New Media & Society*, 10(1), 139-157.

Thurman, N. (2011). Making 'The Daily Me': Technology, economics and habit in the mainstream assimilation of personalized news. *Journalism*, 12(4), 395-415.

Thurman, N. (2019). Computational journalism. In K. Wahl-Jorgensen & T. Hanitzsch (Eds.), *The handbook of journalism studies* (pp. 182-195). New York, NY: Routledge.

Thurman, N., Lewis, S. C., & Kunert, J. (2019). Algorithms, automation, and news. *Digital Journalism*, 7(8), 980-992.

Thurman, N., Moeller, J., Helberger, N., & Trilling, D. (2019). My friends, editors, algorithms, and I: Examining audience attitudes to news selection. *Digital Journalism*, 7(4), 447-469.

Thurman, N. & Schifferes, S. (2012). The future of personalization at news websites: Lessons from a longitudinal study. *Journalism Studies*, 13(5-6), 775-790.

Thurman, N., Schifferes, S., Fletcher, R., Newman, N., Hunt, S., & Schapals, A. K. (2016). Giving computers a nose for news: Exploring the limits of tory detection and verification. *Digital Journalism*, 4(7), 838-848.

Tilley, E. & Cokley, J. (2008). Deconstructing the discourse of citizen journalism: Who says what and why it matters. *Pacific Journalism Review*, 14(1), 94-114.

Tong, J. (2018). Journalistic legitimacy revisited. *Digital Journalism*, 6(2), 256-273.

Tong, J. & Zuo, L. (2021). The inapplicability of objectivity: Understanding the work of data journalism. *Journalism Practice*, 15(2), 153-169.

Travers, A. (2003). Parallel subaltern feminist: Counter publics in cyberspace. *Sociological Perspectives*, 46(2), 223-237.

Trilling, D., Tolochko, P., & Burscher, B. (2017). From newsworthiness to shareworthiness: How to predict news sharing based on article characteristics. *Journalism & Mass Communication Quarterly*, 94(1), 38-60.

Tuchman, G. (1972). Objectivity as strategic ritual: An examination of newsmen's notions of objectivity. *American Journal of Sociology*, 77, 660-679.

Tuchman, G. (1978). *Making News: A study in the construction of reality*. New York: The Free Press.

Tumber, H. & Prentoulis, M. (2005). Journalism and the making of a profession. In H. de Burgh (Ed.), *Making journalists: Diverse models, global issues* (pp. 58-74). London: Routledge.

Turk, V. J. (1986). Public relations' influence on the news. *Newspaper Research Journal*, 7(4), 25-26.

Turner, F. (2005). Actor-networking the news. *Social Epistemology*, 19(4), 321-324.

Turow, J. (1989). Public relations and newswork: A neglected relationship. *American Behavioral Scientist*, 33, 206-212.

Underwood, D. (1993). *When MBAs rule the newsroom: How the marketers and managers are reshaping today's media*. New York: Columbia University Press.

Usher, N. (2012). Going web-first at the Christian Science Monitor: A three-part study of change. *International Journal of Communication*, 6, 1898-1917.

Usher, N. (2017). The appropriation/amplification model of citizen journalism: An account of structural limitations and the political economy of participatory content creation. *Journalism Practice*, 11(2-3), 247-265.

Usher, N. (2018a). Re-thinking trust in the news: A material approach through "objects of journalism". *Journalism Studies*, 19(4), 564-578.

Usher, N. (2018b). Breaking news production processes in US metropolitan newspapers: Immediacy and journalistic authority. *Journalism*, 19(1), 21-36.

Uskali, T. & Kuutti, H. (2015). Models and streams of data journalism. *The Journal of Media Innovations*, 2(1), 77-88.

Van Aelst, P. & Vliegenthart, R. (2014). Studying the tango. *Journalism Studies*, 15(4), 392-410.

Van Der Haak, B., Parks, M., & Castells, M. (2012). The future of journalism: Networked journalism. *International Journal of Communication*, 6, 2923-2938.

Veglis, A. & Bratsas, C. (2017). Towards a taxonomy of data journalism. *Journal of Media Critiques*, 3(11), 109-121.

Verčič, A., T. & Colič, V. (2016). Journalists and public relations specialists: A coorientational analysis. *Public Relation Review*, 42, 522-529.

Verweij, P. (2012). Twitter links between politicians and journalists. *Journalism Practice*, 6(5-6), 680-691.

Vis, F. (2013). Twitter as a reporting tool for breaking news: Journalists tweeting the 2011 UK riots. *Digital Journalism*, 1(1), 27-47.

Vizoso, Á. & Vázquez-Herrero, J. (2019). Fact-checking platforms in Spanish. Features, organization and method. *Communication & Society*, 32(1), 127-142.

Voakes, P. S., Kapfer, J., Kurpius, D., & Chern, D, S. (1996). Diversity in the news: A conceptual and methodological framework. *Journalism and Mass Communication Quarterly*, 73(3), 582-593.

Vobič, I., Maksuti, A., & Deželan, T. (2017). Who leads the Twitter tango? Studying the journalist-politician relationship in Slovenia through Twitter conversations. *Digital journalism*, 5(9), 1134-1154.

Vos, T. M. (2011). 'Homo journalisticus': Journalism education's role in articulating the objectivity norm. *Journalism*, 13(4), 435-449.

Vos, T. M. & Craft, S. (2017). The discursive construction of journalistic transparency. *Journalism Studies*, 18(12), 1505-1522.

Vos, T. P. & Singer, J. B. (2016). Media discourse about entrepreneurial journalism: Implications for journalistic capital. *Journalism Practice*, 10(2), 143-159.

Vos, T. P. & Thomas, R. J. (2018). The discursive construction of journalistic authority in a post-truth age. *Journalism Studies*, 19(13), 2001-2010.

Vosoughi, S., Roy, D., & Aral, S. (2018). The spread of true and false news online. *Science*, 359(6380), 1146-1151.

Vu, H. T. (2014). The online audience as gatekeeper: The influence of reader metrics on news editorial selection. *Journalism*, 15(8), 1094-1110.

Vujnovic, M., Singer, J. B., Paulussen, S., Heinonen, A., Reich, Z., Quandt, T., Hermida, A., & Domingo, D. (2010). Exploring the political-economic factors of participatory journalism. Views of online journalists in 10 countries. *Journalism Practice*, 4(3), 285-296.

Wahl-Jorgensen, K. (2013). The strategic ritual of emotionality: A case study of Pulitzer prize-winning articles. *Journalism*, 14(1), 129-145.

Wahl-Jorgensen, K. (2015). Resisting epistemologies of user-generated content? Cooptation, segregation and the boundaries of journalism. In M, Carlson & S. C., Lewis (Eds.), *Boundaries of journalism* (pp. 335-367). New York: Routledge.

Wahl-Jorgensen, K. (2016). Is there a "postmodern turn" in journalism? In C. Peters & M. Broersma (Eds.), *Rethinking journalism* (pp. 97-111). London: Routledge.

Wahl-Jorgensen, K. (2019a). Challenging presentism in journalism studies: An emotional life history approach to understanding the lived experience of journalists. *Journalism*, 20(5), 670-678.

Wahl-Jorgensen, K. (2019b). *Emotions, media and politics*. Cambridge, UK: Polity.

Waisbord, S. R. (2018). Truth is what happens to news: On journalism, fake news and post-truth. *Journalism Studies*, 19(13), 1866-1878.

Wallace, J. (2018). Modelling contemporary gatekeeping: The rise of individuals, algorithms and platforms in digital news dissemination. *Digital Journalism*, 6(3), 274-293.

Wang, G. & Kuo, E. C. Y. (2010). The Asian communication debate: Culture-specificity, culture-generality, and beyond. *Asian Journal of Communication*, 20(2), 152-165.

Wardle, C. (2017). *Fake news. It's complicated.* Retrieved from: https://medium.com/1st-draft/fake-news-its-complicated-d0f773766c79.

Weaver, D. H., Beam, R. A., Brownlee, B. J., Voakes, P. S., & Wilhoit, G. C. (2007). *The American journalist in the 21st century: U.S. news people at the dawn of a new millennium*. Mahwah, NJ: Lawrence Erlbaum Associates.

Weaver, D. H. & Wilhoit, G. C. (1986). *The American journalist: A portrait of U.S. news people and their work*. Bloomington: Indiana University Press.

Weaver, D. H. & Wilhoit, G. C. (1996). *The American journalist in the 1990s: U.S. news people at the end of an era*. Mahwah, NJ: Lawrence Erlbaum Associates.

Welbers, K., van Atteveldt, W., Kleinnijenhuis, J., Ruigrok, N., & Schaper, J. (2016). News selection criteria in the digital age: Professional norms versus online audience metrics. *Journalism*, 17(8), 1037-1053.

Westerståhl, J. (1983). Objective news reporting. *Communication Research*, 10(3), 403-424.

Wheatley, D. (2020). A typology of news sourcing: Routine and non-routine channels of production. *Journalism Practice*, 14(3), 277-298.

White, D. M. (1950). The "gatekeeper": A case study in the selection of news. *Journalism Quarterly*, 27, 383-390.

White, J. & Hobsbawm, J. (2007). Public relations and journalism: The unquiet relationship - a view from the United Kingdom. *Journalism practice*, 1(2), 283-292.

Whitney, D. C., Fritzler, M., Mazzarella, S., & Lakow, L. (1989). Geographic and source bias in network TV news, 1982-1984. *Journal of Broadcasting and Electronic Media*, 33(2), 159-174.

Widholm, A. (2016). Tracing online news in motion: Time and duration in the study of liquid journalism. *Digital Journalism*, 4(1), 24-40.

Wien, C. (2005). Defining objectivity within journalism: An overview. *Nordicom Review*, 2, 3-15.

Wilensky, H. L. (1964). The professionalization of everyone? *American Journal of Sociology*, 70, 137-158.

Willnat, L. & Weaver, D. H. (2014). *The American journalist in the digital age: Key findings*. Bloomington: School of Journalism, Indiana University.

Willnat, L., Weaver, D. H., & Wilhoit, G. C. (2017). *The American journalist in the digital age: A half-century perspective*. New York: Peter Lang Publishing.

Wing, J. M. (2008). Computational thinking and thinking about computing. *Philosophical Transactions of the Royal Society A: Mathematical, Physical and Engineering Sciences*, 366, 3717-3725.

Witschge, T. & Nygren, G. (2009). Journalistic work: A profession under pressure. *Journal of Media Business Studies*, 6(1), 37-59.

Wolfsfeld, G. (1984). Symbiosis of press and protest: An exchange analysis. *Journalism Quarterly*, 61(3), 550-555, 742.

Wright, K., Zamith, R., & Bebawi, S. (2019). Data journalism beyond majority world countries: Challenges and opportunities. *Digital Journalism*, 7(9), 1295-1302.

Wu, S., Tandoc, Jr., E.C., & Salmon, C. T. (2019). Journalism reconfigured: Assessing human-machine relations and the autonomous power of automation in news production. *Journalism Studies*, 20(10), 1440-1457.

Yun, S. H. & Yoon, H. (2011). Are journalists' own problems aggravating their hostility toward public relations? A study of Korean journalists. *Public Relation Review*, 37, 305-313.

Zamith, R. (2018). Quantified audiences in news production: A synthesis and research agenda. *Digital Journalism*, 6(4), 418-435.

Zaripova, A. (2017). My boss is 18,000 people: Journalism practices in crowdfunded media organizations. *MedieKultur: Journal of Media and Communication Research*, 62, 100-118.

Zelizer, B. (1990). Achieving journalistic authority through narrative. *Critical Studies in Media Communication*, 7(4), 366-376.

Zelizer, B, (2004a). *Taking journalism seriously: News and the academy*. Thousand Oaks: Sage.

Zelizer, B. (2004b). When facts, truth, and reality are God-terms: On journalism's uneasy place in cultural studies. *Communication and Critical/Cultural Studies*, 1(1), 100-19.

Zelizer, B. (2012). On the shelf life of democracy in journalism scholarship. *Journalism*, 14(4), 459-473.

Zelizer, B. (2017). A return to journalists as interpretive communities. In B. Zelizer (Ed.), *What journalism could be* (pp. 175-192). Cambridge: Polity.

Zuiderveen Borgesius, F., Trilling, D., Moller, J., Bodó, B., de Vreese, C. H., & Helberger, N. (2016). Should we worry about filter bubbles? *Internet Policy Review*, 5(1), 1-16.

國家圖書館出版品預行編目(CIP)資料

轉變中的新聞學／張文強著. --初版. --臺北市：五南圖書出版股份有限公司，2024.02
面； 公分
ISBN 978-626-366-976-5（平裝）

1.CST: 新聞學

890 112022934

1Z1G

轉變中的新聞學

作　　者 — 張文強
發 行 人 — 楊榮川
總 經 理 — 楊士清
總 編 輯 — 楊秀麗
副總編輯 — 李貴年
責任編輯 — 巫怡樺、何富珊
封面設計 — 姚孝慈
出 版 者 — 五南圖書出版股份有限公司
地　　址：106台北市大安區和平東路二段339號4樓
電　　話：(02)2705-5066　傳　　真：(02)2706-6100
網　　址：https://www.wunan.com.tw
電子郵件：wunan@wunan.com.tw
劃撥帳號：01068953
戶　　名：五南圖書出版股份有限公司
法律顧問　林勝安律師
出版日期　2024年 2 月初版一刷
定　　價　新臺幣500元